내 생명 앗아가주오

ARRÁNCAME LA VIDA
by Ángeles Mastretta

Copyright © Ángeles Mastretta, 1986
Korean translation copyright © MUNHAKDONGNE Publishing Corp., 2010
All rights reserved.

Korean translation rights by arrangement with Mercedes Casanovas Agencia Literaria S.L.
through Imprima Korea Agency.

이 책의 한국어판 저작권은 임프리마 코리아 에이전시를 통해
Mercedes Casanovas Agencia Literaria S.L.와 독점 계약한 (주)문학동네에 있습니다.
저작권법에 의해 한국 내에서 보호를 받는 저작물이므로 무단 전재와 무단 복제를 금합니다.

이 도서의 국립중앙도서관 출판시도서목록(CIP)은
e-CIP 홈페이지(http://www.nl.go.kr/cip.php)에서 이용하실 수 있습니다.
(CIP제어번호: CIP2010000439)

세계문학전집
026

Ángeles Mastretta : Arráncame la vida

내 생명 앗아가주오

앙헬레스 마스트레타 장편소설

강성식 옮김

문학동네

나의 동반자 엑토르와 노동운동가 마테오에게.
또한 엄마와 베로니카를 비롯한 모든 여성 친구들에게.
이 책은 나와 함께 글을 쓴 것이나 마찬가지인
카타리나와 그녀의 아빠 작품이기도 하다.

차례 ▮

1

그해, 우리나라에는 참 많은 일들이 있었다. 안드레스와 내가 결혼한 것도 그중 하나였다.

그를 만난 건 아케이드에 있는 한 카페에서였다. 그곳이 아니라면 대체 어디였겠는가. 마치 다른 장소는 존재하지도 않는다는 듯 약혼식에서 살인에 이르기까지 모든 일이 아케이드에서 벌어지는 푸에블라에서 말이다.

당시 그는 서른이 넘었고, 나는 열다섯이 채 안 된 나이였다. 그가 우리 쪽으로 다가왔을 때, 나는 나의 자매들 그리고 그 애인들과 함께 앉아 있었다. 그는 이름을 밝히더니 우리 사이에 끼어 앉아 이야기를 나누었다. 나는 그가 맘에 들었다. 손은 큼지막했고, 다물었을 땐 두려움을, 미소 지을 땐 믿음을 주는 입술의 소유자였다. 마치 두 개의 입을 가진 듯했다. 잠시 이야기를 나누고 나자 그의 머리가 헝클어져 앞이마로 끈질기게 흘러내렸고, 그 또한 끈질기게 머리를 뒤로 쓸어 넘겼는데, 그건 평생 따라다닌 습관이었다. 흔히 말하는 미남은 아니었다. 지나치게 자그마한 눈매에 코가 유별나게 크긴 했지만, 나는 그토록 강렬한 눈빛을 본 적이 없었고 그토록 확신에 찬 표정을 짓는 사람을 알지 못했다.

갑자기 그가 한 손을 내 어깨에 얹고는 물었다.

"정말 얼간이들 아닌가요?"

무슨 말을 하는지 몰라 주변을 두리번거리며 물었다. "누가요?"

"'네'라고 하세요. 얼굴에 다 씌어 있어요. 내 말에 동의한다고 말입니다." 그가 미소를 지으며 말했다.

나는 '네' 하고 대답하고는 누굴 말하는 건지 재차 물었다.

그때 그가, 푸르디푸른 눈을 가진 그가 윙크를 하며 말했다. "누구긴 누구겠소? 푸에블라 사람들이지, 아가씨."

물론 나도 동감이었다. 거리를 활보하는 푸에블라 사람들은 푸에블라라는 도시가 마치 자신들 소유라고 수세기 전에 공증이라도 해둔 것처럼 굴었다. 치즈 만드는 법을 배우면서 소젖 짜는 일을 그만둔 농부의 딸인 우리 자매들은 푸에블라 사람이 아니었다. 명문가의 성씨를 물려받았다는 사실 외에는 순진히 행운과 뛴모습으로 상관까지 된 안드레스 아센시오, 그 사람 역시 마찬가지였다.

그는 우리를 집까지 바래다주고 싶어 했다. 그날 이후, 그는 우리집을 수시로 들락거리며 나와 부모님을 비롯한 모든 가족들에게 아첨을 떨었고, 부모님도 나만큼이나 즐거워하고 흐뭇해하셨다.

안드레스가 가족들에게 들려주는 이야기 속에서 그는 언제나 승리자였다. 자기가 이기지 못한 전투란 없었고, 혁명이나 막시모 장군, 혹은 그 자신이 모시던 사람들을 배신한 자치고 자기 손에 죽지 않은 자가 없었다.

그는 단번에 우리 가족 사이로 파고들었다. 심지어 처음에는 그를 늙은 색마로 여기던 큰언니 테레사와 그를 몹시 두려워했던 바르바라까지도 막내 여동생 피아만큼이나 그와 보내는 시간을 즐거워하기에 이르렀다. 남동생들은 그가 자기 차로 함께 드라이브하면서 영원히 매수해버렸다.

그는 종종 내겐 꽃을, 남동생들에겐 미제 껌을 가져다주기도 했다. 꽃 때문에 내 감정이 흔들린 적은 한 번도 없었지만, 그가 시가를 피우며 시골 여자들의 고된 삶이나 혁명의 주역이었던 장군들, 그리고 그들이 자신에게 신세진 일 따위의 이야기를 아버지와 나누는 동안 나는 꽃을 다듬으며 우쭐해하기도 했다.

그 후에는 나도 같이 앉아 두 사람의 이야기를 들으며 단순하고 유치한 의견을 당당하게 내놓기도 했는데, 그건 옆에 아버지가 계신 탓이기도 했지만 내가 너무나 무지했기 때문이었다.

그가 떠날 때면 나는 그를 문까지 배웅했으며, 누군가 우리를 엿볼세라 짧은 키스만을 허락했다. 그러고 나면 나는 형제들을 뒤따라 뛰어갔다.

소문이 들려오기 시작했다. '안드레스 아센시오한테는 여자가 많아, 하나는 사카틀란에 있고, 촐룰라엔 또다른 여자가 있대. 그게 다가 아냐. 라루스 구역에 다른 여자가 또 있고, 멕시코시티에도 하나

더 있다지 아마. 처녀애들을 다 꼬여내고 있어. 범죄자에다 미친놈이라니깐. 다들 땅을 치며 후회하게 될 거야.'

그러나 우리가 후회를 한 건 오랜 세월이 지난 다음의 일이었다. 그때는 아빠가 눈 아래 기미가 끼었다고 나를 놀리곤 하셨고, 그러면 나는 아빠에게 키스를 해드렸다.

그때는 나 자신을, 일요일이면 구멍 난 양말에 붉은 구두를 신고 머리를 땋아 리본을 묶는 여덟 살짜리라고 여기며 아빠에게 키스하기를 좋아하던 시절이었다. 오늘은 일요일이고, 우유 나르는 일을 쉬는 나귀를 타고 알팔파* 밭으로 가 꼭꼭 숨어서 술래잡기 놀이를 한다고 상상하길 좋아했다. 내가 "아빠, 나 안 보이지?" 하고 소리지르면 바로 옆을 지나시는 아빠의 발소리와 "얘가 어디 있지? 얘가 어디 있을까?" 하며 날 찾으시는 목소리가 들린다. 그리고 아빠는 나랑 부딪치는 시늉까지 하시면서 "여기 있구나" 하고 소리를 지르시고는 내 옆에 벌렁 누워 내 다릴 껴안으며 웃음을 터뜨리신다. "꼬마 아가씨, 이젠 도망 못 가요. 당신의 키스를 원하는 개구리 왕자님이 당신을 사로잡았거든요."

개구리 한 마리가 날 사로잡았다는 것은 사실이었다. 내 나이 열다섯이었고, 무슨 일이든 일어나주긴 바랐다. 그래서 나는 안드레스가 테콜루틀라에 가서 며칠 함께 지내자고 했을 때, 그 제의를 흔쾌히 받아들였다. 그는 바다를 본 적이 없는 내게 바다는 밤엔 검게 변하고

---

* 자주개자리. 콩과의 여러해살이풀.

한낮엔 반짝거린다고 말해주었다. 그걸 보러 가고 싶었다. 나는 쪽지 한 장만을 달랑 남겼다. '사랑하는 엄마, 아빠. 걱정하지 마세요, 바다를 보러 가요.'

그때 그 일은 내 인생에 멍에를 씌운 꼴이 되고 말았다. 수말과 황소가 암말이나 암소와 흘레붙는 모습은 많이 봤지만, 남자의 우뚝 선 그것은 사정이 달랐다. 손 한 번 못 써보고 입도 벙긋 못 한 채 그가 날 만지도록 내버려두었다. 내가 마치 종이 인형처럼 뻣뻣이 굳어버리자, 마침내 안드레스가 뭐가 두려운 거냐고 물었다.

"아무것도 아니에요." 내가 말했다.

"근데 왜 날 그렇게 쳐다보지?"

"받아들일 수 있을지 확신이 없어서요." 그에게 대답했다.

"하지만 안 될 건 또 뭐야, 긴장만 풀면 돼." 그가 내 엉덩이를 툭 치면서 말했다. "당신이 얼마나 경직되어 있는지 보세요. 그렇게 해선 일이 안 될 게 분명하죠. 자, 긴장 푸세요. 당신이 원하지 않으면 아무도 당신을 잡아먹지 않아요."

마치 급한 용무는 다 끝냈다는 듯 그가 다시 내 온몸을 만지기 시작했다. 기분이 좋아졌다.

"보시다시피 물어뜯지 않잖아요." 그는 내가 여신이라도 되는 것처럼 경어를 쓰면서 말했다. "긴장을 푸세요. 자, 이제 젖었네요." 그는 우리 어머니가 당신이 손수 만드신 요리에 만족을 표할 때 쓰시던 바로 그 어조로 나에게 말했다. 그러고 나서 그는 삽입했고 요동쳤고 씩씩거렸으며, 내가 또다시 완전히 뻣뻣하게 굳어버린 채 자기 밑에 깔려 있다는 사실에는 아랑곳하지 않고 신음을 해댔다.

"못 느낀다고? 왜 넌 못 느끼지?" 나중에 그가 물었다.

"느껴요. 하지만 마지막, 그건 잘 모르겠어요."

"중요한 건 마지막인데." 그가 허공에다 대고 말했다. "이런 여편네들! 도대체 언제쯤에나 알아먹을려고?"

그리고 그는 잠들어버렸다.

마치 불에 데기라도 한 듯 한숨도 못 이룬 채 밤을 지새웠다. 이리저리 왔다 갔다 했다. 다리 사이로 무언가 끈적거리는 것이 흘러내리기에 만져보았다. 그건 내 몸에서 나온 것이 아니라 그가 내게 쏟아낸 것이었다. 이 생각 저 생각 하던 나는 동틀 무렵에야 잠자리에 들었다. 그는 내가 침대에 눕는 것을 알아차렸지만 팔베개를 해주는 대신 한쪽 팔을 내 위에 올려놓았다. 깨어났을 때도 우리의 육체는 뒤엉켜 있었다.

"왜 가르쳐주지 않죠?" 그에게 말했다.

"뭘?"

"느끼는 것 말이에요."

"그건 가르쳐줄 수 있는 게 아냐, 저절로 알게 되는 거지." 그가 대답했다.

그래서 나는 직접 알아보리라 마음먹었다. 우선 긴장을 풀려고 노력했다. 어찌나 열중했던지 때로는 그런 나 자신이 바보처럼 느껴지기도 했다. 해변으로 가는 동안 안드레스는 쉴 새 없이 떠들어댔다. 하지만 나는 팔을 흔들어보기도 하고, 턱이 빠져라 입을 벌리기도 했으며, 아랫배를 씰룩거리기도 했고, 엉덩이에 힘을 주었다 뺐다 하기도 했다.

그때 장군은 도대체 뭘 그렇게 떠들어댔던 걸까? 정확하게 생각나진 않지만 언제나 자신의 정치적 야망에 대한 것이었는데, 나랑 이야기할 땐 마치 벽을 보고 말하듯 내 대답은 기대하지도 않았고, 의견을 묻지도 않았으며, 그저 듣고 있기만을 강요했다. 그즈음 그는 어떻게 하면 파야레스 장군을 누르고 푸에블라 주지사 자리에 앉을 수 있을지 그것만 궁리하고 다녔다. 파야레스는 멍청이 녀석이라는 말을 입에 달고 다녔으며, 그렇지 않은 척하면서 언제나 그를 의식했다.

"당신이 그렇게 걱정하는 걸 보면 그 사람 진짜 멍청이는 아닌가 보네요." 어느 날 오후, 그에게 말했다. 우리는 일몰을 지켜보던 중이었다.

"아니, 틀림없는 멍청이 녀석이야. 그런데 너, 웬 간섭이지? 누가 네 생각을 말하라고 했나?"

"당신, 나흘 내내 같은 말만 되풀이하는군요. 내게도 무슨 생각 같은 것이 생길 만한 시간이 충분히 된 듯한데요."

"집어치우시지, 아가씨. 애가 어떻게 만들어지는지도 모르면서 벌써 장군들을 통솔하시겠다. 마음에 드는군그래." 그가 말했다.

주말이 되자 그는 날 꾀여낼 때와 다름없는 상쾌한 기분으로 나를 집에 데려다주었다. 그러고는 한 달 동안 코빼기도 비치지 않았다. 부모님은 돌아온 나를 맞아주시면서 질문은커녕 한 마디도 하지 않으셨다. 자식이 여섯이나 되는 데다 장래에 대한 확신도 없던지라, 바다가 그렇게 아름다웠느냐는 둥 수고스럽게 바다 구경까지 시켜주실 정도로 장군님이 아주 친절하시다는 둥 나를 구슬리기 바빴다.

"안드레스 씨가 왜 통 걸음을 안 하실까?" 그가 보름이 넘도록 나타나지 않자, 아빠가 궁금해하시기 시작했다.

"파야레스 장군을 이겨야 한다는 생각만 하고 다녀요." 그 사람 생각보다는 느끼는 것에만 집착하고 있던 내가 말했다.

그때는 나도 이미 학교에 나가지 않던 시기였다. 초등학교를 마치고 상급학교에 진학하는 여자들은 거의 없었지만, 나는 살레시오 수녀회에서 운영하는 비밀 중등학교의 장학금을 받은 덕분에 남보다 몇 년을 더 다닐 수 있었다. 수녀회는 교육을 담당하지 못하도록 법으로 금지되어 있었기 때문에 졸업장은커녕 아무것도 받을 수 없었지만 내겐 좋은 기회였다. 난 모든 것에 감사했다. 이스라엘 부족들의 이름, 각 부족 족장과 후계자들의 이름, 모든 도시의 이름, 성서에 등장하는 모든 남자와 여자 들의 이름을 배웠다. 베니토 후아레스*가 프리메이슨 회원이었으며, 저승에서 되돌아와 한 수도사의 옷자락을 잡아끌고는 자신은 얼마 전 지옥으로 떨어졌으니 더이상 자신을 위해 미사를 올릴 필요가 없다고 알려주었다는 것도 배웠다.

간단히 말해 중급 수준의 글쓰기와 약간의 문법 지식, 아주 초보적인 산수를 익혔고, 역사는 전혀 배우지 못했지만 십자가를 수놓은 성단 덮개는 제법 여러 개를 만들고 학교를 마쳤다.

내가 하루 종일 집 안에만 틀어박혀 있어야 하는 저시가 뇌자, 어머니는 내가 현모양처가 되는 게 소원이라고 하셨지만, 난 양말이나 깁고 콩밭에 거름이나 주며 사는 건 절대 못 하겠다고 했다. 생각에 빠

---

* 멕시코의 정치가(1806~1872). 원주민 출신으로 수차례에 걸쳐 멕시코 대통령에 선출되었다.

져 한참을 보내곤 하던 난 마침내 절망하기 시작했다.

어느 날 오후, 나는 라루스 구역에 살고 있는 집시 여인을 찾아갔다. 그 여자는 사랑의 기술에 전문가라는 명성을 날리고 있었다. 사람들이 일렬로 늘어서서 순서를 기다리고 있었다. 마침내 내 차례가 되었을 때, 맞은편에 앉은 그 여자는 무엇이 알고 싶냐고 물었다. 나는 자못 진지하게 말했다. "느끼고 싶어요." 그 여자는 나를 쳐다보았고 나 또한 그 여자만 바라보았다. 아주 뚱뚱하고 자유분방해 보이는 여자였다. 목선이 파인 블라우스 사이로 하얀 젖가슴이 거의 절반이나 드러났고, 양팔엔 형형색색의 팔찌를 차고 있었으며, 달랑거리는 두 개의 금 귀고리가 뺨을 스쳤다.

"그런 일로 여기 오는 사람은 없단다." 여자가 말했다. "나중에 네 어머니가 날 고발하는 일이나 없도록 해라."

"아줌마도 못 느끼세요?" 내가 물었다.

그 여자는 대답 대신 옷을 벗기 시작했다. 치마끈을 풀고 블라우스마저 벗어버리자 일순간에 알몸이 되었는데, 스타킹이나 속옷, 브래지어 따위는 전혀 걸치지 않은 상태였다.

"우리는 여기에 뭔가를 가지고 있지." 손을 가랑이 사이로 끼워넣으며 그 여자가 말했다. "이걸로 느끼는 거란다. 초인종이라고 부르는데 다른 이름도 많아. 남자랑 같이 있을 땐 이곳이 네 몸의 중심이라고 생각해라. 여기서 모든 기쁨이 흘러나오거든. 여길 통해 생각하고, 여길 통해 듣고, 여길 통해 본다고 여겨야 해. 머리나 팔이 있다는 사실은 잊어버리고, 너 자신을 온통 여기에 집중시켜야 한다. 그럼 느껴지는지 안 느껴지는지 곧 알게 될 거다."

그러고는 또다시 순식간에 옷을 입은 뒤 나를 문 쪽으로 밀었다.

"자, 이제 가거라. 돈은 안 받으마. 난 거짓말을 했을 때만 돈을 받으니까. 네게 해준 말은 모두 진실이란다. 그러니 돈은 받지 않겠어." 여자는 두 손가락으로 십자가를 만들고는 거기에 입을 맞추었다.

나는 무언가 나눌 수 없는 비밀을 알게 됐다는 확신을 안고 집으로 돌아왔다. 불이 모두 꺼질 때까지, 테레사와 바르바라가 깨기 힘들 만큼 곯아떨어졌다고 여겨질 때까지 기다렸다. 나는 초인종에 손을 가져다 대고는 문질러보았다. 중요한 건 모두 다 여기에 있다, 이곳으로 바라보고, 이곳으로 듣는다. 이곳으로 생각한다. 난 머리도 없고, 팔도 다리도 배꼽도 없다. 마치 떨어져 나가기라도 할 듯 다리가 뻣뻣해졌다. 그리고, 느꼈다. 모든 것이 거기에 있었다.

"왜 그래, 카티*? 왜 숨을 몰아쉬는 거야?" 테레사가 눈을 뜨며 물었다. 이튿날, 테레사는 내가 마치 숨이 넘어갈 듯 이상한 소리를 내며 잠을 깨웠다고 꼭두새벽부터 모든 사람들에게 떠벌리고 다녔다. 어머니는 걱정하셨고, 심지어 의사에게 데려가려고까지 하셨다. 뒤마의 소설에서 '춘희'가 결핵을 앓기 시작했을 때처럼.

나는 아직도 가끔 교회에서 하는 결혼식에 미련을 두기도 한다. 오르간이 결혼행진곡을 연주하고, 모두 나를 주시하는 가운데 아버지의 팔짱을 끼고 붉은 통로를 따라 제단까지 걸어가는 일 자체를 좋아했던 것인지도 모르겠다.

---

* 주인공 카탈리나는 카티, 카틴 등 여러 애칭으로 불린다.

결혼식장에서 나는 언제나 웃는 모습이다. 아무리 번지르르한 결혼식도 결국은 허구한 날 똑같은 배나 맞추며 잠자리에 들고 새벽을 맞는 따분한 일로 끝나리라는 걸 나 역시 잘 알고 있다. 하지만 신부로서 으스대며 음악에 맞춰 행진하는 것, 그것은 내게 한낱 웃음거리라기보다는 여전한 부러움이다.

나는 그런 결혼식을 하지 못했다. 내가 원했던 건 바보스러울 정도로 마음 좋고 감성적인 내 자매들이 편물 레이스가 달린 핑크빛 옷을 입고 들러리를 서는 것이었는지도 모르겠다. 아빠는 검은 옷, 엄마는 긴 옷을 입으시고. 난 넓은 소매에 목이 많이 올라오고 뒷자락이 제단 계단을 온통 덮어버리는 그런 드레스를 입고 싶었던 것일 수도 있다.

그게 내 인생을 바꾸어놓진 못했겠지만, 다른 여자들이 그러하듯 추억으로 떠올리면서 흐뭇해할 수는 있었으리라. 안드레스에게 몸을 기대고 통로를 행진해 나오면서, 새로이 얻은 고상한 기품으로, 신부가 제단에서 돌아서는 그 순간부터 만인이 인정해주는 새로운 가문의 일원으로 인사하는 나를 떠올릴 수도 있었으리라.

통로가 한층 긴 곳을 원했다면 성당에서 할 수도 있었다. 하지만 난 결혼식을 올리지 못했다. 안드레스는 그 모든 것이 순전히 정신 나간 짓거리라고, 자신의 정치 경력을 손상시킬 수는 없다고 날 설득했다. 그는 한때 히메네스의 반기독교 투쟁에 참여했고 막시모 장군에게 충성을 다했기 때문에, 빈말로라도 교회에서 결혼식을 올리겠다는 말은 하지 않았다. 그러나 민법은 존중해야 했기에 민사적인 사항은 받아들였다. 그의 말에 따르면, 군대식으로 결혼식을 올리는 것이 가장 좋았겠지만 말이다.

그는 그렇게 말하고 또 그렇게 꾸며대기도 했는데, 그건 우리가 마치 군인들처럼 결혼했기 때문이었다.

어느 날, 아침 댓바람부터 그가 찾아왔다.

"부모님 계셔?" 그가 물었다.

그날은 일요일이어서 물론 계셨다. 어느 일요일이나 그랬지만, 집이 아니면 도대체 어디에 계시겠는가?

"잠시 후 있을 우리 결혼식을 위해 내가 두 분을 모시러 왔다고 전해드려."

"누가 결혼한다고요?"

"나, 그리고 너지." 그가 말했다. "하지만 나머지 식구들도 데려가야 해."

"당신하고 결혼을 할 건지 말 건지 내겐 물어보지도 않았잖아요." 내가 말했다. "누굴 믿고 그러죠?"

"내가 누굴 믿든 그게 무슨 상관이지? 좋다, 나는 나 안드레스 아센시오를 믿는다. 반항하지 말고 차에 타기나 해."

안으로 들어간 그가 아빠와 딱 세 마디를 주고받더니 가족 모두를 이끌고 나왔다.

엄마는 울고 계셨다. 그 상황이 뭔가 의례적인 분위기를 더해주는 듯해서 마음에 들었다. 엄마들이란 딸이 결혼하면 반드시 우는 법이니까.

"왜 우세요, 엄마?"

"육감 때문이란다, 얘야."

엄마한테 어떤 예감이 스쳐 지나간 것이었다.

우리는 호적 등기소에 도착했다. 그곳에는 안드레스의 아랍인 친구 몇 명, 의형제 로돌포와 그의 부인 소피아 등이 기다리고 있었다. 소피아는 조롱하는 듯한 눈빛으로 나를 바라보았다. 내 다리와 눈을 보고 질투를 느끼는 듯했는데, 그 여자는 다리가 깡마른 데다 눈이 작았기 때문이다. 비록 남편이 국방부 차관이긴 했지만 말이다.

판사는 땅딸보에다 대머리에 거드름꾼이었다.

"잘 있었나, 카바냐스?" 안드레스가 말했다.

"안녕하세요, 장군님. 여기서 뵙게 돼서 얼마나 영광인지 모르겠습니다. 이미 모든 준비가 끝났습니다."

카바냐스는 커다란 책 한 권을 꺼내 들고 연단 뒤에 섰다. 안드레스가 나를 자기 옆으로 잡아끌어 판사 앞에 나란히 세울 때까지도 나는 계속 엄마를 달래고 있었다. 지금도 카바냐스 판사의 얼굴을 기억하는데, 알코올중독자처럼 얼굴이 벌겋게 달아 있었다. 입술은 툭 불거졌으며, 마치 땅콩 한 움큼을 입에 넣은 채로 말하는 것 같았다.

"우리는 안드레스 아센시오 장군님과 카탈리나 구스만 양의 결혼식을 거행하기 위해 여기 모였습니다. 저는 가족을 이루기 위해 반드시 집행되어야 하는 법에 의거, 법정 대리인으로서 묻겠습니다. 카탈리나 양, 당신은 여기 있는 안드레스 아센시오 장군을 남편으로 맞아들이겠습니까?"

"좋아요." 내가 답했다.

"'네'라고 대답해야 합니다." 판사가 말했다.

"네." 내가 말했다.

"안드레스 아센시오 장군님, 당신은 카탈리나 구스만 양을 아내로 맞아들이시겠습니까?"

"그래." 안드레스가 대답했다. "이 여자를 맞아들이고, 강자가 약자에게 베풀어야 할 관용을 비롯해 모든 걸 약속하지. 그러니 더이상 수고스럽게 읽어나갈 필요 없네. 어디에 서명해야 하지? 펜 들어, 카탈리나."

그때까지 단 한 번도 서명할 일이 없었던 탓에 나는 사인이 없었고, 그래서 수녀들이 가르쳐준 정자체로 내 이름만 적어 넣었다. 카탈리나 구스만.

"여기다 '아센시오'라고 내 성도 붙이시지, 아줌마." 등 뒤에서 보고 있던 안드레스가 말했다.

다음엔 그가 간단히 휘갈겨 썼는데, 내가 그걸 익숙하게 알아보거나 흉내나마 내기까진 상당한 시간이 걸렸다.

"당신은 '구스만'이라고 붙였나요?" 내가 물었다.

"아니에요, 숙녀분. 그러는 법이 아니거든요. 내가 널 보호하는 거지 네가 날 보호하는 게 아냐. 넌 우리 집안 족보에 오른 거다, 내 것이 된 거야." 그가 말했다.

"당신 것이라뇨?"

"어디 보자, 증인들." 이미 카바냐스에게서 진행권을 빼앗아버린 안드레스가 사람들을 불렀다. "자네, 유네스, 서명하세. 그리고 토돌포, 당신도. 이 일 때문에 여러분을 모셔온 것 아니겠소?"

우리 부모님이 서명을 하시는 동안 그의 부모님은 어디 계시는지 물었다. 그에게도 부모가 있으리라는 당연한 생각이 그제야 떠올랐던 것이다.

"어머니만 살아 계신데 지금은 편찮으시지." 그날 아침 처음으로 들어보는 생경한 목소리로 그가 대답했다. 그는 어머니에 대해 말할 때면 성대만 겨우 울리는 그런 목소리를 내곤 했다. "하지만 바로 그 때문에 내 의형제 로돌포와 소피아가 참석한 거다. 결혼식에 가족이 빠질 순 없으니 말이야."

"로돌포 씨가 서명한다면 당연히 우리 형제자매들도 서명해야 해요." 내가 말했다.

"제정신이 아니군. 아직 코흘리개에 불과하다고들."

"하지만 같이 서명했으면 좋겠어요. 로돌포 씨가 서명한다면 형제들에게도 서명을 시키고 싶어요. 그들도 내 결혼식에 참석했잖아요." 내가 말했다.

"그렇다면 서명들 해. 카바냐스, 아이들한테도 서명을 받아." 안드레스가 말했다.

형제들이 서명하러 나가던 그 모습은 결코 잊지 못할 것이다. 토난친틀라에서 이사 온 지 얼마 안 됐기 때문에 다들 아직 촌티를 벗지 못한 상태였다. 바르바라는 내가 제정신이 아닌 게 틀림없다고 생각하고 놀란 토끼 눈을 했다. 테레사는 간섭하고 싶지 않은 듯했다. 마르코스와 다니엘은 대단히 진지하게 서명했는데, 그애들은 앞머리에만 멋을 잔뜩 내고 뒷머리는 빗질도 안 한 모습이었다. 다른 데는 신경도 안 쓰고 앞머리만 빗은 그들의 모습은 마치 증명사진이라도 찍으러 온 아이들 같았다.

피아, 우리는 그애의 머리에 제 머리통만큼이나 큰 리본을 달아주었다. 책상 위쪽으로는 눈만 겨우 나왔고, 그 위로 보이는 거라고는 하얀 점들이 박힌 커다랗고 붉은 리본뿐이었다.

"나중에라도 네 가족들이 잘난 척한 게 아니었다는 말은 하지 마라." 안드레스가 내 허리께를 꼬집으며 말했는데, 그건 아빠더러 들으라고 한 말이었다. 당시에는 그 말에 그런 의미가 담겨 있는 줄 몰랐지만, 지금 생각해보면 확실히 아빠더러 들으라고 한 말이었다. 세월이 흐르면서 안드레스가 말만 앞세우는 사람은 아니라는 사실을 알게되었다. 우리 아버지를 윽박지를 수 있는 상황이라는 게 그의 마음에 들었던 것인지도 모른다. 그 전날 오후에 그는 아빠와 이야기를 나눴다. 아빠가 원하건 말건 나와 결혼해야겠다고, 만약 동의하지 않더라도 아빠를 설득할 방법이 있다고 말했던 것이다.

"좋은 방향으로 해야지요, 장군님. 영광입니다." 거절할 능력이 없던 아버지는 그렇게 말했다.

세월이 흘러 안드레스의 딸 릴리아가 결혼하고 싶어할 즈음, 그는 내게 이렇게 말했다.

"당신 아버지가 당신한테 한 것처럼 나도 내 딸들한테 그럴 거라고 생각하나? 어떤 녀석이든 내 딸들을 데리고 밤샘이나 하고 다닐 순 없지. 내 딸들을 차지하려는 녀석들은 내가 잘 살펴볼 수 있도록 날 찾아와서 시간을 두고 청혼해야 해. 내 새끼들을 그냥 넘겨줄 순 없잖아. 그애들을 원하는 녀석들은 내 앞에 와서 매달려야 할걸. 뭔가 내세울 것도 있어야 하고. 거래할 만하면 하는 거고 아니면 냉수 마시고 속 차려야지. 그리고 애들 결혼식은 교회에서 올려줄 거다. 사제들과의 투쟁에서 히메네스가 벌써 오래전에 나가떨어져 버렸거든."

피아는 서명할 줄을 몰랐기 때문에 두 눈으로 멀뚱멀뚱 동그라미만 그리고 있었다. 판사는 리본이 있는 곳을 쿡 쥐어박더니, 인내심을 잃어간다는 사실을 들키지 않으려는 듯 한숨을 내쉬었다. 다행히 거기서 모든 것이 끝났다. 로돌포와 초피*는 재빨리 서명했는데, 그 한 쌍의 뚱뚱보는 배가 고파 다 죽어가고 있었다.

우리는 아침을 먹기 위해 아케이드로 갔다. 안드레스는 모두에게 커피를 주문해주었고, 모두에게 초콜릿을 시켜주었으며, 모두에게 옥수수 빵을 사주었다.

"난 오렌지 주스 마실래요." 내가 말했다.

"다른 사람들처럼 당신도 당신 커피, 당신 초콜릿을 먹어야지." 안드레스가 으르렁거렸다.

"그렇지만 난 주스 없인 아침을 못 먹는단 말이에요."

"당신, 한바탕 전쟁을 치러야겠군. 당장 지금부터 주스 없이 아침 먹는 법을 배워. 언제나 주스를 마실 수 있을 거라고 생각하나?"

"아빠, 전 아침에 항상 주스를 마신다고 말씀해주세요." 내가 아빠에게 부탁했다.

"쟤한테 오렌지 주스를 가져다주시오." 아빠가 너무나 도전적인 목소리로 말씀하셨기 때문에 종업원이 서둘러 뛰어나갔다.

"좋아. 넌 주스 먹어. 양키년 같군. 우리나라 촌놈 중에 아침에 주스 마시는 놈이 어디 있다고 그러는 건가? 언제나 먹고 싶은 것만 먹을 수 있을 거라는 기대는 하지도 말 것. 군인이랑 사는 건 그렇게 만만한 일이 아니니까 말이다. 머지않아 그 사실을 깨닫게 될 거다. 그리

---

* 소피아의 애칭.

고 당신 마르코스 씨, 명심하시오. 이 여자는 이제 더이상 당신 딸이 아닐뿐더러 이 자리에서 명령할 수 있는 사람은 나 하나뿐이오."

초피가 갓 구운 슬라이스 빵을 씹어대는 소리만 들려올 뿐, 쥐 죽은 듯 고요한 순간이 길게 이어졌다.

"아니, 왜들 이러나?" 안드레스가 말했다. "우리는 지금 파티 중인데 모두 왜 그렇게 꿀 먹은 벙어리인가? 이봐들, 너희 누이가 결혼한 거다. 박수 한번 안 쳐줄 건가?"

"이런 분위기에서요?" 뭔가 단단히 심상치 않다고 느끼고 있던 테레사가 말했다. "당신 미쳤군요."

"뭐라고?" 안드레스가 물었다.

"행운을 빌게요, 행복하세요!" 바르바라가 우리 머리 위로 쌀을 뿌려대며 소리쳤다. "행운을 빌어, 카티." 바르바라는 이렇게 말하며 내 머리카락 속으로 쌀을 던져 넣었고, 날 쓰다듬으며 쌀로 내 머리를 문질렀다.* "행복해야 해." 바르바라는 날 안고 키스해주면서 계속 그렇게 말했고, 급기야 우리 둘은 울음을 터뜨리고 말았다.

---

* 행복을 비는 결혼 축하 풍속이다.

2

결단코 우리는 남들 같은 평범한 부부가 아니었다. 신혼 시절엔 어디든 함께 다녔다. 종종 남자들만의 모임도 있었지만 안드레스는 나도 데려갔고, 날 안은 채 그들과 어울렸다. 북부 9번지의 우리 집에는 거의 언제나 그이의 친구들이 찾아왔다. 우리 둘만 살기엔 너무 큰 집이었다. 도심의 광장 근처에 있던 그 집은 친정이나 상점들과도 가까웠다.

난 어디든 걸어서 다녔고, 혼자만 있었던 적은 한 번도 없었다.

아침이면 우리는 승마를 하러 나갔다. 우리 말을 보관하고 있던 차로(Charro) 광장까지는 안드레스의 포드 자동차로 이동했다. 결혼 다음 날, 그이는 내게 페사디야*라는 이름의 붉은 암말을 한 마리 사주었다. 그이의 말 이름은 알 카포네였다.

안드레스는 날이 밝자마자 곧장 일어났고, 마치 내가 자기 졸병이라도 되는 것처럼 명령을 해댔다. 일단 눈을 뜨면 그이는 한시도 더 누워 있지 않았다. 그러고는 곧바로 제자리에서 점프를 하고 침대 주변을 달리면서 운동의 중요성에 대해 한바탕 훈시를 늘어놓곤 했다. 난 가만히 눈을 감고 바다나 강 하구를 생각하며 미소를 짓고 있었다. 때로는 내가 너무 오래 그러고 있어서, 화장실에 앉아 신문 한 부를 다 보고 나온 안드레스가 버럭 소리를 지르기도 했다.

"허, 이런 굼벵이를 봤나. 무슨 대단한 생각이라도 하는 것처럼 그러고 누워서 도대체 뭐 하는 건가? 아래층에서 기다리겠다. 3백 셀 때까지 안 오면 혼자 가버릴 테니 알아서 하도록."

그러면 난 마치 몽유병자처럼 잠옷을 바지로 갈아입고 손으로 머리를 대충 매만진 다음, 블라우스 단추를 채우며 거울 앞으로 가서 눈곱을 뗐다. 그리고 승마화는 손에 든 채로 계단을 달려 내려가 문을 열면 그곳에 그이가 있었다. "298, 299. 또 신발 신을 시간이 없었단 말이지. 정말 느려터진 여편네군." 포드에 탄 그이가 시동을 걸며 말했다.

나는 차창 안으로 머리를 들이밀어 그이에게 키스하며 그이의 머리를 헝클어뜨렸고, 그리고 나서 차에서 훌쩍 내려 차를 돌아 그이의 옆자리에 앉았다. 차로 광장으로 가려면 시가지를 벗어나야 했다. 마부 청년이 우리에게 말을 대령하려던 배웅은 이미 날아올라 있었다. 안드레스는 먼저 나를 페사디야의 잔등에 태워주고 말의 목덜미를 쓰다듬어준 다음 다른 사람의 도움 없이 껑충 뛰어 말에 올랐다.

---

* 스페인어로 '악몽' '공포'를 의미한다.

주변은 온통 초원이었다. 우리는 그곳이 우리 목장이라도 되는 듯 풀밭을 달렸다. 그때까지만 해도, 훗날 우리가 갖게 된 그 모든 농장을 소유할 필요가 있으리라고는 꿈에도 생각하지 못했다. 나는 그 들판만으로도 충분했다.

가끔씩 알 카포네는 어딘지도 모를 방향으로 쏜살같이 내닫곤 했다. 안드레스는 고삐를 늦추고 그냥 내버려두었다. 처음에 나는 말들도 서로 따라 한다는 사실을 잘 몰랐고, 때문에 마치 내가 시키기라도 한 듯 페사디야가 갑자기 달려 나갈 때는 놀라기도 했다. 말이 한 발짝씩 뛸 때마다 엉덩이로 안장을 처대지 않으면 몸을 가눌 수가 없었다. 시퍼렇게 피멍이 들었다. 오후가 되면 난 우리 장군님께 멍 자국을 보여드렸고, 그러면 그이는 죽는다고 웃어댔다.

"안장에 부딪혀서 그런 거다. 말이 달리면 등자로 지탱해야지."

나는 그이의 가르침을 신의 계시처럼 받아들였다.

나는 언제나 뭔가에 놀랐고, 내 무지에 그이는 미소를 지었다.

"말도 못 타지, 요리도 못하지, 그 짓도 못하지. 도대체 당신은 지난 15년 동안 뭘 하고 산 건가?" 그이는 이렇게 묻곤 했다.

그이는 식사 시간이면 언제나 집으로 왔다. 나는 무뇨스 자매들이 연 요리 강습반에 등록했고, 그 결과 요리엔 전문가가 되었다. 빗질하는 것만큼이나 손쉽게 과자를 만들어냈다. 몰레, 호두 소스 고추요리, 옥수수 부침개, 칠레식 아톨레, 피피앙, 팅가 등 엄청나게 많은 요리를 배웠다.

화요일, 목요일 오전 열시 강좌에는 모두 열두 명의 학생이 있었다.

그중에서 나 혼자만 기혼이었다.

호세 무뇨스의 강의가 끝날 때쯤이면 그 동생 클라리타는 벌써 탁자 위에 재료를 준비해두고 한 명 한 명에게 일거리를 맡겼다.

우리는 짝을 지어 일했는데, 몰레 요리를 하는 날 나와 짝이 되었던 페파 루가르시아는 결혼을 앞두고 있었다. 나무주걱으로 깨를 젓는 동안 페파가 내게 물었다.

"눈을 감고 아베마리아를 외치는 것 말고는 아무것도 할 수 없는 그런 순간들이 있다는 게 맞는 말이니?"

난 웃기만 했다. 우리는 계속 깨를 저었고, 수다는 오후에 떨기로 했다. 바로 옆에서 솥에 호박씨를 볶고 있던 모니카 에스피노사도 같이 뭉치기로 했다.

다 볶고 나면 그걸 빻아야 했다.

"도와줄 사람은 아무도 없어요." 무뇨스 자매들은 말하곤 했다. "시간 맞추기가 아주 까다로우니 다들 분쇄기 다루는 방법을 배워두는 게 좋을 겁니다."

우리는 돌아가며 했다. 한 명씩 분쇄기 앞으로 가서 고추나 땅콩, 편도열매, 호박씨 위로 손잡이를 위아래로 움직였다. 그러나 우리는 그것들을 반쯤 눌러놓는 정도에 만족해야 했다. 클라리타는 잠시 우리에게 면박을 주고는 허리와 등을 흔들어가며 찢 믹넌 힘까시 내서 그 가냘픈 팔로 재료들을 가루로 만드는 일에 열중했다. 그 여자는 덩치는 작아도 강인했다. 가루를 빻는 동안 그녀의 얼굴은 발갛게 달아올랐지만 땀을 흘리진 않았다.

"보세요, 자, 잘들 보셨나요?" 일을 끝내면서 클라리타가 말했다.

모니카가 박수를 치기 시작했고, 모두 따라서 박수를 쳤다. 클라리타는 싱크대로 가서 걸개에 걸린 행주에 손을 닦았다.

"결혼들은 어떻게 하려나 몰라. 다른 일들도 모르기는 매한가지일 텐데."

오후 세시, 수업을 마쳤을 때 우리의 앞치마는 울긋불긋 더러워져 있었다. 우리는 속눈썹에까지 몰레를 묻히고 있었다. 칠면조 고기를 열네 조각으로 나누고는 각자 자기 몫을 챙겨 그곳을 나왔다.

집으로 돌아오니, 안드레스가 여기저기 킁킁거리고 다니는 개처럼 주린 배를 안고 기다리고 있었다.

그에게 몰레 요리를 보여주고는 보기 좋게 깨를 살짝 뿌리고, 옥수수 부침개에 맥주까지 준비한 후 나란히 자리에 앉았다. 둘 다 말이 없었다. 한입 베어 물고 반쯤 삼킨 우리는 놀랍다는 표정을 짓고 계속 먹었다. 탈라베라 접시의 푸른 그림이 보일 정도로 말끔히 비운 그이는 내 손으로 그 음식을 만들었다는 사실이 믿기지 않는다고 말했다.

"모두 같이 만들었어요."

"모두 중에서도 무뇨스 자매들이 만들었겠지." 그이가 말했다.

그이는 내게 키스를 해주고 다시 밖으로 나갔다. 난 페파와 모니카를 만나러 아케이드로 갔다.

내가 도착했을 때는 이미 다들 와 있었다. 모니카가 울고 있었는데, 누군가와 프렌치키스를 나누면 아이가 생기는 게 확실하다는 페파의 말 때문이었다.

"어제 엄마가 한눈파는 사이 아드리안이 내게 그런 키스를 했어." 모니카가 흐느끼며 말했다.

내가 한 일은 라루스 구역의 집시 여자에게 그들을 데려가는 것이었다. 둘 다 내 말은 도통 믿으려고 들지 않았기 때문이다. 그곳에 달린 남자들의 거시기가 무엇에 쓰이는 건지 아느냐고 내가 묻자 페파가 대답했다. "오줌 누려고 있는 것 아냐?"

우리는 그 집시 여자를 찾아갔고, 그 여자는 둘에게 설명해주었으며, 달걀로 둘을 문질러주고는 미나리 몇 줄기를 씹으라고 했다. 그다음 그 여자는 우리 셋의 손금을 봐주었다. 페파와 모니카에게는 행복하게 살 거라고, 각각 여섯 명, 네 명의 자녀를 가질 것이라고 했고, 모니카의 남편은 병이 들 것이며, 페파의 남편은 페파만큼 똑똑하지 않을 거라고 점을 쳐주었다.

"하지만 그이는 부자인걸요." 모니카가 말했다.

"대단한 부자지, 아가씨, 하지만 부자라고 병이 안 드는 건 아니야."

내가 손을 내밀자, 그 여자는 내 손바닥 가운데를 쓸어내리고는 거기에 시선을 고정시켰다.

"아니, 아가씨, 참으로 별난 손금을 가졌군."

"어떤지 말해주세요." 내가 재촉했다.

"다른 날 하지. 지금은 너무 늦었고, 피곤해. 그걸 알려달라고 온 건 아니잖아. 이제 그만, 가세요들."

"말해주세요." 페파와 모니카가 나시 졸라댔고, 난 집시 여자가 놓아버린 손을 계속 내밀고 있었다. 그러자 그 여자가 다가와 손을 바라보더니 한 번 더 손바닥을 쓸어내렸다.

"쯧쯧, 아가씨, 아가씨 손금엔 남자가 여럿이야." 여자가 말했다. "그리고 아픔도 많아. 다른 날 오라고들. 오늘은 손금이 잘 안 읽히는 날인가봐. 가끔씩 그래." 그 여자가 내 손을 놓았고, 우리는 메체* 파이를 먹으러 갔다.

"내 손금도 네 것처럼 신기했으면 좋겠어." 페파가 자기 집 방향인 동부 3번지로 걸어가는 길에 말했다

밤에 우리 장군님과 나란히 누운 나는 그이의 배를 쓰다듬었다.

'어쨌든 난 지금 이이를 사랑해.' 난 생각했다. '누가 앞일을 알겠어? 그 여자가 나한테 헛소릴 해댄 거야.'

주말이고 해서 내가 무뇨스 자매들과 함께 만든 옥수수빵을 시식해보라고 친구 한 명을 초대했다. 다들 커피를 들고 있을 때, 한 무리의 군인이 안드레스의 체포 영장을 들고 찾아왔다. 주지사가 서명한 영장엔 살인 혐의라고 씌어 있었다.

영장을 읽어나가는 안드레스는 일말의 동요도 없었다. 난 울음을 터뜨렸다.

"왜 당신을 잡아가는 거죠? 당신을 어디로 데려가는 거예요? 아무도 안 죽인 거죠?"

"이봐, 걱정 마. 금방 돌아올 테니." 그이는 이렇게 말하며 친구에게 내 곁에 좀 있어달라는 부탁을 남겼다.

"해명을 요구해야겠어. 틀림없이 뭔가 잘못된 거야."

그이는 내 머리를 쓰다듬어주고는 가버렸다.

문이 닫히자 난 다시 울음을 터뜨렸다. 그들이 그이를 잡아갔다는

---

* 유명한 요리사의 이름.

사실은 뺨을 맞은 것보다 한층 더 심한 모욕이었다. 친구들은 어떻게 만나지? 부모님께는 뭐라고 말씀드려야 하지? 누구랑 잠자리에 들지? 아침엔 누가 날 깨워주지?

산티아고 성당으로 달려가야 한다는 생각 외엔 아무것도 떠오르지 않았다. 기적을 행할 수 있는 새로운 성모상이 도착했다는 소문을 들은 적이 있었다. 난 미사에 성실히 참례하지 않았던 것과 첫금요일 영성체를 빼먹은 일을 반성했다.

산티아고 성당은 벽면에 성자상이 있고 금빛 제단이 찬란한, 어두침침한 성당이었다. 제단 위쪽으로 아들을 안은 채 아들의 심장에 손을 얹은 성모상이 있었다.

여섯시에 묵주기도가 있었다. 성모님이 나를 잘 볼 수 있도록 앞자리로 골라 무릎을 꿇었다. 성당은 사람들로 붐볐는데, 내 문제가 사람들 사이에 떠돌게 될까봐 두려웠다. 여섯시 정각, 두 손에 커다란 묵주를 든 신부님이 제단 앞에 나타났다. 젊은 분이었고 눈이 큼지막했으며, 머리카락이 자꾸 흘러내렸다. 목소리가 어찌나 쩌렁쩌렁 울리던지 성당 사방에서 들려왔다.

"오늘 바칠 묵주기도는 환희의 신비입니다. 환희의 신비 1단, 마리아께서 예수님을 잉태하심을 묵상합시다. 하늘에 계신 우리 아버지……" 신부님이 기도를 시작했다.

학교에서도 가져본 적 없던 간절한 마음으로 주기도문과 아베마리아, 화살기도 등을 읊어갔다. 마음속으로는 '성모님, 그이를 지켜주세요, 성모님, 그이를 돌려주세요'라고 기도했다.

기도가 마무리될 때마다 합창단석에 있던 오르간이 모두가 잘 아는 성가의 첫 소절을 연주했고, 이어 신부님의 목소리가 흘러나오면 사람들도 성가를 따라 불렀다.

연도(連禱)가 끝나자 두 명의 복사가 향로를 들고 나와 향을 채우고는 뒤쪽에서부터 성모상이 있는 앞쪽을 향해 향로를 옮겨 갔다. 피어오른 연기로 주변이 온통 자욱했다.

"성심을 지니신 우리 성모님, 저희를 위해 기도해주옵소서. 저희를 위해 기도해주옵소서." 다들 이구동성으로 따라 했다. 양팔을 십자가 모양으로 교차한 여자 여러 명이 무릎을 꿇은 채 중앙 통로를 따라 제단을 향해 나아가고 있었다. 그중 둘은 울고 있었다.

나도 그 여자들 틈에 끼어야 한다고 생각했지만, 창피했다. 안드레스의 석방을 위해 내가 해야 할 일이 바로 그것이라면, 그이는 결코 돌아오지 못할 것이라고 생각했다.

사람들이 '성심을 지니신 우리 성모님'을 반복해서 외치는 동안 그 여자들은 제단에 접근해 갔다.

내 기원도 강렬해졌다. 너무나 평온한 모습의 성모님을 바라보며 나직한 목소리로 말했다. "우리가 우러러보는 당신, 영광의 주님이시자 우리의 주님이시여."

그러나 그분은 우리를 바라보지 않으셨다. 두 눈을 아래로 내리깐 채 한결같은 모습으로 근심도 없이 서 계실 뿐이었다.

갑자기 오르간의 울림이 멈췄고, 신부님이 양팔을 십자가 형태로 벌리며 말했다. "기억하십시오, 오, 성심을 지니신 우리 성모님! 당신의 성스러운 아드님, 그분의 경배할 심장 위에 당신이 임재하신다는 그 지극한 권능을 말입니다. 당신의 공덕에 대한 믿음으로 충만한 저희들 이렇게 당신의 보호를 간청하러 왔사오니, 오, 예수님의 성심을 나누실 천상의 회계자시여!" 그 뒤로는 기도가 어떻게 이어졌는지 지금은 기억나지 않지만, 모두 각자 안고 온 기원에 대한 은총을 요청하는 순간에 이르렀다.

엄청난 웅성거림이 들려오기 시작했다. 사방 사람들의 입에서 거대한 중얼거림이 흘러나왔다. 나도 중얼거리기 시작했다. "안드레스가 돌아오게 해주시옵고, 그이를 가두지 말아주시며, 절 혼자 내버려두지 마시옵소서."

"그렇습니다. 우리의 기도는 거절당하지 않습니다." 신부님의 목소리가 터져 나오면 모두 입을 맞춰 따라 했다. 십자가를 만들었던 팔이 성당 전체를 향해 펼쳐졌다.

사람들이 제단으로 다가오면서 나를 신부님 쪽으로 밀어붙였다. 오르간이 〈오, 성모님 안녕히〉를 연주했다. 모두 성가를 불렀다. "우리의 심장은 당신으로 인해 고동치나니, 한 번 그리고 천 번 안녕히, 안녕히." 뒤쪽에서부터 외치는 소리가 들려왔다. "주 그리스도 만세! 주 그리스도 만세!"

그때 일단의 헌병들이 통로로 들이닥치더니 사람들을 몸으로 밀치며 제단까지 길을 열었다. 사람들과 향 연기 속에 파묻혀 있던 나는 그들 중 하나가 사제에게 하는 말을 들을 수 있었다.

"당신, 우리하고 같이 좀 가야겠소. 이유는 이미 알고 있을 테니 소란 피우지 마시오."

오르간은 계속 성가를 연주했다.

"마무리는 짓게 해주시지요." 신부님이 말했다. "그리스도의 이름으로 축복을 내리겠소. 그 후에 당신들이 가자는 곳으로 따라가겠소."

신부님이 제단에서 일어나 감실로 걸어갈 때까지, 그자는 신부님을 내버려두었다. 신부님은 아무 두려움도 없는 듯 보였는데, 난 그것이 성모님에 대한 믿음 때문일 거라고 생각했다. 신부님은 감실 문을 열고 두 개의 유리 사이에서 큼지막한 성체를 꺼냈다. 복사 하나가 신부님에게 금과 붉은 보석으로 된 성궤를 가지고 갔다. 신부님은 성궤를 열어 한가운데에 성체를 놓고는 우리를 향해 돌아섰다. 우리 모두는 성호를 그었고, 신부님이 계단을 내려와 성기실(聖器室)로 사라질 때까지 오르간은 계속 연주되었다. 난 신부님을 뒤따라갔다. 겨우 문까지 다가갈 수 있을 뿐이었지만, 신부님이 영대(靈帶)를 벗고 모자를 쓰는 것을 보았다. 군인들은 신부님의 털끝 하나 건드리지 않았고, 신부님은 군인들을 따라갔다. 이 일을 계기로 성심을 지니신 성모님에 대한 내 믿음도 점차 사라져갔다.

그날 밤, 잠자리에 든 나는 두려움과 추위에 떨었지만 친정으로는 가지 않았다. 무슨 일인지 알아보러 들른 친구 체마와 잠시 이야기를 나누었다. 안드레스는 학위증을 위조해 교관들에게 팔아먹은 위조범을 살해한 혐의로 기소당했다고 했다. 위조 건의 아이디어 제공자이자 그 모든 사업의 총책이 바로 안드레스였는데, 육해군성이 위조 학위증을 발견하고 그 제작자를 찾아내자, 겁을 집어먹은 안드레스가 내막을 가장 잘 아는 그자를 처치해버렸다는 것이었다.

체마는 그런 일은 있을 수 없다고, 내 남편은 그런 일로 살인이나 하고 다닐 사람이 아닐뿐더러 그렇게 비열한 사업을 하지도 않았고, 실상은 안드레스에게 증오를 품고 있던 주지사 파야레스가 그이를 끝장내버리려는 수작이라고 했다.

파야레스 자신이 이미 승리했는데 왜 그이를 증오하는지 이해할 수 없었다. 권력자는 그 사람인데 이미 완전히 패배한 안드레스에게 뭐 하러 본때를 보이려고 했는지.

이튿날, 일간지들은 일제히 철창에 갇힌 그이의 사진을 실었고, 난 집 밖으로 나갈 엄두도 못 냈다. 요리 강습반의 어느 누구도 나와 말을 섞으려 들지 않을 거라 확신했지만, 내가 호두 소스를 뿌린 고추요리 재료를 준비해 가기로 했기 때문에 빠질 수는 없었다. 열시 반, 난 한숨도 못 이룬 얼굴로 복숭아, 사과, 바나나, 건포도, 편도열매, 석류, 토마토 따위가 든 광주리를 들고 갔다.

무뇨스 자매의 주방은 널찍했다. 스무 명이 들어가도 거치적거리지 않을 정도였다. 내가 도착했을 땐 이미 모두 와 있었다.

"다들 당신만 기다리고 있었어요." 클라리타가 말했다.

"그게……"

"변명해봐야 소용없어요. 이 세상에서 먹는 문제는 여자들한테 달린 거고, 그건 일이지 놀이가 아니에요. 그 과일 다 썰어낼 준비나 하시죠. 어디 보자 아가씨들, 누가 이 그룹에 낄래요?"

모니카와 페파 그리고 루시시 미우레르민 거기있다. 나머지는 식탁 건너편에서 날 쳐다보기만 했다. 안드레스는 살인자라고, 자신들은 그런 작자의 마누라와는 접촉하기 싫다고 말하고 싶었겠지만, 그건 푸에블라 사람들의 방식이 아니었다. 내게 손을 내밀어주는 여자도 없었지만, 그렇다고 드러내놓고 속마음을 말하는 여자도 없었다.

모니카는 내 옆에 서서 왜 그들이 장군님을 데려갔는지, 내가 진상을 알고 있는지 물어보면서 칼로 바나나를 천천히 다지기 시작했다. 루시아 마우레르도 내 어깨에 손을 올리는가 싶더니 광주리에서 사과를 꺼내 깎기 시작했다. 페파는 손톱만 깨물어대면서 중간중간 모니카를 향해 왜 그런 질문을 하냐는 듯 인상을 써댔고, 그럭저럭 모니카의 말문을 막고 나자 내게 물었다.

"밤에 무서웠니?"

"조금." 난 계속 복숭아를 썰어가며 대답했다.

무뇨스 자매의 집에서 나왔을 때, 나는 미나리와 석류로 장식한 내 몫의 고추요리를 들고 거리 한가운데 멍하니 서 있었다. 두시 정각이 되자 친구들은 모두 각자 집으로 흩어졌다.

"그 사람들은 신경 쓰지 마." 모니카가 대기하고 있던 엄마의 차에 오르며 말했다.

나는 걸어서 집으로 갔다. 늘 지갑 속에 넣고 다니던 커다란 열쇠로 문을 열었다.

"안드레스!" 소리를 질렀다. 아무도 대답하지 않았다. 고추요리를 바닥에 내려놓고는 계속 큰 소리로 불렀다. "안드레스! 안드레스!" 아무 대답도 없었다. 나는 웅크리고 앉아 호두 소스 위로 눈물을 쏟아냈다.

문을 등지고 앉은 채 왕방울같이 떨어지는 눈물 사이사이로 정원수들이 쏟아내는 푸른빛을 바라보고 있는데, 바로 그때 빗장에서 요란한 소리가 났다. 안드레스가 문을 열 때 내곤 하던 바로 그 소리였다.

"서방님 생각하느라 그렇게 울고 있는 건가?" 그가 말했다. 나는 바닥에서 일어나 그이에게 다가가 그이를 만져보았다. 오후 세시의 태양은 유리에, 뜰에 엉겨 붙어 있었다. 난 신발을 벗고 옷의 단추를 풀어 젖히기 시작했다. 두 손을 그이의 셔츠 속으로 밀어넣었고, 그이를 정원의 잔디밭까지 끌고 갔다. 그리고 그자들이 그곳에서 그이의 거시기를 잘라버리지는 않았는지 확인했다. 그러다가 호두 소스 고추 요리가 떠올라 달려 들어갔다. 우리는 그걸 단숨에 먹어치웠다.

"왜 당신을 데려갔어요? 왜 돌려보낸 거죠?" 내가 물었다.

"병신들이라서, 머저리들이라서 그래." 안드레스가 대답했다.

다음 날 신문엔 종교법에 저촉되는 시위를 계획한 죄로 산티아고 성당의 사제가 징역 2년을 선고받았다는 소식과 함께, 안드레스 아센시오 장군이 풀려났으며, 그가 자신은 학위 위조꾼 살인사건과 전적으로 무관하다는 점을 증명했고 응분의 사과도 받아들였다는 기사가 실렸다.

요리 강습반에는 더이상 나가고 싶지 않았다. 안드레스가 내게 왜 더 나가려 하지 않는지 물었을 때, 내게 쏟아지던 그 시선들과 날 대하던 태도들을 이야기해주는 것으로 끝내버렸다. 난 그이에게 몸을 기댔고, 그이는 내 엉덩이를 툭 쳤다. "아이고, 착하지." 그이가 말했다. "여기서 내 명령을 기다리세요."

3

나의 기다림은 길었다. 안드레스는 시도 때도 없이 불쑥불쑥 드나들며 4년이란 긴 시간을 보냈고, 때로는 부담스러운 듯, 때로는 사다가 상자 안에 고이 모셔둔 물건처럼, 또 때로는 자신의 숙명적인 사랑이라는 듯 날 바라보았다. 나는 그이가 어디서 새벽을 맞을지, 그이와 말을 타면서도 그이가 날 좋아하긴 하는지, 일요일엔 투우장에 데려가 줄 건지, 주중엔 집에 있을지 아무것도 모르고 지냈다.

그이는 나와는 전혀 무관한 열정과, 나로서는 전혀 이해할 수 없는 일에 대한 의욕에 사로잡혀 있었다. 그때 난 사춘기 소녀였다. 같은 이유로도 느닷없이 슬픔이 밀려드는가 하면 돌연 환희가 찾아들기도 했다. 나는 밑도 끝도 없이 고통과 기쁨 사이를 오락가락하는 여자, 똑같은 내일만 피할 수 있다면 무슨 일이든 일어나기를 바라는 여자로 변해갔다. 평온함을 증오했다. 그것은 두려움만 가져다줄 뿐이었다.

달거리 때문에 슬픔이 찾아드는 경우도 많았다. 그러나 남자들과는 전혀 상관없는 일이었기에 장군님께 말씀드릴 수도 없는 노릇이었다. 그렇다고 그런 이야기는 절대로 입에 올리지도 않았으며 시뻘게진 옷은 남 몰래 세탁하라고 가르쳐주시던 엄마와는 달리, 피를 창피해하지도 않았다.

푸에블라 여자들은 그 피를 '요셉의 꽃'이라고 불렀다.

"차라리 '요셉의 꽃'이라도 찾아왔으면." 나는 이렇게 말하곤 했다. "이 따분함만 채워준다면 그게 뭐든 무슨 상관이람." 슬픔이 밀려들 때면 '요셉의 꽃'을 생각했고, 그이가 온전한 내 차지이길 바랐으며, 적어도 매달 꼬박꼬박 돌아오는 그 닷새만이라도 그이와 바다에서 보내고 싶은 열망에 휩싸였다.

북부 9번지의 집엔 키가 아주 큰 물푸레나무 한 그루와 홍목(紅木) 두 그루, 피루나무 한 그루가 있었다. 이 나무들 뒤편 구석에는 부겐빌레아 관목으로 뒤덮인 조그만 벽돌 방이 하나 있었다. 단 하나뿐인 창문으로 하늘 한 조각이 흘러들어 시간의 흐름에 따라 변해가는 모습을 보여주는 방이었다. 난 아무 생각도 않고 다리를 껴안은 채 방바닥에 앉아 있곤 했다.

다리나 허리가 욱신거린다든지 털로 뒤덮인 그곳 저 깊숙한 피부 속에서 무언가 느껴지는 것이 있을 때는 아니스술을 마시면 도움이 된다고 모니카가 말해주었다. 난 온몸이 발개지도록 아니스술을 마셨고, 혼잣말을 해댔으며, 상대만 있으면 누구든 가리지 않고 수다를 떨었다. 이상야릇한 배짱으로 두둑해진 내 입은 우리 장군님께는 차마 내뱉지 못하던 그 모든 투정을 허공으로 쏟아냈다.

안드레스는 푸에블라 주의 군 작전 대장이 되었다. 그것은 곧 그이가 그 일대의 모든 군대를 장악했다는 뜻이었다. 내 생각에 그이는 이미 그때부터 모든 사람에게 위험인물로 받아들여졌으며, 그때부터 헤이스를 비롯한 여타의 동조자와 후원자 들을 알게 되었던 듯하다. 그들은 이미 상당한 돈을 벌어들이고 있었다. 헤이스는 단추와 의약품을 파는 악다구니 양키였다. 자국의 멕시코 주재 명예 영사직도 따냈고, 카란사* 정권기엔 자작 납치극을 꾸며낸 적도 있었는데, 자신을 석방하는 대가로 정부가 지급해준 몸값으로 남부 5번지에 있는 장신구 공장을 사들였다. 그는 이문을 뽑아내는 데 선수였다. 잇속을 짜내는 그의 눈은 유달리 반짝거렸다. 몇 주씩이나 옷도 갈아입지 않았지만, 그가 반 비렁뱅이로 그곳에 왔다는 사실을 아는 푸에블라 사람들마저도 그가 갑부로 변해가고 있다는 낌새를 챘으며, 급기야 그를 미겔** 선생이라고까지 부르게 되었다. 사람들은 그가 아주 똑똑하다며 그를 부러워했다. 하지만 알고 보면 그는 교활한 인간이었다.

처음엔 나도 그에 대해, 아니 어느 누구에 대해서도 몰랐다. 안드레스는 나를 마치 인형놀이 장난감처럼 모셔두기만 했고, 일주일에 세 번씩 그 장난감과 잠자리를 했으며, 등을 긁어주며 기쁨을 주었고, 일요일이면 광장으로 데려갔다. 그이가 체포됐던 그날 이후부터 난 그

---

* 멕시코 혁명기의 정치가(1859~1920). 우에르타를 사퇴시킨 혁명 정권에 의해 대통령이 되어 1917년 민족주의적 헌법 제정을 이룩했으나, 보수적 정책으로 민심을 잃어 1920년에 암살당했다.
** 헤이스의 본명은 마이크 헤이스(Mike Heiss). '미겔(Miguel)'은 영어 이름 '마이크(마이클)'의 스페인어식 이름이다.

이의 사업과 일에 대해 더 많은 질문을 하기 시작했다. 하지만 그이는 이야기해주길 꺼렸다. 대답은 언제나 똑같았다. 사업 이야기를 하려고 나와 사는 것이 아니니, 돈이 필요하면 자신에게 말하라는 것이었다. 때로는 나도 그 말이 옳다고, 가게를 꾸려나가고 초콜릿을 비롯해 내가 원하는 것들을 구입하는 데 쓸 돈을 어떻게 벌어오든 무슨 상관이냐고 자위하기도 했다.

나는 시간 때우기에만 열중했다. 친구들을 찾아다녔다. 수를 놓거나 비스킷 만드는 일 따위를 도와주면서 오후를 보냈다. 그들과 페레스 이 페레스*의 소설을 읽었다. 페파가 아니타 데 몬테마르를 떠올리며 눈물을 쥐어짰던 반면, 모니카와 나는 얼간이처럼 비통해하는 그 모습에 웃음보를 터뜨리던 일들이 아직도 생각난다. 우리는 페파의 결혼 예물 바느질을 도와주었다. 페파는 말수 적고 못생긴 스페인 남자와 결혼할 예정이었는데, 페파가 왜 그런 사람을 남편으로 맞으려는지 우리는 도무지 이해할 수 없었다. 페파가 없는 자리에선 우리끼리 신랑감 흉을 보곤 했지만, 미사를 마치고 나오는 길에 가끔씩 페파에게 미소를 보내던 그 키 큰 남자로 신랑감을 바꾸는 게 훨씬 낫겠다는 말은 차마 해줄 수 없었다. 결국 페파는 그 스페인 남자와 결혼했는데, 그 남자는 미치광이 의처증 증세를 보이고야 말았다. 페파가 바깥을 기웃거리지 못하도록 김 배런다까지 없애버렸던 것이다.

페파의 결혼식 날이었다. 그날을 위해 난 하늘거리는 연푸른색 옷을 사두었고, 안드레스는 내게 기다란 진주목걸이를 선물했다. 그날

---

* 스페인의 작가.

아침은 유난히 기진맥진했는데, 침대에서 나오기조차 싫을 정도였다.

안드레스는 일어나 뜀박질을 했고, 그다음엔 해야 할 일들을 점검하면서 욕실로 향했다. 나는 모포를 칭칭 감은 채 달나라로 갔으면 좋겠다는 생각을 하고 있었다. 어릴 적에 나는 침대 가장자리까지 가서 내가 달나라를 거닐고 있다고 상상하는 놀이를 하곤 했다. 그이가 돌아왔을 때, 난 달나라에 있었다.

"당신, 최고의 시절을 보내게 될 거야. 근데 왜 꼭두새벽부터 그렇게 다 죽어가는 강아지 상인가? 보자, 어디 봐." 그이가 말했다. "눈이 꼭 소 눈 같군. 혹시 임신이라도 한 건가?"

만족해하는 몸짓에 자랑스럽다는 듯한 어조로 말하는 그이와는 달리 나는 부끄럽기만 했다. 얼굴이 달아오르는 것을 느끼며 다시 모포를 뒤집어쓰고는 침대 가장자리로 갔다.

"왜 그래?" 그가 물었다. "당신, 내게 아들을 안겨주는 게 싫은 건가?"

모포 위로 울려오는 그이의 목소리를 들으며, 나는 난생처음으로 날짜를 따지면서 부풀어오른 가슴을 만져보았다. '요셉의 꽃'이 사라진 지 벌써 석 달째였다.

우리는 결혼식에 갔다. 예식 내내 엄마가 된다는 사실이 끔찍하다는 생각만 했기 때문에 나는 그 잔치를 정확히 기억하지 못한다. 기억나는 것이라고는 환한 앞이마에, 긴 옷자락 끝까지 늘어진 면사포 위로 꽃을 꽂은 페파가 성당에서 걸어 나오는 모습뿐이다. 정말 예뻤다. 행진해 나오는 페파의 모습을 보며 모니카와 나는 감정을 자제하기 위해 서로의 손을 맞잡았다.

　"나 아기 가졌어." 결혼행진곡 소리에 맞춰 모니카에게 말했다.

　"축하해!" 모니카는 소리를 지르며, 교회 한가운데서 내게 키스를 해댔다.

4

딸 베라니아가 태어났을 때 나는 열일곱이었다. 그애를 임신하고 있던 아홉 달은 악몽과도 같았다. 앞 곱사등이처럼 몸이 부풀어오는 것을 본 나는 자상한 엄마가 될 수 없었다. 첫번째 불행은 승마와 몸에 맞는 옷을 포기해야 한다는 것이었고, 두번째 불행은 코끝까지 풍겨오는 쉰내를 참아내야 한다는 것이었다. 불평하긴 싫었지만, 뭔가 괴상한 것에 사로잡혔다는 밑도 끝도 없는 느낌은 증오스럽기까지 했다. 마치 배 속에서 물고기 한 마리가 헤엄치고 다니는 듯 아이가 꿈틀거리기 시작했을 때, 어느 날 갑자기 아이가 몸 밖으로 빠져나올 것이며, 몸속의 모든 피가 쏟아져 나와 죽어버리고 말 거라 믿었다. 내게 생긴 이 모든 일, 그리고 그런 일들에 대한 이야기조차 듣기 싫어진 것은 모두 안드레스의 책임이었다.

"여자들은 좋겠어. 임신으로 모성의 소중함도 깨닫게 되니 말이야." 그이가 말했다. "당신은 남들과 다를 거라고 믿어. 가축들이 문제없이 새끼를 배고 낳는 것을 보고 자랐잖아. 당신은 아직 젊어. 그런 생각일랑 접어둬. 고통은 머지않아 잊히는 거 아닌가."

주지사 후보가 되는 데 실패한 그이는 한가롭게 지냈다. 여행의 기회가 생기자 그는 나를 데리고 자동차로 미국까지 갔다. 난 온종일 졸리기만 했다. 자동차가 길고 긴 비포장 길을 덜컹거리며 달리고 눈 위로 태양이 내리쬐는 와중에도 난 잠을 잤다.

"내가 뭣 하러 당신을 데려왔는지 모르겠다, 카틴." 그가 내게 말했다. "다른 여자를 데려오는 게 더 나을 뻔했어. 경치 구경도 하지 않고, 노래를 부르는 것도 아니고, 웃지도 않았잖아. 당신 줄곧 오락가락하더군."

임신이란 건 완전히 오락가락이었다. 안드레스는 내 몸에 더이상 손대지 않았는데, 아기가 잘못될까봐 그런 것 같긴 했지만 그게 나를 더 신경질나게 했다. 조리 있게 생각을 할 수도 없었고 얼빠진 상태였으며, 두서없는 이야기를 늘어놓기 시작했고 남들이 하는 말은 절반만 알아들을 뿐이었다. 게다가 나는 출산에 대한 묘한 두려움마저 갖고 있었나. 영원히 멍정이가 되어버리고 말 거라고 생각했다. 그이가 집을 비우는 일이 이전보다 잦아졌다. 투우를 보러 멕시코시티에 데려가 주지도 않았다. 나갈 땐 그이 혼자지만, 돌아올 땐 다른 여자를 끼고 올 거라고 확신했다. 좀더 매력 있는 여자, 배에 혹도 안 달리고 입가에 기미가 끼지도 않은 그런 여자를. 나 스스로도 아무 데도 가기 싫었다. 가냘픈 허리에 아주 예쁜 여자들만 모이는 투우장엔 더더욱 가기 싫었다.

나는 배를 쓸어가며 잠이나 자면서 자괴감만 곱씹고 지냈다. 외출 이라고는 친정에 식사하러 가는 것이 고작이었다.

어느 대낮에, 피아에게 주려고 산 깃털 장난감을 불면서 광장을 지나다가 학창 시절 남자친구인 파블로와 배부터 정면으로 맞닥뜨렸다. 파블로는 치필로 지방 출신이었는데, 조부모님이 이탈리아 피에몬테 분들이었다. 그의 쑥 들어간 눈과 금발이 그 사실을 말해주었다.

"야, 예뻐졌는데!" 그가 말했다.

"빈말은 여전하구나." 내가 대답했다.

"정말이야. 아기를 기다리는 네 모습이 예쁠 거라고 진작부터 알고 있었지."

결국 그날 나는 친정에 식사하러 가지 않았다.

파블로는 노새가 끄는 마차로 우유 배달을 했다. 매일 새벽 치필로를 떠나 시내로 나온다고 했다. 그가 날 마차에 태워주겠다고 해서, 우리는 함께 들판으로 나갔다. 그는 내가 마치 여왕이라도 되는 듯 받들었다. 태어날 아기에 대한 그의 자상함은 어느 누구도 따를 수 없었다. 심지어 나도 그러지 못했다. 물론 내가 무한한 애정을 가진 모범적인 산모는 아니었지만 말이다. 그날 오후, 우리는 어린애들처럼 풀밭을 뒹굴었다. 나는 내 올챙이배도 잊었고, 심지어 인생에서 이런 소박한 기쁨 이상은 바라지 않는 게 좋을지도 모른다는 생각까지 했다. 싸구려 천으로 만든 그의 바지와 헝클어진 머리칼, 그의 손마저도 멋있어 보였다. 임신 후반기의 그 석 달 동안 파블로는 내 번민을 없애

주는 역할을 했고, 난 삼류 사창가에서도 떼어버리지 못한 그의 총각 딱지를 떼어주는 역할을 했다.

베라니아를 임신했던 기간 중 좋았던 기억이라고는 그게 유일했다. 심지어 출산을 코앞에 둔 그 일요일에도 우리는 여전히 건초 위를 뒹굴고 있었다. 그는 그곳에서 바로 나를 친정으로 데려다줘야 했는데, 내가 산기를 느꼈기 때문이었다. 우리 장군님이 붉은 장미 스무 송이와 초콜릿을 들고 나타난 건 이틀이 지나서였다.

안드레스가 자신의 첫 결혼에서 얻은 자식 둘을 데리고 집으로 들어선 것은 내 딸이 태어난 지 한 달쯤 되었을 때, 가슴이 온통 튼 자국으로 가득했던 때였다.

비르히니아는 나보다 몇 달 먼저 태어났다. 옥타비오는 1915년 10월 생으로 나보다 몇 달 아래였다. 그들은 내가 있던 방 앞에 멈춰 섰다. 그애들의 아버지가 날 소개했고, 우리 셋은 아무런 말도 없이 멀뚱거리기만 했다. 난 안드레스의 삶에 대해 아무것도 아는 게 없었고, 더구나 내 또래의 자식들이 있으리라고는 상상도 못했다.

"내 큰아이들이다." 그이가 말했다. "지금까진 사카틀란에서 우리 어머니와 함께 살았지. 하지만 난 이 아이들이 더이상 시골에 있는 걸 원치 않아. 그래서 여기서 공부시키려고 데려왔어. 앞으로 우리랑 같이 살 거다."

난 고개를 끄떡거리고는 아기를 보여주며 말했다.

"얘는 여러분 여동생이에요. 베라니아라고 해요."

옥타비오는 왜 그렇게 별난 이름을 지었냐고 물으며 아기를 보러 다가왔고, 난 내 아버지의 어머니 이름이 그랬다고 대답했다.

"네 할머니라고?" 옥타비오는 이렇게 되물어오며 손으로 베라니아의 볼을 쓰다듬기 시작했다.

옥바티오는 검고 자신에 찬 눈을 가진 청년이었다. 다정할 때의 안드레스와 웃는 모습이 꼭 닮은 그는 내 친구가 되어줄 의향이 있는 듯 보였다. 누나는 그렇지 않았다. 자기 아버지와 문간에 서 있던 비르히니아는 입 한 번 열지 않았고, 친근한 눈길 한 번 보내주지도 않았다. 못생기고 뚱뚱보에 가까운 그녀의 눈에는 비애가 어려 있었고, 입술은 얄팍했다. 가슴은 작았으며, 각이 진 빈약한 엉덩이에 배는 불거져 있었다. 가슴이 저려왔다.

옥타비오와 그 누나는 우리 집 부근에 거처를 정했고, 우리는 그렇게 갑자기 가족이 되었다. 난 안드레스가 없을 때 동무가 있는 것도 좋겠다고 생각하기에 이르렀다.

밤이 되자 나는 질문 공세를 퍼부으며 그이를 귀찮게 했다. 어디서 둔 자식들인지? 자식이 더 있는지?

일단은 그들 둘이었다. 그이가 그애들의 엄마를 알게 된 건 1914년 초, 헌정파 주지사의 사임으로 푸에블라 주지사가 된 마시아스 장군을 따라 멕시코시티에 갔을 때로, 빅토리아노 우에르타가 마데로를 암살한 후였다. 난 그 당시 일들에 대해 잘 몰랐는데, 그의 자식들이 도착한 그날 밤, 안드레스가 내게 띄엄띄엄 이야기해주었다.*

마시아스는 사카틀란 출신이었다. 아센시오 가문의 다른 아버지들처럼 마부였던 그는 푸에블라에서 있었던 프랑스인들에 대한 저항 운동에 참가했고, 포르피리오 디아스의 군대에 투신했다. 그는 포르피리오 디아스 편에 가담함으로써 유력 인사가 되었고 부유해졌다. 혁명이 터지자 마시아스는 시골로 되돌아갔고, 자기 목장이 있는 그곳에서 안도감을 되찾았다. 안드레스가 그 사람 일을 봐주기 시작한 건 그때부터였다. 안드레스는 마시아스의 일꾼들을 관리하는 일을 했고, 똑똑한 청년이자 명망가의 아들이란 명성을 얻어갔다. 우에르타가 지사직을 제의하자 그 노인네는 기꺼이 그 제의를 받아들였고, 자신의 측근들을 푸에블라로 데려갔다. 그는 여섯 달 남짓 지사직을 수행하던 중 병이 들었다. 신병 치료를 위해 멕시코시티로 가기로 한 마시아스는 안드레스도 데려갔는데, 아주 꼼꼼한 성격인 데다 강아지 돌보듯 자신을 보살펴주는 안드레스가 필요했기 때문이었다. 그가 안경을 잃어버려도 안드레스는 그게 어디에 있는지 언제나 알고 있었고, 옷 수발을 들어주기도 했으며, 심지어 일부 계좌 관리도 맡았다. 장군은 3주 동안 병석에 있었고, 1914년 1월 초 예견된 죽음을 맞았다. 안드레스는 당시 그곳에서 벌어지던 혼란스러운 사태에 대해서는 아무것

---

* 1876년 이후 장기 독재를 행하며 외국자본과 대지주의 이익을 대변하던 포르피리오 디아스가 1910년 또다시 연임을 시도하자, 프란시스코 마데로가 저항을 선언함으로써 멕시코 혁명이 시작되었다. 북부의 판초 비야, 남부의 농민 운동 지도자 에밀리아노 사파타 등이 혁명에 가세해 1911년 디아스를 축출하고 마데로가 권력을 장악했다. 그러나 마데로가 토지개혁에 소극적인 태도를 보이자, 사파타는 토지를 농민에게 분배한다는 아얄라 계획안을 내세워 '토지와 자유'를 주창하며 마데로 정부에 등을 돌린다. 이 같은 분열 와중에 1913년 2월 빅토리아노 우에르타가 반혁명 쿠데타를 일으켜 마데로를 살해하자, 사파타, 베누스티아노 카란사, 판초 비야, 알바로 오브레곤 등이 우에르타를 압박했고, 1914년 6월 우에르타의 연방군이 사카테카스에서 비야에게 패하면서 우에르타는 미국으로 망명했다.

도 모르는 상태로 직업도 없이 혼자 멕시코시티에 남게 되었는데, 그가 가진 거라고는 고(故) 마시아스 장군이 준 은화 두 닢이 전부였다.

그는 도시가 마음에 들었다. 믹스코악 부근의 축사에서 일을 하면서 당시 그곳에서 일어나던 일들을 지켜보게 되었다. 그는 열여덟 살이었고, 시골로 되돌아가고픈 생각은 꿈에도 없었다.

그는 그곳 믹스코악에서 에우랄리아를 만났다. 그녀는 마데로의 군대와 함께 그곳으로 온 소녀였다. 그녀의 아버지 레푸히오 누녜스는 졸병이지만 열정적인 병사였다. 에우랄리아는 자신들이 멕시코시티에 입성하던 날 정오, 기차에서 내려 대통령 궁이 있는 대광장까지 행진해 가는 그들에게 수천 명의 인파가 환호를 보내주던 그 모습, 마데로 각하가 대통령 궁으로 들어가고 그녀와 아버지는 다른 모든 사람들과 함께 대통령 궁 바깥에서 환호하던 그 모습을 추억하며 살았다.

에우랄리아의 아버지도 축사에서 일했는데, 증오에 차 있긴 했으나 희망은 간직하고 있었다. 딸의 미소는 패배의 그림자로 변해갔지만, 그는 머지않아 혁명이 다시 찾아와 자신들을 가난에서 벗어나게 해줄 것이라 확신했다.

그날을 기다리는 동안, 그들은 소젖을 짜서 안드레스가 몰던 늙어빠진 말이 끄는 마차로 우유 내가는 일을 했다. 에우랄리아는 젖 짜는 일만 하면 그만이었기에 배달까지 따라나설 이유가 없었지만, 안드레스와 후아레스 지역을 돌며, 검은 제복을 입은 하녀들이나 가끔은 비단 가운을 걸치고도 세상이 끝장났다는 듯한 표정을 한 백인 여성들이 나오는 저택들의 문을 두드리는 일을 좋아했다. 에우랄리아는 지은 지 1년밖에 안 됐는데 마데로 정권을 전복시킨 반란군의 포탄에 맞아 부서진 집들을 안드레스에게 보여주었다. 안드레스는 여전히 극히 일부만 이해할 수 있을 뿐이었지만 그 소녀 앞에선 마데로주의자가 되었다. 그이가 말했다. "에우랄리아는 눈이 옥타비오와 꼭 닮았고, 덩치는 작아도 강인했어. 어느 날 아침 배달 갔다 오는 길에 그 여자한테 동정을 바쳤지."

난 자세히 알고 싶었다. 그이는 미심쩍어하며 이야기해주었다.

그들은 잠자리를 털고 일어나 젖을 짜는 꼭두새벽부터 어둠이 찾아드는 해거름 녘까지 하루 종일 함께 지냈다. 밤에는 커피를 마시며 에우랄리아의 아버지에게서 에밀리아노 사파타가 칠판싱고를 점령했다든지, 북부의 혁명주의자들이 토레온으로 진군하고 있다든지, 배신자 우에르타가 포르피리오에게 국방위원회 통신문을 발송하고 파리로 훈장을 보냈다든지 하는 등의 이야기를 들었다.

에우랄리아의 아버지가 어떻게 그 모든 상황을 항상 파악하고 있는지는 아무도 모를 일이었다. 한 무리의 양키 해군들이 푸엔테 이투르비데 부근에서 약탈을 일삼고 다닌 혐의로 탐피코에 억류되자 그는 양키 군대가 베라크루스 항에 상륙할 거라고 예언했다. 비야가 사카테카스를 점령하기 전에도, 며칠 동안 피비린내 나는 전투가 벌어질 것이며 그 전투에서 4천 명 이상이 전사할 거라고 했다.

그렇듯 모든 일을 정확히 예견하던 그는 에우랄리아가 상사 안드레스의 아이를 갖게 될 것이란 사실 역시 알고 있었으며, 피할 수 없었던 고통의 세월이 지나가고 난 후엔 전쟁에 대한 예언과 손자의 미래를 연결시키는 데 집착했다. 아이가 생기면서 에우랄리아는 몸이 변해가고 기력이 점점 달린다는 사실을 받아들이면서도 새벽부터 일어나 젖을 짜고 안드레스와 마차로 우유 배달 가는 일을 중단하지는 않았다.

7월 중순의 어느 날 아침, 레푸히오 누녜스 씨는 배신자들의 패배를 단언하며 새벽을 열었다. 그가 그렇게 말하자마자 실제로 하원이 빅토리아노 우에르타의 사퇴를 승인했다. 이후 그는 푸에블라를 비롯하여 케레타로, 살티요, 탐피코, 파추카, 만사니요, 코르도바, 할라파, 치아파스, 타바스코, 캄페체, 유카탄 등지도 함락할 것이라 예측하기 시작했다.

"오늘 오브레곤 장군이 올 거야." 8월 15일, 그가 말했다. 그들 세 사람은 장군을 환영하러 광장으로 나갔다.

청년 아센시오는 알바로 오브레곤이 마음에 들었다. 언젠가 이 싸움판에 뛰어드는 날이 온다면 그의 휘하로 들어가리라 생각했다. 그는 승자다운 면모를 가지고 있었다.

"당신이 그렇게 생각하는 건 사파타를 못 봤기 때문이에요." 에우랄리아가 말했다.

"그래, 못 봤어. 하지만 원주민 옹호자란 사실은 잘 알고 있지." 안드레스가 대답했다.

두 사람이 다투지는 않았다. 견해를 나눌 때면 그는 에우랄리아를 자신과 동등하게 대했다. 나는 그이가 다른 여자와 그렇게 동등하게 대화하는 것을 본 적이 없다.

베누스티아노 카란사가 멕시코시티에 도착해 주지사 및 장군 회의 소집 명령을 내리자, 10월 1일 레푸히오 씨는 비야와 사파타가 늙은 카란사를 돕지는 않을 거라고 예언했다. 또 한 번 적중했다.

회의파는 회의를 열기 위해 아과스칼리엔테스로 옮겨 갔고, 물론 비야와 사파타도 그곳으로 갔다. 10월 말 아얄라 계획안이 통과되었다. 통과 가능성을 점치던 순간부터 레푸히오 씨는 술을 마시기 시작했고, 술에 취해 떠들어댄 지 사흘 만에 그 예언이 사실로 입증되었다. "애들아, 내가 말했지? '토지와 자유'가 이겼어."*

"장인어른은 좋으실 대로 말씀하시겠지만, 카란사 장군님에게 도전하는 건 옳지 못해요." 안드레스가 말했다.

에우랄리아는 배를 매만지며 커피를 준비했다. 그녀는 아버지와 남편의 토론을 듣는 걸 좋아했다.

11월 초순, 카란사가 멕시코시티를 떠났고, 코르도바에 머물던 그는 회의파의 활동을 모르고 있었다. 아과스칼리엔테스에선 마치 아무 일도 없다는 듯 회의가 계속 소집되었다. 회의파는 공화국 임시 대통령까지 임명했고, 거리에선 카란사주의자들과의 투쟁을 계속해나갔다.

23일 양키들이 카란사 장군에게 베라크루스를 양도했지만, 24일 밤 남부의 군대가 멕시코시티에 입성했다.

12월 6일 에우랄리아는 산통을 느끼며 일어났다. 그런 상황에서도 그녀의 아버지는 비야와 사파타를 필두로 한 회의파 군대의 열병식을

---

* 1914년 10월 온건파인 입헌주의자 카란사가 권력을 장악하고 멕시코시티에서 혁명세력의 회의를 소집했지만, 강경파인 판초 비야와 사파타는 멕시코시티에 들어가기를 거부하고 회의 장소를 아과스칼리엔테스로 옮겼다. 비야와 사파타가 회의에서 에우랄리오 구티에레스 장군을 임시 대통령으로 임명하기로 합의했지만, 카란사는 결정을 거부하고 베라크루스로 향했다. 그로써 혁명 세력은 다시 분열해서 오브레곤과 제휴한 카란사 진영(헌정파)과 비야, 사파타 진영(회의파)으로 나뉘어 싸우게 된다. 1915년 4월 셀라야 전투에서 비야가 오브레곤에게 패하고 사파타가 점차 고립되어 가면서 카란사와 오브레곤 쪽으로 힘의 균형이 기울었다. 그러자 1917년 카란사가 새로운 헌법을 제정하고 대통령에 취임함으로써 혁명은 일단 큰 마디를 맺게 된다.

보러 다들 만사를 제쳐놓고 레포르마 거리로 가야 한다고 결정했다.

5만 명이 넘는 사람들이 열을 지어 그들을 따라 들어오고 있었다. 열병식은 오전 열시에 시작해 오후 네시 반에야 끝이 났다. 에우랄리아는 길 한가운데서 딸을 낳았다. 그녀의 아버지가 아이를 받아 닦고 숄로 몸을 감싸주는 사이, 안드레스는 그저 멍하니 보고만 있었다.

"아, 성모님!" 에우랄리아가 진통 중에 내뱉을 수 있었던 말은 이것뿐이었다. 그녀가 몇 번이고 그렇게 말했기 때문에 집으로 돌아와 레푸히오 씨가 갓난쟁이를 씻기는 사이, 안드레스는 아이 이름을 비르헨, 그러니까 '성모님'이라고 짓기로 마음먹었다. 세례를 받으러 갔을 때, 사제가 그런 이름은 붙일 수 없다며 발음이 유사한 비르히니아라고 하는 게 어떠냐고 했다. 그들은 그 제의를 받아들였다.

출산 후 여드레가 지나자, 에우랄리아는 가슴에 아이를 매단 채 1년 전보다 훨씬 화사한 미소를 지으며 축사로 돌아왔다. 딸도 있고 남편도 있으며, 에밀리아노 사파타가 지나가는 걸 보기까지 했다. 그녀는 그걸로 충분했다.

반면 안드레스는 가난과 판에 박은 듯한 일과에 넌덜머리를 냈다. 그는 부자가 되고 싶었고, 열병식을 보러 가는 것이 아니라 대장이 되

하지만 혁명의 여파는 여기서 멈추지 않았다. 1919년 사파타가 카란사 측에 의해 암살당했으며, 개혁에 소극적이었던 카란사의 태도에 오브레곤이 등을 돌렸다. 1920년에 카란사가 살해당한 후 오브레곤이 대통령직에 오르면서 멕시코 혁명은 혼란의 외면적 극복이라는 또 한 마디를 형성한다. 그러나 혁명에서 한 걸음 물러나 있던 비야가 1923년에 암살당한 사실에서 알 수 있듯 혁명의 크고 작은 여파는 이후로도 이어졌다. 이후 혁명 헌법이 본격 시행되었는데, 그중 하나가 가톨릭의 권한을 제한하는 것이었다. 1장에서 안드레스가 교회에서의 결혼을 거부한 것이나 카탈리나가 수녀회에서 몰래 교육을 받은 것도 그 때문이었다.

어 열병식을 하고 싶었다. 젖을 짜고 배달이나 하는 자신의 처지가 고통스러웠다. 그런 그에게 레푸히오 씨의 예언은 마치 일련의 저주처럼 들렸다. 회의파와 헌정파는 국가 전역에서 투쟁을 벌였다. 하루는 이 사람들이 광장을 점령하는가 하면 다음 날엔 저 사람들이 광장을 탈환했고, 어느 날은 이 명령이 유효한가 하면 다른 날은 저 명령이 유효했으며, 어떤 사람들에겐 멕시코시티가 수도였지만 또다른 사람들에겐 베라크루스가 수도였다. 하지만 안드레스는 헌정파가 줄곧 동일한 수장을 옹립하는 반면 회의파는 우두머리가 많아 단 한 번도 의견의 일치를 보지 못했다는 사실을 상기했다.

"문제는 자네가 민주주의를 믿지 않는다는 데 있네." 장인은 이렇게 말하곤 했다.

"레푸히오 씨는 언제나 좋은 면만 보았지." 내게 이야기를 들려주던 안드레스는 이렇게 말했다. "내가 그따위 민주주의를 어떻게 믿을 수 있었겠어. 세고비아 중위가 적절한 말을 했지. '영도되지 않는 민주주의는 민주주의가 아니다.'"

1월은 멕시코시티를 점령한 회의파 정부로 시작했지만, 그달 말에 알바로 오브레곤이 도시를 재점령했다. 그들 헌정파가 들어왔을 때 강풍이 몰아닥쳐 전신주가 모두 뽑혀나가 버리는 통에 도시의 거리는 암흑 속에 빠졌다. 수많은 가로수의 가지가 꺾여나갔고, 안맘중엔 안드레스와 에우랄리아, 레푸히오 씨가 살고 있던 가건물의 지붕이 날아가버려서 그들은 밤새 추위에 떨어야 했다. 에우랄리아는 지붕이 없어졌다는 사실에 실소부터 지었고, 레푸히오 씨는 혁명이 언젠가는 가난이라는 부당함을 해소해줄 거라고 사설을 늘어놓기 시작했다. 젊은 아센시오는 그런 불행을 저주했고, 비참하게 머슴살이나 지속하느니 차라리 독립해보기로 결심하며 그 밤을 보냈다.

그는 매일 오후 믹스코악의 주임사제인 스페인인 신부의 보조로 일하기 시작했다. 하지만 불행하게도 그 직업은 그리 오래가지 못했다. 오브레곤이 수도에 있는 각 사제들에게 50만 페소의 세금을 부과했는데, 이를 지불할 능력이 없는 신부들은 모두 총사령부로 끌려갔기 때문이었다. 아주 부유했던 호세 신부를 따라 안드레스도 그곳에 갔는데, 신부가 코바돈가의 성모님을 걸고 자신에게는 단 1센타보도 없다고 맹세하는 것을 들었다. 오브레곤은 멕시코인 신부는 모두 체포하고 외국인 신부들은 나라를 떠난다는 조건하에 석방해주라고 명령했다. 호세 신부는 채 하루도 지나지 않아 신도들을 버리고 황금이 가득든 가방을 챙겨 베라크루스로 떠나버렸다. 적어도 기차역까지 가방을 들어다 준 안드레스만은 그 사실을 알고 있었다.

사태는 악화일로에 있었다. 소들마저 우유를 적게 내주었고 여위어 갔으며 잘 먹지도 않았다. 에우랄리아와 안드레스는 빵과 석탄을 찾아 시내 곳곳을 돌아다녔지만 구경조차 못 하는 경우가 태반이었고, 어쩌다 찾았다 해도 지불할 돈이 없을 때가 많았다.

3월에 남부군이 재차 수도를 탈환하자 오브레곤은 그 전날 야반도주를 했고, 이 사실에 레푸히오 씨와 그의 딸은 힘을 얻었다. 회의파 대통령과 대표위원 대부분도 군대를 따라 들어왔다.

에우랄리아와 아버지의 기대는 커져갔지만 안드레스의 사상을 바꿔놓지는 못했다. 게다가 에우랄리아는 또다시 아이를 가졌다. 축사일은 급료 지급이 불규칙했고, 어쩌다 쉰 날의 급료는 정확히 공제됐다. 안드레스는 아내의 환상을 혐오하기 시작했다. 도망쳐버리고 싶었다. 거의 20년이 지난 후의 그는 왜 그때 떠나지 못했는지 설명하지 못했다.

에우랄리아는 회의파 사람들이 마을이 처한 상황을 잘 모르는 게 틀림없다고 확신했고, 그래서 빈 장바구니를 들고 옥수수 요구 농성을 벌이러 갈 사람들을 규합한다는 소식을 듣자 주저 없이 나섰다. 안드레스는 그녀와 함께 가고 싶은 생각이 없었지만, 숄에다 아이를 감싼 채 축제에라도 가는 듯한 얼굴로 문간에 서 있는 아내를 보고는 따라나서기로 했다.

"옥수수를 달라! 빵을 달라!" 군중은 텅 빈 장바구니와 굶주린 아이들을 내보이면서 구호를 외쳐댔다. 아내가 다른 사람들과 함께 구호를 외치는 동안, 안드레스는 '맙소사' 소리만 내뱉으며 모든 게 부질없고 빌어먹을 짓거리일 뿐 그곳에서 얻어낼 수 있는 건 아무것도 없다고 확신했다.

회의파 대리인 한 사람이 나와 5백만 페소 내에서 생필품을 구입할 수 있도록 조치하겠다고 발표했다.

"내가 말했죠? 앞으론 먹을 게 넘쳐날 거예요." 이튿날 대통령이 광업학교 운동장에서 염가로 옥수수를 판매하라고 명령을 내리자, 그곳에서 구입할 게 있을까 하고 장바구니를 들고 나서던 에우랄리아가 그렇게 말했다. 안드레스는 이번엔 그녀를 따라가지 않았다. 그는 아이를 업고 나서는 아내를 보았다. 그녀의 배는 또다시 불러왔다. 깡마른 데다 기미까지 끼어 있었으나 그 환한 미소는 변함이 없었다. 그는 마누라가 미쳐간다고 생각하며 땅바닥에 주저앉아 줄담배만 피워

댔다.

밤이 이슥해져도 에우랄리아가 돌아오지 않자, 그는 아내를 찾아 나섰다. 광업학교에 도착한 그가 발견한 것이라곤 주인 잃은 신발과 바구니를 주워 모으는 한 무리의 군인들뿐이었고, 그 넓은 운동장에서는 옥수수 알갱이 하나 찾아볼 수 없었다. 옥수수를 얻으려고 1만 명 이상의 인파가 몰려들었던 것이다. 한 줌이라도 차지하려던 사람들은 점점 난폭해졌고, 서로 밀고 당기다 사람들이 깔리는 사고가 발생했다. 2백여 명이 졸도했는데, 일부는 질식한 탓이었고, 또다른 일부는 일사병 때문이었다. 적십자사가 구급차로 그들을 실어 갔다.

안드레스는 에우랄리아를 찾아 적십자사의 낡은 병원으로 갔다. 아내는 간이침대에 내팽개쳐진 채였고 딸아이는 머리가 터져 있었지만, 남편을 보자 에우랄리아는 그 아득한 미소를 보내왔다. 아무 말 없이 손을 펼쳐 옥수수 한 줌을 보여줄 뿐이었다. 그가 치를 떨며 아내를 바라보자 그녀는 다른 손도 펼쳤다.

"더 있어요." 에우랄리아가 말했다.

얼마 후, 그들은 축사 일의 대가로 10페소를 받았고, 갑부라도 된 듯한 기분에 먹을 것을 구하러 산후안 시장으로 갔다. 시장에 도착한 시각이 정오였기 때문에 거의 모든 가게가 문을 닫은 상태였는데, 어느 빵 가게 앞에서 수많은 여자들이 소리를 질러가며 문을 밀어붙이느라 장사진을 이루고 있었다.

"우리 저쪽으로 가봐요." 에우랄리아가 걸음을 옮기며 말했다. 그리고 그녀도 그 연약한 몸으로 온 힘을 다해 밀어붙였다.

어느 순간 갑자기 문짝이 넘어졌고, 굶주림 때문에 극도로 흥분한 여자들이 안으로 들이닥쳐 악다구니를 치며 빵을 덮쳐 손에 잡히는 대로 바구니에 집어 담았다. 안드레스는 그 난리통 속에서도 스페인 사람인 가게 주인이 값을 치르지 않고 빵을 집어 가는 여자들을 막느라 고군분투하는 모습을 지켜보았다. 주인은 여자들과 필사적인 실랑이를 벌이며 바구니로 손을 뻗어 그 속에 든 것들을 다시 빼앗으려 했다. 머리를 땋은 웬 여자가 빵 반죽 한 쟁반을 자기 바구니에 털어넣자 주인이 그 여자의 머리채를 붙드느라 계산대에서 멀어지는 장면이 안드레스의 눈에 들어왔다.

바닥 근처에 놓인 목재 돈 통엔 돈이 그다지 많지 않았다. 재빨리 돈을 챙긴 안드레스는, 노획물의 일부를 먹어가며 부스러기나마 계속 쓸어 담고 있는 여자들의 팔다리와 숄 틈에서 에우랄리아를 찾았다. 그는 문께로 가서 아내에게 소리를 질렀다. 에우랄리아는 한 손을 들어 뜯어 먹던 빵을 보여주며 빵가루 범벅이 된 미소를 보내왔다. 에우랄리아는 사람들을 밀어젖히며 그가 있는 곳까지 왔고, 그는 아내를 거의 끌다시피 하며 달리기 시작했다.

"아무것도 못 건졌어요?" 반쯤은 축제와도 같은 그곳을 왜 빠져나와야만 했는지 모르고 있던 에우랄리아가 물었다. 그는 대답하지 않았다. 축사로 되돌아가는 길에 아내가 아니스 빵에 대해 곱씹어대거나 말거나, 자기 빵은 좀 나눠달라고 사정해비도 소용없다며 한 입도 안 줄 거라고 말하거나 말거나 신경 쓰지 않았다.

레푸히오 씨는 그동안 집에 남아 손녀딸의 요람을 흔들어주고 있었는데, 요람이래야 끄나풀로 천장에 매달아놓은 부대에 지나지 않았다. 행복에 겨워하며 집으로 들어선 에우랄리아는 그 늙은 예언자에게 빵 바구니를 건넸다. 웃음을 터뜨리며 서로 포옹하는 두 사람을 바라보던 안드레스는 더 힘든 날을 위해 돈을 남겨둬야겠다고 생각했다. 그러나 에우랄리아가 끝없이 바가지를 긁어대는 통에 주머니에 남겨둔 동전 몇 닢마저 모두 내놓고 말았다.

"야, 돈 많다." 에우랄리아가 돈을 공중으로 던지면서 소리 질렀다.

바로 그날 오후, 에우랄리아는 숄을 사고 싶어 했고 안드레스와 레푸히오 씨가 입을 셔츠도 사자고 졸라댔다. 아이 몫으로는 화려한 금실로 짠 모자를 골랐으며, 나머지 돈은 설탕과 커피와 쌀을 사는 데 써버렸다. 그러자 안드레스에겐 겨우 15페소밖에 남지 않았다.

"그래도 아침에 가지고 있던 돈보다는 5페소나 더 많잖아요." 잠자리에 든 에우랄리아가 말했다.

날이 밝으면서 바로 지척에서 대포 소리가 들려왔기 때문에, 그들은 축사에 남아 있는 말라비틀어진 소 여덟 마리의 젖을 짜러 가는 건 포기해야겠다고 생각했다. 그러나 빵을 생우유에 적셔 먹고 싶어 하던 에우랄리아는 아버지의 경고에도 아랑곳하지 않고 그 어느 때보다 일찍 집을 나섰다.

하루 종일 대포 소리가 들려왔다. 안드레스와 에우랄리아는 자신들이 짠 얼마 안 되는 우유를 싣고 후아레스 지역까지 내려갔으나, 아무도 문을 열어주지 않았다. 거리에는 전차도 자동차도 보이지 않았고, 상점 문은 닫혀 있었으며, 나다니는 사람도 거의 없었다.

오후가 되자 회의파의 후위부대가 떠나버렸고, 이튿날 아침에 헌정파의 전위부대가 도시로 들어왔다. 이틀이 지나자 더 많은 군대가 들어왔고, 그들을 따라 새로운 군 지휘관과 경찰서장, 그 지역을 통치할지사도 들어왔다.

에우랄리아가 페소 지폐를 들고 버터를 사러 갔지만 가게에선 이제 그건 쓸모없는 휴짓조각에 불과하다고 말했다. 집으로 돌아온 에우랄리아는 돈을 모두 써버리는 걸 반대했던 안드레스에게 분통을 터뜨렸다. 얼마나 화가 났던지 남은 돈을 모두 태워버리겠다고 설쳐댔지만, 아버지는 회의파가 되돌아올 거라고 예언하며 솥 바닥에서 눋기 시작하던 돈을 떼어냈다.

에우랄리아는 창백해져갔고 슬픔에 빠져들었다. 안드레스는 임신 탓이라고 말했지만, 아버지 레푸히오 씨는 지난해엔 그렇지 않았다고 반박하고 나섰다.

"애 낳을 때마다 다르대요." 언쟁을 벌이는 둘을 보며 에우랄리아가 말했다.

닷새가 지나자 회의파가 도시를 탈환했다. 그 소식을 듣자마자 에우랄리아는 지폐를 들고 지난번에 돈으로 인정할 수 없다고 했던 바로 그 상점으로 향했다.

에우랄리아는 쌀 2킬로그램, 밀가루 1킬로그램, 옥수수 2킬로그램, 설탕 1킬로그램, 커피 1킬로그램에다 담배까지 한 갑 사 왔다.

헌정파가 되돌아오자 레푸히오 씨는 이번엔 그들이 그곳을 떠나지 않을 것이라고 예견했고, 에우랄리아는 자신이 먹을 걸 구입해두는 선견지명을 발휘했다며 으쓱해했다.

카란사는 도시에서 한 달간 머물렀다. 미국마저도 그의 정부를 인정해줄 즈음, 에우랄리아는 안드레스처럼 맑은 두 눈과 자신처럼 아득하고 조숙한 미소를 가진 사내애를 낳았다. 레푸히오 씨는 행복에 겨위 희색이 만면했고, 때문에 당장 눈앞에 다가오는 번영의 앞날에 대한 희망 어린 예언도 못 할 지경이었다. 그는 서둘러 아이 이름을 옥타비오라고 짓고는 아무도 다른 이름을 고집하지 못하게 했다.

아직 돌도 채 안 된 비르히니아는 벌써 아침부터 밤중까지 관심 밖으로 밀려났다. 엄마와 할아버지는 갓 태어난 금쪽같은 사내아이에게 푹 빠졌고, 아버지는 어떻게 하면 빠른 시일 내에, 그리고 영원히 가난에서 벗어날 수 있을지를 생각하고 다니느라 딸은 거들떠보지도 않았다.

그는 젖을 짜서 혼자 마차를 몰고 나갔으며, 이제 조금씩 질서가 잡혀가고 즐거움마저도 엿보이기 시작하는 도시를 돌았다.

어느 날, 축사 주인이 안드레스에게 물가조절국이라는 새로 생긴 관청에 가서 우유 값이 얼마로 결정될 예정인지, 혹시 가격이 더 떨어지는 건 아닌지 문의해보라고 했다.

마치 유령이라도 보듯 안드레스는 안내실 유리 너머에 있는 친구, 어릴 적 사카틀란에서의 친구인 로돌포를 보았다. 그는 동부군과 함께 멕시코시티로 들어왔는데, 전투라고는 한 번도 치르지 않았지만 상사 계급을 달고 있었다.

그는 세금 징수원이었고, 따라서 그 권위에 어울리는 계급이 필요했던 것이다. 안드레스보다 두 살 위로, 두 사람의 만남은 4년여 만의 해후였다. 안드레스는 친구를 줄곧 얼간이 녀석으로 믿어왔는데, 말쑥한 옷차림에 엄마가 해주시는 밥을 얻어먹을 때처럼 통통한 그를 보고는 자신의 생각에 회의를 품기 시작했다. 그들은 마치 어제 오후에 헤어졌다가 다시 만난 것처럼 인사를 나눴고 함께 식사도 했다.

안드레스는 밤이 이슥해서야 믹스코악의 가건물로 돌아갔다. 말도 없이 늦었다고 마누라가 바가지를 긁자, 그는 친구가 상사로 변해 있더라고 이야기해주며 이제 곧 돈벌이가 짭짤한 직업을 갖게 될 거라고 장담했다.

레푸히오 씨가 수염 끝자락을 쓰다듬더니 딸에게 말했다.

"내 예언이 잘 맞는다는 건 알고 있겠지. 제대로 된 길을 잡은 거란다. 이 사람 북부군으로 틀림없이 성공할 거야. 뭔가 못마땅하긴 하지만 말이야."

"그 친구를 우리 옥타비오의 대부로 삼지요." 안드레스가 말했다.

에우랄리아는 그 아득한 미소를 보이고는 침대로 가 아들 옆에 몸을 뉘었다.

"저앤 지쳤다는 말을 하고 있는 걸세." 레푸히오 씨가 말했다. "저 애가 그런 말을 한다는 건 이제 곧 죽는다는 징후일세."

불행히도 레푸히오 씨의 예언은 이번에도 적중했다. 몇 달째 시내에 만연하던 장티푸스가 믹스코악의 가건물에까지 흘러들어 에우랄리아에게 들러붙은 것이었다.

여드레가 지나자 에우랄리아는 미소를 잃어갔고 말도 거의 하지 않았으며, 몸은 불덩이처럼 달아올랐고 악취를 풍겨대기 시작했다. 안드레스와 레푸히오 씨는 이마에 물수건을 얹어주는 것 외엔 손 한번 제대로 써보지 못한 채, 죽어가는 에우랄리아를 바라만 보고 앉아 있었다. 장티푸스에 걸려서 살아남는 사람은 없었다. 에우랄리아도 그 사실을 잘 알고 있었기에 마지막 며칠은 그들을 괴롭히는 것이 싫었다. 그녀는 단지 고맙다는 눈빛으로 그들을 바라보거나 가끔씩 미소를 지어 보이기만 했다.

"성공하세요." 마지막 날, 고열로 침묵의 세계에 빠져들기 직전 아내가 안드레스에게 남긴 말이었다.

5

나는 이 드라마틱하고 감동적인 모든 이야기를 몇 년간이나 곧이곧
대로 믿었다. 에우랄리아에 대한 기억을 존중했고, 그 여자의 미소와
다름없는 그런 미소를 지으려고 애썼으며, 우리 장군님과 함께했던
그 순박하고 억척스러운 여인을 진심으로 부러워하며 수많은 오후를
보냈다. 안드레스가 푸에블라 주지사 후보가 되자 반대파에서 보낸
문서, 그러니까 마데로 정부를 제대로 인식하지 못했던 그 시절에 그
가 빅또리아노 우에르따의 휘하에 있었냐고 고발하는 분서가 우리 집
에 날아오기 전까지는.

"그러니까 우유 팔던 그 이야기가 엉터리란 말이죠." 그이가 집에
돌아오자 문서를 펴 보이며 내가 말했다.

"나와 이야기하고 말고 할 것도 없이 내 적들의 말만 믿겠단 뜻이

로군." 그이가 대답했다.

내가 그이를 고발하는 그 종잇장을 두 손에 들고 몇 시간이고 정원만 바라보며 생각에 빠져 있자, 그이는 의자 앞으로 다가와 다리를 내 눈 높이에 두고 내 머리 위로 시선을 내리꽂은 채 말했다.

"그래서 뭐가 어쨌다는 건가? 주지사 부인이 되는 게 싫은가?"

난 그이를 바라보았고 서로 마주 보며 웃었으며, 난 좋다고 대답했고 그럴듯한 과거를 꾸며내려 했던 그이의 의도는 잊어버렸다. 주지사 부인이 되고 싶었다. 요리와 수유, 기저귀 틈바구니에서 거의 다섯 해를 보낸 터였다. 무료했다. 베라니아 밑으로 세르히오가 태어났다. 아이가 울음을 터뜨리자 내 배 속에 담고 있던 바윗덩이에서 벗어나는 느낌이었고, 이번이 마지막이라고 맹세했다. 난 전형적인 엄마로 변해갔지만, 안드레스는 그것을 그리 높이 쳐주지 않았다. 군 작전 책임자였던 그이는 주지사를 증오했고, 헤이스와 동업을 하고 있었다. 이 일들만으로도 대단히 바빴지만, 그 외에도 그이는 차관 자리에 오른 콤파드레* 로돌포를 방문하러 뻔질나게 멕시코시티를 드나들었다. 어느 날, 기쁘게도 그이의 상관 아기레 장군이 대통령 후보로 선출되었다.

안드레스는 그와 전국으로 순회유세를 다녔다. 그이가 너무나 오랫동안 우리와 떨어져 지냈기 때문에, 어느 날 오후 실을 사러 나갔던

---

* A가 B의 친자식 C의 대부(padrino)가 될 때, 대부 A와 친부 B와의 관계를 콤파드레 (compadre)라고 칭한다. 이 작품에서 로돌포는 안드레스의 아들 옥타비오의 대부이고, 따라서 로돌포와 안드레스는 서로 콤파드레 관계가 된다. 여자의 경우는 콤마드레 (comadre)라고 한다.

비르히니아가 돌아오지 않고 실종되었을 때도 옥타비오와 난 그이에게 사실을 알릴 수가 없었다. 우리는 경찰에 신고부터 한 후 몇 날 며칠을 찾아다녔지만 도대체 비르히니아에게 무슨 일이 생긴 건지 통 알 수가 없었다. 집으로 돌아온 아이 아버지는 딸의 실종을 예정된 죽음으로 받아들였다.

그이에게 다른 딸들이 더 있다는 사실을 알게 된 건 그이가 주지사 자리를 차지하기 직전의 일이었다. 당시 상황에서는 좋은 아버지로 비칠 필요가 있다고 생각한 그이가 그애들, 그러니까 또다른 네 명의 아이들을 내게 데려왔다. 마르타는 열다섯, 마르셀라는 열셋, 릴리아와 아드리아나는 열두 살이었다.

아드리아나와 릴리아는 쌍둥이 자매로, 종교 탄압 시기에 안드레스가 군대를 이끌고 폐쇄하러 갔던 틀랄판의 카푸치나 수도원 소속 견습수녀의 딸이었다. 릴리아는 첫눈에 날 마음에 들어 했다. 밤색 머리에 모든 것에 호기심을 보이는 왕방울 눈을 가진 아이였다. 날 보자마자 내가 자기 아버지의 부인이냐고 물었고, 그렇다고 대답하자 그때부터 날 엄마라고 불렀다. 반면에 아드리아나는 내성적인 아이로, 그애에겐 우리와 부대끼며 살아간다는 것 자체가 대단한 고역이었다.

그 당시 베라니아는 네 살, 우리가 체코라고 부르던 세르히오는 세 살이었다. 로레토 언덕 위의 집으로 이사할 때, 우리에겐 옥타비오까지 포함해 일곱 명의 자식이 딸려 있었다. 그 집은 언덕배기에 있었는데 간선도로변은 아니었다. 큰 길을 벗어나 좁다란 길로 접어들면 길 사이로 홀연 일대를 감싸며 길게 늘어선 나무 울타리가 보였다. 울타리 너머로 정원이 있고, 그 뒤로 우리 집이 있었다. 방은 열네 개, 중앙에 뜰이 하나 있고, 3층 건물에 응접실이 여럿 있는 집이었다. 그 모든 공간에 가구를 배치하느라 고생한 걸 생각하면 지금도 끔찍하기만 하다.

마지막으로 액자를 걸고 있을 때, CROM* 소속 노동자 2백여 명이 안드레스에 대한 지지를 표명하러 왔다며 초인종을 눌러댔다. 그들을 뒤따라 농부에서 거리의 악사들, 헤이스와 그의 스페인 방직공들에 이르기까지 많은 사람들이 도착했다. 파티라는 달갑지 않은 손님이 우리 집으로 찾아들었다. 난 부엌일이나 거들라며 안드레스의 지지자들이 보내준 알랑쇠와 카페 종업원으로 이루어진 대부대를 지휘해야 했다. 꼭두새벽부터 연회가 벌어졌다. 정원 가득 테이블이 놓였고, 난 두 아이를 돌보는 것 외에는 아무 할 일이 없던 조용한 엄마에서 마흔 명이나 되는 시중꾼들의 대장으로, 대략 쉰에서 3백 명 사이의 사람들이 내 집에서 하루하루 먹는 데 필요한 경비를 챙겨주는 일의 책임자로 두 주를 보냈다.

아이들은 그들보다 훨씬 천진스러운 산악지방 출신 유모들의 손에 맡겨졌고, 나는 그 난리통 같은 사태에 짓눌려 아이들 얼굴 볼 틈도 없었다. 다행스럽게도 여동생 바르바라가 나랑 같이 지내기 위해 왔고, 그애에겐 내 개인 비서라는 그럴듯한 직책이 붙여졌다.

그해에 푸에블라 입법의회가 여성들에게 투표권을 부여했는데, 단지 카르멘 세르단과 네 명의 여선생만이 환영한 일이었다. 그렇지만 안드레스는 연설 때마다 정치투쟁, 혁명투쟁에서 여성 참여의 중요성

---

* '멕시코 노동자 지역 연맹'의 약자로 어용노조이다.

을 역설했다. 어느 날, 수많은 출룰라 여성들이 몰려들어 자신들이 혁명에 어떤 식으로 일조할 수 있는지 묻고 있다고 누군가 알려오자, 그이는 현명하신 아기레 장군이 말씀하신 것처럼 여성 근로자 및 시골 여성의 권익 보호와 부부간의 평등 등을 위해 멕시코 여성이 단결해야 한다고 대답했다. 그 이후로 난 그이의 연설은 하나도 믿지 않았다. 사흘 후 그는 공유지 제도의 실험에 대해 뜨겁게 열정적으로 역설해놓고는, 바로 그날 오후엔 국유화법에 따라 징발했던 부동산을 되돌려주는 협상이 타결된 것을 축하하기 위해 헤이스와 건배를 들기까지 했다. 그가 그렇게 거짓말만 늘어놓고 다녔기 때문에 투우장에서 열린 집회에서 흥분한 사람들이 법조문을 태워버린 것도 당연한 일이었다. 많은 사람들이 부상을 입었다. 하지만 부상자 이야기를 다룬 신문은 후안 소리아노의 신문밖에 없었다.

이런 비극적인 사태를 마지막으로 도시에서의 유세 활동은 끝났고, 우리는 주 전체를 순회하고 다녔다. 아이들, 유모, 요리사까지 모두 함께 이 마을 저 마을로 옮겨 다니면서, 농지를 요구하고 정의를 부르짖으며 기적을 일으켜달라는 시골 사람들의 말에 귀를 기울였다. 그들은 재봉틀에서부터 소아마비에 걸린 아동의 건강 문제나 지붕에 얹을 기와, 나귀, 신용대출, 종자, 학교 문제에 이르기까지 모든 걸 요구해왔다. 나는 그 순회를 즐겼다. 산마르코스처럼 진흙두성이 동네에 들르는 것도 좋았지만, 정말 마음에 들었던 건 산맥을 따라 코에찰란까지 올라가는 일이었다. 그렇게 초목이 울창한 경관을 본 적이 없었다. 끝없이 흘러내리는 푸름뿐, 끝도 보이지 않는 협곡과 바위까지도 온통 식물에 뒤덮인 산, 산 그리고 또 산. 코에찰란 여자들은 희고 긴 옷을 입고 있었으며, 실과 머리를 함께 땋고는 남은 실로 머리를 치장했다. 그 여자들이 산속의 웅덩이나 바위틈을 헤집고 다니면서도 옷을 버리지 않고, 심지어 옷자락 하나도 더럽히지 않는다는 사실은 도무지 이해가 안 갈 정도로 신기한 일이었다. 그 여자들은 체구가 자그마해서 열두 살짜리 릴리아보다도 키가 작았지만, 커다란 광주리를 들고도 몸에 아이들을 여러 명씩 달고 다녔다. 마을 어귀엔 사람이 많지 않았다. 그곳 농부들은 정당에 가입하기를 꺼릴 뿐만 아니라 선거에 대해 두려움마저 갖고 있었는데, 선거판만 벌어지면 언제나 총질과 살인이 난무하기 때문에 그렇다고 사람들이 설명해주었다. 이처럼 그들은 후보의 방문에 겁을 집어먹고 있었으며, 때문에 후보를 보러 나오는 일은 그들에게 별 의미 없는 짓이었다.

안드레스는 우리보다 며칠 앞서 각 마을에 도착한 선거전 조직책들에게 몹시 화를 냈는데, 말 채찍을 든 채 땅에 엉버티고 서서 그들을 내리지도 못하게 하고는 사람들을 광장으로 불러 모으지 못하면 죽여버리겠다고 으름장을 놓았다.

자갈길도 걸어보고 싶고, 교회에도 가보고 싶고, 시장에서 고추나 오렌지도 사고 싶어 아이들과 버스에서 내렸다. 안드레스의 고함 소리에서 얼른 벗어나려고 아이들이 가보자는 대로 무작정 갔다.

옥타비오가 우리를 인도했다. 그는 여동생들에게 좋은 인상을 심어주려고 애쓰는 중이었다. 그에겐 동생들이 더없이 매력적으로 보일 뿐, 마르셀라 같은 여자가 자기 피붙이라는 생각은 할 수도 없었다. 그는 핑곗거리를 만들어 마르셀라의 손을 잡았고, 그애가 자갈길을 잘 걷도록 도와주었다. 그는 마르셀라의 애인이었다. 그애들만 바라보며 길을 걷던 나는 마르셀라가 원주민 여자들의 옷을 걸치면 한층 더 예쁠 것 같다는 생각이 들었다. 그리고 우리 여자들 모두가 그곳 여자들 옷차림을 하는 게 좋겠다는 쪽으로 생각을 발전시켰다. 지구 당 위원장의 부인 레미히아 여사가 옷을 구해와서 우리가 옷 입는 걸 도와주었다. 치마는 여사와 그 자매들의 것이었고, 머리 실도 마찬가지였다. 그들은 베라니아가 입을 하얀 속옷도 주었다. 우리가 광장으로 되돌아갔을 때, 안드레스는 몇 명 되지도 않는 청중을 앞에 두고 막 유세를 시작하려는 참이었다. 우리는 어렵사리 걸음을 옮겼는데, 실이 잔뜩 들어간 머리를 꼿꼿이 세우고 있는 것도 무척 힘들었다. 우리 스스로는 이상해 보였지만, 사람들은 우리 모습을 좋아했다. 시장 거리를 지나자 많은 사람들이 우리를 따라오기 시작했다. 광장에 도착한 우리는 선거꾼들이 겨우겨우 모아온 사람들보다 세 곱절 많은 군중을 아센시오 장군님께 안겨주었다. 우리는 그이 옆으로 가 나란히 섰으며, 그이는 연설을 시작했다.

"코에찰란 주민 여러분, 이들은 바로 제 가족, 여러분의 가족처럼 소박하고 친밀한 제 가족입니다. 가족은 우리가 가진 것 중에서 가장 소중한 것입니다. 제가 여러분에게 약속드리는바, 우리 정부는 여러분이 마땅히 누려야 할 미래를 마련하기 위해 노력할……" 그리고 그이는 여기서부터 말을 풀어나갔다. 제꼬민이 우리 다리 사이를 뛰어다니며 모자를 썼다 벗었다 했을 뿐, 모두 조용히 그이의 말을 경청했다. 옥타비오는 그럭저럭 누이동생 마르셀라의 허리께에 손을 얹는 데 성공했고, 가정의 화목에 대한 안드레스의 연설이 끝날 때까지 그곳에서 손을 떼지 않았다. 우리는 코에찰란을 떠나 안드레스가 어린 시절을 보낸 사카틀란으로 내려갔다. 그곳에선 델푸엔테 집안과 페르난데스 집안 사람들, 가난뱅이들이 나와 혁명 전엔 마을의 주인이었던 자신들을 통치하러 돌아온 그이를 지켜보며 기가 차 원통해하고 있었다.

우리가 도착한 그날 오후, 누군가 이발소에서 면도를 하고 있었는데, 어떤 사람이 그에게 아센시오 장군을 환영하러 가기 위해 단장하는 거냐고 물었다.

"장군은 무슨 놈의 장군." 그 남자가 대답했다. "그 녀석은 마차몰이꾼 종내기야, 영원히. 난 천한 것 앞에 무릎 꿇진 못해."

이튿날 그는 마을 유지들이 우리를 위해 베풀어준 만찬에 나타나지 않았다. 우리 장군님은 문제의 그 사람에 대해 물었고, 우리와 뜻을 같이하지 못하는 데 유감을 표명했다. 우리가 그곳을 떠나던 날, 주정꾼 하나가 아침에 살해당했다는 이야기가 들려왔다.

그 외에 사카틀란에선 축제도 열렸다. 불꽃놀이가 펼쳐졌으며, 밤새 춤판도 벌어졌다. 안드레스는 마치 꼭 그렇게 해야 한다는 듯 나에게 알랑거렸고, 코에찰란에서의 일을 고마워했다. 그이는 행복해했다.

세 번 보았지만 언제나 무뚝뚝하기만 하던 그이의 어머니 역시 아들이 자신에게 품위와 기품을 되돌려주기라도 한 듯 황홀해하며 춤을 추고 다녔다.

에르미니아 여사는 퀭한 눈매에 주걱턱인 깡마른 여인이었다. 백발이 성성했으며, 머리를 뒤로 모아 리본으로 묶었는데 별 품위는 없어 보였다. 가난에 익숙한 양반이었지만, 아들이 유명 인사가 되어 돌아오자 지체 없이 안락한 삶에 습관을 들여갔다. 하지만 절대 사카틀란을 떠나려 들지는 않았다.

안드레스는 어머니에게 광장 앞에 있는 집을 한 채 사주었다. 집 외관은 석재로 되어 있었고, 발코니엔 전 주인이 프랑스에서 직접 가져와 설치한 철제 난간이 둘려 있었다. 에르미니아 여사의 자식 부부와 손자 들도 그 집에서 방을 하나씩 차지했지만 정말이지 모를 일이었다. 엄밀히 말해 에르미니아 여사가 포근한 사람은 아니었던 탓에, 벌써 유명 인사 행세를 하며 사람들 위에 군림하던 자식들은 물론 손자 들도 그 양반을 찾아가는 일이 드물었기 때문이다. 하지만 안드레스는 사카틀란에서 잠시나마 머물게 된 것을 좋아했다. 그이는 끊임없이 그 석조 건물에 드나들었는데, 그건 예전에 엄마에게 못다 부린 어리광도 부리고 뒷바라지도 받기 위해서였다. 둘의 로맨스를 방해하지 않으려면 난 그곳에 가지 않는 편이 나았다. 게다가 나는 사카틀란이 전혀 마음에 들지 않았다. 그곳에는 항상 비가 내렸고, 그래서 우울했기 때문이다.

빠뜨리고 지나치는 마을은 하나도 없었다. 주지사 후보로서 그런 식의 선거전을 벌인 건 안드레스가 최초였다. 아기레가 대통령 후보로는 최초로 전국 순회유세를 벌였기 때문에 그이로서도 별다른 도리가 없었다.

나는 그런 선거전이 마음에 들었다. 그이는 이미 그때부터 장군으로서 전횡적인 면모를 드러내긴 했지만, 적어도 그땐 내 곁에 있었고 아직은 평범한 사람으로 보였다. 즉 맥을 놓치지 않고 대화를 나누었고, 딸들 중 하나에게 문득 키스를 해주기도 했고, 매일 밤 잠자리에 들기 전엔 자신이 일을 잘 처리했냐는 둥, 내가 보기에 사람들이 자신을 좋아하는 듯하더냐는 둥, 성공적이었냐는 둥, 자신이 주지사직을 수행하는 데 거들어줄 준비가 되어 있냐는 둥 묻기도 했다.

일단은 그이도 아기레 장군을 본떠 시골 사람들의 말에 귀 기울이는 데 많은 시간을 쓰기로 마음먹고 있었다. 그이는 산골 마을 테시우틀란으로 갔다. 그이 앞에 연단이 놓였고, 원주민들은 소가 부족하다, 모 인사가 나타나 혁명이 자신들에게 안겨준 땅을 빼앗아 갔다, 혁명으로 분배된 땅이 자신들에겐 돌아오지 않았다, 자식들이 자신들처럼 자라기를 원치 않는다 등등 각자의 문제를 안고 그곳까지 올라왔다. 그가 마치 신이라도 되는 듯 그이에게 자신들의 삶을 이야기하고 문제 해결을 요청했다. 안드레스는 이런 들볶임을 하루밖에 견디지 못했다. 다음 날 아침, 그이는 욕실에서 아기레 장군의 까탈스러운 고집에 대해 한바탕 불평을 늘어놓더니 사람마다 자기 방식이 있다고 생각하지 않느냐고 물었다. 물론 난 그렇다고 대답했다. 유세는 점차 간단해지기 시작했고, 테우아칸에서의 유세는 단 한 시간으로 끝났다. 유세 후, 우리는 온천수가 나와 아기레 장군이 가끔씩 휴가를 보내곤 하는 엘리에고 목장으로 수영을 하러 갔다.

마침내 선거일이 닥쳤다. 나는 안드레스와 나란히 투표하러 갔다. 투표함 앞에서 손을 맞잡은 우리의 모습이 이튿날 신문에 났다. 투표율이 높다고 말할 순 없었지만, 또다른 입후보자가 없었던 탓에 평화로운 가운데 투표가 진행되었다. 그날은 일요일이었고, 거리는 한산했으며, 사람들은 일찌감치 미사를 드리고는 별 소란 없이 각자의 집에 틀어박혔다. CTM* 노동자들과 공무원들이 투표를 했는데, 건성으로 투표에 참가한 사람들도 몇몇 있는 듯했지만 그게 전부였다. 그로써 안드레스가 주지사 관저에 들어가 자리를 차지할 합법적인 명분을 얻었음은 두말할 필요도 없었다.

지금에 와서야 들려오는 말에 따르면, 당시 푸에블라 사람들이 반대는커녕 손가락 하나도 까딱하지 않았던 건 장차 자신들 앞에 어떤 상황이 닥칠지 몰랐기 때문이었다고 한다. 어쨌든 나도 지나친 말은 아니라고 본다.

그들은 자기 집과 자기 일밖에 모르는 사람들, 한 발짝만 비켜나 있으면 설령 머리 위에서 시체가 떨어져도 모를 사람들이었기에 그이에 대해서는 한 마디도 하지 않았다.

주지사 시절 초기는 즐거웠다. 모든 것이 새로웠고, 난 안드레스와 손잡고 일하는 사람들의 부인들로 구성된 여성 궁정을 이끌었다. 체코는 꼬마 주지사 놀이를 했고, 여자애들은 사람들의 시선을 끌기 위해 무도회란 무도회엔 다 참석했다. 우리 장군님도 우리가 즐거워하는 걸 알고 있었고, 그런 모습이 그이한테도 즐거움을 주었다고 믿는다. 미친 여자들을 수용해놓은 '산로케' 정신병원 개원식에 우리를 데려갔던 것도 이미 그 때문이었지 싶다. 테이프 질난식과 넌설이 끝나자 그이는 마림바를 가져오라고 하더니 병원 내에서 무도회를 열었다. 분홍빛 가운을 입어 우아해 보이기까지 하는 미친 여자들은 음악

---

* '멕시코 노동자 연맹'의 약자. 노조 연합체.

이 흐르자 행복해했다. 안드레스는, 알코올중독으로 그곳에 수용되었지만 이제 막 술을 끊은 아주 예쁜 여자와 춤을 추었고, 때문에 그 여자는 유아기에 멈춰 있거나 누군가에게 쫓기고 있다고 믿거나 혹은 다행증(多幸症)과 우울증 사이를 끊임없이 오락가락하는 수많은 여자들 틈에서 빛을 발하고 있었다. 주지사님은 모든 여자들과 춤을 추었으며, 그런 여자들 틈에 있는 것을 그다지 불쾌하게 생각하지 않던 나하고도 물론 추었다. 그곳이라면 누구든지 편히 쉴 수 있을 것 같다는 생각까지 들었다.

갑자기 안드레스가 마림바 연주를 멈추라고 명령하더니, 나를 자선 사업 책임자라고 소개했다. 그렇게 되면 '산로케'는 '따사로운 가정'이나 몇몇 대중 의료원과 함께 내 책임으로 떨어지는 것이었다.

온몸이 떨려오기 시작했다. 그렇지 않아도 난 이미 아이들과 집안 하인들에다 내 지시를 기다리는 대부대 때문에 쫓긴다는 느낌을 갖고 있었는데, 난데없이 미친 여자들에 고아들, 의료원까지 맡으라니. 그날 난 안드레스에게 제발 그 일만은 맡기지 말아달라고 밤새 애원했다. 안드레스는 그럴 수 없다고 했다. 그건 내가 자기 마누라이기 때문이며, 바로 그런 일 때문에 부인네들이 존재하는 거라고 했다. "즐겁고 유쾌하기만 할 거라는 기대는 접도록."

다음 날 나는 '따사로운 가정'으로 갔다. 이름은 아주 그럴듯했지만 땟국이 흐르는 채 방치된 구질구질한 수용소에 지나지 않았다. 아이들은 반쯤 벌거숭이인 데다 그나마 몸에 걸친 옷도 몇 달씩 때에 찌든 것이었다. 그애들은 입까지 흘러내린 콧물을 빨아가며 마당을 뒹굴고 있었다. 아이들을 돌보는 사람이라고는 정신지체와 정신박약을 구별

하기는커녕 자기 이름도 제대로 발음하지 못하는 여자 몇 명이 고작이었다. 모든 일이 그 여자들 손에 맡겨져 있었다. 일렬로 늘어선 철제 요람에선 아기들이 수천 번이나 오줌을 싸댄 요를 깔고 잠들어 있었다. 그중엔 갓난쟁이들도 있었는데, 그애들에게는 하루에 두 번씩 와서 말라비틀어진 젖가슴에 그나마 남은 젖을 물리도록 계약된 유모들뿐이었다.

나는 그들을 살펴보았다. 아이들과 그들을 보살피는 마귀 같은 네 여자를.

그때 대단히 유능해 보이는 의사가 내게 항의성 발언을 해왔다.

"이 아이들에게 소젖을 먹이면 죽을지도 모릅니다." 그가 말했다.

"여기 있는 것보단 죽는 게 훨씬 낫겠네요." 내가 대꾸했다.

이런 내 동정심을 해결해줄 수 있는 이가 과연 누구였겠는가? 물론 내 남편이었다. 그날 오후, 그이는 내 말이 과장됐으며, 따라서 수용소나 의료원을 위한 추가 비용은 한 푼도 내놓을 수 없다고, 미친년들도 그 건물이면 이미 충분하다고 말했다.

"내 눈으로 직접 보고 왔단 말이에요. 침대조차 없어요." 내가 말했다.

"그 여자들은 땅바닥보다 높은 곳에서는 한 번도 자본 적이 없는 여자들이야." 그이가 내답했다. "그곳에 논 많은 미친년늘이 있을 거라고 생각하나? 부유한 여자들은 거리를 활보하고 있단 말이지."

"당신이랑 말이죠." 그이에게 대답했다.

아침에 베라니아가 입을 옷을 사러 '누에보 시글로'에 들렀는데, 종업원이 이틀 전에 장군님이 사준 마닐라산 숄이 마음에 들더냐고 내게 물었다. 난 아주 예쁘더라고 대답해주었지만, 안드레스 아센시오가 구입한 물품이 어디로 배달되는지 언제나 잘 알고 있는 주인은 우거지상을 지었다. 그 숄은 촐룰라에 있는 어느 유부녀에게 배달되던 것이다. 그이에겐 말하지 않겠다고 다짐했지만 나도 참을 수가 없었다. 결국 그이의 이해를 얻어내지 못해 그 일은 일단 그쯤에서 접어두기로 했다.

나는 그의 딸들을 불러 무도회나 파티, 추첨 행사 등을 열면 자선사업에 필요한 비용을 확보할 수 있을 테니 도와달라고 제의했다. 그들은 그러마고 했다. 그들은 프레드 애스테어와 함께하는 특별 시연회에서부터 주지사 관저에서의 무도회에 이르기까지 온갖 제안을 했다. 한동안은 미친 여자들이나 환자들, 아이들이 어떻게 지내든 신경 쓰지 않고 파티를 여는 데만 열중했다. 이제 와서 생각해보면 결국에는 왜 그런 일을 벌였는지조차 잊어버리고 있었던 것 같다.

아이들에겐 속옷이나 양말을, 미친 여자들에겐 침대를, 병원엔 침대 시트를 나눠주고 다닐 수 있었던 건 순전히 동생 바르바라가 내 비서 역할을 잘 수행해준 덕분이었다. 우리가 다시 찾아간 '산로케'는 아주 말끔했고, 여자들은 일렬로 늘어서서 일일이 우리에게 감사를 표했다. 하지만 그 여자들의 분홍빛 가운은 이미 빛이 바래가고 있었고, 낮에 보는 그들의 얼굴은 한층 추해 보였다. 춤판에서 제일 처음 안드레스와 춤을 추었던 그 젊은 여자도 여전히 그곳에 있었고, 오빠가 유산을 차지하려고 자신을 그곳에 감금했다고 하던 여자도 그대로 있었다. 그 여자들을 불러서 우리와 나란히 앉게 했다. 기념식이 끝났을 때, 나는 그 여자들을 그곳에서 벗어나게 하는 것 외엔 별다른 방도가 없다는 걸 깨달았다. 그들에게 관심이라도 보이는 사람이 아무도 없었던 것이다.

그날 밤, 주립대학이 종합대학교로 승격한 것을 축하하는 기념식이 있었다. 그 사업은 선거전 당시부터 안드레스가 간절히 원하던 일 중 하나였는데, 지사직을 수행한 지 채 몇 달도 지나지 않아 그런 변화를 이뤄냈다. 총장직에는 대학 학장이었던 사람이 임명되었고, 바로 그 사람이 그날 밤 감사의 표시로 안드레스를 명예 총장으로 추대하기로 되어 있었다. 신문지상에 비판 여론이 들끓었고 사람들도 기막혀했지만, 정작 안드레스 자신은 태연했다. 그이는 교수 가운을 걸치고 사각모를 썼으며, 우리에겐 정장 차림을 하라고 했다.

한때 정신병자였던 여자들을 어떻게 해야 할지 결정할 시간이 없었기 때문에, 우리는 그 여자들을 축하연에 데려갔다. 한 여자에겐 내 옷을, 또다른 여자에겐 마르타의 옷을 입혔다.

축사를 하는 사이에 얼굴이 예쁜 여자를 총장에게 추천하자 총장은 그 여자를 개인 비서로 채용했으며, 유산을 상속받지 못한 여자를 소개받은 주 사법재판소장은 그 여자의 주장이 정당한지 알아봐주겠다고 약속했다. 난 그녀가 오빠로부터 상속권을 되찾았다고 믿고 있는데, 그건 그로부터 한 달 후, 그 여자가 은제 다기 세트와 카드 한 장을 보내왔기 때문이다. 기드에는 '이멜다 마수르도'라는 이름 옆에 쌍호를 치고 '상속받지 못했던 여자'라고 씌어 있었고, 그 아래엔 이렇게 적혀 있었다. '정의를 위한 당신의 노고에 무한한 감사를 드립니다.'

처음엔 접견을 원하는 사람들이 집으로 찾아와 안드레스와 내게 자신들을 도와달라고 청했다. 난 모든 이야기를 경청했고, 바르바라는 메모를 했다. 밤이 되면 탄원인 명부를 가져가 우리 장군님께 읽어드렸으며, 그이의 지시를 받았다. "이 사람은 고디네스를 만나보는 게 좋겠고, 이 여자는 내 집무실로 보내고, 이건 안 되는 일이고, 이 사람에겐 당신 쌈짓돈이나 좀 나눠주고, 그렇게 해."

내가 처음으로 엄청난 환멸을 느낀 것은 교양이 넘치는 어떤 남자가 찾아와, 도시 관련 문서가 폐지 재활용 공장에 팔렸다고 말했을 때였다. 시 관련 문서 전부를 폐지 무게로 달아 킬로그램당 3센타보에 팔아버렸다는 것이었다. 밤이 되자 나는 안드레스에게 그 문제부터 따졌다. 그이는 그에 대해선 이야기조차 하려고 들지 않았다. 그이가 한 말이라곤 그건 다 쓸모없는 휴짓조각에 불과하고, 푸에블라 시가 필요로 하는 것은 미래이며, 그런 케케묵은 기록을 보관해둘 장소는 없다는 것뿐이었다. 문서 보관소 부지는 대학교 강의실을 확충하는 데 쓰일 거라고 했다. 더구나 이미 때가 늦은 것이 행정비서 디아스 푸마리노가 이미 땅을 매각해버렸고, 설상가상으로 그 돈을 수용시설에 사용하도록 내게 줄 거라고 했다.

다음 날, 난 코르데로 씨에게 문제를 해결하지 못했다고 알리는 창피를 감수해야 했다. 결과적으로 그 매각 대금은 수용시설에 쓰이지도 못했는데, '승마인연합회'가 그날 아침 안드레스를 방문하자, 그이는 주 정부 발행 수표와 함께 책상 위에 놓여 있던 문서 보관소 매각 대금을 개인 기부 형태로 그들에게 줘버린 것이었다.

그 일로 나의 패배가 시작되었고 사태는 갈수록 건잡을 수 없었다. 어느 날, 한 부인이 몹시 원통해하며 날 찾아왔다. 그녀의 남편은 촉망받는 의사로 가족이 살고 있는 집의 소유주였다. 동부 18번지에 있는 예쁜 집이었다. 부인의 말에 따르면, 그 집을 마음에 두고 있던 우리 장군님이 남편을 불러 자신에게 그 집을 팔라고 했다는 것이다. 남자가 그 집이 가문의 유일한 유산인지라 팔기가 곤란하다고 말하자, 안드레스는 그 집을 당신 미망인에게서 구입하는 사태를 원치 않으니 현명하게 결론 내려주기를 바란다고 대답했다. 이렇게 협박을 통해 그 의사에게서 집을 팔겠다는 허락을 얻어낸 안드레스는 값을 흥정했다. 그 남자는 수천 페소가량을 언급했고, 그 말을 들은 안드레스는 금고에서 세금 납부액에 근거해 그 집의 시세를 정하는 부동산 등기 서류를 꺼냈다. 서류에 의거한 시세는 그 사람이 요구한 가격의 절반밖에 되지 않았다. 결국 요구액의 절반만을 지불한 안드레스는 사흘의 말미를 줄 테니 집을 비워달라는 협박만 떠안기고는 그를 돌려보냈다. 그 이튿날 남자의 부인이 날 찾아온 것이었다. 밤에 안드레스에게 그 이야기를 했다.

"질긴 데다 따지기까지 좋아하는 여편네로군. 당신은 아무것도 모른다고만 해."

"근데 그 말이 사실인가요? 왜 그 집을 원하는 거죠?"

"당신은 상관 마." 그이는 이렇게 말하고 잠들어버렸다.

다음 날, 그 이야기를 듣고 옥타비오를 깨우러 갔다.

"그런 문제는 법정에 맡겨버리고 넌 뭔가 보다 그럴싸한 일에나 매달리는 게 좋을 것 같은데." 옥타비오가 말했다.

난 계속 설명해주었고, 잠이 덜 깬 옥타비오가 내 말을 잘 못 알아듣고 있는 게 틀림없다고 믿으며 또다시 그 집 문제를 이야기했다.

"설마 아버지가 모든 걸 그런 식으로 사들이고 있는 걸 모른다는 말은 아니겠지, 카티." 침대에 걸터앉아 기지개를 켜며 그가 말했다. 그러고는 길고도 요란하게 하품을 했다.

"나 좀 들어가도 돼?" 마르셀라가 문을 밀며 물었다.

마르셀라는 옥타비오의 셔츠와 바지를 걸치고 있었다.

"아직도 안 일어난 거야?" 마르셀라는 뒷짐을 진 채 걸어와 옥타비오 앞에 섰다.

"이런 게으름뱅이 같으니라고." 마르셀라가 숨겨온 물 한 잔을 옥타비오에게 뒤집어씌우며 말했다.

"나쁜 계집애." 옥타비오가 잔을 뺏으려고 기를 쓰며 소리를 질렀다. 둘은 뒤엉켜 한바탕 난리를 피웠고, 그 난장판은 곧 포옹과 깔깔거림으로 바뀌었다. 그들은 내 시기심을 자극할 정도로 행복해 보였다.

"어쨌든 고마워, 타보*." 문 쪽으로 걸어가며 말했다.

"나도, 카티." 내가 방을 나서며 문을 닫아주자 그가 말했다.

---

* 옥타비오의 애칭.

6

내가 봤을 때 안드레스가 주간지 〈아반테*〉의 발행인 후안 소리아
노에게 처음으로 격노했던 것이 투우장 사건 때였다면, 두번째는 푸
에블라 공무원 중에 반혁명분자가 다수 포함되어 있다는 기사를 내보
낸 때였다. 서기장 마누엘 가르시아는 혁명주의자 세르단 파를 밀고
했던 사람이고, 푸에블라 행정 감사관 에르네스토 에르난데스는 빅토
리아노 우에르타가 창설한 소위 '국보위'의 일원이었으며, 테시우틀
란의 세금 징수원인 사울 페르난네스는 개인적으로 틀락스칼란통고에
서 베누스티아노 카란사에게 총격을 가한 적이 있고, 주지사 자신도 마
데로 암살 쿠데타가 일어났을 당시 '주력군' 소속이었다는 기사였다.

---

* 스페인어로 '전진'이라는 뜻.

"망할 자식, 넌 이제 죽었다." 그이는 식탁에서 아침식사를 하다가 신문을 접고 일어서며 이를 앙다물고 말했다.

그날 이후로 그이는 그 말을 되풀이했다. 그러나 소리아노는 계속 신문을 발간했고, 아케이드에서 커피를 마셨으며, 일요일이면 부인과 광장을 산책했다. 그가 집에서 사무실까지 걸어다니며, 밤이면 '백합'이라는 가게에서 빵을 사고, 저녁식사 후엔 혼자 산책하기를 즐긴다는 건 모두가 아는 사실이었다.

난 몰래 그의 신문을 읽었다. 안드레스가 신문을 집어던지고 욕지거리를 해대며 나가고 나면 그걸 다시 주워 모아 샅샅이 읽었다. 때로는 왜 그가 화를 내는지 알 수 없었다.

아마 개관식을 알리면서도 기사는 싣지 않았거나 혹은 싣더라도 프린시팔 극장 개관식 기사 따위를 실었기 때문인 듯했다. 그 기사에는 그이가 테이프를 자르는 사진이 하나 실렸고, 안드레스 아센시오 장군의 통치 기간 중 극장의 개축이 이루어졌다는 인상적인 표제를 단 사진이 또 하나 있었는데, 사진 아래엔 모든 사업이 시민들의 기금으로 이루어졌는데 왜 그들은 어느 곳에도 보이지 않느냐는 질문이 달려 있었다.

아기레가 석유를 국유화하자 푸에블라의 신문 중 〈아반테〉만이 유일하게 열광적인 반응을 보였다. 안드레스는 펄펄 뛰었는데, 그이가 보기엔 고철 더미에 지나지 않는 시설을 징발하기 위해 강대국들과 분쟁을 일으키는 것은 어리석기 짝이 없는 짓이기 때문이었다.* 어쨌

---

* 당시 멕시코의 석유 자원은 미국 자본이 장악하고 있었다.

든 아기레 부인이 사회 전 계층의 여성들에게 돈이나 보석은 물론 가능한 모든 수단을 동원해 석유 부채 상환에 동참하자고 부르짖었을 때, 안드레스는 날더러 루페 여사가 의장으로 있는 '여성 위원회'에 가입하라고 했다.

어느 날 오후, 그이가 조그만 상자를 잔뜩 들고 왔다.

"그 여자들한테 갖다줘. 그리고 우리 딸들의 혼사는 포기했다고 말해." 그가 말했다.

상자 안에는 모든 것이 있었다. 팔찌, 귀걸이, 다이아몬드, 시계, 목걸이, 내 것만큼이나 되는 보석 컬렉션이었다. 딸아이들과 나는 상자를 가지고 멕시코시티로 갔다. 우리는 사람들로 발 디딜 틈 없는 '예술의 전당'에 도착했다. 닭을 가져온 시골 아낙들도 있었고, 5센타보짜리 동전이 가득 찬 돼지저금통을 내놓기 위해 무대 위 접수대로 가는 여자들도 있었다. 심지어 미국 여자들도 몇 명 보였는데, 그 여자들은 석유 회사를 비판하는 발언을 하며 공개적으로 수천 페소를 내놓았다.

접수대로 올라간 아이들과 나는 영웅과 같은 표정을 지으며 아기레 부인에게 우리가 가져간 상자를 건넸다. 보다 완벽한 장면이 되려고 그랬는지 바로 그 순간 내 마음이 진심으로 움직였고, 나는 목에 걸치고 있던 진주목걸이마저 내놓았다.

〈아반테〉는 아기레 부인이 앉은 접수대 앞에서 목걸이를 벗는 내 사진을 실었다. 나는 후안 소리아노에게 감사했고, 안드레스는 내게 으르렁거렸다.

시간이 점점 더디게 흘러갔다. 자상한 시골 엄마의 얼굴로 고아들 꿈이나 꾸고 늙은이들이나 안아주면서 몇 백 년을 보내고 있다는 기분이 들기 시작했고, 그러는 동안 내 형제들이나 페파, 모니카 등을 통해 시내의 모든 사람들이 주지사의 8백 가지 죄상과 50명의 정부(情婦)에 대해 떠들어대고 있다는 걸 알게 되었다.

어느 곳에 여자가 있다느니, 저 집은 또다른 여자에게 사주었다느니 쑥덕거리는 말들이 불쑥불쑥 들려왔지만, 난 칼만 갈고 있었다. 짧은 사랑으로 끝나거나 그이가 각종 위협을 잊기 위해 잠시 스쳐 지나는 여자들에 대해서는 신경 쓰지 않았다. 하지만 그이의 아이를 낳은 여자를 포함해 그이에게 애정을 느끼는 여자들은 내 마음을 흔들어놓았다. 그런 여자들은 안드레스의 지적이고 다정한 면만 알고, 그이가 찾아갈 때면 언제나 정갈한 모습이며, 그이에게 기분 나쁜 말을 하거나 새벽녘에 한숨을 쉬지도 않기에 난 그 여자들에 대한 질투심에 불타올랐다.

차라리 나도 안드레스의 정부가 되고 싶었다. 비단 가운에 반짝거리는 구두를 신고 그이를 기다리고, 갖고 싶은 것을 사는 데 내 마음대로 돈을 쓰고, 아침이면 늦잠도 자고, 자선사업이나 퍼스트레이디로서의 처신에서도 벗어나고 싶었다. 더구나 사람들은 그이의 정부들에게 동정심과 온정만 가지고 있을 뿐, 아무도 그 여자들을 공모자로 생각하지는 않았다. 반면 나는 공식적인 공범이었다.

내겐 소문만 무성히 들려왔을 뿐이며, 그 소문들이 지어낸 이야기인지 진실인지 수년간이나 까맣게 모르고 지냈다는 걸 어느 누가 믿어주겠는가? 안드레스가 정적들을 살해하고 그 시체를 자갈과 아스

팔트 혼합물에 뒤섞은 뒤 그걸로 도로를 포장해버렸다는 말을 난 믿을 수 없었다. 그러나, 푸에블라의 도로는 천사들이 설계했지만 주지사 정적들의 고기를 다져 포장했다는 말들이 떠돌고 있었다.

나로서는 안드레스가 무슨 일을 하는지 모르는 편이 차라리 나았다. 난 그 사람 아이들의 엄마였고, 그이의 집 안주인이었고, 마누라이자 하녀였고, 그림자였고, 노리개이기도 했다. 당시의 내가 어땠는지 누가 알겠느냐만 때로는 그이가 존재하지 않는 나라, 내 이름이 그이의 이름에 붙어 다니지 않는 나라, 그이에 대한 사람들의 호감이나 경멸과는 무관하게 그냥 나 자체를 좋아해주고 나 자체를 싫어하는 나라로 가버리고 싶었지만, 어쨌든 내 신세는 계속 그 모양 그 꼴일 수밖에 없었다.

어느 날 나는 집을 나와 오악사카로 가는 버스를 잡아탔다. 멀리 떠나버리고 싶었고, 심지어 직업을 구해 생계를 꾸릴 생각까지 했다. 하지만 첫번째 마을에 도착하기도 전에 벌써 난 후회하고 있었다. 울어대는 아이들에다 바구니와 닭까지 든 시골 사람들로 버스는 만원이었다. 쉬어빠진 옥수수 부침개와, 밀고 당기는 몸들에서 풍기는 냄새가 뒤섞여 버스 안은 온통 시큼털털한 냄새로 가득했다. 나는 새로운 삶이 싫어졌다. 서둘러 버스에서 내려 최대한 빨리 되돌아갈 수 있는 차편을 알아보았다. 사람들이 알아볼까 두려워 시골길을 걸을 수도 없었다.

난 서둘러 돌아왔고 내 집으로 들어간다는 사실에 안도감이 들었다. 마치 납치라도 당했다 풀려난 사람처럼, 정원에서 놀고 있던 베라니아와 체코를 껴안았다.

"왜 그래요?" 돌발적이고도 갑작스러운 내 애정 표현에 베라니아가 못마땅하다는 듯 물었다.

이튿날이 되자 나는 또다시 울어버리고 싶었고 쥐구멍으로 숨어버리고 싶었다. 나 자신이 싫었다. 정치에만 관심을 두는 남편을 둔 것도 싫었다. 그저 평범한 여자이고 싶었다. 내 아이라기보다는 그이의 아이들, 그이에게서 나서 그 성을 물려받았지만, 내가 하루 종일 그리고 날마다 돌봐줘야 하는 일곱 명의 아이가 딸렸다는 것도 싫었다. 아이들을 돌보는 목적이 고작 불쑥 나타나는 그이를 기쁘게 하는 것뿐이었기에 내 처지가 한심스럽기만 했다. '릴리아가 정말이지 예뻐졌어요, 마르셀라는 얼마나 우아한지 몰라요, 아드리아나는 또 얼마나 참하게요. 마르타의 머리모양이 참 근사하죠, 참, 베라니아의 눈은 아센시오 가문을 닮아 총기가 넘쳐요' 따위의 말이나 떠들어가면서 말이다.

난 다른 여자가 되고 싶었다. 방이 넘쳐나는 성채 같은 집, 안드레스의 생각대로 잔디밭에까지 장미를 심어 자유롭게 걸을 수조차 없는 그런 집에 사는 여자가 아닌 다른 여자가 되고 싶었다. 누군가 몰래 뒤쫓아 오기라도 하는 양 그이는 수백 개의 덫을 설치해두고는 사람들이 알지 못하도록 매일 그 위치를 옮겼다.

외출도 자동차나 말을 타야만 가능했는데, 그래야 사람들과 거리를 둘 수 있기 때문이었다. 밤이면 안드레스 외엔 어느 누구도 집을 나갈 수 없었으며, 한 무리의 무뚝뚝한 사람들이 언제나 날 지키고 있었다. 그들은 우리와 말을 주고받는 것이 금지되었고, 그들이 할 수 있는 말이라곤 이것뿐이었다. "죄송합니다만 더는 가실 수 없습니다."

우리는 절대 저녁에 외식하는 법이 없었다. 협상을 위한 저녁식사도 집에서 했는데, 거의 매일 있는 일이었다. 그들의 방문보다 더 행복한 일도 그리 흔치 않다는 표정을 지어 보이며 낯선 사람들을 맞아야 한다는 중압감에 나는 염증을 느끼기 시작했다.

나는 온갖 강박관념에 사로잡혀갔다. 사람들의 입맛을 알아내는 것이 내 의무라고 믿었다. 그들이 우리 집에 올 때까지 난 그들의 위장통이나 생각하고, 고기를 살짝 구워야 할지 바싹 구워야 할지, 밤에 텅가*를 먹어도 괜찮은 사람들인지, 미나리가 들어간 스파게티를 싫어하지는 않을지 따위나 생각하며 하루를 보냈다. 그런데도 그들은 집에 들어와 음식을 들면서도 싫다 좋다는 말 한 마디 없이 그저 먹기만 했고, 대화에 끼어들 여지조차 주지 않아 음식이 다 식어버리기 전에 내가야 할지 어떨지 물어볼 수도 없었다.

많은 사람들에게 난 장식의 일부일 뿐이었으며, 가구에 대한 관심과 별로 다를 바 없는 그런 관심이나 끌면서 식탁에 앉아 문득 미소나 지어야 하는, 아무것도 아닌 존재였다. 때문에 만찬은 나를 우울하게 했다. 방문객들이 도착하기 10분 전쯤 되면 울고만 싶어졌지만, 마스카라가 흘러내려 마귀할멈처럼 보일 수는 없기에 견뎌내야 했다. 안드레스 식 표현을 빌리자면 그러는 법이 아니기 때문이었다. 예쁘고 상냥하고 청순해야 하는 법이었다. 만약 손님들이 들어오다가 의자 아래로 머리를 처박은 채 울고 있는 안주인을 보았다면 어떤 일이 벌

---

* 다져서 구운 쇠고기.

어졌을까?

아무튼 마치 커피잔 손잡이를 잡듯 부인의 팔꿈치께를 잡은 그 남자들 앞에서 권태로움을 감추기란 쉬운 일이 아니었다. 반면에 그들은 아주 좋아 보였다. 그들은 훌륭한 만찬을 들 준비, 메뉴에 따라 나름대로 즐길 방법을 찾아낼 만반의 준비가 되어 있는 것 같았다.

거의 언제나 나는 무언가를 깜빡했다. 안드레스가 아랫사람을 다루는 방법과 그들이 임무를 잘 수행할 수 있게 관리하는 방법에 대해 훈계조의 잔소리를 해댔음에도 그랬다. 손님들이 들어오는 와중에 요리사 마틸데가 레몬이 없다든지, 토르티야가 모자라겠다든지, 냉장고에 있는 아이스크림에 비해 손님이 너무 많이 왔다든지 하는 사실을 상기시켜주었다. 그럴 때면 나는 손님 중 누군가를, 예를 들어 긴 금발의 마릴루 이순사 같은 여자를 교살해버리고 싶었다.

그날의 만찬은 최악의 만찬 중 하나였다. 그날 나는 내 머리색과 귀, 키 따위를 염오하며 아침을 맞았다. 예전과 다른 여자가 될 수 있다면 변신이라도 하고 싶었고, 그래서 자르고 싶은 대로 잘라보라고 라 구에라에게 내 머리를 맡겼다.

난 쇼트커트로 변신했고, 그 여자는 내 뒤에 서서 그것이 최신 유행이라는 둥, 갈래머리는 이젠 별볼일없다는 둥, 변화 없이 어깨까지 치렁치렁 늘어뜨린 머리를 하고 있을 땐 시골의 그리스도 상 같았다는 둥, 긴 머리는 젊은 아이들이나 하는 스타일인데 난 저명한 여류 인사라는 둥 떠들어댔다. 그 여자가 내게 잡지를 보여주며 눈 화장과 입술 화장까지 해주었지만, 끝내 마음에 들진 않았다. 난 울음을 터뜨렸고, 싫증에 못 이겨 외모를 바꿔보겠다고 생각했던 그 시간을 저주했다.

도움을 청하러 친정으로 갔다. 아빠는 부엌에서 커피메이커가 세트로 딸려온 작은 금속 잔에 원두커피 액을 떨어뜨려주길 기다리고 계셨다. 커피메이커는 이탈리아제였다. 아빠는 매일 아침 그 앞에 서서, 마치 로마 카페의 바에 앉아 있는 듯한 태도로 커피가 나오길 기다리셨다. 검은 물줄기가 떨어지기 시작하면 향기가 집 안 곳곳으로 퍼져 나갔고, 아빠는 당신의 순수 이탈리아 식 커피에 대한 찬사를 늘어놓기 시작하셨다.

"하지만 아빠, 커피는 코르도바산(産)인걸요." 아빠가 한바탕 연설을 늘어놓을 때마다 난 그렇게 말했다.

"맞아, 코르도바산이지, 하나 멕시코 전역을 통틀어도 내 커피만 한 건 없어. 왜냐면 말이다, 이곳 사람들은 원두를 거칠게 갈아서 커피를 끓이기 때문이지. 그건 정말이지 못 마셔주겠더구나. 남들은 그걸 아메리칸 스타일이라고들 부르던데, 양키 놈들이나 그게 훌륭하다고 믿지. 양키 놈들 입맛은 형편없거든. 그 녀석들 최고의 요리란 게 고기를 눌러서 들쩍지근한 토마토케첩 친 게 고작이잖니. 그보다 별 볼일없는 요리가 어디 있겠니? 하지만 말이야, 맡아봐, 맡아보라고, 잘 모르면 입 닫고 이 향이나 좀 맡아보란 말이다."

라 구에라가 해준 화장 때문에 얼굴이 셀룰로이드 인형처럼 된 데다 머리까지 자른 내가 부엌으로 들어서자, 커피를 바라보던 아빠는 휘, 휘이 하고 휘파람을 부셨다. 그러고는 노래를 부르기 시작하셨다. "긴 머리 그대에게 반해 그댈 사랑했다면, 단발머리 그대는 이제 더 사랑할 수 없어요."

나는 아빠를 안았다. 아빠에게 기댄 채, 시골 냄새를 떠올리고 커피

향을 느끼며 잠시 그대로 있었다. 그곳은 모든 것이 옛날 그대로였기에 난 울음을 터뜨리고 말았다.

"농담이란다, 애야." 아빠가 말씀하셨다. "난 변함없이 널 사랑한단다, 설령 네가 머릴 빡빡 깎았더라도 말이다."

"우리 집에서 만찬이 있단 말이에요." 내가 말했다.

"그게 뭐 유별난 일이라고 그러냐? 네 집에선 하루 걸러 한 번씩 만찬이 벌어지잖니. 그것 때문에 우는 건 아닌 것 같은데. 넌 훌륭한 요리사잖니, 좋은 손맛을 물려받았지. 네 손을 봐, 시골 여인의 손, 일이 뭔지를 아는 그런 여자의 손 아니냐. 우리 어머닌 모든 걸 혼자서 해내셨지, 근데 넌 일개 소대나 되는 도우미를 데리고 있잖니. 넌 잘해 낼 거다. 이번엔 누가 오는 거냐?"

"알 게 뭐예요. 아틀릭스코에 있는 공장주 몇 명이라는데, 그들이 내 머릴 볼 테고, 그럼 난 그 마누라쟁이들 웃음거리가 되고 말 거예요."

"언제부터 사람들 말에 신경을 썼다고 그러니. 지금 넌 꼭 네 엄마 같구나. 모든 사람에게 호감을 줘야 한다는 생각 따윈 절대로 하지 마라. 무르팍까지 머릴 기르거나 대머리가 되더라도 결과는 마찬가지일 거다. 차라리 네가 만족을 느낀다면 그게 바로 놀림거리겠지."

"만족하는 건 아니에요." 아빠를 안으며 말했다.

"뭐가 슬픈 거냐? 넌 네가 원하는 모든 것을 갖고 있잖니? 울지 말고 하늘이 얼마나 맑은지 좀 봐라. 겨울이 없는 나라에서 산다는 게 얼마나 편한 일이니. 커피 향이 어떤지 느껴봐라. 이리 오렴, 애야, 설탕을 담뿍 친 커피를 준비할 테니 이리 와서 이 아빠한테 이야기해 봐."

물론 난 아빠에게 아무 얘기도 하지 않았다. 아빠도 그걸 바란 건 아니었기에 성장을 멈춘 어린애 대하듯 말씀하시기 시작한 것이다. 결국 우리는 화산을 바라보며 집 정면으로 그 장관이 보이는 것, 그리고 그걸 바라볼 수 있도록 그렇게 살아 있음에 감사드리며 서로 껴안는 것으로 끝을 맺었다. 아빠는 내게 몇 번이고 키스해주시며 내 블라우스 속으로 손을 집어넣고는 손가락으로 등을 간지럼 태우셨고, 덕분에 마침내 진정을 되찾은 난 심지어 웃음까지 짓기 시작했다.

"웃으니 얼마나 곱니." 아빠가 말씀하셨다. "내 애인이 되어줄 테냐?"

"물론이죠." 아빠에게 대답했다. "당신의 연인이 되어드릴게요. 하지만 부인은 싫어요. 왜냐면 말이죠, 우리가 결혼하면 당신은 친구들을 위한 만찬을 열려고 할 테니까요."

그날 밤 우리 집에 온 마릴루는 모피 코트를 걸치고 있었는데, 그건 남편과 사이가 좋다는 일종의 과시였다. 그 여자는 아버지는 장사꾼, 아들은 신사, 손자는 거지 식인 스페인 가문 출신이었다. 그 여자의 아버지가 바로 손자에 해당했다. 아버지는 땡전 한 푼 없지만 자신의 혈통에 자부심을 갖고 있어서 그 자부심만은 딸에게 온전히 물려주었다. 비로 그걸 밑천으로 그 여자는 훌리안 아메드에게 자신과 결혼할 수 있는 은혜를 베풀었다. 훌리안 아메드는 '라 빅토리아' 시장에서 직물을 판매하는 아랍인으로, 청과물을 사러 나온 사람들을 잡아끌어 끝없는 감언이설로 최소한 식탁보 1미터라도 사가도록 꼬드기고야 마는 그런 사람이었다. 밤에 가게 문을 닫고 나면 자기 동포들과 어울려 포커 판을 벌이고는 자신에게 돈을 잃은 사람들 중에서 노름빚을 갚지 않으려는 사람 하나를 골라 죽여버린 후, 그의 전 재산을 차지하는 식으로 돈을 받아냈고, 그렇게 번 돈으로 제사(製絲) 공장과 편물 공장을 차렸다. 자신의 재산과 이순사 집안의 혈통을 합치면 훌륭한 자식과 모범적인 가문이 탄생할 거라고 마릴루를 꼬드길 즈음, 훌리안은 이미 갑부가 되어 있었다. 할아버지로부터 물려받은 거대한 식탁에 가려진 배고픔 때문에 당시엔 투명할 정도로 창백한 피부를 가진 금발의 아가씨였던 그 여자는 몇 번 콧대를 세운 끝에 그 제의를 받아들였다. 결혼을 하자 남편의 지갑이 두둑해져가는 만큼 혈통에 대한 그 여자의 자부심도 높아져가더니, 그렇게 정나미 떨어지는 여자로 변했다. 그녀는 틈만 나면 내게 이런 식의 평가를 늘어놓곤 했다.

"사모님처럼 정치인 부인으로 산다는 건 참으로 대단한 일인 것 같아요. 항상 이러저러한 척을 하고 살아야 하잖아요. 솔직하면 안 된다는 게 얼마나 어려운 일인데. 저라면 못할 거예요. 전 제가 생각하는 걸 몽땅 말해버리는 편이죠, 그래서 훌리안은 저만 보면 으르렁거리기 일쑤라니까요. 그러면 전 그이한테 따지죠, '그래서 당신이 손해 날 게 뭐가 있느냐, 당신은 사업가지 정치가가 아니지 않느냐, 지금 당신 재산은 당신이 일해서 번 것이라 당신 것이 된 거다, 그러니 처신에 지나치게 신경 쓸 필요 없지 않느냐, 게다가 우리 이순사 집안은 솔직 담백한데 당신도 나랑 결혼하면서 그 정도는 알고 있었지 않느냐' 하고 말이죠."

그날 밤 난 마릴루의 수다나 들어주고 있을 상황이 아니었다. 만찬에 넌덜머리를 내던 요리사 마틸데는 고기에 육즙이 너무 적었다는 내 잔소리 때문에 몹시 화가 나 있었다. 체코는 자기가 잠들 때까지 내가 옆에 있어주지 않았다고 저녁 내내 자기 방에서 우는 데다, 안드레스는 오후 내내 헤이스를 치켜세우고 있었으며, 게다가 라 구에라는 날 단발머리로 만들어버렸던 것이다. 모든 면에서 마릴루의 말에 귀를 기울일 수가 없는 상황이었지만, 마릴루는 마치 벽난로 불이 꺼져 있기라도 한 듯 여우 모피 코트를 입고 방 한가운데 앉아, 자기 집에서 10년간이나 일한 하녀가 임신을 해 빗자루 손잡이로 아기를 지우려는 걸 알고는 내쫓아버린 일을 다른 여자들한테 이야기하고 있었다.

"솔직히 전 질겁했죠. 하지만 그 모든 게 제 말에 신경을 쓰지 않은 탓이죠 뭐. 이미 전 그애에게 공장 노동자들을 조심하라고, 그 녀석들은 뭔가 재미 볼 일이 좀 없을까, 그것만 찾아다닐 뿐 아무런 책임도 못 지는 녀석들이라고 말해줬거든요. 공장에 전갈하는 일을 자신이 맡겠다며 머리를 곱게 빗어 땋고 나서는 걸 보면서는 이렇게 말해주었죠. '남자들 생각은 하지 않는 게 좋단다, 내 곁에만 붙어 있는 편이 나을 거야, 나랑 같이 있으면 넌 잘 지내게 될 거다, 내가 널 제대로 대우해줄 테니 말이다, 내 아이들을 네 아이들처럼 돌보기만 하면 되는데, 널 가난에서 벗어나게 해주지도 못하면서 말썽이나 일으킬 뿐인 사내 녀석들과는 뭣 하러 어울리려고 그러니?' 하지만 그앤 제 말을 귓등으로 들었어요. 마음대로 하고 다녔죠. 원래 그 족속들이 그렇잖아요. 그러곤 당연히 눈물깨나 쏟았죠, 대단히 죄송하다고 그러더군요. 날 속이려고 들 줄이야 누가 알았겠어요. 하지만 안 되는 건 안 되는 거죠. 그애한테 분명히 말했어요, '얘야, 난 앞으로도 너한테 좋은 사람이었으면 해, 왜냐면 네가 오랫동안 우리 집에서 일했으니까. 애를 낳으러 갈 때까진 여기 있도록 허락해주마, 하지만 일을 제대로 못할 테니 월급은 못 준다. 다만 우리 아이들이나 좀 돌봐주면 좋겠어. 그렇게 하렴, 하지만 내가 네 산바라지해줄 시간이 있는 것도 아니고, 우리 아이들이 네 처지를 알아차리는 것도 원치 않으니 때가 되면 시골로 가야 할 거다.' 그애가 뭘 더 바랐겠어요? 더 원하는 게 있다면 그건 애를 지우는 거였겠죠. 사람들은 그애한테 우리 아이들을 맡겨야 했던 내 고충을 몰랐죠. 겉보기엔 전혀 문제없는 아이였으니까요. 내 새끼들을 누구 손에 맡긴 건지 생각해보세요들, 나한텐 아이들을 죽이는 거나 다름없었단 말이죠."

"애들 문젠 누구에게나 있는 것 아닐까요." 내가 말했다.

"아이 참 카탈리나, 무슨 말씀이세요? 정치인 사모님이 어떻게 그런 말씀을 하세요? 머리는 왜 자르셨나요?" 그 여자는 자신의 긴 머리를 이리저리 흔들며 물었다. "아버님은 뭐라고 그러시던가요? 사모님껜 아버님 의견이 무척 중요한 걸로 아는데요, 그렇죠? 언젠가 우리 집에서 같이 식사를 하셨는데 사모님 이야기만 하시던걸요."

"우리 아버지가 부인 댁에서 식사를 하셨다고요?" 난 놀라서 되물었다.

"그럼요, 주지사님 대리인으로서 훌리안이랑 몇 가지 사업을 같이 한다던데요. 곧 부자가 될 거란 말씀도 않으시던가요?"

아버지가, 그것도 안드레스의 대리인 자격으로 마릴루의 남편과 사업을 하기 시작했다는 사실이 저주스러웠다.

"전 몰랐어요." 이렇게 대답하는 나 자신이 바보 같았다.

"틀림없이 부인을 놀래주려고 그런 걸 거예요. 제가 이야기했단 건 비밀로 해주세요." 남의 말 하기에 점차 신명이 오르던 주위 사람들을 돌아보며 그 여자가 말했다.

"걱정하지 마세요." 내가 말했다. "머리를 더 밝게 염색한 건가요?"

"아뇨, 염색은 무슨. 해변에 갔었죠, 그랬더니 햇빛에 바래서 그 래요."

"난 해변은 싫던데." 루이시타 리바스가 말했다. "흙투성이, 소금 투성이인 데다 세상 사람 모두가 다 몸을 감는 물에 나도 옷을 벗고 들어가야 하니까요. 전 바다만 보면 메스꺼워요."

"아뇨, 그렇지 않아요, 루이시타. 죄송한 말씀이지만 바다는 신성한 거예요." 또다른 여자가 말했다. 화제가 바뀌는 틈을 타 나는 안드레스를 찾기 위해 자리에서 일어났다.

한 손에 위스키 잔을 든 남자들이 빙 둘러서서 아무 데나 편한 대로 담뱃재를 떨어가며 이야기를 나누고 있었고, 안드레스는 그들에게 둘러싸여 있었다. 안드레스는 시가를 피웠는데, 내가 그곳에 도착했을 때 그이는 불을 붙이려고 한쪽 끝을 만지작거리고 있었다.

"잠깐 나 좀 볼 수 있어요?" 내가 말했다.

"급한 일인가?" 이야기를 나누던 그이가 멈추기 싫다는 듯 되물었다.

"그래요, 간단한 이야기지만 급해요."

"이 아줌마의 간단한 일이란 게 뭔지 우리 한번 들어볼까요?" 그이가 말했다. "실례가 아니라면 말입니다, 신사 여러분."

난 마치 긴 산책이라도 나서듯 그이 팔에 매달려 그이를 방 밖으로 데리고 나갔다. 식당을 가로지르고, 그이가 날 멈춰 세웠을 때도 난 계속 가려고 했다.

"무슨 일인가?"

"아빠를 당신 일에 끌어들이는 걸 원치 않아요. 아빠가 원하는 대로 사시도록 내버려두세요. 여태까지도 굶어 죽진 않으셨으니 끌어들이지 말란 말이에요." 내가 말했다.

"그깟 일로 날 방해했나? 저녁식사 준비는 끝났는지 그거나 살펴보는 게 어때? 그건 그렇고 도대체 언제부터 오리가 총을 향해 달려들게 된 거지?" 그가 비웃으며 말했다. "왜 내 머리를 당신 마음대로 자른 건가?"

내 주인 나리라도 되는 듯 행동할 때면 그이가 증오스러웠다. 하지만 난 감정을 억누르고 목적을 이루기에 보다 적합한 어조로 목소릴 바꾸었다.

"안드레스, 당신이 가장 원하는 일을 들어줄 테니 제발 부탁 좀 할게요. 마파체를 헤이스한테 줘도 상관하지 않겠어요. 대신 아빠가 아메드와 얽히는 일은 없도록 해주세요."

"마파체를 헤이스한테? 당신이 그렇게 소중히 여기는 그 말 말씀이신가? 좋아, 뭔가 대책을 찾아보기로 하지. 약속한다, 이 울보야. 이제 그만 울지그래, 마스카라 흘러내리겠다. 손님들 있는 데로 가자고. 우리가 구석에서 소곤대는 거나 보려고 사람들이 온 건 아니잖나."

난 여자들 틈으로 되돌아갔다. 남자들 이야기를 듣는 게 더 좋았지만 그건 예의가 아니었다. 만찬은 언제나 그렇게 두 그룹으로 나뉘었는데, 한쪽엔 남자들이 모였고, 다른 쪽엔 여자들이 모여 출산이나 하녀들, 머리모양에 대해 이야기를 나누었다. 여성들만의 경이로운 세계, 안드레스는 그렇게 불렀다.

식탁에 모이게 되자 그곳이라면 이야기가 더 흥미로워질 수도 있다는 생각에 나는 내심 기뻐했다. 자리에 이름표를 붙이는 사람이 나였기 때문에 누구든 내가 앉히고 싶은 자리에 앉힐 수 있었다. 나는 세르히오 쿠엔카 옆에 앉았는데, 미남인 데다 훌륭한 대화 상대였다. 안드레스의 친구 가운데 날 유쾌하게 해주는 몇 안 되는 사람 중 하나였기에, 딱히 상관없는 자리일지라도 난 그 사람을 만찬에 초대하곤 했다. 그는 대화를 좋아했고, 때문에 그와 합석하면 내 입으로는 말할 수 없는 일이라 남들이라도 큰 소리로 좀 떠들어주었으면 싶은 그런 조심스러운 이야기도 나지막하게 나눌 수 있었다.

"알치치카의 원주민 몇 명이 헤이스와 그의 관리인 페레스를 뒤쫓았단 사실은 알고들 계시겠죠?" 그가 물었다. "헤이스가 밭에 사탕수수를 심으라고 원주민들을 설득했다죠. 하지만 원주민들은 그 사람의 설득 방식을 별로 좋아하지 않았습니다."

"맞아요." 후안 마추카가 말했다. 그는 스페인 사람으로 아틀릭스코에 있는 자신의 공장에서 거의 벗어나지 않았기 때문에 그곳에서 일어나는 일에 대해서라면 누구보다도 밝았다. "젊은 마부들을 죽였다고 하더군요. 헤이스가 갈 길이 아주 급했기 때문이래요. 제 생각엔 마을 공유지를 세놓을 수 있게 농부들을 설득해달라고 마을 지도자한테 돈을 건넨 것 같아요. 그런데 농부들이 응하지 않자 이미 계약이 끝났다고 말하려고 그가 직접 갔던 거죠. 당연히 그 지도자는 분노했고, 그래서 헤이스가 떠나자 계약이 이뤄진 게 아니란 사실을 분명히 하기 위해 그를 뒤쫓았던 겁니다. 미겔 씨는 아직도 멀었어요."

"어땠는데요?" 내가 물었다.

"아무것도 아냐." 안드레스가 말했다. "마이크 씨도 일을 어떻게 처리해야 하는지쯤은 알아. 사실은 그 지도자란 자가 농간을 부린 거야. 그리고 요새 데 벨라스코가 헤이스에게 팔아먹은 땅이 원래 자기 아버지 땅이라고 웬 여자가 떠들고 다닌다더군. 그 사실만은 아셔야 합니다."

"하지만 장군님, 혁명 전부터 그 땅은 가브리엘 데 벨라스코 씨의 땅이었지요." 훌리아 콘데 부인이 푸른 깃털로 만든 부채를 부치면서 말했다.

"훌리아 부인은 언제나 혁명 전 일을 아주 잘 알고 계십니다. 혹시 향수라도 느끼시는 건가요?" 안드레스가 그 여자에게 말했다.

"사실은 그래요, 장군님. 지금과는 다른 시절이었지요."

"그땐 스무 살이었고 지금은 쉰 살이니 당연하죠." 내가 세르히오 쿠엔카에게 소곤거렸더니 그가 너털웃음을 터뜨렸다. "게다가 그 땅은 롤라 소유지고요."

"왜 그렇게 웃는 거요?" 안드레스가 물었다.

"사모님 생각이 재미있어서요, 장군님. 그 땅이 롤라 캄포스의 아버지 땅이었다고 그러시는데요."

"내 마누라쟁이 때문이라, 웃을 만도 하군요."

"'때문'이라니요. '함께'죠, 장군님." 세르히오가 말했다. 그러고는 잔을 높이 들었고, 이후에도 남은 만찬 음식을 들면서 끊임없이 재담을 풀어놓았다.

새벽 두시가 되자 여우 모피 코트를 걸친 마릴루가 들어와 남편과 함께 손님들에게 작별을 고했다. 나는 문까지 그들을 배웅했다. 훌리아 콘데 부인은 줄기차게 부채질을 해댔다.

"난 도대체 이해가 안 가네요, 젊은 부인." 훌리아 부인이 마릴루에게 말했다. "도대체 어떻게 그 짐승을 걸치고 다닐 수 있는지 말이에요. 우리나라는 1년 내내 덥잖아요. 겨울이라고는 이름뿐이고. 나 같으면 낯 뜨거울 것 같은데, 참."

"이분은 아직 갱년기를 넘기지 않았거든요." 내가 말하자 내 어깨를 감싸 안은 안드레스가 말을 이었다.

"훌리아 부인 말씀에도 일리가 있네요. 요즘 마누라쟁이들은 옛날 여인들이 겪던 상황을 더이상 견디지 못하죠. 그래서 아이들이 다 자랄 때까지만이라도 버틸 수 있게 모피로 감싸줘야 한다니까요. 그렇지 않나, 훌리안?"

"물론 그렇게 생각하시겠죠." 마릴루가 떠나며 말했다.

"알치치카의 땅이 그 여자 땅이라고 누가 말해줬지?" 문단속을 하면서 안드레스가 물었다.

"그 여자가요." 내가 대답했다. "한 달 전쯤에 그 여자가 왔었어요. 내가 당신한테 말해주길 바랐죠. 자기 아버지가 그 아버지로부터 땅을 물려받았으며, 데 벨라스코가 악랄한 방법으로 자신들에게서 그 땅을 빼앗았을 때까지, 오랜 세월 자기들이 그 땅을 경작해왔다고 당신을 설득해주길 바랐어요. 지금은 데 벨라스코가 파산 상태라서, 그 사람 소유가 아닌 것까지도 넘겨받기가 헤이스로선 아주 손쉬웠다고 하더군요. 그리고 헤이스는 강탈의 위험이 있다는 핑계를 대고는 헐값에 샀다고 했어요. 정말이지 짐승 같은 인간들이잖아요, 안드레스!"

"그 여자한테 뭐라고 말했나?" 그이가 물었다.

"내가 뭐라고 말했을 것 같아요? 다른 길을 찾아보라고, 난 당신한테 그런 말을 할 수가 없다고, 이젠 당신이 내 말을 듣지 않는다고 했어요. 그 여자한테 뭐라고 했는지가 뭐가 그렇게 중요해요? 난 그 여자를 돕지 않았어요. 그 여자가 방을 나서려고 일어나서는 악수조차 청하지 않고 돌아설 땐 창피해 죽는 줄 알았단 말이에요."

"한 달 동안이나 잠자코 있다가 오늘 밤 굳이 그 문제를 떠벌리는 이유가 뭔가?"

"사람이란 원래 그래요. 자기 일로 닥치기 전엔 모르는 법이죠." 내가 말했다.

"카탈리나, 당신 여전히 이해를 못 하는군. 그 땅은 롤라 게 아냐, 원주민 여자들 이야기를 곧이곧대로 다 믿어선 안 돼. 그리고 제사 일에 당신 아버질 끌어들인 것도 그 양반 일생에서 가장 해롭지 않은 일 중 하나란 말이다."

"난 당신을 믿을 수 없어요." 난생처음으로 나온 말이었다. "그 두 가지 일에선 당신을 전혀 못 믿겠어요."

"당신이 머리를 짧게 자른 게 몹시 마음에 든다고 하면 믿을 건가?" 그이가 말했다.

그이가 갑자기 마당 한가운데서 내게 키스를 퍼붓기 시작했고, 계단을 거쳐 침실을 향해 걸어가는 내내 내 어깨 위에 손을 얹고 있었다. 그이는 손이 큼지막했다. 내가 그 손을 그렇게 좋아했던 이유는 다른 사람들이 그이 손에 겁을 집어먹기 때문이었다. 어쩌면 남들에게 겁을 주기 위해 좋아했는지도 모른다. 지금은 나도 잘 알 수 없는 일이다.

옷을 벗으면서 그이가 말했다. "그년, 그 썩을 년, 왜 허락도 안 한 일을 알아내서는 싸돌아다니는 거야?"

저고리를 벗은 그이가 권총을 풀자, 나도 옷 속에 권총을 차고 다녔으면 좋겠다는 생각을 했다. 난 단추를 푸는 데 시간이 한참 걸렸다. 등은 아래까지 푹 파였지만 앞으로는 목까지 단추를 채우는 긴 옷이었다. 단추의 태산을 넘어야 했기 때문에 몸을 끼우고 빼는 데 상당한 수고를 해야만 했다.

"카틴, 이 느림보야." 그이가 말했다. 난 등을 돌린 채 그이가 이미 자리한 침대에 걸터앉았다.

"이리 와." 그이가 명령을 내렸다. 난 바다가 보고 싶어서 눈을 감았다.

"왜 땅을 롤라에게 돌려주지 않는 거죠?" 내가 말했다.

"정말이지 고집불통 여편네로군! 불가능하기 때문이다." 내 육체 위에서 요동질을 치며 그이가 대답했다.

"하지만 아메드의 제사 공장에서 우리 아버지를 벗어나게 하는 건 가능하잖아요."

"최선의 방도를 찾아보지."

이튿날 아침, 뒤뜰로 향하는 계단을 달려 내려가며 나는 속으로 콧

노래 같은 걸 불렀다. 그이는 이미 리스톤에 타고 있었고, 내가 말에 오르는 것을 도와주는 청년은 털이 붉은 암말의 고삐를 쥐고 있었다.

"마파체는요?" 내가 물었다.

"주인이 따로 있지, 당신이 주고 싶어 했던 사람 있잖아." 안드레스가 대답했다. 난 손톱이 손바닥을 파고들 정도로 주먹을 꽉 움켜쥐었다.

"그렇다면 계약은 끝난 거네요." 붉은 말에 오를 채비를 하며 내가 말했다.

"계약이 성사된 거지." 그가 박차를 가해 리스톤을 몰며 말했다.

난 암말을 타고 그이를 뒤따랐는데 재갈을 물리지 않은 내 말이 그이를 앞질렀다. 만사니요를 거쳐 코스테스 숲으로 접어들었고, 체코의 감기도, 아침식사 생각도, 우리와 만찬을 즐긴 부인들의 의상이 어땠는지 이야기해달라고 아침마다 꼬박꼬박 찾아오곤 하던 릴리아 생각도 모두 잊어버린 채 라말린체까지 계속 달렸다. 릴리아와 정원에 앉아서 생각나는 대로 온갖 평을 늘어놓고, 내가 쏟아내는 험담에 그 애가 웃고 몹시 유쾌해하는 모습을 보며 나도 만족스러워했던 생각도 나지 않았다.

난 헤이스가 마파체를 타는 장면만 떠올리며 울부짖었고, 얼굴에 부딪쳐오는 바람만이 하염없이 솟아나는 내 눈물을 닦아주었다.

난 열한시가 되어서야 돌아왔다. 안드레스는 이미 나가고 없었고, 여자애들도 다들 등교한 후였으며, 체코 혼자만 남아서 콧물을 훌쩍이고 있었다.

"못된 녀석, 학교 가기 싫어서 아픈 거겠지." 나는 체코 옆으로 침대에 몸을 던지며 아이에게 말했다. 그러고는 집사 아우센시오를 불러 일전에 아메드 부인의 집에서 쫓겨난 하녀를 찾아보라고 했다.

"그애한테 우리 집에 와서 일해달라고 하세요. 그 일을 이제야 알았다고, 걱정하지 말라고 전해요."

이튿날 루시나가 옷이 담긴 종이 박스를 들고 왔다. 검은 눈에 얼굴이 납작했다. 말수는 적었지만, 그날 이후 체코에게는 내가 모르는 수많은 이야기를 해주었고, 베라니아에겐 인형 옷을 만들어주었으며, 내가 우울해 보이는 날이면 등 마사지를 해주었다. 그애는 모두의 보모가 되었다.

어느 날 아침, 그 여자애의 아기가 별 기척도 없이 세상에 나왔다. 5개월 된 태아는 죽어 있었다. 그애는 만 하루를 울며 보냈다. 아기를 묻어주기 위해 고향 마을로 가는 그녀를 아우센시오와 아이들, 그리고 나도 따라갔다. 아기가 누운 하얀 나무관은 모두가 함께 들었다. 우리는 울타리도 없는 조그만 공동묘지를 다 돌아보았다. 초라한 무덤들이 있는 개활지에 지나지 않았다. 마침내 어느 나무 아래에 아기 묏자리를 잡았다. 아우센시오가 관을 내려놓자 루시나는 머뭇거리지 않고 관 위로 흙 한 줌을 뿌렸다.

"편히 쉬렴." 루시나가 말했다.

베라니아가 〈오, 나의 성모님 마리아!〉를 부르길 원했고, 우리는 모두 따라 불렀다.

차를 타고 돌아오는 내내 모두가 침묵만 지키자, 마침내 루시나가 우리에게 말했다. "슬퍼하지들 마세요. 우리 아긴 하늘나라로 갔어요. 별이 된 거예요. 그렇죠, 사모님?"

"그래, 루시나." 내가 말했다.

그때부터 마릴루 아메드는 내가 자기 식솔을 꼬여냈으며 강제로 유산을 시키고는 내 아이들을 돌보는 종년으로 삼았다는 이야기를 퍼뜨리고 다녔다. 그 여자는 영원히 사그라지지 않을 앙심을 품고 있었던 것이다.

며칠 후, 식사를 마친 나는 체코를 데리고 밖으로 나갔다. 샛별이 떠오르는 장면을 보려고 과달루페 언덕 꼭대기로 아이를 데려갔다.

그때 체코가 말했다. "엄마, 엄마. 엄만 루시나 아기가 하늘의 별이 되었다는 걸 믿어?"

"그런 건 왜 묻니?"

"왜냐면 말이야, 베라니아 누나는 그걸 진짜로 믿거든. 난 참말이 아닌 걸 확실히 아는데 말이야. 루시나의 아기는 흙구덩이 속에 있는 거야."

"흙구덩이 속이라니?"

"맞아, 흙구덩이 속에. 그 셀레스티노란 사람처럼 말이야. 어제 아빠가 그 사람 흙구덩이나 하나 찾아봐주라고 그랬어."

"누구보고 그랬는데?"

"아빠를 만나러 마타모로스에서 온 사람들한테."

"네가 잘못 들은 거겠지. 어떻게 아빠가 그런 말씀을 하시겠니?"

"아냐, 아빠가 그랬어, 엄마. 언제나 그렇게 말씀하시는걸. 이 친구 흙구덩이나 하나 알아봐주게. 그런데 그건 그 사람을 죽여버리란 뜻이야."

"아니, 얘가 무슨 생각을 하는 거야?" 내가 말했다. "넌 사람을 죽이는 게 놀이라고 생각하니?"

"아니. 사람을 죽이는 건 사업이야. 아빠가 그랬어."

배 속에서 이상한 소리가 올라왔다. 밥, 고기, 옥수수 부침개, 치즈, 비스킷, 모든 게 넘어왔고, 영문도 모른 채 바라보던 체코가 드문드문 물었다. "끝난 거야, 엄마?" 마침내 누렇고 씁쓰레한 물까지 올라왔으며, 그다음엔 아무것도 남지 않았다.

"집까지 달리기할까?" 나는 아이에게 말했다. 그리고 난 내닫기 시작했고, 마치 벼랑 아래로 곤두박질치듯 언덕을 내려왔다.

"엄마, 엄마 미쳤구나. 아빠 말이 맞는 거야. 엄만 미친년이야." 뒤에서 아이가 소리를 질렀다.

난 완전히 녹초가 되어서 집으로 돌아왔다. 베라니아가 루시나에게 손을 붙들린 채 문간에 나와 있었다. 베라니아는 예쁜 아이였다. 커다란 눈에 얇은 입술, 나처럼 피부가 뽀얬고 우리 자매들처럼 순박했다.

"왜 이렇게들 늦었어요?" 루시나가 물었다.

"엄마가 아파서." 체코가 대답했다.

"어디가?" 루시나가 물었다.

"배가. 먹은 걸 다 토했어." 다섯 살짜리 꼬마 녀석이 말했다. 사람 환장시키는 미운 다섯 살짜리가.

우리 아이들은 구름나라에서 살 수가 없었다. 그애들은 너무 가까이 있었던 것이다. 나는 집서아기로 결심했고, 그건 아이들을 위한 것이기도 했다. 아이들을 유리구슬 안에 넣어 애지중지 기르기는 불가능했던 것이다.

아이들이 그 거대한 집의 한 층을 차지했고, 우리는 다른 층을 썼다. 우리는 서로 마주치지 않고 평생을 살 수도 있었다. 먹은 걸 다 토해낸 그 해거름 녘 이후, 난 내 모성애의 한 페이지를 덮어버리기로 마음먹었다. 애들을 루시나 손에 맡겨버렸다. 씻기고, 옷을 입혀주고, 질문을 들어주고, 기도를 하거나 무언가를 믿는 방법도 루시나가 가르쳐주게 했다. 그게 과달루페 성모*라도 상관없었다. 하루하루 지나면서 아이들과 오후를 보내는 일도 그만두었고, 간식으로 뭘 먹일까 하는 생각도 접어버렸으며, 어떻게 하면 아이들을 즐겁게 해줄까 하는 생각도 하지 않았다. 아이들의 삶에 맞춰 몇 년의 세월을 보낸 터였다. 그것은 내 활력소였고 내 기쁨이었다. 내 방이 마치 자기들 놀이방이라도 되는 듯 아이들은 아무 때나 불쑥 들이닥치곤 했다. 날이 채 밝지도 않은 꼭두새벽부터 날 깨우고는 내 목걸이를 갖고 놀기도 했고, 내 구두나 옷을 걸치고 놀기도 했다. 아이들의 삶은 내 삶과 뒤얽혀 있었다. 그날 밤 이후, 난 방문을 열쇠로 잠가버렸다. 아침부터 몰려와 문을 두드려대도 열어주지 않았다. 오후에 나는 아이들에게 아빠가 아래층에서 조용히 지내길 원하신다고 설명해주었고, 더이상 우리 방에 드나들지 말라고 일러두었다.

아이들은 금방 익숙해져갔고, 나 또한 그랬다.

---

* 16세기 멕시코에서 발현했다는 성모 마리아를 일컫는 호칭. 주로 하층민이나 원주민들의 신앙의 대상이 된다.

7

대신 나는 안드레스가 아텐싱고에서 무슨 일을 벌였는지 캐기 시작
했다. 먼저 체코한테서 들었던 셀레스티노란 사람이 롤라의 남편이라
는 사실과, 그의 죽음이 연속된 죽음의 서막에 불과했다는 사실을 알
아내는 것에서 출발했다. 그다음 난 헤이스의 딸들, 특히 헬렌과 친구
가 되었다. 헬렌에겐 자식이 둘 있었고 미국인 남편과는 이혼한 상태
였는데, 그 여자가 남편과 헤어질 용기를 낼 수 있었던 건 그가 심한
손찌검을 일삼았기 때문이었다.

헬렌이 푸에블라로 돌아온 것은 아버지에게서 도움이라도 좀 받을
까 해서였지만, 예상대로 아버지는 동전 한 닢 공짜로 내주지 않았다.
아버지는 그녀를 아텐싱고에서 일하게 했다. 헬렌의 업무는 이사직을
맡은 고메스라는 남자를 감시하며, 그가 회사를 얼마나 충실히 경영

하는지 살피는 일이었다. 그 일을 위해 헬렌은 반쯤 폐허가 된 을씨년
스러운 집에 들어가 살았는데, 그 집에는 얼음처럼 차가운 물이 담긴
수영장이 있었고, 오후가 되면 파리 떼가 들끓었다.

난 시도 때도 없이 그 여자를 찾아갔다. 그 여자와 내가 이야기를
나누는 동안 그 괴상망측한 수영장에서 수영을 하도록 아이들을 데려
가기도 했다.

"여긴 남자들이 별로 없어요." 헬렌이 말했다. 그러고는 최근에 어
떤 푸에블라 남자와 있었던 일도 이야기해주었다. 헬렌은 그들 중 한
명과 결혼할 거라고 고집했지만, 나는 어떤 남자도 그런 골치 아픈 일
에 얽혀들고 싶진 않을 거라 확신했다. 미국 여자들은 한동안은 괜찮
을지 몰라도, 두고두고 그 여자들을 이해해줄 수 있는 사람은 아무도
없었다. 그 여자는 결혼도 하고, 탈라베라 도자기 세트와 물매가 이중
으로 된 집도 갖고 싶어 했다. 난 왜 그 여자한테 이중 물매 집이 필요
했는지 아직도 이해할 수 없다. 자신의 앞날을 이야기할 때면 그 여자
는 뭔가 필수 불가결한 요소라도 된다는 듯 그걸 꼭 포함시켰다.

어느 날, 그 여자가 늘 만들어두고 끊임없이 홀짝거리던 다이키리
칵테일을 마시며 아이들이 물놀이하는 모습을 바라보고 있는데, 바로
인근에서 총소리가 들려왔다. 나는 수영복 차림으로 뛰쳐나갔다. 집
주변을 온통 에워싼 돌과 풀이 발을 찔러왔다. 체코가 내 샌들을 들고
뒤따라왔다.

"어서 집으로 돌아가." 나는 아이에게 말하고는 신발을 신고 제당
공장이 있는 곳까지 달려갔다. 누군가 죽어 있었다. "주정뱅이들 싸움

입니다." 이사인 고메스가 말했다.

한 여자가 자신의 모든 인생이 끝장나버렸다는 듯 땅바닥에 주저앉아 나지막이 울고 있었다.

여자에게 다가가 죽은 사람이 누구냐고 묻자, 여자가 얼굴을 들었다. "우리 바깥양반이에요." 여자가 말했다. "제발 저 좀 도와주세요, 여기 이러고 있으면 저도 죽이고 말 거예요. 그럼 아이들은 누가 보살피나요?"

운전기사 후안이 따라와 있었기에 그에게 시신을 수습해달라고 했다. 나는 주지사 부인에게 걸맞은 단호한 표정으로 고메스 이사를 보며 통보했다. "내가 데려가겠어요."

"좋으실 대로 하십시오. 하지만 여자는 넘겨주셔야 합니다. 그렇게 해주실 거죠?" 여자를 안은 날 바라보며 그가 말했다.

"나랑 함께 갈 거예요." 내가 대답했다.

우리는 헬렌의 집까지 걸어갔다. 이야기를 시작한 그 여자는 내가 주지사 부인이라는 사실을 깜빡한 것 같았다. 난 두 손으로 얼굴을 감싼 채 한 마디도 못 하고 여자의 말을 듣기만 했다. 그 여자의 말은 놀라웠다. 아무리 작정해도 지어낼 수 없는 그런 이야기였다.

여자가 이야기를 마치자, 헬렌은 칵테일 마시는 걸 멈추고 미국인 특유의 이리숭한 억센드로 말했다. "내가 보기엔 의심의 여지가 없네요. 그 인간들 불한당이에요. 그런 인간들이 우리 친지라니."

"헤이스한테 준 마파체를 돌려받고 싶어요." 집으로 돌아온 안드레스가 잠자리에 들자 내가 말했다.

"거래는 거래다, 카틴. 당신 아버지는 이제 아메드와 일하지 않잖아."

"하지만 당신들은 아텐싱고의 농부들을 죽였어요."

"뭐라고?" 안드레스가 말했다.

"유일하게 살아남은 여자가 말해주더군요. 오늘 오후에 제당 공장에서 그 여자 남편을 죽였어요. 내 눈으로 직접 봤단 말이에요. 이틀 전에 헤이스 쪽 사람들과 당신 사람들이 와서, 그 망나니 양키 놈이데 벨라스코한테서 3천 페소에 구입한 그 땅을 지키려는 사람들에게 마구 총질을 했다더군요. 그 사실을 노동자들에게 알리러 왔다는 이유로 그 여자 남편도 죽였고요. 사망자가 전부 쉰 명이 넘고 아이들도 있었대요. 당신이 사람들을 해산시키라고 군대를 보내서 백 명이나 되는 기관총 부대가 사람들을 덮쳤다고 하더군요. 내 말을 돌려줘요, 죽은 사람들을 살려낼 순 없으니까요. 다들 뭔가를 챙기는 마당에 나도 내 말을 돌려받아야겠어요. 그렇잖으면 〈아반테〉의 후안 씨한테 사실대로 말해버릴 거예요."

"이봐, 입 닥쳐. 이만하면 나도 갖출 건 다 갖춘 셈이로군. 집 안에 적까지 있으니 말이야. 주지사 마누라가 기자 나리께 고자질이나 하시겠다, 도대체 당신 뭘 믿고 그러는 건가?"

"난 내 말을 원해요." 나는 이렇게 쏘아주고는 응접실로 자러 갔다.

나는 가끔씩 풀이 죽어 오후를 보내곤 하던 그 푸른색 소파에 걸터앉았다. 당시의 오후 시간은 정말 막막하기만 했다. 안드레스가 저지르는 야만적인 행위들을 하나하나 알아차릴 때마다 지난날의 모든 것이 너무나 아득해져갔다. 그가 집에 없는 날이면 치욕스럽기도 하고 온통 공포에 휩싸이기도 했으며, 이제 다시 평온한 오후를 맞긴 틀렸다는 생각도 들었다. 내 육신 속으로 파고든 염오와 두려움이 다시는 빠져나가지 않을 거란 생각도 들어, 그에게 복수하고 싶어졌고 떠나버리고 싶기도 했다.

그날 밤은 어느 때보다도 심한 공포에 떨었다. 난 온몸을 벌벌 떨며 잠자리에 들었다. 제당 공장 바닥에 쓰러진 젊은이와 숄을 뒤집어쓴 채 울던 그 사람 부인의 얼굴이 떠올라서 눈을 감을 수가 없었다.

마침내 잠이 들었다. 꿈을 꾸었다. 우리 아이들 얼굴이 피투성이였지만, 얼굴을 닦아주려고 내민 손수건이 더 많은 피를 쏟아냈다. 루시나가 문을 두드리는 소리에 잠에서 깼다. 문을 열자 루시나는 찻잔과 크림, 설탕, 토스트를 들고 들어왔다.

"장군님께서 한 시간 후에 내려오라고 하셨습니다."

"날씨가 좋니?" 루시나에게 물었다.

"네, 마님."

"애들은 학교에 갔고?"

"아침식사중이에요."

"불쌍한 녀석들, 그렇잖니, 루시?"

"왜 그렇게 생각하세요, 사모님? 다들 만족스러워하는데요. 어떤 옷을 꺼내드릴까요?"

나는 달리다시피 내려갔다. 큰 소리로 이름을 부르며 마구간으로 뛰어들었다. 그곳에 있었다. 두 눈 사이에 난 하얀 반점, 그리고 우아한 몸집.

"마파체, 마파치토, 그 개새끼 빌어먹을 양키 녀석이 널 어떻게 다뤘니? 날 용서해주겠니?"

난 말을 쓰다듬으며 얼굴과 콧등, 등짝에 키스를 퍼부었다. 그리고 말에 올랐다. 우리는 우엑소티틀라의 방앗간까지 내달았다. 난 죽은 사람들의 모습을 떨쳐버리기 위해 노래를 불렀다. 갈 때만 해도 여전히 그들이 보였지만, 돌아올 때는 이미 그들에 대해 잊고 있었다.

정오에 안드레스와 함께 참석한 식사 자리엔 신문기자들도 있었다. 〈아반테〉 기자 한 사람이 아텐싱고에서 죽은 사람들에 대해 질문했다.

"그곳에서 발생한 일에 대해서는 대단히 유감스럽게 생각합니다." 그가 말했다. "검사님께 사건의 진상을 조사하라고 지시해뒀으니, 여러분께 분명히 말씀드리건대 법에 따라 처리될 것입니다. 하지만 폭도 무리가 농부로 위장한 채 땅에 대한 권리를 주장하면서, 다른 사람들이 신성한 노동과 신고(辛苦)의 헌신으로 이룩한 것들을 폭력적으로 탈취하도록 내버려두지는 않을 것입니다. 우리의 혁명이 호도돼서는 안 됩니다. 그리고 그 혁명에 근거한 제 체제도 마찬가집니다. 즐거운 오후가 되길 바랍니다."

신문기자가 무슨 말인가를 하려고 했으나, 사회자가 절묘한 순간에 마이크를 잡았다.

"신사 숙녀 여러분, 주지사님께서 퇴장하십니다. 길을 열어주시기 바랍니다."

사람들이 일어나 문을 향해 모여들기 시작했다. 경호원 넷이 안드레스의 팔짱을 끼고 허공으로 번쩍 들어올려 그를 밖으로 데려가는 모습이 보였다. 또다른 사람들은 나를 거리까지 데려다주었다. 우리는 각기 다른 자동차에 탔고, 차는 급히 출발했다.

"무슨 일이죠?" 차를 몰던 사람에게 물었다.

"아무 일도 아닙니다, 사모님. 단지 새로운 돌파구를 모색하고 있을 뿐입니다." 그가 말했다.

안드레스는 주지사 궁으로, 난 집으로 향했다.

그의 큰아이들은 친구 몇 명과 놀이방에 있었다. 마르타가 학교 친구 크리스티나를 초대할 거라고 말했었다. 크리스티나는 파트리시아 이바라의 딸이었고, 파트리시아 이바라는 과거 내 애인이었던 호세 이바라의 큰누나였다.

우리는 자칭 연인 사이였다. 라로사에 가서 나란히 빙수를 먹기도 했고, 손을 맞잡고 라콩코르디아 공원까지 거닐기도 했으며 헤어질 때면 공원에서 볼에 키스를 나누곤 했다. 어느 날, 그가 내게 키스를 했는데, 재수 없게도 정오 미사를 마치고 나오던 그의 누나가 우리를 보고 말았다. 그 집 사람들은 호세에게 내가 가난뱅이에다 분수도 모르는 미친년이라고 떠들어댔고, 결국 그의 아버지는 그를 유럽으로 여행 보내고 말았다.

그는 내가 자기 엄마라도 되는 듯, 그래서 자신의 잘못을 용서해주어야 마땅하다는 듯한 태도로 내게 모든 이야기를 했다.

"그럼 다들 네가 내 애인이 되는 걸 허락하지 않는다는 거니?" 그에게 물었다.

"우리 식구들이 어떤지 네가 잘 몰라서 그래."

"알고 싶지도 않아." 화가 잔뜩 난 목소리로 그에게 쏘아붙이고는 공원에서 서부 2번지의 집까지 뛰다시피 돌아왔다.

"무슨 일이냐, 애야?" 엄마가 물으셨다.

"그 부자 녀석하고 다툰 모양이로군. 그래, 한판 벌인 거냐?" 아빠가 말씀하셨다.

"그 녀석이 뭘 어쨌기에?" 모욕감이라면 치를 떨던 엄마가 말씀하셨다.

"어떤 녀석인지 완전히 좀생이로군." 아빠가 대답하셨다. "혀를 뽑아버리지 그랬냐."

"벌써 뽑아버렸어요." 내가 말했다.

그는 훗날 부모님 뜻에 따라 마루 폰세와 결혼함으로써 일요일이면 아케이드나 어슬렁거리는 가족들 중에서도 가장 따분한 가족을 이루었다. 그 멍청이 녀석의 조카가 마르타의 친구가 된 것이었는데, 예쁘긴 했다.

저녁이 되어 그애 엄마가 딸을 데려가려고 우리 집으로 온 그 시각에 마침 안드레스가 집에 들어와 두 사람을 저녁식사에 초대했다. 식사를 하는 동안 안드레스는 줄곧 그 여자들을 유쾌하게 해주었고, 그쪽 집안 남자들에 대해 묻기도 했으며, 투우와 정치 이야기를 들려주기도 했다.

돌아갈 시간이 되자 호세의 누나는 작별의 말을 남겼다.

"카티, 만나 뵙게 돼서 영광이었습니다. 언제나 아름다우시네요."

"10년 전엔 그렇게 생각하지 않으셨죠." 내가 대꾸해주었다.

"무슨 말씀이신지." 그 여자는 뒤틀린 미소를 지으며 이렇게 말했고, 그러고는 황망히 떠나버렸는데, 안드레스가 그 여자에게 딸이 어떤 인물이 될지 누가 알겠냐고 속삭였기 때문이었다. 당황한 그 여자는 모자를 거꾸로 쓰고 있었다.

사흘도 지나지 않아 안드레스는 그 아이를 할라파 부근의 농장으로 데려갔다. 그곳에서 안드레스는 그 아이와 갈 데까지 갔으며, 그 일로 딸이 하나 태어나 자기 몫의 유산을 챙기게 되었다. 그 아이로서도 손해 본 일은 없는 셈인데, 말과 개, 골동품 들을 꿰찬 그 아이는 지금까지도 손 하나 까딱하지 않고 살아가고 있다. 심지어 사위까지도 크리스티나의 행운에 힘입어 살고 있다.

나로서도 화날 일은 아니었다. 이바라 가족 모두가 지금까지도 수치심을 느끼는데 화날 일이 뭐가 있겠는가. 당시엔 그 상황을 즐기기까지 했다. 난 회심의 미소를 지었다. 장군이 마르타 친구의 순결을 빼앗았고, 그애 엄마는 미쳐갔으니. 그 기도쟁이 여편네가 아무런 성과도 없이 교회만 드나드는 상상을 하노라면 더욱 고소했다. "잘됐지 뭐야, 그 여편네. 이젠 존경하고는 완전히 거리가 멀어졌으니." 호세와 라콩코르디아 공원, 그 치욕스러웠던 입맞춤 등을 떠올리며 난 이렇게 말하곤 했다.

정말이지 푸에블라에서는 모든 일이 아케이드에서 일어났다. 에스피노사가 영화 사업에서 눈을 빼서 만들려는 사람들의 칼을 맞고 최후를 맞은 곳도 그곳이었고, 그 불행한 사태가 발생하기 전 막달레나 마이네스가 최신 유행의 옷을 입고 활보하던 곳도 그곳이었다. 막달레나의 아버지가 살해된 후 그 여자의 삶도 평범한 여자의 삶으로 변해버렸다. 난 지금도 그 여자의 모습이 눈에 선한데, 리넨으로 된 그녀의 옷은 언제 봐도 구김살 하나 없었으며, 마네킹만큼이나 옷이 잘 어울리는 여자였다. 집안이 부유하지는 않았지만 마치 갑부라도 되는 듯 돈을 썼다. 우리는 그 집 사람들과 자주 마주쳤는데, 그녀의 아버지가 안드레스와 사업상의 거래를 하고 있었기 때문이었다. 당시엔 세상 모든 사람이 안드레스와 거래하는 것처럼 보였다.

변호사의 딸인 막달레나는 응석받이로 자란 여자였다. 주말이면 변호사 아버지는 딸을 쿠에르나바카에 있는 카지노 '셀바'로 데려갔다. 언젠가 한 번 그들과 마주친 적이 있었는데, 막달레나는 꽃무늬가 수놓인 비단 옷을 걸치고 장식 빗 두 개로 머리를 뒤로 넘겼다. 그 여자는 거의 선정적으로 보일 만큼 무심한 표정으로 레모네이드를 홀짝거렸다.

우리가 도착했을 때, 막달레나는 아버지와 연못 앞 정원에 놓인 테이블에 앉아 있었다. 우리는 아이들을 모두 데리고 갔다. 우리를 발견하자 변호사가 자리에서 일어나더니 안드레스와 저만치 가서 이야기를 나눴고, 그 여자는 우리와 타는 듯한 한낮의 열기에 관해 대화를 주고받았는데, 대화중에도 아버지의 몸짓 하나하나를 놓치지 않았다. 그렇지만 머지않아 돌아온 아버지가 곧바로 자리를 뜨자 그 여자는 경박한 젊은이에서 맹렬한 싸움닭처럼 변해 도대체 왜 그러냐며 아버지에게 따지고 들었다. 그녀의 그런 돌변이 의아스러웠지만, 별일이 하도 많은 세상이라 크게 관심을 두진 않았다. 푸에블라로 향하는 길에 또 무슨 일로 그들을 괴롭혔는지 묻자 안드레스는 상관 말라는 말로 대답을 대신했다. 그 이후, 난 마이네스 집안 사람들에 대해 까맣게 잊었다.

몇 달 후, 그 변호사가 실종되었다. 웬 차 한 대가 나타나 아케이드를 가로지르던 그를 납치한 것이다.

막달레나가 우리 집에 찾아왔다. 알파카 털로 만든 양장 바지에 회색 비단 블라우스를 입은 그녀는 아름다웠다.

"극장에 나갔던 아빠가 사흘째 돌아오지 않으세요." 막달레나가 말했다.

'정부가 있을지도 모르잖아요.' 이렇게 말해주고 싶었지만, 난 그게 마치 내 잘못이기라도 한 듯 손만 내려다보며 잠자코 있었다.

"부군께 좀 알아봐주실 수 있을까요?" 그 여자가 말했다.

"기꺼이 그렇게 해드리죠. 하지만 도움이 될지는 잘 모르겠네요. 남편이 아버님을 붙잡고 있더라도 내게 말해주지 않을 테니까요."

"사람들 말로는 사모님은 그분을 움직일 수 있다고 하던데요."

"아가씨가 아버지와 잠자릴 같이한다는 말도 하죠. 제대로 알고 하는 얘긴지 아닌지는 아가씨도 잘 알고 있을 텐데요."

"제대로 알고들 하는 말이었음 좋겠네요." 그녀는 이 말을 남기고는 자리에서 일어나 밖으로 나갔다.

사흘 후, 어느 집 문간에 놓여 있던 광주리에서 토막 난 변호사의 시체가 발견되었다.

내가 그 시신을 알게 된 건 이침나절의 일이었는데, 머리를 하러 라 구에라의 가게에 들렀다가 그곳에 있던 몇몇 노인네들이 나누는 그 끔찍한 이야기를 들었던 것이다. 라 구에라 오펠리아는 내게 땋은 머리 모양의 가발을 얹어주고 있었는데, 머리가 마음에 드냐고 물어왔을 때 거울 속의 나는 눈물을 흘리기 시작했다. 그녀가 핀으로 가발을 고정시키는 작업을 마칠 때까지 나는 가만히 있었다. 미장원이 조용해졌고, 할망구들은 내가 손에 칼이라도 숨기고 있다는 듯한 눈초리로 날 바라보기 시작했다. 난 마우라가 손톱에 매니큐어를 발라주는 것만 바라보면서 한 방울의 눈물, 단 한 방울의 눈물도 더 솟지 않도록 입술을 깨문 채, 사람들 말대로 상당한 미남이고 지적인 그 변호사를 생각했다.

난 마이네스 집안으로 향했다. 많은 사람들이 있었다. 미망인은 아직 어린 작은 자식들에게 둘러싸여 앉아 있었다. 그 여자는 시선을 바닥으로 내리깐 채 마치 자신도 죽임을 당한 듯 넋이 나간 상태였다.

혼자서 관을 지키고 있던 막달레나가 집으로 들어오는 내 모습을 바라보았다. 하지만 난 그녀에게 다가가지 않았다. 딱히 해줄 말도 없었다. 난 단지 그 여자를 한번 보고 싶었을 뿐이고, 혹시 안드레스가 보낸 화환이 문간에 서 있는 건 아닌지 알고 싶었을 뿐이었다. 그가 그런 장난을 치곤 했기 때문이다. 죽은 사람이 자기 사람이었거나 혹은 그 사람이 죽어 사라진 게 자신에게 이롭다 싶으면 커다란 화환을 보내곤 했는데, 그가 보낸 화환은 대부분 망자가 잠들어 있는 집의 문보다 커서 들여놓을 수도 없을 정도였다.

성모송을 바치는 사이, 난 화환 리본에 적힌 문구를 읽어갔다. 안드레스 아센시오는커녕 비슷한 이름으로 된 것도 없었다. 연도가 시작되자 혹시 바깥에 놓여 있는 건 아닌지 살펴보려고 자리에서 일어났다. 그러나 출구에 다다르기도 전에 라 빅토리아 시장 중앙에서 두 사람이 안드레스의 이름으로 된 화환을 들고 들어오는 걸 보았다. 그들은 문을 통과했다.

난 그곳을 벗어났다. 라 구에라라면 사람들이 뭐라고 하는지 알 거란 생각이 들었다. 그날 오전에 그 여자가 머리를 만져준 여자들 중 누군가 틀림없이 그녀에게 무슨 이야기를 했을 터였다. 다시 그녀를 찾아갔다.

하지만 라 구에라도 이미 내가 상상하던 것 이상을 알지는 못했다. 사람들은 그를 죽인 사람이 안드레스라고 말했는데, 안드레스가 아니면 그럴 사람이 없다는 것이었다. 당연히 증거는 없었다. 그렇지만 난 쿠에르나바카에서 둘이 대화를 나누던 모습과, 아버지 일로 부탁을 해오던 막달레나의 눈망울을 떠올렸다.

나는 집으로 돌아왔다. 문을 잠근 채 골방에 틀어박혀서는 처음엔 손톱에 바른 매니큐어를 물어뜯다가 나중엔 손톱까지 물어뜯었다. 우리 장군이 증오스러웠다. 그가 돌아오길 기다렸다가 자초지종을 물어야 할지, 아니면 그곳에 숨어 다시는 그와 얼굴을 마주하지 말아야 할지 판단조차 서지 않았다.

그는 희색이 만면한 채 돌아왔다. 승마를 하고 오는 참이라 박차 소리가 요란했다. 난 그가 계단을 오르는 소리와 복도 끝까지 걸어오는 소리를 듣고 있었다. 방문 앞에 멈춰 선 그가 문을 밀더니 문이 안 열린다는 사실을 알아차리고는 고함을 쳤다.

"아무도 내 앞에서 문을 걸어 잠글 순 없다, 카탈리나. 여긴 내 집이고 내가 원하는 곳이면 어디나 들어갈 수 있다는 걸 모르나? 더 시끄러워지기 전에 빨리 문 열어."

물론 나는 열어주었다. 그가 난리를 피워대는 소리를 더이상 듣고 싶지 않았기 때문이다.

"거기 다녀왔다는 거 안다." 그가 말했다. "나와는 아무 상관 없다는 것도 알았겠지. 까마귀 같은 그 옷은 벗어버려, 유방이나 좀 보여주지그래. 수녀처럼 단추를 꼭꼭 채우는 건 싫다고 했을 텐데. 어서, 어울리지 않게 수줍은 척 말고." 그가 내 옷을 잡아당겼고, 난 두 다리를 오므렸다. 그가 위에서 몸으로 짓누르는 바람에 단추가 살 속으로 파고들었다.

"누가 그를 죽였죠?" 내가 물었다.

"나도 몰라. 순수하기만 한 영혼들에겐 적이 많은 법이지." 그가 대답했다. "가랑이 벌리지 못해? 당신이랑 하기가 시골 숫처녀들 따먹기보다 힘들어. 다리 벌려." 그가 몸을 내 옷에 비벼가며 명령했다. 그러나 난 다리를 계속 모으고 있었다. 처음으로 꼭꼭 닫고 있었다.

8

페르난도 아리스멘디를 처음 만난 그 순간부터 나는 그와 잠자리를 같이하고픈 욕망에 휩싸였다. 그의 이야기를 듣고 있는 순간에도 난 그 사람 귀를 깨물어줄 수만 있다면, 내 혀로 그의 혀를 핥아줄 수만 있다면, 그의 오금을 볼 수 있다면 그렇다면 얼마나 좋을까 생각했다.

열정이 내 얼굴을 뒤덮었으며, 말도 평소보다 많아지기 시작했고, 말하는 속도도 주체할 수 없을 정도로 빨라졌다. 난 모임의 주인공이 되어 있었다. 그러나 안드레스가 눈치를 채면서 내 퍼디는 끝장이 나 버렸다.

"우리 마누라쟁이가 좀 안 좋아 보이네요." 그가 말했다.

"아니, 놀라울 정도로 좋아 보이시는데." 누군가 대꾸했다.

"맥스 팩터*를 쓰거든요. 하지만 조금 전부터 두통을 참고 있습니다. 집에 데려다주고 다시 오도록 하지요."

"전 아주 좋아요." 내가 말했다.

"이분들 앞이기 때문이라면 억지로 그럴 것까진 없소. 다들 내 친구들이니 이해해줄 거요."

그가 팔을 붙들더니 날 차로 데려갔다. 나를 자리에 앉힌 그는 직접 차를 몰겠다며 운전기사를 뒤차로 보내고는 운전석 쪽으로 돌아왔다. 그는 운전대 앞에 앉아 시동을 건 다음 문까지 우리를 배웅 나온 사람들에게 손을 들어 인사했다. 그리고 천천히 가속 페달을 밟았다. 그는 다음 거리에 접어들 때까지, 작별 인사를 위해 지었던 미소를 마치 얼어붙은 듯 그대로 유지했다.

"빤히 보인다, 카탈리나. 완전히 푹 빠졌더군."

"능청은 당신이 더 잘 떨던데요, 아닌가요?"

"내가 시치미 뗄 일이 뭐가 있다고 그러나? 난 남자다. 그리고 당신은 여자지. 발정난 암캐처럼 잘생긴 남자들만 보면 가랑이 사이를 움찔거리며 어떻게 한번 붙어먹을 수 없을까 하고 미쳐 돌아다니는 계집들을 갈보년이라고 부르지."

집에 도착하자 그는 짐짓 엄숙한 자세로 차에서 내려 날 문 앞까지 데려가더니 집사 청년이 나올 때까지 기다렸다. 그리고 언제 어디나 우리를 따라다니던 동행인들, 뒤차에 타고 있던 그들이 우리를 제대로 보지 못할 거라는 확신이 들자 그가 내 엉덩이를 한 대 치더니 집

---

* 할리우드 영화용 가발과 화장품을 생산했던 유명 회사.

안으로 밀어넣었다.

안으로 달려 들어간 나는 한 번에 몇 계단씩 뛰어올랐다. 여느 날과 달리 아이들 방 앞에 멈춰 서지 않고 곧장 내 방으로 갔다. 얼른 모포 속으로 파고들어 페르난도를 생각하며 집시 여자처럼 몸을 문질러댔다. 그러고는 잠들어버렸다. 사흘을 잤다. 잠깐씩 깨어나 상추 몇 잎, 치즈, 삶은 달걀 두 알을 먹은 게 고작이었다.

"무슨 일이세요, 마님?" 루시나가 물었다.

"내 병은 장군님이 알지. 하지만 얼음물로도 내 열을 내리진 못 할 걸. 일주일만 자고 나면 나아질 거야."

주말이 되자 난 방에서 나와야 했다. 열 때문에 누워 있다고 하기엔 시간이 많이 흐른 탓이었다. 그런데 아침을 먹으려고 아래층으로 내려간 내게 안드레스가 건넨 첫마디가 무엇이었던가?

화요일에 대통령 비서관이 저녁식사를 하러 온다는 것이었다. 아니, 그 비서관이라면? 바로 페르난도. 미소 짓는 얼굴의 그 멋있는 아리스멘디가 아니던가.

난 뭔가에 얻어맞기라도 한 듯, 설탕과 크림을 넣은 홍차를 벌컥벌컥 마셔가며 버터와 잼 바른 빵을 먹어대기 시작했다. 안드레스도 아리스멘디의 방문에 기쁨을 감추지 못했다. 그의 방문에 이어 공화국 대통령이 방문하기로 예정되어 있기 때문이었나. 그는 대통령을 맞이하기 위해 아주 특별한 환영식을 계획했다. 학생들을 동원해 레포르마 거리에서 국기를 흔들게 하고, 건물 곳곳엔 플래카드를 내걸고, 모든 공무원이 사무실 창밖으로 몸을 내밀어 색종이를 던지며 환호하게 하는 것 등이었다. 나는 거리 한가운데로 불쑥 나서 꽃다발을 건넬 소녀와 아주 소박한 청 하나를 적은 편지를 들고 대통령 앞에 나설 노파 한 명을 물색해야 했다. 그러면 사진기자들이 사진을 찍을 것이고, 5분 후엔 노파를 만족시킬 만한 지시가 내려질 것이었다. 에스피노사와 알라르콘은 커다란 플래카드를 걸도록 영화관을 제공해준 상태였다. 푸에블라는 대통령에게 선례가 없는 가장 열광적이고 화려한 환영식을 열어줄 참이었다. 이는 훗날 하나의 관례로 변했고, 지방자치장들에겐 가장 골치 아픈 일이 되었다. 아기레 장군의 방문을 앞두고 우리가 바로 그 상황을 만들어냈던 것이다.

아직 열은 안 내렸지만 나도 무슨 일인가를 해야만 했고, 그래서 신들린 듯 일하기 시작했다. 각 블록마다 한 명이 아닌 세 명의 소녀가 꽃을 들고 서 있도록 했고, 중국식 복장을 한 쉰 명의 푸에블라 여인들이 말을 타고 광장으로 다가가도록 했다.

노파 역을 맡을 적임자를 물색하러 수용소로 간 나는 우편엽서에서나 볼 듯한 여인을 찾아냈다. 묶어 올린 머리에 온화한 미소를 띠고 있었으며, 물론 편지에 적어넣을 이야깃거리도 가지고 있었다. 그 여자는 늙고 가난했던 한 군인의 미망인이었는데, 남편은 아킬레스 세르단의 암살에 개입하는 것을 거부했다는 이유로 살해되었다고 했다. 그 여자는 남편에 대해서는 물론이고 자신에 대해서도 자부심을 가졌으며 상당히 품위도 있어, 조국을 위해 희생을 치른 대가로 대통령에게 요리 도구쯤은 청해도 좋을 만했다.

나는 모든 초등학교 여교사에게 일을 맡겼다. 학생들에게는 미국 응원단들이 사용하는 종이 술을 만들도록 했다. 대통령의 애창곡이 〈과이마스의 나룻배〉라는 사실을 알고 있었는데, 워낙 밋밋한 노래인지라 박자를 맞추려면 아이들이 술을 지나치게 흔들거나 발놀림이 빨라져서는 안 되었다. 마치 거대한 교회처럼 레포르마 거리가 온통 꽃으로 가득하도록 시장의 모든 꽃집 주인들에게서 약속을 받아냈으며, 광장 계단엔 원주민 여인이 대통령을 향해 손을 내미는 모습을 꽃으로 수놓아 마치 카펫을 깐 것처럼 꾸밀 예정이었다. 각하가 자기들 앞을 지나가고 나면 레포르마 거리의 모든 사람들이 각자의 망토와 꽃을 들고 광장으로 모여들게 해서, 무개차를 탄 대통령과 안드레스가 광장으로 들어올 때쯤이면 광장이 인파로 가득 차도록 할 참이었다. 대통령이 발코니에서 연설을 하고 나면 모든 사람들이 〈아름다운 푸에블라〉와 국가를 합창하도록 되어 있었다. 난 푸에블라 주에 속한 모든 마을의 깃발을 가져오도록 했다. 3백 명의 음악가로 구성된 오케스트라도 조직했고, 유니폼으로 사용하도록 그들에게 산타아나제 면셔츠를 보내주었다.

안드레스와 의논을 하기 위해 온 대통령의 비서관도 이런 우리의 계획 앞에 놀라움을 금치 못했다.

난 정원에서 식사를 하기로 결정했다. 메뉴는 두 주 후 대통령에게 제공될 것과 동일했다. 하지만 그날은 안드레스와 페르난도 그리고 나, 이렇게 셋만 식사를 했다.

둥근 테이블을 중심으로 안드레스는 페르난도의 왼쪽에 앉고, 난 페르난도의 오른쪽에 자리를 잡는 지극히 공식적인 태도를 취했다.

페르난도는 콩소메 수프를 드는 식사 첫머리부터 나의 장점에 대해 찬사를 늘어놓기 시작했다. 나의 재능, 지성, 고상함, 상냥함, 나라와 정치를 걱정하는 마음 등은 물론 푸에블라 수도원의 수녀들 같은 몸가짐에 이르기까지.

"게다가, 실례의 말씀입니다만 장군님, 부인은 굉장한 미소의 소유자이십니다. 어른치고 저런 미소를 가진 분은 못 봤습니다." 페르난도가 말했다.

"변호사님이 좋아하시니 저도 기쁩니다. 여기가 내 집이려니 생각하시고 편히 지내시길 바랍니다." 안드레스가 말을 받았다.

"저도 그러길 바라요." 나는 이렇게 말하고는 페르난도의 다리에 손을 올려놓았다.

그는 다리를 움직이지도 않았고 표정을 바꾸지도 않았다.

안드레스가 할리스코 주에서 벌어졌던 시위에 대해 말하기 시작했다. 하사관 한 명과 병사 한 명이 죽었다는 사실에 대해서는 유감을 표명하면서도, 주지사가 집회에 참가한 농민들의 강제 해산을 명한 것만큼은 잘한 일이었다고 했다.

"용납할 수 없는 일들도 있는 법이죠." 페르난도가 그에게 대답했다.

나도 거들고 나섰다. 당시까지만 해도 나도 내 생각을 말하곤 했던 것이다.

"하지만 군대를 풀어 열두 명이나 죽이는 것 말고는 그들을 막을 다른 방법이 없었을까요? 죽은 병사 하나당 여섯 배의 대가를 치르게 한 셈이잖아요. 그런데도 그 원주민들이 집회를 연 이유에 대해서는 아무것도 알려진 게 없어요."

"또 여자 특유의 감정이 발동하시는군. 저 여자 지성에 대해 말씀하셨습니다만, 감성적인 발언만 나올 겁니다. 두고 보시죠." 안드레스가 말했다.

"어쩌면 사모님 말씀에 일리가 있을지도 모르겠습니다. 장군님. 우리는 다른 방법을 찾았어야 했습니다." 페르난도가 이렇게 대꾸하며 손을 내 다리 위에 올려놨다. 내 비단옷 위로 그의 손길이 느껴졌고, 난 열두 명의 농부에 대해선 잊어버렸다. 다음 순간 그가 손을 떼더니 마치 최후의 만찬이라도 즐기듯 먹어대기 시작했다.

우리는 친구가 되었다. 멕시코시티에 갈 일이라도 생기면 그에게 꼭 전화를 했는데, 안드레스의 전갈을 전하기 위해서일 때도 있었지만 때로는 핑곗거리를 만들기도 했다. 내 목적은 그 사람 목소리를 듣거나 가능하다면 잠깐이라도 얼굴을 보는 데 있었다. 그를 만나고 돌아오는 세 시간 동안 난 줄곧 그 사람 이름만 되뇌었다.

아주 무뚝뚝한 성격의 운전기사에게 〈헤어져 그대와 함께〉라는 노래를 불러달라고 부탁하고는 검은색 패커드의 의자에 누워 그 노래를 들으며 이상한 기분에 빠져들었다. 지극히 단순한 그의 말에서도 뭔가 여러 가지 의미를 찾아보려 애썼고, 그가 짐짓 공식적인 태도를 취하는 것도 사실은 장군에 대한 예의를 표하기 위해 어쩔 수 없이 그러는 것일 뿐이라고 믿는 상황에까지 이르렀다. 난 그가 했던 말 한 마디 한 마디를 정확하게 기억했고, '곧 다시 만나 뵙게 되길 바랍니다'라는 그의 말에서 내가 곁에 없다는 사실에 그도 나만큼이나 고통스러워하고 있으며, 우연하게라도 날 다시 만날 날을 하루하루 손꼽으며 보내고 있다는 확신을 끌어내기도 했다. 난 그의 입, 작별 인사로 내 손에 키스해주던 그 순간 온몸을 타고 흐르던 그 짜릿함을 떠올리며 즐거워했다. 어느 날인가, 더이상 참을 수 없던 날이 있었다. 정치,

안드레스, 그렇다고 푸에블라나 나라에 대해서도 아닌 예외적인 이야기를 나눈 그날, 그가 사무실 문 앞까지 따라 나왔다. 우리는 이룰 수 없는 사랑의 아픔에 대해 이야기를 나눴는데, 그날 난 그의 눈에서 바로 그 슬픔을 보았다고 믿었다. 내 손에 키스하며 작별 인사를 하던 그에게 입술을 내밀었다. 내 입에 키스를 해주진 않았지만 그는 기나긴 포옹을 해주었다.

그날 밤, 그 불쌍한 운전기사는 〈헤어져 그대와 함께〉라는 노래를 얼마나 불러야 했던지, 후에 '전국 아마추어 노래자랑'이라는 라디오 프로그램에서 입상하기도 했다. 난 그 기사가 내 로맨스 덕분에 뭔가를 얻었다는 것이 기뻤는데, 1등을 한 바로 그날은 그 사람도 좋아서 어쩔 줄을 몰라했다. 안드레스는 주지사 궁에서 날 기다리고 있었다. 난 대통령이 방문할 때 입을 옷을 구하러 양장점에 갔다 오는 길이었다. 내가 도착한 때는 밤이 꽤 깊은 시각이었지만, 안드레스는 주지사 궁에서 아틀릭스코의 일부 노동자들이 벌인 파업 문제를 해결하던 중이었다.

난 눈부신 모습으로 그의 사무실에 들어섰다. 옷을 입어보는 대신 가슴에 안고 그와 춤을 추었다.

"아름다운데, 카탈리나. 어떻게 된 건가?" 사무실로 들어서는 내 모습을 보더니 안드레스가 물었다.

"옷을 세 벌 구입했어요. '팔라시오 데 이에로' 백화점에 들러서 화장도 했고. 돌아오는 차 안에선 계속 노랠 불렀죠."

"페르난도한테 말 전하라고 했더니, 시간만 허비하고 다녔군."

"물론 페르난도부터 만났죠. 내 볼일은 그 다음에 봤단 말이에요."

내가 말했다.

"호모 녀석들, 영감을 불러일으키는 덴 선수란 말이야, 그건 확실한 것 같아." 안드레스가 자기 비서관을 향해 지껄여댔다. "이상하게 여자들은 호모 녀석들만 보면 좋아서 수다가 늘어지거든. 도대체 그녀석들이 어디가 그렇게 매력이 있는지 모르겠단 말이야. 자네한테만 말이네만, 우리가 그 친굴 처음 만났을 때 난 질투심에 불타서 카탈리나를 가두기까지 했다네. 지금도 카탈리나의 연애 상대로 그 친구만은 눈감아주고 있지. 그 친군 내가 봐도 매력적이긴 해."

다음 날, 불행한 내 신세를 하소연하러 페파를 찾아갔다. 페파는 절대로 외출하는 법이 없었던 터라 틀림없이 만날 수 있으리라 확신하고 갔다. 때문에 페파가 집에 없다는 사실은 놀랄 만한 일이었다. 페파의 남편은 질투심에 불타, 물론 아이가 없다는 사실 때문에 더 그랬지만, 그녀를 가둬놓고 있던 터였다. 어느 날 오후 페파가 두 시간 동안 외출했다 돌아오자, 그녀의 남편은 그녀를 무릎 꿇린 후 그리스도 수난상 앞에서 용서를 빌 것과 동시에 자신을 속이지 않았다는 사실을 그 자리에서 맹세하라고 강요했던 것이다.

페파는 집 안에서 소일거리를 찾기 시작했다. 집은 황금 새장으로 변했고, 집 안 구석구석 페파의 손길이 미치지 않는 곳이 없었다. 뜰은 새들로 가득 찼고, 페파는 의자의 팔걸이 싸개나 테이블에 놓을 꽃병 받침, 진열장이나 찬장 등을 덮을 카펫을 끝없이 짜냈다. 심지어 미나리까지 포함해, 요리란 요리는 모조리 올리브유로 조리했으며, 남편이 먹는 모든 음식은 페파가 직접 만들었다. 페파가 아주 행복에 겨워했다고 말해도 좋을 지경이었다. 페파는 윤이 나도록 골동품을 닦고 화단에 물을 주는 일로 시간을 보냈다. 그게 세상의 전부인 것처럼 처신했고, 그런 자신의 삶에 대해 우리가 걱정하는 것마저 허용하지 않았다. 모니카가 지금 세상은 20세기 하고도 30년대라고, 그녀의 남편이란 작자는 도대체가 참을 수 없는 그런 인간이니 남편은 신경 쓰지 말고 원할 때면 아무 때나 자유롭게 외출하라고 대놓고 말했을 때조차도, 손으로 입을 살짝 가리더니 차와 호두과자나 좀 들어보겠냐고 묻기만 하던 페파였다.

"넌 지금 미쳐가고 있단 말이야." 모니카가 말했다. "카탈리나, 네 생각도 그렇지?"

"그래도 나보단 나을걸." 내가 대답했다.

모니카는 남편이 아프기 시작한 이후로 일을 해야만 하는 처지가 되었다. 아동복 가게를 열었다가 결국은 소위 공순이 신세로 전락했다.

"관둬, 그러니까 여기서 평범한 남편을 가진 여자는 나밖에 없는 셈이로군." 모니카가 미소를 지으며 말했다.

나는 검붉은 꽃이 만발한 정원의 홍목 아래 철제 벤치에 앉았다. 수건을 두르고 앞치마를 한 가정부가 레모네이드를 내오며 마님은 항상 정각 열두시 반에 돌아온다고 말했다. 나로선 도무지 이해할 수 없는 상황이었지만, 15분밖에 남지 않았기에 기다리기로 했다.

그 집의 골동품 시계가 30분을 알리는 괘종을 치자, 정확히 문을 들어선 페파가 뜰을 가로질러 정원 벤치로 다가왔다.

화장기 없는 얼굴에 한 갈래로 땋아 목으로 늘어뜨린 머리며, 아이 같은 걸음걸이하며, 페파의 모습은 여전했다. 그러나 눈빛만은 뭔가 달랐다. 전에 없던 미소를 띤 입술에도 뭔가가 숨어 있었다.

"애인이라도 생긴 것 같은데." 당황스러운 미소를 지으며 내가 말했다.

"하나 생겼지." 페파가 내 옆에 앉으며 차분하게 말했는데, 그 후로 페파의 그런 모습은 두 번 다시 볼 수 없었다.

두 사람은 아침마다 만났다. 라 빅토리아 시장 위에 있는 조그만 창고 방을 세 얻어 매일 오전 열시 반부터 열두시까지 같이 지냈던 것이다. 그가 누구였던가? 세 마디 이상을 나눠도 좋다고 남편이 허락해준 유일한 남자, 의사였다. 유산할 때마다 페파를 보살폈던 의사. 페파는 유산 경험이 세 번이나 있었다. 그는 미남에다 푸에블라에서 가장 유명한 산부인과 의사였다. 시내 여자들 중 절반 정도가 그와의 로맨스를 꿈꾸었고, 심지어 어떤 여자들은 적십자사의 무도회보다 그와의 상담 시간 조정에 더 신경 쓰기까지 했다. 그런데 누구도 예상치 못했던 여자, 페파와 눈이 맞은 것이었다.

"우리는 신들처럼 사랑을 나눠." 투명하고 행복한 미소를 지으며 말하는 페파에게서는 과거 진실한 기도를 올릴 때의 그 온화함이 묻어났다. 페파는 황홀해했다. 난 페파가 그런 꿈같은 상황에 빠지리라고는 상상조차 못했다.

"그럼 네 남편은?" 내가 물었다.

"아무것도 몰라. 그 인간은 눈친지 코친지도 구분 못 하는 인간이잖니. 근데 넌 어떠니?"

"그냥 그래." 내가 대답했다.

그런 페파에게 내가 대체 무슨 이야기를 할 수 있었겠는가? 아리스

멘디와의 그 어처구니없는 로맨스는 감금당한 채 지내는 불쌍한 여인
네에게나 흥미를 끌 이야기였다. 신이라도 된 듯 새로운 모습으로 변
한 한 여인의 그 시적인 열락을 흐트러뜨릴 수는 없는 노릇이었다. 나
는 키스만을 남기고는 페파의 그 행복한 상황을 부러워하며 그곳을
떠났다.

9

피토*가 어떻게 국방장관이 되었는지 도대체 이해할 수가 없었다. 하긴 그가 어떻게 차관을 지냈는지도 모를 일이었다. 안드레스가 그를 데려와 우리 결혼의 증인으로 서명을 시켰을 때도, 어쩌면 그는 이미 총사령관 자리에 앉아 있었는지 누구도 모를 일이었다.

연방 구(區) 청사 벽에 후안 데 라 토레 장군이 서명한 공고문이 나붙었을 때는 안드레스마저도 놀랐는데, 그 공고문엔 로돌포 캄포스를 공화국 대통령 후보로 추대하자는 세의가 들어 있었다.

내 생각엔 로돌포 자신도 놀랐던 것 같다. 그가 즉시 성명을 내어 그것은 비열한 술책에 불과하다고, 자신에겐 다른 야망은 절대 없으

---

* 로돌포의 애칭.

며 오로지 아기레 장군님과 함께하는 데만 헌신해왔다고 발표했기 때문이다.

난 그의 말을 믿었다. 마누라에게도 존경받지 못하는 그 한심한 인사가 어떻게 더 큰 야망을 품을 수 있었겠는가? 겉으로는 그렇게 얌전해 보이던 그 여자는 결혼 여드레 만에 피토가 회계과장으로 있던 시의회 소속 의원의 주치의와 줄행랑을 쳐버렸다. 어느 날 아침, 그녀는 쪽지 한 장 남기지 않고 흔적도 없이 사라져버렸다. 누군가 언질을 주지 않았더라면 남편이란 사람이 그 사실을 언제쯤에나 알아차렸을지조차 알 수 없는 일이었다. 당시 시의회에 소속되어 있던 한 노인이 일전에 해준 이야기에 따르면, 로돌포가 그 사실을 알았을 때, 아기레 장군과 함께 있던 그는 자신의 불행을 한탄하며 울음을 터뜨렸다고 했다.

"진정하게, 상사." 장군이 말했다. "그 두 인간을 뒤쫓아 잡아오되 응분의 대가를 치르도록 사형시키라고 했네."

"아닙니다, 장군님." 피토가 말했다. "제가 원하는 건 치안판사를 보내 그들이 돌아오도록 설득해주는 것뿐입니다."

장군은 판사를 파견했고, 그들은 되돌아왔다. 초피가 말에서 내릴 때, 로돌포는 다리를 뻗고 주저앉아 울면서 그렇게 도망을 칠 만큼 자신이 잘못한 게 무엇인지 묻기만 했다. 모든 사람이 지켜보는 앞에서 그 여자의 발뒤꿈치에 입을 맞추며 잘못을 빌었지만, 허리에 손을 얹고 서 있던 그 여자는 고개를 숙여 한번 봐주지도 않았다.

소피아는 언제나 거만했는데, 사람들에 따르면 한때는 예뻤다고 한다. 하지만 난 그 말이 믿기지 않는다. 한 가지 분명한 것은, 남편이 이리저리 직책을 옮겨 다녔기 때문에 육체적 욕망을 기도로 대신했다는 사실이다. 혹시 그 여자가 웬 사제와 붙어먹었는지도 모를 일이지만, 적어도 얼굴에선 그런 낌새를 챌 수가 없었다.

난 그 여자가 대통령 후보 부인이 되던 날을 절대로 잊을 수 없을 것이다. 배우 타이런 파워가 우리나라를 방문했던 바로 그날이었기 때문이다.

그날 모니카를 따라 공항까지 가는데, 마침 안드레스가 내게 초피를 좀 방문해달라고 부탁했다. 다분히 의례적인 방문이었다. 모니카는 비행기 승강대에서 타이런 파워를 기다릴 꿈에 부풀어 있었지만, 막상 공항에 도착해보니 새까맣게 몰려든 다른 여자들도 한 치도 다름없이 똑같은 생각들을 하고 있었다.

남편이 너무 오래 병중에 있었기 때문에 옷이나 짓고 일이나 하면서 수년간 성욕을 억누르고 지낼 수밖에 없었던 그녀였다. 타이런 파워를 보자마자 모니카의 욕정은 송두리째 분출되었고, 그녀는 한 마리 맹수로 변하고 말았다. 모니카는 항공사 카운터 부근에 날 세워두더니 그 발정난 여자들 패거리 틈으로 뛰어들어 안간힘으로 밀어붙이고 짓밟아댔다.

모니카는 그 가련한 사내를 덮친 채 2분이나 되는 시간을 버텼다. "디이린, 딩신 영화는 하나도 안 빼고 나 봤어요." 모니카는 그에게 소리를 질러댔다. 무리 지어 있던 다른 여자들보다 앞서 도달한 모니카는 그에게 키스까지 할 수 있었고, 사내는 훈련된 미소, 인형 같은 미소로 응답했다. 그러나 다시는 웃을 수가 없었는데, 소방관들과 경찰에 둘러싸여서야 겨우 공항 밖으로 나올 수 있었던 것이다. 여자들이 그의 상의를 벗겨 가버렸음은 물론이고, 셔츠엔 단추 하나 남아 있지 않았다. 소방관들이 목말을 태우다시피 해서 나온 그는 머리도 엉망이었지만 구두는 한쪽만 신고 있었다.

모니카는 보기에도 흐뭇할 정도로 만족한 암고양이 상을 하고 있었다. 내가 본 사람 중에 그렇게 사소한 일로 그렇게 행복해하는 사람도 드물었다.

공항에서 나온 우리는 초피의 집으로 향했다. 그 여자는 깔끔한 모습이었는데, 거의 언제나 슬리퍼에 가운이나 걸치고 있던 여자였기에 뭔가 아주 예외적인 상황으로 보였다. 그날은 헤어롤로 아주 그럴듯한 헤어스타일을 연출한 데다 검은 옷을 입고 있었다. 낮에는 잘 착용하지 않는, 양쪽 젖가슴 사이에 꼭 낄 정도로 크고 화려한 브로치를 한 그 여자의 모습에 모니카가 놀랐지만, 초피에게 완벽한 우아함을 요구하는 것은 있을 수 없는 일이었기에 나는 오히려 그렇게 놀라는 모니카의 표정이 과장되어 보였다.

루이 15세식인 자신의 방 소파에 앉은 초피는 많은 사진기자들에게 포즈를 취해주고 있었다.

기자들이 가고 난 후, 그 여자에게 뭔가 축하의 말을 해주어야 한다고 생각했지만 그 이유에 대해선 나 자신도 잘 몰랐다. 마지막으로 나가던 기자에게 도대체 무슨 일이냐고 물었더니, 타바스코 주지사 마르틴 시엔푸에고스가 전국 각지의 정치인들과 연대해 로돌포 캄포스 장군을 대통령 후보로 추대하자는 서약에 서명했다고 알려주었다.

초피는 물오른 상추 같았다. 그녀는 미국의 공장에서 제작해 방금 가져온 거라며 남편의 사진이 박힌 배지를 보여주었고, 전국 각지에서 결성되기 시작한 캄포스 장군 지지위원회에 대해 이야기했다.

모든 사실을 알고 있던 안드레스가 날 그곳으로 보내면서 아무런 설명도 해주지 않았던 것은, 초피가 무슨 궁정의 퍼스트레이디라도 되냐고 따지며 내가 방문을 거절할까봐 그랬다고 생각했다. 몹시 화가 났지만, 난 흐뭇한 미소까지 지어가며 초피의 이야기를 들어주었고, 그 여자가 이야기를 마쳤을 땐 늘어지게 축하 인사도 했고, 안드레스는 시골의 그 시시껄렁한 업무 때문에 콤파드레의 손을 잡아주러 당장 달려올 수가 없었다며 안드레스의 축하도 대신 전한다고 말해주었다. 그리고 푸에블라로 금의환향하길 바란다는 말을 남기고 그 여자와 헤어졌다.

"그러니까 따분하기 짝이 없는 6년이 우리를 기다리고 있단 의미로군." 문간을 나온 모니카가 이렇게 말했다. "끔찍해! 차라리 원주민 옹호주의가 더 낫겠어."

우리는 식사를 하러 탐피코에 들렀다. 모니카는 가까운 자리에 앉은 모든 남성에게 추파를 던지느라 정신이 없었는데, 식사가 거의 끝나갈 즈음 종업원이 샴페인 한 병을 가져왔다. 우리는 샴페인을 시킨 일이 없었다. 종업원은 이미 계산이 된 거라며 장미 두 송이와 '두 분 숙녀님들, 저희의 진심 어린 찬사를 받아주십시오. 마테오 포단과 프란시스코 반데라스'라고 적힌 카드 한 장을 내밀었다.

난 발데라스를 찾아 주위를 두리번거렸다. 농업부 장관인 그는 몇 번인가 우리 집에 와서 식사를 한 일도 있었다. 멀지 않은 곳의 2인용 테이블에 자리한 그 사람 앞에는 매부리코에 그윽한 눈매를 가진 인사가 앉아 있었는데, 그가 바로 안드레스가 몹시 싫어하는 신문기자

마테오 포단인 것 같았다.

"오른쪽에 있는 저 사람도 대통령이 되고 싶다고 했니?" 모니카가 물었다. "얘, 너한텐 미안한 말이지만 말이야, 제발 그렇게 됐으면 좋겠다."

그들은 결국 우리 테이블에 합석했고, 같이 대화를 나누게 되었다. 마테오 포단은 말이 무척 빠른 데다 대단한 독설가이기도 했다. 그는 콤파드레 캄포스에 대해 평을 늘어놓느라 정신이 없었는데, 내가 그의 콤파드레 안드레스 아센시오의 마누라건 아니건 상관없다는 듯한 태도였다. 발데라스는 모니카에게 반해 주소를 비롯해 여러 가지를 묻기까지 했다.

우리는 일곱시가 되어서야 레스토랑에서 나왔다. 푸에블라에 도착했을 때는 시간이 너무 늦어서, 모니카의 남편은 자신이 마비 상태란 사실도 잊어버리고 자리에서 일어나 모니카를 때리려고 할 정도로 화가 나 있었고, 우리 남편은 내가 포단의 긴 손을 맘에 들어했다는 사실까지 포함해 모든 것을 훤히 알고 있었다.

"그렇게 화냥년처럼 쏘다녀도 좋다고 누가 허락했나?" 밤 열두시에, 그것도 노래까지 불러가며 방으로 들어가자 그가 물었다.

"누구긴 누구예요, 내가 허락했지." 내가 너무나 담담하게 대답하는 바람에 그는 심지어 미소까지 지었다. 그러다가 내가 잠옷으로 갈아입는 사이, 마침내 그가 소리를 질렀지만 뒤이은 내 말에 입을 닫고 말았다.

"흥분할 것 없잖아요. 당신 그 뚱보가 머지않아 대통령이 될지도 모른다고 믿고 있는 거죠? 여기저기 다리나 걸쳐두지 그래요. 그리고 내 경호원들은 좀 떼주셨으면 고맙겠네요. 돈만 낭비하는 것 같은데 요. 어차피 난 당신 손바닥 안에 있잖아요, 잘 아실 텐데."

이듬해 초, 로돌포의 출마는 돌이킬 수 없는 일이 되어버렸고, 특히 나르바에스 장군이 살해된 이후에는 더욱 그랬는데, 안드레스는 그 일을 두고 치졸하고 비열한 짓거리라고 했다. 누가 감히 정부에 맞서 무기를 들 생각을 하겠는가?

국방부 장관 로돌포는 병사들에게 포로를 관대하게 대하고 여전히 반란에 가담중인 몇 안 되는 사람들의 투항을 받아들이라는 훈령을 내렸다. 그런 다음 그는 장관직에서 사임했는데, 그건 추종세력을 규합하는 데 자신의 직위를 이용했다는 말을 듣지 않기 위해서였다.

"개새끼, 완전히 미쳤어." 안드레스가 말했다. "저러다 엉덩이 걷어 차인 강아지 꼴이 되고 말지."

그때까지만 해도 여전히 그는 자신의 콤파드레가 대통령감이 못 된 다고 생각했다. 내가 발데라스와 친분을 쌓은 것을 감사하게 여기기 까지 했으며, 모니카와 그를 저녁식사에 초대하려고도 했다. 우리는 플로레스 플리에고도 초대했고, 그다음에는 모든 각료를 차례차례 초 대했다. 그렇지만 로돌포 일은 이미 일사천리로 진행되고 있었다. 스 물네 명의 주지사가 베라크루스에 모여 그를 지지하기로 했고, 안드 레스 역시 그 자리에 참석해야 했다. 흔히들 하는 말로 울며 겨자 먹 기였지만 갈 수밖에 없었다. 그곳에서 돌아온 그는 방 안에서는 자신 의 콤파드레를 빌어먹을 자식이라고 욕했지만, 방문만 벗어나면 그의 성공을 기원하고 다녔다. 그 이후로 그가 영원히 싫어하게 된 사람이 있었으니, 바로 마르틴 시엔푸에고스였다. 안드레스는 그 사람이 자기보다 노골적으로 우대받는 것을 견딜 수 없어했고, 그 점에 대해서라면 기정사실로 인정하는 것 외엔 딱히 할 말도 없다는 사실에 참을 수 없어했다. 더구나 과거에는 모든 일에 대해 일상적으로 안드레스에게 자문을 구하던 로돌포가 시엔푸에고스에게서 일종의 친밀감을 확인하더니 그만 그 의논마저 중단해버렸던 것이다.

브라보 장군을 후보로 내세운 '국가재건 혁명위원회'가 창립되자, 자신에겐 똑똑한 콤파드레가 있다는 사실을 떠올린 피토가 안드레스와 이야기를 나누고자 푸에블라로 우리를 찾아오기까지 했지만, 딱 그때까지만이었다.

쿠바의 권좌를 갓 차지한 풀헨시오 바티스타 대령이 우리 도시에 들렀을 때, 대령과 로돌포는 우리 집에서 아침식사를 했다.

"쿠바 민주주의의 영웅이란 그 작자가 언제쯤 권력을 내놓을 것 같나?" 그들이 가고 나자 안드레스가 내게 물었다. "절대로 안 내놓을 거야. 그 작자한테 총알을 먹이지 않는 한, 아마 한 40년쯤 그 자리에 앉아 있을걸."

난 멕시코에서도 동일한 상황이 가능했으면 하는 그의 열망에 빗대어 농담조로 대답해주었다.

"물론 그러면 좋겠지." 그가 말했다. "그렇게만 된다면 그 빌어먹을 콤파드레 피토라는 인간이고 그 인간 친구 시엔푸에고스고 간에 나를 제치고 용상에 앉을 순 없을 텐데. 나 같으면 기껏 그 6년을 위해 그렇게 난리를 피워대느니, 차라리 영구적인 권력자로 우뚝 선 다음 법을 마련해 유아독존 대통령이 되고 말겠다."

그는 콤파드레를 따르는 추종자 패거리들을 비꼬며 그런 식으로 말하곤 했다. 어느 날 오후, 도미노 게임을 하던 그는 콤파드레를 개새끼라고 하더니 그 작자는 절대로 대통령이 못 될 거라고 장담했다. 사흘 후, 주지사들의 모임이 있었고, 그 모임에서 그들은 캄포스를 책임지고 대통령으로 만들겠다고 천명했다. 안드레스는 레히스 극장에서 열린 총회에 참석하는 대신 발데라스가 주최한 만찬장에 갔는데, 만찬은 주지사들이 틀림없이 부정선거를 저지를 것이며 따라서 민주적인 선거가 불가능하다는 발데라스의 성명을 담은 유인물 제작을 위한 모임이었다.

며칠 후, CTM 파 노동자들이 피토를 지지하기로 결정했고, 아레나 멕시코에서 열린 CNC* 총회는 뿔피리를 불고 모자를 흔들며 농민들과 함께 '캄포스 만세!'를 외치는 걸로 마무리되었다.

우리는 푸에블라로 돌아왔다. 안드레스는 비 맞은 병아리 꼴을 하고 다녔다. 나조차도 말을 걸 수가 없었다. 그가 내뱉는 말이라곤 불평불만과 악담뿐이었다. 어느 날 아침, 그는 〈아반테〉를 읽더니 기분이 나아진 듯했다. 그가 휘파람을 불며 집을 나가자 나는 전에 없이 강한 호기심이 발동해 신문을 펼쳐 들었다. 온통 그와 그의 콤파드레 두 사람을 고발하는 기사로 가득 차 있어서, 무엇이 그를 기분 좋게 만들었는지 나로선 전혀 짐작할 수 없었다. 사람들에게서 엄청난 갈

---

* 전국농민연맹.

채를 받고 있는 그 대통령 후보가 아텐싱고와 아틀릭스코에서 발생한 범죄에서 주지사의 공범이었다느니, 헤이스의 공장 부근 구(舊) 공유지 터에 집도 한 채 소유하고 있다느니, 국가 재산을 갈취하기 위해 로돌포와 안드레스가 헤이스와 공모했다느니, 두 사람이 결탁해 6백만 페소가 넘는 돈을 달러로 바꿔 미국 은행에 예치해뒀다는 사실이 밝혀졌다느니 단언하면서 둘을 싸잡아 비판했다. 침묵과 두려움 때문에 가려지긴 했지만, 수많은 살인을 저지른 공직자의 공모자이자 포탈자인 그자는 후보로 지명받을 것이 아니라 오히려 공무원 부패방지법을 적용해야 마땅하다는 말로 기사는 끝을 맺었다.

얼마 지나지 않아, 바로 그 〈아반테〉는 편집장 후안 소리아노가 실종되었다고 보도하며, 여론을 결집해 그의 신병을 조속히 반환하도록 정부 측에 요구해줄 것을 호소했다. 며칠 후, 그의 시신이 산마르틴 부근 폴록스틀라의 한 농장에 버려진 채로 발견되었다. 멕시코시티의 모든 신문은 주지사 아센시오가 범인이라는 내용의 항의문과 성명서를 일제히 발표했다. 마침 나도 안드레스가 〈엑셀시오르〉 특파원과 인터뷰하는 자리에 함께하게 되었는데, 안드레스는 그 인터뷰를 자신이 그 사건에 개입할 수 있도록 허락해달라고 공화국 상원에 요청했다고 밝히는 기회로 삼았다. 그는 사건이 자신의 손으로 넘어오면 반드시 정의를 실현하겠노라고 약속했다.

주말에 로돌포가 푸에블라의 우리 집에 나타났다. 난 그때 문 앞 뜰에 앉아 있었는데, 그가 천천히 걸어 들어왔다.

"콤마드레, 잘 지내셨습니까?" 그가 키스를 해주며 아주 다정히 말했다. "부군은?"

난 정원 맞은편까지 그를 데려갔는데, 안드레스는 놀이방에서 옥타비오와 당구를 치는 중이었다. 마르셀라는 철사에 달린 구슬을 옮겨가며 점수를 표시해주면서 오라비 편을 들고 있었는데, 뻔한 일이지만 안드레스가 이기고 있었기 때문이다.

"이보시게, 콤파드레." 문간에서부터 말을 건네는 로돌포에겐 뭔가 처음 보는 확고함 같은 것이 배어 있었다.

"아니, 콤파드레." 그를 향해 걸어가며 안드레스도 말을 건넸다. 두 사람은 포옹을 했다.

"이제 뭐가 어떻게 된다고요?" 그날 오후, 로돌포를 보내고 나서 안드레스에게 물었다.

"이제 둘 다 대통령이 되는 거라고." 그가 대답했다.

난 아직도 그해의 나머지 날들과 뭔가 혼돈 속으로 빠져든 듯했던 내 기분을 생생히 기억한다. 안드레스는 나를 자신의 대리인으로 임명했다. 난 각종 모임, 집회, 민간 활동에 파묻혀 그 세월을 보냈고, 그 모든 일들은 날 지긋지긋하게 만들었다.

난 멕시코시티의 라스로마스에 집을 한 채 샀다. 가끔 그 집은 온전히 내 차지가 되었다. 아이들과 안드레스는 월요일부터 금요일까지 푸에블라에서 지냈다. 날 위문한다는 핑계로 주말에 옥타비오와 마르셀라가 오는 정도가 고작이었다.

"카틴, 내 방에 있는 싱글 침대 두 개를 더블 침대로 바꿨으면 좋겠는데, 그래줄 수 있어요?" 어느 날 마르셀라가 말했다.

물론 난 허락했다. 그때부터 지금까지 둘은 한 침대를 쓰고 있다.

처음엔 그애 아버지가 마르셀라를 결혼시키려고도 했다. 그럴 때면 옥타비오는 항상 청혼자들에게 딱지를 놓아달라며 내게 부탁을 해왔다. 내가 그렇게 힘을 써주었더니, 어느 날 안드레스가 내게 물었다. "당신도 그애들이 축복받는 한 쌍이 될 거라고 생각하나?" 그러더니 그는 껄껄거리며 웃었다.

정당 총회가 열렸고, 드디어 공식적인 후보가 된 피토는 순회유세를 시작했다. 우리가 처음 방문한 장소는 과달라하라였다. 피토는 그곳 공원에서 연설을 하게 되었다. 그는 가정을 지켜야 한다고 강변했으며, 자식들은 부모님을 존경해야 한다고 말했다. 후보라기보다는 사제 같았다. 연설이 너무 촌스럽게 흐르자 마르셀라와 옥타비오 그리고 나는 서로 옆구리를 찌르며 눈을 찡긋거렸다. 나로선 그나마 그들이 내 옆에 있다는 게 감사할 따름이었다. 동행이 되어주었을 뿐만 아니라, 내가 그 뚱보의 내면에서 피어오르는 열정으로부터 벗어날 수 있는 핑곗거리를 만들어주기도 했다. 그는, '대통령 참모본부'라는 것을 창설함으로써 이미 그를 대통령으로 대접하던 사람들 휘하의 군인을 보내 한밤중에 느닷없이 날 부르기도 했다. 난 어찌할 바를 몰랐다. 피토라는 그 인간은 도대체 눈곱만큼도 마음에 드는 구석이 없었다. 설령 그가 세계를 다스리는 대통령이 된다고 할지라도 그를 선택하고 싶진 않았다.

한번은 한낮에 날 불러내더니, 브라보 장군의 지지자들이 자신과 안드레스의 이력 사항을 거의 모든 일간지에 게재했다며 보여주었다.

이력 사항은 피토가 마부였다는 사실에서 출발, 라시우다델라 사건으로 넘어갔다가 다시 헤이스가 자국 정부에 보낸 편지로 이어졌는데, 편지 내용은 푸에블라에 거주하는 미국인들의 제반 이익 보호 차원에서 'Ascencio and Campos boys'를 지원해야 한다는 것이었다. 그리고 두 집안이 저지른 것으로 추정되는 범죄 목록으로 끝을 맺었다.

"걱정하지 마세요." 나는 그 사람에게 말해주었다. "안드레스는 주시자 선거전 당시 자신에 대한 비방에는 전혀 신경 쓰지 않던데요."

"시가행진 참관에 저랑 같이 가주셨으면 합니다만." 그가 고개를 숙이며 내게 대답했다. 다음 날, 그는 집으로 사람을 보내왔다. 운전기사가 꽃다발을 하나 건넸는데, 그 속엔 '이번 5월 1일 제게 행운을 선사해주시길'이라고 적힌 카드가 들어 있었다.

우리는 마데로 거리의 CTM 사무실 발코니에서 노동절 시가행진을 지켜보았다. 뚱뚱한 얼굴로 어줍은 미소를 짓고 있던 탓에 완전히 일그러진 형상이 된 그의 얼굴 표정은 여느 때와 다름없었고, 그런 피토 옆에는 깡마르고 빈틈없는 알바로 코르데라가 서 있었다. 모든 것이 순조로웠다. 브라보 장군을 연호하며 행진하던 철도 노동자들이 갑자기 우리가 서 있던 발코니를 향해 썩은 오렌지를 던지기 전까지는. 난 로돌포가 점차 우거지상이 되어갈 거라고 믿었지만, 그는 우거지상을 짓는 대신, 자신의 그 따분하기 짝이 없는 표정 속에서도 어정쩡한 미소를 잃지 않고 뭔가 엄숙함을 보여주는 기지를 발휘하며 단호한 태도로 코르데라 옆에 나란히 서 있었다.

난 부드럽고 밝은 옷을 걸치고 있었는데, 갑자기 오렌지 하나가 날아와 내 치마에 부딪히며 박살이 났다. 로돌포가 평정을 지키고 있었기 때문에 나 역시 동요하지 말고 미소를 유지해야 한다고 생각했다. 나는 그렇게 했다. 행진이 끝났을 때, 피토는 코르데라에게 내 태도가 지혜로운 여왕의 태도에 비길 만하지 않느냐고 물었고, 코르데라는 아주 침착한 목소리로 그렇다고 대답했다.

"소피아라면 절대로 참지 못했을 겁니다. 안드레스가 마나님 하나는 잘 골랐단 말이야!" 피토가 말했다. "부인은 완벽한 데다 용기까지 갖춘 여인이십니다." 우리 집으로 돌아오는 길에서도 그는 계속 칭찬을 했다. 집에 도착하자, 문 앞까지 날 바래다준 그는 내 두 손과 더럽혀진 치마에 키스를 해주며 작별했다.

"연설문을 그 사람이 직접 쓸까?" 나는 계단을 올라가 내 방으로 향하면서 중얼거렸다. 촌스럽기 그지없는 사람인지라 연설문을 직접 작성한다는 것도 충분히 가능한 일이었다.

오후가 되자, 안드레스가 전화로 나에게 감사를 표했다. 나에 대한 찬사의 나머지 절반은 그가 마무리지었다.

"당신 아주 노련한 멋쟁이야. 훌륭히 해냈어. 이젠 정치에 투신해도 되겠는걸. 계속 그렇게 살살 녹여라, 그 뚱보." 그가 말했다.

난 각종 서류들로 그득한—물론 절대로 읽어보진 않겠지만—책상 앞에 앉아 있는 그이를 상상해보았다. 고맙다며 껄껄거리는 그이의 입이 눈에 선했다. 아직도 그이에겐 내가 좋아하는 구석이 남아 있던 것이다.

"언제 와요?" 내가 물었다.

"내일은 당신이 와야 해. 5일에 아기레 대통령이 도착할 테니."

나는 푸에블라로 갔다. 시가행진은 완벽하게 성공리에 끝났다. 향

토색 짙은 복장을 한 수천 명의 어린이들이 색색으로 찬란한 조화를 이루며 우리 앞을 행진해 지나갔다. 아기레는 안드레스에게 감사를 표했고, 루페 여사는 나와 함께 수용소에 가서 향후 6개월치 아침식 사분에 해당하는 먹을거리를 기부했다. 그다음 우리는 차를 타고 산악지방으로 향했다. 안드레스는 그곳에서 원주민들을 모아 일렬로 늘어세우고는 대통령께 청원을 드리도록 준비해두었다. 우리는 그들의 간청을 들어주며 오후를 보냈다. 여덟시가 되자, 난 루페 여사를 모시고 밀크커피와 맛있는 빵으로 저녁을 대접했다. 열한시에 루페 여사는 원주민의 이야기를 들어주던 남편과 다시 만났다. 그 옆에서는 안드레스가 변함없이 만족스러운 표정으로 시가를 빨았다. 루페 여사와 난 잠자리로 향했다. 우리 장군님이 우리에게 배정된 방으로 돌아온 시각은 새벽 네시였다.

"지칠 줄 모르는 인간이야." 침대로 들어오며 그이가 투덜거렸다. 그는 날 안아주었다. "당신이 매력적인 여자라는 사실을 잊고 지냈던 것 같다." 그이가 말했다.

"어디 당신이 끼고 다니는 다른 계집들만 하겠어요?" 내가 대꾸해주었다.

"저속하게 굴지 마라, 카틴. 똑똑한 여자라면 아무 말도 않는 게 좋을 기다."

"임기가 거의 끝나가는 대통령들 기분은 어떨까요?" 내가 말했다. "불쌍한 아기레 장군."

"역시 당신이 최고야." 그이의 대답이었다.

10

비비는 나보다 조금 어렸다. 그 여자를 알게 된 건 그녀가 내 창피한 기억과 관계있는 한 의사의 아내였기 때문이다. 그 의사는 수입이 얼마나 되느냐는 질문이라도 받으면, 마치 원주민처럼 '좋으실 대로 생각하세요'라고 대답하는 사람이었다. 유능한 의사였다. 아이들의 과식이나 감기를 고쳐줌으로써 엄마들의 타들어가는 마음도 함께 치유해주었다. 한번은 캐러멜을 통째로 삼킨 베라니아가 새파랗게 질려가는 바람에 그를 찾아 달려간 일이 있었다. 아이가 죽어간다고 생각한 나는 바로 내 부주의로 아이를 죽였다며 호통을 쳐댈 장군의 모습을 상상하며 공포에 떨고 있었다.

북부 3번지의 진료소에 당도한 것만으로도 난 어느 정도 안심이 됐다. 아이는 계속 숨 막혀했지만, 의사는 아주 침착한 모습으로 내게 인사를 했다. 그는 아이에게 따뜻한 만사니야 차를 마시게 했는데, 그게 목에 걸린 캐러멜을 녹였는지 호흡이 되돌아왔다. 아이가 기침을 하기 시작하고 시퍼렇던 얼굴이 하얗게 되돌아오자, 난 울음을 터뜨리고 말았다. 의사를 안고 키스를 퍼부었다. 우리가 그러고 있을 때, 비비가 그 방으로 들어왔던 것이다.

"내 딸아이를 살려주셨어요." 내가 용서를 구하며 말했지만 그 여자는 내가 누군지 모르고 있었다.

"그게 그이 일인걸요." 이렇게 말하는 여자의 얼굴은 태연했다.

"아센시오 장군님의 부인이셔." 의사가 비비에게 설명했다.

"어머나, 그러세요?" 날 바라보며 비비가 아주 공손히 대답했다.

난 어깨를 으쓱해 보였고, 우리 둘이 마주 웃자 의사는 의아스럽다는 표정을 지었다.

그날 이후, 비비를 많이 보지는 못했다. 가끔 거리에서 마주칠 때면 우리는 서로 남편의 안부를 물었고, 그 여자는 내 남편을, 나는 그녀의 남편을 치켜세워주었다. 아이들 안부를 묻기도 했는데, 그녀는 자기 아이가 몸이 약해서 걱정이라고 했고, 난 우리 아이들이 개구쟁이라서 걱정이라고 했다. 그러고 나면 볼을 살짝 스치는 듯 마는 듯 허공에다 입맞춤을 하고는 헤어졌다.

몇 년 후, 비비는 그런 만남이 뭔가 우울한 기분을 주었다고 했다.

어느 날 비비의 남편이 그만 죽고 말았다. 언제나 그랬듯 아무런 소란도 없었고, 언제나 그랬듯 땡전 한 푼 남기지 않았다. 난 우리 아이들의 경기를 치료해준 데 대한 감사의 마음으로 밤샘 문상을 갔다. 푸에블라에서는 결혼식이나 세례식, 첫영성체식에 다들 빠지지 않고 참석했고, 마찬가지로 밤샘 문상에도 절대 빠지지 않는 게 관례였는데, 이는 시간을 때우기 위함이었다.

비비는 아들의 손을 붙잡고 있었다. 비비를 안아준 다음 조의금을 넣은 봉투를 그 여자에게 건넸다.

"제가 부군께 진 빚입니다." 한때 그렇게 재고 다녔던 그 기분, 마치 자선가라도 된 듯한 기분으로 내가 말했다.

"언제나 자상하시네요, 카탈리나." 비비가 말을 받았다.

비비는 울지 않았다. 상복을 입은 모습이 아주 아름다웠던 걸로 기억한다. 유달리 예뻐 보였고, 검은 눈동자도 유난히 빛났다. 비비는 상당한 미인이었다. 때문에 비비가 아이 손이나 붙들고 푸에블라를 돌아다니며, 점점 커가는 아이 학비 걱정에 이번엔 또 뭘 팔아야 할지 따위나 고민하고, 늘어가는 잔주름으로 아름다움을 낭비하며 앞날을 독신으로 버티고 살아간다는 것은 불가능한 일이었다. 비비는 고메스 소토 장군이 운영하는 신문사에서 일하던 오빠들을 따라 멕시코시티로 떠났다.

그리고 고메스 소토의 집에서 비비를 다시 만났다. 우리 집만큼이나 크고 으리으리한 집이었다. 비비는 정원에 있었다. 앞뒤 모두 깊게 파인 푸른 옷을 입고 있었으며, 완벽에 가까운 미소를 짓고 있었다.

"멋진데요." 내가 말했다.

"형편이 좀 나아졌거든요." 그 여자의 대답이었다.

"저도 기쁘군요." 타인의 행복에 함께 기뻐해주면서도 그 행복이 어디서 비롯되었는지 캐묻지 않는 게 좋겠다 싶을 때 그런 대답을 하시던 엄마를 떠올리며 말했다.

우리 맞은편 연못엔 치자나무가 울창했고 촛불도 떠다녔다.

"경건해 보이지 않나요?" 비비가 물었다.

"그렇군요." 내 대답에 이어 우리는 경건함에 대해 이야기를 나누었다. 비비가 신은 외제 스타킹을 어디서 구했는지, 비비가 '독립천사상'*을 얼마나 좋아하는지 등의 이야기도 나누었다. 그녀는 유부남한테서 꽃을 받아도 좋다고 생각하는지 물었다. 웃지 않을 수 없었다. 이보다 어이없는 질문이 있을까. 그런 질문은 안드레스에게서 잘 포장된 자동차 열쇠와 문 밖에 세워둔 차를 선물로 받은 여자들한테 해야지.

"결혼하기 전엔 남자한테서 꽃 한 송이도 받아선 안 된다고 니코 숙모가 말씀하시곤 했어요. 좀 조신하게 처신해야 한다고 생각하지 않으세요?" 그녀에게 물었다.

그렇게 시작된 이야기는 고메스 소토 장군이 비비에게 그 집의 안주인이 되어달라고 제의해왔다는 고백으로 이어졌다.

"이 집뿐인가요?" 내가 물었다.

"부인과 아이들이 사는 다른 집들이 있대요. 이 집은 아직 그들 차지가 안 됐나봐요." 비비가 대답했다.

고메스 장군의 마누라는 아예 바으로만 니도는 어지었디. 그 여자는 장군과 동갑이었지만, 같은 나이라도 군인 마누라로 이미 이력이 난 여자의 마흔다섯 나이는 다른 것이었다. 자식이 아홉인데 모두 장

---

* 멕시코 독립을 기념하는 천사상.

성해서 그중 몇은 결혼까지 했다. 그 여자는 이미 인생에서 더 많은 것을 기대하기는 힘든 할망구인 데다 남편은 부자였다. 내가 소위 장군이라는 사람들을 지켜봐온 바에 따르면, 고메스 소토도 조강지처를 버리고 비비와 정식으로 결혼할 사람은 아니었다.

"좋다고 하세요. 하지만 이 집만은 부인 명의로 해두시는 게 좋을 것 같네요." 내가 충고했다.

"하지만 불가능할 거예요, 카탈리나. 굳이 그럴 필요도 없고. 그이는 이미 제게 잘해주는걸요. 많은 것을 주기도 했고요." 말을 마친 비비는 얼굴을 붉혔다.

"남는 돈 몇 푼 주는 거겠죠." 내가 말을 이었다. "남는 돈이나 좀 나눠주는 데 지나지 않는다고요. 생각해보세요, 그렇다고 그들이 고통받을 일은 없지 않겠어요? 연못을 꾸며주긴 했지만 문서를 꾸며주진 않았잖아요. 웃기는 일 아닌가요? 한낱 정부로 남고 싶으세요?"

"처음엔 그렇겠죠. 하지만 앞으론 챙길 건 챙겨야죠." 이렇게 말하는 비비의 목소리는 열다섯 살짜리 소녀의 목소리 같았다.

우리가 대화를 나누었던 그 달, 비비가 푸에블라로 날 찾아왔다. 내 차들만큼이나 큰 차에서 내리는 비비는 몹시 행복한 표정이었다. 아이도 데려오지 않았고, 3월인데도 모피 코트를 걸치고 있었다. 난 그날도 고메스 소토 장군에 대해 안 좋게 이야기를 했으며, 심지어 그를 소리아노의 죽음과 연결하기도 했다. 소리아노의 죽음은 안드레스와 연결할 수도 있었지만 그 사람하고도 그럴 수가 있었는데, 그건 그가 소리아노의 신문사를 인수해 신문사 연합망을 구축했기 때문이었다.

비비는 내 이야기를 들으며 거북해했다.

우리는 테라스에 서 있었다. 시내가 내려다보였고, 열 개 남짓 되는 교회도 그 둥근 지붕을 반짝였다. 난 그곳에서 내려다보는 것을 좋아했다. 푸에블라의 모든 거리가 한눈에 들어와서, 누구라도 마음에 드는 집을 꼭 집어 골라낼 수 있을 정도였다.

"카탈리나, 뭔가 보호막이 되어줄 만한 게 없다는 사실에 신물이 나요. 과부, 그것도 가난한 과부가 된다는 건 끔찍한 일이에요. 다들 집적거리려고 해요, 글쎄. 하지만 아무도 뭔가를 주려고 하지는 않죠. 그런데 장군님은 잘해주셨어요. 제게 선물한 저 차 좀 보세요, 일꾼들은 또 얼마나 붙여주셨게요. 유럽 구경을 시켜주겠다는 약속도 하셨어요. 갖고 싶은 건 뭐든지 사주겠다고, 같이 극장에도 가고, '아메리카 스튜디오'에 가서 이 콧구멍 같은 곳에 처박혀서는 절대로 볼 수 없는 것, 타자기를 통해서만 볼 수 있는 그런 것들도 구경하자고, 내가 할망구가 될 때까지도 여전히 아름다운 모습을 간직하고 있을 여배우 마리아 펠릭스가 어떤 옷을 입고 다니는지도 보자고 하셨는걸요. 아니에요, 카탈리나, 충고는 관두세요. 부인이랑은 어울리지 않아요."

"그 말은 맞네요." 내가 말을 받았다. "저 역시 최악의 경우에 해당하지만 불평은 안 해요. 부인도 뭐 불평할 이유는 없지 않나요? 비교할 만한 사람도 없었지만, 세상 신택할 수 있는 것도 아니쇼. 선 흔히 말하는 죽도 못 끓여 먹을 정도로 보잘것없고 평범한 남편도 있다는 걸 모르고 살았어요. 때로는 아이들의 기관지 어디쯤에 염증이 생겼는지 아는 그런 의사 남편을 뒀으면 좋겠다고 생각해본 적도 많았죠. 설령 그게 어쩌지 못할 따분함 그 자체일지라도 말이에요. 왜 그 시아주버니뻘 되는 사람이랑 결혼하지 않으세요? 마음씨도 좋고 미남이 던데.” 내가 물었다.

“벌써 결혼했거든요. 그저 치근거리는 남자들 중 하나일 뿐이에요.”

우리는 친구가 되었다. 결국 비비는 고메스 소토와 살림을 차렸고, 고메스 소토는 그녀에게 검게 선팅한 자동차를 사주었고, 연못과 꽃이 가득한 그 집도 주었다. 하지만 여행 약속은 아직 지켜지지 않았다. 그가 외출을 금했기 때문에 비비는 옷 한 벌 직접 구입하지 못했다. 모든 것은 배달되어왔다. 옷이고 구두고 모자―집 안에서 복도나 오가는 그 가련한 여인에게도 망사 모자가 필요하다는 듯―고 전부 파리 제였다. 그는 정원 마당에 극장까지 지어주었고, 배우들을 그곳으로 데려왔다. 그들만을 위한 특별 공연이 있었다. 세상 사람 절반은 될 만큼 많은 사람이 초대받았으며, 당시에는 지나칠 정도로 청교도적인 삶을 살던 초피도 그곳에 가 남편을 비롯한 모든 사람과 어울려 하루를 보낸 적이 있었다. 피토로서는 선거전에 고메스 소토의 신문사들이 필요했기 때문에 고메스 소토에게 온갖 호의를 다 내보이던 시절이었다.

“걱정 마십시오.” 비비의 집으로 가는 차 안에서 안드레스가 피토에게 말했다. “고메스 소토도 누굴 택해야 하는지 잘 아는 데다 빚 갚을 줄 아는 사람입니다. 새 기계를 구입하기 위한 자금을 빌려주었습니다.”

“주 정부 돈으로 말인가?” 로돌포가 마치 큰일이라도 된다는 듯 물었다.

“물론이죠, 형님, 하지만 조국도 명의가 있는 존재니 빚은 빚 아니겠습니까. 그 친구도 우리에게 빚졌다는 사실을 잘 알고 있습니다. 어쨌든 가시는 건 잘 생각하신 겁니다. 즐거운 파티가 될 것 같은데요. 그렇겠지, 카틴?"

"그럼요." 나는 단단히 화가 나 입이 나팔만큼이나 튀어나온 초피를 보며 대답했다.

"첩년을 봐줘야 하다니 불쾌하군요." 초피가 말했다.

"봐주다니? 아주 호감 가는 여자야." 피토가 말했다. 초피는 입이 나올 대로 나와 있었다.

비비가 우리를 맞았다. 나와는 석 달 만의 만남이었다. 비비는 푸에블라에 발길을 끊었는데, 그녀를 보자 이유를 알 수 있었다. 당연한 결과겠지만 장군이 그녀를 임신시킨 것이었다.

임신중이긴 해도 나빠 보이진 않았다. 길고 헐렁한 옷을 입은 그 여자는 그리스 여신 같았다. 팔이 약간 굵어지긴 했지만 얼굴은 더 젊어 보였다.

"경고했었죠? 재롱 피우는 시기가 지나면 코흘리개가 된다고 말이에요." 내가 말했다.

"그만 하세요, 안 그래도 코가 그 사람을 빼닮는 건 아닌지 걱정돼 죽겠는데."

"이디 또뿐이겠어요. 왜 우리가 남편을 닮은 녀석들을 만들어내는지 모르겠어요."

"그렇다고 판박이처럼 꼭 닮는 건 아니잖아요." 비비가 배를 쓸며 말했다. "베토벤 같은 사람도 술주정뱅이와 미친 여자 사이에서 태어났다는 걸 아시잖아요."

"누구한테 들은 얘긴가요?"

"기억은 잘 안 나지만, 그래도 희망을 주는 이야기 아닌가요? 안 그래요?"

"애가 또 있었죠? 걘 어때요?"

"잘 지내요. 오딜롱*은 그 아이를 한동안 외국으로 보내 공부시키자고 했어요. 그래서 지금 필라델피아에 있는 엄격한 기숙학교에 다니고 있어요."

"아니, 겨우 아홉 살짜리를 말인가요?"

"그앤 아주 좋아하는걸요. 학비가 아주 비싼 군대식 학교예요. 교복도 세 벌이나 되고, 멋진 축구 경기장도 여럿 있대요. 걘 다른 아이들 틈에 섞여 지내는 게 필요해요. 항상 나만 졸졸 따라다녔거든요."

"부인 생각인가요, 아님 고메스 소토 씨 생각인가요?"

"둘 다요."

"퍽이나 잘 어울리는 한 쌍이로군요! 그렇게 기본적인 문제까지 뜻이 통하다니 말이에요." 그녀를 안아주며 내가 말했다.

"좋아요, 그럼 제가 어쩌길 바라세요?" 그녀가 내게 물었다.

"절 주책이라고만 생각하지 말아주셨으면 좋겠네요. 그렇게 행복해하는 부인 아들 얘긴 초피한테나 하세요. 원하신다면 저도 조목조목 도와드릴 수 있겠지만, 저랑 이야기하면 눈물만 흘리게 될 거예요. 설마 울고 싶은 건 아니겠죠?"

"그래요, 울고 싶진 않아요. 그 일 때문이라면 더더구나 싫어요. 때

---

* 고메스 소토의 애칭.

로는 저도 울긴 하지만 내 배나 감옥살이 신세 때문에 우는 거예요."

"임신이란 건 끔찍한 일이에요, 안 그래요?"

"끔찍하죠. 도대체 어떤 인간이 임신한 여자가 아름답고 행복하단 말을 지어냈는지 모르겠어요."

"보나 마나 남자들이겠죠. 요즘엔 만족한 표정을 짓는 여자들도 있긴 하지만요."

"그런 여자들한텐 나중엔 뭐가 남을까요?"

"화라도 남겠죠. 난 두 번의 임신기를 화만 내며 보냈어요. 생명의 신비는 무슨, 짜증만 나는 일이지. 정원에 있는 비파나무에 열매가 잔뜩 열렸을 때, 6개월 된 베라니아가 든 내 배가 증오스러워서 얼마나 울었는지 몰라요. 열매 따러 나무에 올라갈 수가 없었거든요. 해마다 내가 최고였는데. 난 언제나 다른 형제들보다 많이, 세 광주리나 땄죠. 친정에 갔는데 형제들이 최고의 라이벌인 나를 빼놓고 나무에 매달려 경쟁하는 광경을 바라보는 심정이란. '애야, 이제 넌 더이상 참가자가 될 수 없다는 걸 알고 있겠지?' 아버지는 그렇게 말씀하셨죠. 그때부터 난 울기 시작했고, 그때 울기 시작한 게 이날 이때까지도 끝나지 않네요."

"거짓말하시는군요. 우는 걸 한 번도 뵌 적이 없는데요."

"한밤중에 우리 집에 안 와보셔서 그래요. 낮엔 제 본모습을 보일 수 없죠. 제가 우리 주의 퍼스트레이디 아니겠어요."

정문을 들어선 우리는 온 정원을 다 걸었다. 피토와 초피, 안드레스는 우리 앞에서 걷고 있었는데, 그들이 현관문 앞에 도착하자 장군이 그들을 맞았고, 서로 포옹을 하고 손도 부딪쳤다. 남자들이란 존재는 참 우스꽝스럽게도 서로 키스를 나눌 수도, 상냥한 말을 주고받을 수도, 부른 배를 마주 대고 문지를 수도 없었다. 그러니 그 소란을 떨고 껄껄거리며 한심한 포옹이나 할 수밖에. 도대체 뭐 그렇게 웃을 일이 있는지 나로서는 지금까지도 모를 일이다. 문제는 그들이 초피를 한쪽에 멍하니 내버려두었기에, 우리가 우리만의 대화를 중단하고 그녀를 우리 대화 속에 받아들여야 한다는 사실이었다.

"임신한 모습이 아주 아름답네요." 초피가 말했다. 초피의 표정은 아주 상냥해졌다.

"뚱뚱해졌는걸요." 말을 받은 건 비비였다.

"그야 그렇죠, 어쩔 수 없는 일이잖아요. 애를 기다리면서 어떻게 날씬한 몸매를 유지할 수가 있겠어요? 하지만 말이죠, 모성이란 고상한 법이랍니다. 임신중인 여자치고 추한 여자는 단 한 명도 못 본걸요."

"전 많이 봤는데요." 처음 임신을 했던 그즈음부터 멍청이로 변해버린 초피의 경우를 떠올리며 말했다. 배가 엉덩이만큼이나 부풀어올라, 오는 건지 가는 건지도 구분할 수 없었고, 유방은 코끼리 젖통만큼 커져 있었다. 불쌍한 여자, 하지만 한편으로는 가슴이 아리기도 했다. 목하 영부인이 되려는 참이었지만, 그래도 그 여자는 자신의 그 엄청난 식욕을 어찌할 수 없을 게 뻔했다.

"많이 보셨다니요? 아기를 기다리는데도 추해 보이는 여자가 있다니, 그게 대체 누구죠?"

"많죠, 초피. 설마 이름을 대보라는 건 아니겠죠?"

"순전히 내 말을 반박하려고 하는 말이로군요."

"임신한 여자들 모두가 예뻐 보인다는 말이 아무리 듣고 싶으셔도

전 그렇게 생각하지 않아요. 그보다 더 지저분한 기분은 없던걸요."

"하지만 부인은 나빠 보이지 않는데요. 아직은 지나칠 정도로 날씬하네요. 지금까지 기분은 어땠나요?" 그 여자가 비비에게 물었다.

"아주 좋아요." 비비가 대답했다. "임산부에게 좋다는 운동을 하고 있어요."

"아니 저런, 그게 어떻게 좋을 수가 있겠어요? 부인은 애를 피곤하게 만들고 있는 거예요. 태아는 쉬어야 해요. 카탈리나가 막내를 낳을 때처럼 조산하길 원하는 건 아니겠죠?"

"운동 때문에 조산한 게 아니라 자궁이 견디질 못한 거예요." 내가 말했다.

"아니, 제정신이에요? 도대체 언제부터 여자들 자궁이 그것도 못 견뎠다고 그래요? 승마를 하고 다니지 않았던가요?"

"의사 선생님이 허락해주신 일이었어요."

"물론 그러시겠지. 이름이 도살(Dosal)인가 하는 그 인간 미치광이는 모든 걸 허락해주죠. 체코를 낳은 부인한테 옥수수죽이나 닭죽을 40일간이나 먹을 필요는 없다고 말하는 걸 들었을 때도 미친 인간처럼 보였어요. 미친 건 물론이고 무책임한 인간이기도 하죠. 자기 자식이라면 그렇게 생명을 두고 장난치진 않을 거예요. 아님 동성애자이든가요. 동성애자들은 아이들이나 여자를 몹시 싫어하니까요. 늘임없어요, 동성애자."

"초피 부인, 연못의 꽃 어떤가요?" 비비가 적절한 때에 질문을 던졌다.

"어머나, 정말 예쁘네요! 못 보고 있었네요. 여기 직접 씨를 뿌린 건가요?"

"매주 오딜롱이 포르틴에서 배달시켜줘요."

"세상에, 그렇게 자상할 수가." 초피가 말했다. "요즘은 그런 사람 드물어요. 여기서 포르틴까지 몇 시간이나 걸리죠?"

"일곱 시간 거리예요." 내가 말했다. "우리 다들 제정신이 아닌 것 같아요."

"무슨 말씀인가요, 카탈리나? 질투하지 마세요."

"제가 질투 같은 것하곤 거리가 먼 여자란 건 잘 아시잖아요. 하지만 포르틴에서 예까지 꽃을 가져오는 건 정신 나간 짓거리예요. 장군님이 사랑에 미쳤다는 게 맞긴 맞는 것 같군요." 내가 말했다.

"그건 그래요." 초피가 대답했다. 낭만적인 표정을 짓는 초피의 가슴은 부풀어올랐다 가라앉기를 반복했다. 마치 누군가 제발 좀 자신을 만족시켜주기를 갈구하듯이.

앉을 곳을 찾아 들어간 방은 양키들 호텔 로비를 방불케 했다. 카펫도 깔렸고 매우 넓었다. 우리가 파티에 그렇게 엄청난 인원을 초대하곤 했던 데는 다 이유가 있었던 일, 가마솥에 콩 몇 알 든 것 같은 기분이 들지 않도록 방을 채워야만 했던 것이다.

비비와 그녀의 장군 파티에도 엄청나게 많은 사람이 참석했다. 신문사 창립 1주년 기념 파티였기 때문에 이튿날 신문에 사진이 실리고 싶은 사람은 모두 몰려들었던 것이다. 비비는 조리 부대를 이끌 필요가 없었다. 품삯깨나 들여서 프랑스에서 불러왔다는 아가씨들 몇 명이 모든 것을 만들었지만, 음식이 남아나질 않았다. 반면 수입품인 포도주만큼은 넘쳐나서 잔이 반만 비어도 웨이터들이 다시 채워주고 다

넜다. 음식은 적고 마실 것은 많은 파티였기에, 파티는 질펀한 술판으로 흘러갔다. 남자들 얼굴이 일단 불그레해지며 미소가 나타나기 시작하더니 그다음엔 말이 많아졌고, 나중엔 바보처럼 변하거나 거칠어져갔다. 고메스 소토 장군이 그중 최악이었다. 그는 항상 술을 많이 마셨다. 파티 시작 무렵의 그는 다소 일관성이 없긴 했지만 지적(知的)이라고 해도 좋을 정도로 몹시 호의적이었는데, 불행히도 그런 상태는 오래가지 못했다. 그는 얼마 지나지 않아 사람들의 기분을 건드리기 시작했다.

"그런데 부인의 다리는 왜 그렇게 구부정한가요?" 그가 로페스 미란다 대령의 부인에게 물었다. "그렇게 다리가 벌어질 정도로 하면 안 되지. 미란다 대령 이 친구 완전히 오입쟁이로군. 다들 보시죠, 자기 부인 다리를 어떤 지경으로 만들어놨는지."

그를 제외하고는 웃는 사람이 아무도 없었지만, 그렇다고 로페스 미란다와 그의 안짱다리 부인을 제외하고는 파티를 떠나는 사람도 없었다. 그다음에 그는 자신의 아버지를 상기시키면서 아버지만큼 멕시코를 위해 많은 일을 한 사람은 아무도 없다느니, 누구도 자기 아버지를 업신여겨서는 안 된다느니 떠들어대기 시작했다.

"그래, 우리 아버지는 포르피리오 디아스주의자였다. 다들 뭘 원했지, 이 개새끼들아? 그땐 다른 도리가 없었단 말이야. 하지만 철도가 놓인 건 아버지 덕분이었고, 철도 덕분에 혁명이 가능했던 것 아닌가. 안 그래, 개새끼들아?" 그는 테이블 위로 올라가 고함을 질렀다.

"일주일에 몇 번이나 저러나요?" 내 옆에 서 있던 비비에게 물어보았다. 비비는 완전히 딴사람으로 변한 그를 두렵다기보다는 경멸스럽다는 눈초리로 바라보았다.

"한두 번요." 그 여자가 담담한 표정으로 말했다. "떨어지지 않게 테이블에서 얼른 내려오게 해야겠어요. 차라리 취한 게 낫지 다치면 더 큰일이니까요."

"믿을 수 없는 말이네요."

"부인은 모르세요. 감기만 들어도 다 죽어가죠. 그럼 저도 침대 옆에 붙어서 꼼짝도 못해요. 다리가 부러진 그이는 상상하고 싶지도 않아요."

비비는 고메스가 올라간 테이블로 다가갔다. 새하얀 얼굴로 위를 향해 손을 내밀던 비비를 잊을 수가 없다.

"어서 거기서 내려와요, 아빠." 비비가 그에게 말했다. "위험하잖아요. 떨어지고 나서 후회해도 난 몰라요. 빨리 내려오랬죠."

"야, 그런 식으로 말하지 마." 고메스가 비비에게 고함을 쳤다. "넌 내가 바보 멍청이라고 생각하나? 내가 바보 같아 보이나, 네 자식새끼처럼? 날 그 녀석 다루듯 하는군그래. 그 녀석한테도 날 대하듯 하는지 어디 두고 보겠어. 하긴 그 녀석을 나하고 똑같이 대하긴 하더군. 녀석을 재우러 데려갈 때 알아보았지. 쓰다듬고 말을 건네는 꼴이라니. 나랑 하는 것보단 녀석이랑 하는 게 더 좋은 거지. 화냥년 같으니라고." 테이블에서 뛰어내려 비비를 덮치며 그가 말했다. 그는 두 손으로 비비의 목을 조르기 시작했다.

"어떻게 좀 해봐요." 내가 안드레스에게 말했다.

"내가 어떻게 했으면 좋겠나? 자기 계집이야, 안 그런가?" 안드레스의 대답이었다.

초피가 히스테리 환자처럼 소리를 지르기 시작했고, 피토는 그녀를 진정시키기 위해 안아주었다. 아무도 나서지 않았다.

장군의 손에 목을 잡히긴 했지만, 비비는 여전히 우아함을 잃지 않은 채 버텨냈다.

"도와줘요." 내가 안드레스의 손을 잡아끌고는 땀 흘리며 숨을 몰아쉬는 장군 옆에 세우면서 말했다.

"고메스, 애정 표현이 지나치군." 안드레스가 고메스의 두 손과 비비의 목 사이로 손을 밀어넣으며 말했다. 고메스가 비비를 놓아주자 난 즉시 그녀를 안았다.

"아무 일도 아니에요." 비비가 말했다. "장난치는 거예요, 그렇죠, 당신?" 비비가 이렇게 묻자 오딜롱의 시선은 순식간에 발작을 일으키는 미치광이의 눈빛에서 애완견의 눈빛으로 바뀌었다.

"당연하죠, 카틴. 제가 이 아름다운 여자를 해치려 그랬다고 생각하세요? 저 여자를 경배하는 제가요? 때로 다소 엉뚱한 장난을 치기도 한답니다, 우린. 하지만 다 장난이지요. 여러분, 제가 놀라게 해드렸다면 너그러이 용서해주십시오. 자, 선생님, 음악 좀 부탁할까요?"

오케스트라가 〈에스트렐리타〉*를 연주하기 시작했다. 옷매무새를 고친 비비는 장군의 왼쪽 어깨에 한 손을 얹고, 다른 손은 그에게 내밀더니 장군이 가슴에 머리를 기댔다. 춤추기 시작하는 비비에게는 품위가 넘쳤다.

오래지 않아 사람들은 그 돌발 사태를 잊어갔고, 비비와 오디는 또

---

* 스페인어로 '작은 별'이라는 의미.

다시 완벽한 한 쌍으로 돌아갔다.

"부인, 참 대단한 분이세요." 작별 인사를 하며 내가 말했다.

"파티는 맘에 드셨습니까, 마마." 아무 일도 없었다는 듯 비비가 대답했다.

11

카르멘 세르단 덕분에 푸에블라는 이미 오래전에 변했지만, 당시 거의 모든 주의 여성들에겐 그 잘난 투표권마저 없었다. 말하자면 우리가 선구자였던 셈인데, 그럭저럭 다가온 7월 7일은 다른 어느 때보다도 산뜻하게 밝아왔고, 난 안드레스와 나란히 걷는 것으로 그의 공식적인 부인임을 과시해야 했다. 투표장에 사람이 많지는 않지만 신문기자들이 우리를 맞았고, 난 그들에게 최대한 미소를 지어 보였다. 그야말로 백치처럼 보였겠지만, 난 아무것도 모른다는 듯 우리 장군의 손을 잡고 투표함까지 갔다.

나는 반대파 후보 브라보에게 표를 던졌는데, 그건 그를 대단하게 생각해서라기보다는 어차피 그의 패배가 필연적이니 차라리 앞으로 느끼게 될지도 모를 피토 정부에 대한 일말의 책임감이나마 벗어보자는 심산에서였다.

푸에블라에서는 모든 상황이 순조로웠다. 아무래도 퍼스트레이디로서의 내 위치에선 다른 모습을 보는 것이 불가능했겠지만, 내가 투표를 하던 그 시각에도 멕시코시티에서는 사람들이 아기레 대통령에게 '브라보 만세!'를 선언하라고 압박을 가하고 있다는 사실과, PRM*파 군대가 소위 '혁명을 구출'해내기 위해 피토가 패배한 투표함을 탈취할 수밖에 없었다는 사실은 우리 모두 알고 있었다. 이를 위해 선거구별로 조직된 자원자들이 손에 권총을 들고 소요사태를 일으켜 마감 시간 전에 투표소를 폐쇄할 수밖에 없게 만들었다.

브라보는 운 좋게도 베네수엘라로 신속하게 탈출했다. 사람들로 하여금 무장봉기를 일으키게 한다는 그의 계획은 '항복 계획'이 되고 말았다. 그의 추종자들이 모든 수단을 동원해 봉기했지만, 그들은 그야말로 싹쓸이당하고 말았다. 그러고도 나의 후보는 돌아오지 못했다. 투표인으로서 나는 참패를 경험해야 했고, 9월에 열린 국회에서 340만 표를 얻은 피토가 15만 1천 표를 얻은 브라보를 누르고 승리를 차지했다고 선포했을 때, 결국 국회에 박수를 쳐주며 내 실수를 인정하는 게 상책이라고 여겼다.

미국 정부도 나처럼 그 뚱뚱보의 승리를 인정해주고 지지하는 쪽을 선택했고, 그의 취임식에 브라이언 장관을 특사로 보내겠다고 통보해왔다.

얼마 지나지 않아 브라보가 돌아왔다. 내 후보는 도착 당일 오후에

---

* 멕시코 혁명당. 당시의 정부 여당.

성명을 냈고, 그날 안드레스는 신문지상에 실린 성명서를 읽으며 전에 없이 유쾌하게 웃었다.

"이 자식, 재밌는 말을 했군. 들어봐." 그가 내게 말했다. "'여하한 야망도 사심도 개입되지 않은 제 불굴의 태도에, 여러분은 지난 7월 7일 선거에서 기꺼이 저를 대통령으로 뽑아주셨습니다만, 오늘 제가 이렇게 돌아온 것은 친애하는 멕시코 민중 여러분 앞에서 그 영광의 직책을 사임하기 위함입니다.' 웃기고 있군." 안드레스가 발까지 굴러가며 웃었다. "불타는 의지에 우러나는 존경심, 억누를 수 없는 감사로 가득 찼군그래, 자유롭고 행복한 멕시코에 대한 믿음까지 말이야. 비겁한 것만 빼고는 전부 다 들었어."

"당신은 뭘 원했는데요?" 내가 물었다. "죽여버리는 거였나요?"

"그럴 수도 있지. 하지만 그건 약과야. 녀석, 산똥을 잘금거리게 만들어주려고 했는데." 이렇게 말한 안드레스는 오전 내내 싱글거리고 다녔다.

다음 순간 안드레스에게 떠오른 생각은 양키 대사관에서 열리는 리셉션이 진행되는 동안 브라이언 대사 부인과 함께하기로 한 초피와 동행하라고 나를 보내는 것이었다.

우리가 도착했을 때, 밀물처럼 모여든 군중이 워싱턴 동상을 향해 돌팔매질을 하고 있었다. 우리는 뒷문을 통해 대사관으로 들어갔다. 이미 실내까지 총성과 구호 소리가 들려왔지만, 그 와중에도 웨이터 몇 명이 아주 엄숙한 표정으로 우리에게 캐비어가 든 빵과 샴페인 잔을 가져다주었다. 브라이언 부인은 창백한 표정이었지만, 최고의 배우에게서나 볼 수 있는 품위로 마치 아무 일도 없다는 듯한 태도를 취했다. 내 생각에, 남편이 재수 없는 시점에 야만적인 나라로 파견되었다고 생각하는 게 틀림없었지만, 그 여자는 이따금 미소도 지었고 심지어 내게 푸에블라의 날씨는 어떠냐고 물어오기까지 했다.

"쌀쌀해요." 내가 대답했다.

"살살하다고요? 하우 나이스(How nice)." 그 여자가 맞받았다.

만찬장에서 나온 우리는 아기레 장군과 캄포스 장군의 암살을 시도하던 테러 집단을 체포하려다 루나라는 소령이 죽었다는 사실을 알게 되었다.

"불쌍한 루나 소령, 조국을 위해 목숨을 바쳤군요." 초피가 자신의 경호를 맡은 대위에게 말했는데, 그 좋지 않은 소식을 전한 것도 그 대위였다.

"이 여자, 벌써 모든 걸 곧장 조국에다 연결시키는군." 내 머릿속에 떠오른 생각이었다. "누구나 그렇게 되긴 하겠지만, 그래도 좀 시간이 걸릴 거라고 믿었는데." 그 여자가 루나 소령의 투철한 군인 정신과 사명감에 대해 말하는 걸 들으며 몰래 중얼거렸다.

벌써 오래전 피토가 자신의 재산을 공개했을 때, 푸에블라에서 모니카, 페파와 함께 피토의 그 광대 같은 짓에 대해 이야기를 나누다가 그 여자의 광대 짓에 대해서도 생각해본 적이 있었다. 라스에스푸엘라스와 라만다리나라는 농장 두 곳, 마타모로스에 과수원이 딸린 집 한 채, 현 거주지인 로마스데차풀테펙에 있는 시가 2만 5백 페소짜리 집 한 채, 그 집 근처에 있는 2만 7천 페소짜리 집 한 채가 그의 총 재산이었다. 신용기관에 예치된 현금은 한 푼도 없다고 했다.

"철면피들이야." 모니카가 말했다. "카티, 미안한 말이지만 그들이 재산을 성실히 신고했다고 납득해줄 사람이 하나라도 있으리라 생각하는 걸까? 날더러 수표 계좌 하나 없다는 말을 믿으라고? 뭐, 초피가 가진 돈이 매트리스 밑에 있는 보름치 봉급뿐이라고?"

"멕시코에는 한 푼도 없다는 이야기겠지." 페파가 말했다. "너희 콤파드레는 도대체가 참을 수가 없는 인간이야. 그의 신도이자 반공주의자로 살아가야 하는 지긋지긋한 6년이 우리를 기다리고 있는 거지. 이제 내게 남은 거라곤 신랑뿐이야." 페파는 라 빅토리아 시장에서의 밀회가 안겨다준 그 시원한 웃음을 지어 보였다.

"애, 왜 사람들이 로돌포를 두고 소득세 이야기를 떠들어대는지 넌 알고 있겠지? 왜냐면 그건 깃털 과세에 지나지 않기 때문이지." 모니카의 자문자답이었다.

우리는 웃음을 터뜨렸다. 내 친구들은 그저 선량한 푸에블라 여인들, 그 정도 반발은 어디까지나 입방아에 지나지 않았다. 그들은 내가 듣고 싶어하는 말들을 거리낌 없이 했으며 뒤로 호박씨 까는 법이 없었다. 난 그들과의 만남이 좋았다. 그날 난 너무 즐거운 나머지 그다음 날이 로돌포의 취임식이라는 사실은 물론 무슨 옷을 입어야 하는지도 까맣게 잊어버렸다.

고민스러운 결정을 대신 내려주신 분은 아빠였다. 페파의 집을 나온 난 아빠를 만나러 갔다. 아빠는 얇게 자른 딱딱한 빵에 치즈를 발라 당신의 커피를 곁들여 드시는 중이었다.

"세계대전이 어떻게 될 거라고 보세요? 스타킹이 귀해진다든가, 그런 것보다 더 나빠질까요?" 내가 물었다.

"그런 걸 꼭 알아야 한다면 살고 싶지도 않구나." 아빠가 대답하셨다.

난 아빠의 습관적인 비관주의에 대해 농담을 했고, 안드레스 아센시오의 마누라이자 로돌포의 콤마드레인 죄로, 감정이라고는 티끌만큼도 찾아볼 수 없는 어조로 읽어내려갈 피토의 기나긴 취임 연설을 꼼짝없이 들어줄 수밖에 없는 내 불행한 처지를 한탄하기 시작했다.

"불쌍한 녀석." 아빠가 내 머리를 쓰다듬어주시며 말씀하셨다. "언젠간 좋아지겠지. 너도 멋진 애인이나 하나 만들어야 되겠구나."

"벌써 있잖아요, 아빠가 제 애인이잖아요." 나는 상을 찌푸려 보이고 일어나 아빠에게 키스를 해드리며 말했다.

늘 그랬듯 우리는 장난을 치기 시작했다. 난 잠옷으로 갈아입으러 가시는 아빠를 따라가 아빠와 나란히 누웠고, 집으로 돌아온 엄마는 집 밖으로 나돌아 다니기엔 밤이 너무 늦었다는 표정을 지으셨다. 엄마는 남편을 동반하지 않으면 오후 다섯시만 지나도 절대 집 밖으로 나가지 않는 분이셨다. 내가 그러고 있는 건 엄마에겐 하나의 사건이었다. 난 몸을 일으켰다.

"내일 뭘 입어야 할지 모르겠어요." 내가 말했다.

"검은 옷을 입지그래, 언제나 품위 있잖아." 방으로 들어서던 동생 바르바라가 말했다.

"그래, 한번 찾아보고. 우리 애인 잘 보살펴드려야 해." 동생에게 부탁했다.

그날 난 검은 옷을 반드시 찾아야만 했다. 막 동이 트기 시작할 무렵, 아빠가 돌아가신 것이다.

그 일에 대해서는 이야기하고 싶지 않다. 우리 모두는 아빠의 죽음을 일종의 배신으로 받아들였던 것 같다. 천국에서 아빠를 다시 만날 수 있을 거라고 확신하던 엄마도 마찬가지였다. 장례 준비를 비롯한 모든 일을 처리한 건 바르바라였다. 주지사 부인으로서 절대 해서는 안 되는, 그저 한쪽에 서서 드러내놓고 우는 일 외에 내가 한 일이라고는 아무것도 없었던 걸로 기억된다. 안드레스가 마지막 주지사 업무를 수행한 그 몇 달을 어떻게 보냈는지도 기억하지 못한다. 정신을 차렸을 땐, 우리는 이미 멕시코시티에 살고 있었다.

12

난 누군가 필요하다는 생각만을 떠올리며 마치 몽유병자처럼 온 집을 헤매 다녔다. 친구가 필요하다는 끝없는 내 갈망의 귀결점은 결국 안드레스였다. 이미 내게선 아무렇지도 않은 척 참아내던 신혼 초의 태도를 찾아볼 수 없었고, 그가 며칠씩이나 집을 비울 때면 딱히 새삼스러운 일도 아니었건만 바가지를 긁기 시작했다.

"도대체 왜 그러나?" 그가 묻곤 했다. "입은 왜 삐죽거려? 날 대하기가 싫은 건가?"

내가 느끼던 권태감이나 잠자리에서 홀로 눈뜰 때의 그 두려움, 아이들 앞에서 강아지처럼 눈물이나 찔끔거렸다는 데서 오는 자괴감, 아이들이 친구들과 다툰 일 따위에 대해 이야기라도 하노라면 나오느니 짜증이었다.

난 쓸모없는 여자, 이상한 여자로 변해갔다. 그가 돌아오지 않는 나날을 증오하기 시작했고, 식사 메뉴는 무엇으로 할까 따위나 생각하게 되었으며, 시각이 늦었는데도 그가 전화를 해주지 않는다거나 아예 나타나지도 않을 때면 짜증을 부리게 되었다. 전에 없이 내가 왜 그렇게 안달복달하는 여자로 변해가기 시작했는지 도대체 이해할 수 없었다.

게다가 모퉁이만 돌면 있던 친구들마저 없어져버린 상황이었고, 그 어처구니없는 와중에 바르바라도 더이상 내 개인 비서가 아닌, 그저 푸에블라에 사는 평범한 여동생으로 되돌아갔다. 파블로는 이탈리아에 살고 있었고, 아리스멘디도 내 마음대로 만들어낸 인물일 뿐이었다. 또다시 안드레스가 유일한 가능성일 수밖에 없었지만, 라스로마스의 그 집에 팽개쳐진 난 혹시 그가 오는지 안방의 창살 사이나 기웃거리고, 그가 피토와 함께 다니는지, 혹은 어디에 있는지 알고자 신문이나 뒤적거리며 며칠씩 지내야 했다.

난 병적이라고 할 만큼 정리정돈에 매달렸는데, 그 상황은 언제나 막이 오르기 일보 직전의 순간 같았다. 집 안에는 먼지 한 점 없었고, 삐뚜름히 걸린 액자 하나 없었으며, 엉뚱한 탁자에 재떨이가 놓여 있어서도 곤란했고, 신발장의 신발도 모두 제자리에서 제 덮개를 쓰고 있어야 했다. 불현듯 안드레스가 돌아와주실, 그래서 내가 그의 보는 존재의 이유가 될 수 있기만을 바라며 하루도 거르지 않고 속눈썹을 손질했고, 마스카라를 발랐으며, 옷을 갈아입었고, 운동을 했다. 그러나 기다림의 시간은 길어져만 갔고, 난 다섯시만 되면 잠옷으로 갈아입고는 포만감으로 가랑이 사이의 그곳이 조금이나마 평정을 찾을 때까지 때로는 비스킷과 아이스크림을, 때로는 레몬과 고추, 땅콩 따위를, 또 때로는 이 모든 것을 닥치는 대로 먹어치우고 싶은 열망에 내몰렸다.

오후를 그런 식으로 보내는 것도 막바지로 치달아 몸무게도 이미 4킬로그램이나 붙고, 우는 일도 다소 줄어들어 소설을 읽으며 상당한 재미를 찾기도 하던 어느 날, 안드레스가 나와 잠자리를 같이하고 난 뒤에 보여주던 바로 그런 표정으로 나타났다. 오랜 세월 순전히 내 시간과 열망만이 지배하던 내 집을 불쑥불쑥 드나들며 때로는 혼란을, 때로는 기쁨을 안겨주던 그에게 모욕과 수치를 안기고 싶었다. 돌아온 그는 굵어진 내 다리를 비웃느라, 나는 알지도 못하는 그 누군가와 한바탕 벌이는 중인데 어떻게 하면 그를 끝장내버릴 수 있을지 따위의 일들에 대해 이야기하고 또 이야기해대느라 말이 많았다.

"아이디어 좀 내놔봐." 그가 말했다. "내 일에 대해선 관심을 잃어가고 있군. 꼭 몽유병자처럼 해가지고선."

"당신은 내게 무관심했어요." 내가 쏘아붙였다.

"이봐, 이젠 날 피곤하게 만들기까지 하는군. 내가 당신을 모른 척했다며 언제나 불평불만이야. 그러면 진짜 버린다. 분명히 말하건대 날 더 잘 뒷바라지해주는 곳, 그중에서도 날 기쁘게 맞아주는 곳을 찾아 눌러앉아버릴 거야. 그렇게 되면 그건 당신이 날 들볶았기 때문이란 걸 알아야 해. 지금 당신에게 필요한 건 뭔가 할 일을 찾아보는 거란 말이다. 당신 최고의 우군은 이미 죽어버렸고, 주지사 부인으로서의 활동도 끝났다는 걸 명심해야지. 당신은 지금 당신 자릴 못 찾고 있어. 빨리 적응해. 상황 끝. 이제 여기선 왕비가 아닐 뿐만 아니라 거리에 나가도 당신을 알아보는 사람도 없다. 모두를 기쁘게 해줄 파티를 열 수도 없고, 자선음악회를 연다거나 나랑 산악지방으로 가야 할 이유도 없단 말이다. 당신이 뭐라 말하든 이곳 여자들 대부분이 눈도 깜짝 않을 거고, 오히려 많은 여자들이 당신 생각을 케케묵은 것으로 받아들일걸. 안됐군, 당신. 고메스 소토 장군 여자, 비비랑 이야기라도 좀 나누지 그러나? 그것도 아니면 '전국부모연합회'에라도 가입하든지. 그곳엔 할 일이 많지. 지금은 반공투쟁중이라서 사람들이 필요해. 내일 당신한테 누구든 소개해줘야겠군."

난 그가 CTM의 지도자 코르데라를 음해하기 위해 반공주의자 행세를 하고 다닌다는 사실을 알고 있었다. 산업 활동에 투신해 사장을 지낸 바 있는 산루이스포토시의 주지사가 공산주의를 꿈꾸는 자들은 기회주의자들과 고리대금업자들뿐이라고 선언했던 그날, 둘이서 통화하는 걸 들은 적이 있다.

"잘하셨습니다, 지사님. 코르데라란 자에게 한 방 잘 먹이셨더군요." 안드레스가 말했다. "인과응보라고나 할까요. 이쪽에 들르실 계획이 있으신지 모르겠습니다. 다음 번 멕시코시티에 오시면 저희 집에 모시고 저녁식사나 대접했으면 하는데, 괜찮으시겠습니까? 제 마누라쟁이도 지사님을 몹시 뵙고 싶어할 겁니다."

"내가 보고 싶어서 안달이 났다니요, 누구 말이쇼?" 전화를 끊자 얼마 연제쯤, 어떤 저녁식사를 준비해야 하는지 알아보기 위해 내가 물었다.

"바실리오 수아레스 장군 말이지." 안드레스가 너털웃음을 웃었다.

"내가 그 얼간이를 보고 싶어 안달이 났단 말인가요, 지금? 거짓말도 이만저만이 아니로군요. 당신은 도대체 언제부터 그 사람이 맘에 든 거죠? 그 인간, 똥이나 처먹을 반혁명분자라고 그러지 않았던가 요?"

"어제까진 그랬지. 어제까지는 당신 보기에도 얼간이였지. 하지만 오늘부턴 말이야, 모든 가정을 지켜줄 신중한 사람, 아니 현명하다고 해도 좋을 사람이지. 당신도 생각이란 걸 좀 해봐, 그 친구가 코르데라 녀석이 획책하는 짓거리를 '외래 사상에 근거한 사회적 실험'으로 규정했단 말이야. 적절한 말이 아니라곤 못 할걸."

"내가 보기엔 코르데라가 옳아요." 내가 말했다.

"무슨 말인지나 알고 떠드는 건가? 코르데라란 작자, 야심가에 선동 가란 말이다. 계급투쟁은 물론 노동자가 감히 권력에 도전하게 만드는 어리석은 짓을 저지르고 있단 말이다. 장군이 잘 표현했듯이 그자는 악랄한 선동가지. 게다가 그 인간은 언제나 부자였어. 그 녀석 아버지 는 노새를 임대했지. 나랑 내 형제들은 그 노새로 옥수수나 나르고 말 이야. 혁명 전에 그 작자는 엄청난 대농장을 소유하기도 했어. 그런 작 자가 배고픔에 대해 뭘 안다고 그래. 가난은 또 어떻게 알 것이며, 자 신이 무슨 말을 떠드는지나 알고 있을 거라고 생각하나? 아무것도 모 르는 건 물론, 그 녀석한텐 중요한 문제도 아니란 말이다. 그 인간 말 중에 들을 만한 말이 뭐가 있다고 그러는 건가. 더이상 허튼짓을 못 하 게 해야 해. 이미 가난뱅이들은 다 물들여놨지만, 우리 부자들까지 물 들일 생각일랑 아예 하지도 못하게 해야 한단 말씀이지."

"내 생각엔 그 사람 말이 옳아요."

"그 작자의 회색 옷이 맘에 들었단 말이겠지. 당신도 그 작자 옷이 한 벌밖에 없다는 말을 믿는 건가? 개 불알 같은 소리. 개자식, 같은 옷이 한 3백 벌쯤 되면서 사람들을 잘도 우롱하고 다니지. 노동자들의 지도자 아니겠어. 그 자식 겉으로만 그런 척하고 다니는 거란 말이다. 어리석게도 권리주장이랍시고 하고 다니는 그 작자 꼴을 봐주는 것도 지쳤어. 앞으로 어떻게 되는지 총회에서 똑똑히 보여주지. '내겐 옳아 보여요' 란 당신의 헛소리까지 포함해 모든 것의 대가를 치르게 해주고 말 거야."

"그래도 내겐 옳아 보여요." 뭔가 그를 괴롭힐 꼬투리를 찾았다는 것에 통쾌함을 느끼며 내가 말했다. 사실 내가 코르데라를 본 것은 시가행진 때뿐이었고, 그의 도드라진 광대뼈와 널찍한 앞이마가 마음에 든 것일 뿐 그와 많은 이야기를 나눈 것도 아니었다.

"이 멍청한 여편네야, 도대체 왜 옳아 보인다는 건가? 언제 그 인간이랑 친해지기라도 했단 말인가? 당신은 지금 자신이 무슨 말을 하고 있는지도 모르는 거야." 화가 난 그가 대답했다.

"내 눈으로 봤으니 알죠." 내가 말했다.

"입 닥쳐. 도대체 뭘 봤다는 건가? 뭔지 말할 수 있나?"

"바로 그 사람이요."

"꾸며대지 마라, 카탈리나. 당신이 지금 날 자극이라도 한다고 생각하나? 그 작자에 대해서라면 당신도 내가 본 쪽 그대로 보고 있을걸."

"당신도 그 사람 미소가 얼마나 멋진지 알죠?"

"관두지 못해?" 그가 말했다. "한 달 후에 그 작자가 미소 짓는 멋진 모습을 보여주기로 하지."

다음 날, 안드레스는 나에게 전국부모연합회 사람들을 소개해주려고 나를 그곳으로 데려갔다. 우리는 산타마리아 구역의 큼지막한 집에 도착해 비레알이라는 남자의 사무실로 갔다. 짙은 색 목제 책상 뒤편에 앉은 그 사람은 비쩍 마른 데다 반쯤 대머리였다. 나중에 안 일이지만 마리 파스란 이름을 가진 그의 마누라는 뚱뚱보이며, 둘 사이에서 무려 열한 명의 자식이 줄줄이 태어났다고 했다.

"이 여자는 제 마누랍니다, 변호사님." 안드레스가 말했다. "여러분이 하는 일에 동참했으면 하더군요." 그다음엔 내게 말했다. "한 시간 후에 후안이 돌아갈 차를 갖고 올 거다. 여기라면 뭔가 당신 일거리가 있겠지."

안드레스가 나가고, 진주 목걸이에 카르멘 성모 메달을 목에 건 여자가 들어왔다. 날씬했으며 말쑥한 옷차림에 수도사에게나 어울릴 미소를 짓고 있었는데, 그 미소는 첫 대면부터 나를 불편하게 했다.

"저랑 같이 가시죠." 그 여자가 말했다. "우리 일터도 보여드리고 뜻을 같이하는 사람들도 만나게 해드리겠습니다. 제 이름은 알레한드라예요. 부인을 안내하게 된 것은 물론 오늘부터 부인과 자매가 된 것을 대단히 기쁘게 생각합니다."

꽤나 유치하다고 생각하며 그 여자를 따라갔다. 낡고 어두운 집엔 방문이면서 동시에 창문 역할을 하는 문이 달린 방이 죽 늘어서 있었는데, 각각의 방은 서로 연결되어 있었다. 모든 방이 마치 수업을 하는 교실처럼 탁자와 의자, 칠판을 갖추었다. 우리는 여자들이 모인 어떤 방으로 들어갔다.

"우리는 죄수들에게 파티를 열어주려고 음식 주머니를 싸고 있답니다." 서로 말 한 마디 나누지 않는 그 열다섯 명의 여자들이 탁자에 둘러앉아 무엇을 하고 있는지 가르쳐준다는 듯, 안내인이자 내 자매인 그 여자가 말했다. 단지 숫자를 헤아리는 중얼거림만 들려왔다. 아욱과 코코아가 든 과자를 넣는 여자들은 셋까지, 동물 모양의 비스킷을 넣는 여자들은 일곱까지, 푸른 계피과자를 넣는 여자들은 다섯까지, 티그레 담배를 넣는 여자들은 둘까지 헤아리고 있었다.

"안녕하세요." 우리가 들어오는 것을 보더니 다들 합창하듯 인사했다.

가슴에 상자 하나를 안고 치맛자락에 아이들 셋을 매단 마리 파스가 들어왔을 때, 우리는 소개를 해가며 인사를 나누는 중이었다.

"파이를 가져왔어." 그 여자가 말했다. "하나씩, 아니 두 개씩 돌아갈지 모르겠네. 200개를 준비했는데. 죄수가 몇 명이나 되지?"

"150명이에요." 콧수염이 거뭇하고 뚱뚱한 여자가 자루에 아욱이 든 과자를 담는 손놀림을 계속하며 대답했다. 그 여자의 뒤를 이어 동물 모양의 과자를 담는 여자 앞엔 자루가 쌓여갔고, 그 여자는 콧수염이 거뭇한 여자의 손을 건너온 자루가 늘어서서 자신을 기다리는데도 아랑곳하지 않고 회향풀로 만든 캐러멜 여섯 개를 담는 여자와 잡담을 나누었다.

"그럼 100개가 부족하겠으니 50개가 남겠네." 미리 파스가 셈을 하며 대답했다.

"50개를 남기죠. 남는 건 간수들이랑 면회 온 여자들한테 나눠주게요." 알레한드라가 말했다.

"부족할 텐데. 죄수들보다는 항상 간수와 면회객들이 더 많거든요." 콧수염 난 여자가 다시 말했다. 이미 자루를 놓을 공간마저 없어진 그 여자는 계속 말을 이었다. "아말리타 그리고 세시, 귀찮게 하고 싶진 않지만 말이에요. 두 분 서둘러 동물 과자와 캐러멜을 담지 않으면 나도 일을 계속할 수가 없겠어요."

"아, 이레니타, 미안해요. 우리가 늦었군요. 당장 서두를 테니 걱정하지 마세요. 정작 일을 제일 먼저 마쳐야 할 사람은 우리들이에요. 집도 반쯤 치우다 말았거든요. 빨리 오느라고 집안일을 못 마쳤어요."

"다들 마찬가지예요." 알레한드라가 말을 받았지만, 그렇지 않다는 것이 분명하게 드러났다. 그 여자의 손과 얼굴은 집안일을 거드는 사람이 적어도 네 명쯤은 된다는 사실을 증명해주었다. 그 여자의 남편이 팔라시오 데 이에로 백화점과 코카콜라 주식을 소유했다는 사실은 나중에야 알게 되었는데, 그 남편은 소노라에 있는 제지 공장과 틀락스칼라에 있는 제사 공장의 소유주이기도 했다. 그 여자가 자선사업을 하는 동안 집이 엉망으로 방치되어 있으리란 사실을 믿는 사람은 아무도 없었지만, 모든 사람들은 그녀의 말을 그저 그러려니 하고 들어주었다.

나머지 여자들은 대부분 몹시 가난해 보였는데, 기껏해야 알레한드라 남편의 직원이나 반체제적 공무원, 심지어 노동자의 마누라에 지나지 않는 것 같았다. 여자들이 팔리토 신부와 교구민에 대해 이야기하기 시작했다. 다들 그곳에서 알게 된 사이라는 것과 팔리토라는 신부가 그 여자들의 고해성사를 들어준다는 사실을 알 수 있었다.

알레한드라와 마리 파스가 리더였다. 마리 파스가 파이 상자를 탁자 위에 놓더니 날 그 상자 앞에 앉혔다. 그러고는 다른 여자들 앞을 거쳐 와서 먹을 것이 가득 든 각각의 자루에 하나씩 넣으라고 가르쳐 준 후, 가까운 구석으로 가서 소곤거렸다. 귀를 쫑긋거렸더니 그 여자들의 두런거림을 어렵지 않게 들을 수 있었다.

"아센시오 장군의 부인이에요." 알레한드라가 말했다.

"저 여자 조심해야 해요. 팔리토 신부님이 저런 사람들은 믿을 수가 없다고 하셨거든요." 마리 파스가 대꾸했다.

"팔리토 신부님이 과장하신 거예요." 알레한드라가 말했다. "내가 보기엔 좋은 사람 같은데. 저 여자에게도 선행을 베풀 기회는 줘야죠. 더구나 우리에겐 고위층 인사도 필요하단 말이에요, 마리 파스. 사교술이 뛰어난 사람도 필요하고. 저 여자들도 말이에요, 죄수들 뒤치다꺼리엔 적합하지만, '크리스토발 콜론'* 학부모들의 대화 상대가 되기는 무리잖아요."

"일리 있는 말이긴 한데, 그래도 난 신뢰할 수가 없네요." 마리 파스가 말했다.

난 숫자를 헤아리는 척했다. 하나, 하나, 하나, 아주 열심인 학생처럼 숫자를 세며 파이를 담았다.

그 풍만한 몸에 코흘리개 셋을 단 마리 파스가 다가왔다.

"냄새가 어때요? 나는 좋은데." 그 요사스러운 여자가 물었다.

"훌륭해요." 내가 말했다. "죄수들이 좋아하겠네요."

"그렇게 대답하실 줄 알았어요. 소시지와 볶은 강낭콩을 가미했거든요. 날더러 고기는 넣지 말라고 했지만, 불쌍한 사람들, 1년 열두

---

* 상류층 자녀만 다니는 학교의 이름.

달 정부가 지급하는 그 형편없는 음식만 먹는 사람들이잖아요. 아 참, 죄송하게 됐네요! 부인의 남편이……"

"정부와 관계있죠. 맞아요." 그 여자에게 말했다.

"어머나 죄송해요. 그래요, 제 생각에도 그 많은 사람들이 하루하루 먹을 걸 마련하는 것만도 대단한 수고일 것 같네요. 음식을 하는 것도 물론이고요. 그 사람들이 그곳에 수용된 게 벌을 받기 위해서라는 걸 감안하면 과분한 대접일 수도 있고 말이죠. 그렇죠?"

"전 잘 모르겠네요." 내가 말했다. "여러분이 왜 그 사람들 걱정을 하는지도 잘 모르겠고요."

"우리가 이 일만 한다고는 생각하지 마세요. 팔리토 신부님 아이디어 중 하나일 뿐이에요. 아주 훌륭한 분인 데다 대단히 다정다감하시죠. 어느 날, 죽어가는 죄수에게 고해성사를 해주러 가시더니 몹시 슬픈 얼굴로 돌아오셨어요. 건물이 얼마나 지저분했는지, 여남은 명이 서로 둘러싼 채 복작거리는 감방이 얼마나 형편없었는지 저희한테 이야기해주시더군요. 그 모습을 떠올리며 울기까지 하셨죠. 그때 떠올린 생각이, 일단 허락을 받은 후 우리가 그들을 찾아가서 같이 기도도 드리고 맛있는 것도 가져다주자는 것이었어요. 좋은 생각 같았고 허락도 받았지요. 이번 정권은 다른 정권과 달리 반 가톨릭적이지 않다는 것은 아실 거예요. 그래서 우리가 오늘 오후에 그곳으로 가게 된 거죠. 피냐타,* 묵주, 성화(聖畵) 카드, 음식 주머니를 준비했어요. 참제비뽑기를 하려고 팔리토 신부님이 성모 배지 열 개도 준비했네요."

---

* 과자나 선물 따위가 든 바구니로 주로 천장에 매달아놓고 눈을 가린 채 막대기로 쳐서 떨어뜨린다.

"성모 배지를 놓고 제비뽑기를 한다고요?"

"아뇨, 팔아요. 살 사람들은 나중에 따로 신부님께 가서 직접 달아 달라고 부탁하죠. 하지만 이번 것 열 개는 팔리토 신부님이 제비뽑기로 나눠주고 싶어하세요. 뽑은 사람들에게 달아줄 거예요."

"원하지 않으면요?" 후안이 나타나주기를 바라는 마음에 문 쪽을 바라보며 물었다.

"무슨 말씀을?" 그 여자가 물었다. "틀림없이 좋아할 거예요. 원하지 않다니요, 있을 수 없는 일이에요. 얼마나 영광스러운 일인데요, 제비를 뽑은 사람들로선 그게 하느님이 보내준 거나 마찬가지일 테니까요. 그들이 하느님에게 감히 '아니오'라고 말하리라고 생각하시는 건 아니죠?"

"맞는 말씀이네요." 내가 말했다. "하느님 뜻은 절대 거부할 수 없죠."

후안이 나타났다. 그가 바로 하느님이 보내준 천사였다. 그는 문간에 멈춰 서서 동지로서의 미소를 보내왔다.

"무슨 일이지, 후안? 그 사람들이 우리를 기다리는 건가요?" 내가 물었다. 그는 내가 그렇게 물을 때면 응당 나와야 할 대답이 뭔지 잘 알고 있었다. "네, 사모님, 빨리 서두르셔야겠습니다."

나는 놀라는 표정을 지으며 다섯시 정각에 레콤베리 거리에 가 있겠다는 약속을 남기고는 서둘러 그곳을 빠져나왔다.

거리로 나와 양 팔다리를 쭉 펴며 기지개를 켰다. 미적지근한 2월의 태양이 떠 있었다. 윗저고리를 벗었다. 실외보다 실내가 더 추웠던 것이다. 바깥이라 갑자기 모든 것이 더 즐겁게 여겨졌다. 아침 공기

속의 하늘은 푸르렀으며, 나무들도 내 마음속으로 파고들었다.

"후안, 알라메다 광장으로 데려다줘요." 내가 말했다.

기분 나쁜 순간을 떨쳐버려야 할 필요가 있을 때면 언제나 그랬듯 아이스크림을 샀다. 후안이 차를 멈추자, 나는 차에서 내려 산타마리아의 알라메다 광장을 향해 걸어갔다. 가판대가 햇빛을 받아 반짝였고, 벤치엔 여자들과 노인, 유모, 아이, 연인 들이 앉아 있었다.

신문을 샀다. 벤치에 앉아 신문을 읽었다. 흥미로운 기사가 있었다. 멕시코 노동자 연맹 총회 예비 모임을 가진 대의원들이 오히려 바실리오 수아레스를 비난하고 나섰다는데, 그가 '시나르키스모*와 '민족운동' 진영이 뿌린 씨를 가로채버렸으며, 로돌포 씨에게 반대하는 도당을 규합했기 때문이라고 했다. 수아레스 장군의 발언을 전임 대통령 아기레에 대한 모략으로 단정했고, 피토에겐 혁명을 진일보시키겠다는 공약을 밀고 나갈 것을 촉구했다.

"드디어 일이 벌어졌군." 내가 말했다. "이제 알겠어. 안드레스가 어디서 무슨 일을 벌이고 있는지."

신문을 버린 것을 후회했다. 난 또다시 일이 어떻게 돌아가는지 알고 싶었고, 안드레스 말대로라면 나와는 별로 상관없는 온갖 일에 관여하고 싶어졌다. 멕시코시티에 도착한 그날부터 주지사 부인으로서의 역할은 끝나버렸고, 그는 나를 자신의 정부들과 다름없이 대했다. 나도 깨닫지 못하는 사이 그가 날 감금해놓았던 것이다. 하지만 그날

---

* 반혁명적 가톨릭 운동 단체로 국수적 전체주의의 성격을 가졌다.

이후 난 집 밖으로 진출하기로 했다. 그 빌어먹을 전국부모연합회에 고마움마저 느꼈는데, 어쩌면 한동안 내 핑곗거리가 되어줄 수도 있기 때문이었다.

"후안, 운전 좀 가르쳐줘." 나는 운전기사에게 말했다.

"사모님, 아마 장군님이 절 죽이고 말 겁니다." 그의 대답이었다.

"어떻게 배웠는지는 절대로 말하지 않을게요, 맹세해. 그러니 가르쳐줘."

"그래도……" 그가 말했다.

스물일곱쯤 된 후안은 영리한 데다 보기 드물게 좋은 사람이었다. 난 앞자리, 그의 옆으로 옮겨 앉았다. 그는 떨기 시작했다.

"들키면 장군님은 틀림없이 절 죽이고 말 겁니다."

"그 말은 그만 해두고 어떻게 하는 건지나 좀 설명해줘요." 내가 말했다.

이론 강의가 오전 내내 계속되었다. 알라메다를 쉰 바퀴나 돌았다. 그런 다음 나를 집으로 데려다준 그는 대통령 궁에 있는 안드레스에게 갔다.

"후안을 내 운전기사로 좀 돌려주세요." 식사 시간에 안드레스에게 말했다. "연합회에서 일을 하려면 후안이 꼭 필요해요."

"뭘 하려고 그러니?" 그가 말했다. "당신을 데려다주고 데려오라고 하지, 나도 후안이 필요해."

"당신이 없을 땐요?"

"지금은 있잖아." 그가 대답했다.

"CTM 회의에서 대의원들이 발표한 성명서를 봤어요." 내가 말했다.

"어디서 본 건가?"

"〈엘 우니베르살〉에서요. 아까 나오는 길에 샀거든요. 왜 집 안에 틀어박혀 지냈는지 모르겠어요. 하지만 이제 다시 거리로 눈을 돌렸어요. 다른 사람이 된 듯한 기분도 느꼈거든요. 후안을 주기 싫으면 다른 기사라도 주든지, 아니면 운전을 배우게 해줘요."

"단단히 바람이 났군. 조신한 생활은 6개월도 못 견딜 거라고 확신하긴 했지. 연합회에선 어땠나? 뭔가 할 일이 있던가?"

난 잠시 잠자코 있었다. 그는 보이진 않지만 언제나 문 뒤에 숨어 있는 스파이 같은 사람이라 모든 것을 알고 있었기에 꾸며대기도 쉽지 않았다.

"물론 난 아무것도 도와주지 않을 거예요. 그곳에서 일하느니 차라리 자선사업 수녀회에라도 가입하면 최소한 이 세상에서 내 처지가 어느 정도인지는 알게 될 테니까요. 내가 미친년이라 해도 그런 정신착란 걸린 여편네들 틈에 끼는 건 싫어요. 이쪽으로 가라 저쪽으로 가라, 그런 거나 시키는 팔리토 신부 따위는 필요 없네요. 죄수들을 위해 성모 배지를 놓고 추첨이나 하고, 계피과자 자루나 채우겠다고 그 썰렁한 집구석에 들어가기엔 구경할 게 너무 많거든요. 게다가 공산주의자들이 내게 무슨 의미가 있는 것도 아니고, 나도 쓸데없이 적을 만들고 싶지는 않아요. 그런 자선단체에 가입한다면, 가난한 사람들과 함께했던 성 프란시스코처럼 훗날 누군가의 찬양을 받는 그런 거물은 돼야 한다고 생각해요. 그 팔리토 신부의 신도단에 가입해서 돼먹지도 않게 아이들 생각이나 해주고 죄수들에게 기도 따위나 해주며 지내다간 내가 먼저 죽고 말 거예요."

안드레스가 껄껄거리자, 난 안도의 한숨을 쉬었다.

"그 사제란 자 이름이 뭐라고? 팔리토? 미쳤군. 두 가지 면에서 당신 말이 옳긴 해. 코르데라를 엿 먹이는 일에 그 미친 작자들이 도움이 될 수도 있다는 사실과 내가 당신을 그곳에 밀어넣는 나쁜 짓을 했다는 것. 그 작자들에겐 딸아이들 중 하나를 데려갈걸 그랬나보군. 마르타 정도면 그곳에 어울릴지도 모르고, 어쩌면 훌륭한 정보원이 될 수도 있었겠지. 하지만 어떤 멍청한 놈이 당신을 그곳에 데려갈 생각을 하겠나. 내가 당신 미치는 꼴을 어떻게 보겠어? 다 당신이 날 제대로 대접해주지 않아서 일어난 일이다." 그는 다시 웃기 시작했다. "이봐, 그런데 예전에 팔리토를 알고 있었나? 당신 생각엔 그곳에 있는 여자들 중 그 작자 이름을 가까이서 본 여자가 몇이나 될 것 같나? 내가 당신을 데려갔던 곳이 어딘데. 당신도 벌 받을 짓을 한 거야. 어디가 됐든 오늘부터 당신도 나랑 같이 다닌다. 감옥살이는 이제 끝이야."

그는 그렇게 선언했다. 자기 마음대로였다. 언제나 그랬으니까. 그는 마치 밀려왔다 쓸려가는 그 망할 놈의 파도 같았다.

"난 대통령 궁으로 돌아가야 해. 그 뚱보는 혼자선 아무 일도 못하거든." 그가 말했다. "같이 가자. 시내로 데려다주겠어, 뭘 샀는지는 세 시간 후에 알게 되겠지. 여덟시에 폐점하고 나면, 날 다시 찾아와. 프랑데스 빌딩에서 저녁을 사주지. 내 계획이 어떤가?"

행여 그가 저녁을 사주겠다고 약속한 걸 후회라도 할세라, 외투를 가지러 갔던 난 3분이 채 못 되어 차에 올랐다. 차가운 날씨, 모피 코트를 걸치고 거리에 나서도 더위를 느끼지 않을 만큼 이상 기온을 보이는 2월의 오후였다. 여우 모피 코트를 입었다. 내가 가진 것 중에서 가장 예쁜 옷이었다. 때로는 모피 코트가 촌스러워 보이기도 하지만, 그 옷에 부츠를 신은 난 할리우드 여배우라도 된 듯한 느낌이었다.

광장에 도착한 우리는 대통령 궁으로 들어가기 위해 광장을 한 바퀴 돌았다. 웬 간 큰 자가 피토의 암살을 시도한 후로, 궁으로 들어가기 위해 거쳐야 할 검문검색이 지나치다 싶을 정도로 철저해졌다. 모든 차량을 의자 밑까지 검문했고, 모퉁이를 도는 순간 행여 누군가 차에 매달리지나 않았는지, 뚱보 자신의 차를 포함한 모든 차를 검문했다. 그날 오후엔 군인들이 내 외투 주머니까지 뒤졌다. 안드레스가 분통을 터뜨렸다.

"뒷북치고 있군, 로돌포 이 인간." 들을 테면 다 들으라는 듯 군인들을 앞에다 두고 그가 말했다.

겨우 통과하게 되자, 안드레스가 서둘러 차에서 내리더니 내게 거액의 돈을 주며 뭐든 원하는 걸 사도 좋다는 훈시까지 남겼다. 하지만 그날 오후 내가 원했던 건 아이스크림 하나, 그리고 그걸 먹으면서 아무에게도 방해받지 않고 거니는 것뿐이었다.

13

바닐라 아이스크림을 사다준 후안은 마데로 거리의 산본 백화점 정문 앞에 날 내려주었다. 그곳에 가면 언제나 편안함을 느꼈는데, 그곳의 벽이 탈라베라 타일로 덮였기 때문이었다. 말하자면 난 탈라베라 마니아였다. 어디든 탈라베라 자기가 있는 곳이라면 안도감을 느끼곤했고, 그래서 내가 우리 집에 제일 먼저 들여놓은 살림살이도 탈라베라 자기 세트였다. 푸른색이 곁들여진 노란 자기로 50인용이었다. 사람들 말에 의하면, 그 당시엔 형편없어 보이기까지 하던 그것들이 지금은 족히 한 재산 될 거라고 한다. 다른 사람들은 다들 푸에블라 제 탈라베라 자기가 아니라 조잡한 데다 잘 깨지기까지 하는 바바리아 자기를 갖고 있었다.

나는 산본 백화점 문 앞에 잠시 멈춰 섰다. 몸 파는 여자들처럼 벽에 비스듬히 기대선 나는 〈항구의 여인〉에 나오는 여배우 안드레아 팔마가 된 듯한 기분에 빠졌다. 잠시 후, 길을 건너 멕시코은행 앞을 지났다. 그 은행의 경영자는 두꺼운 안경을 쓴 얼간이였는데, 그 이름은 아무리 들어도 돌아서면 잊어버렸다. 대단한 개망나니에 아주 못생겼다. 게다가 그 직위도 똑똑하고 마음 좋은 사람에게서 강제로 빼앗은 것이었는데, 난 그 사람을 몹시 좋아했다. 언젠가 안드레스가 식사를 하면서, 교서 낭독 후 국가를 듣던 내가 울음을 터뜨린 적이 있다고 이야기했을 때, 그는 날 비웃지 않은 유일한 인물이었다.

예술의 전당으로 가기 위해 길을 건넜다. 나는 첫영성체식에 쓰는 케이크 같은 그 건물이 좋았다. 안으로 들어갔다. 극장의 문은 죄다 잠겨 있었지만, 길고도 반복적인 신음 소리 같은 음악이 흘러나오는 곳을 찾아 위로 올라갔다.

살짝 밀자 문이 열렸다. 객석은 비어 있었지만, 무대는 오케스트라 단원들로 가득 차 있었다. 오케스트라를 마주하고 선 남자가 음악을 중지시키더니 빠르고 정열적인 어조로 뭐라고 말을 하기 시작했고, 지휘봉으로 한 연주자를 지목하며 열정적으로 뭔가를 설명했다. 마치 인생에 숨겨진 암호를 풀어내기라도 하듯. 키는 그다지 크지 않았지만 널찍한 등에 팔이 길었다.

맨 앞자리로 가자 그의 말을 들을 수 있었다.

"자, 다들 24번부터 다시, 자 갑시다." 멜로디가 울려나오기 시작했다.

그 구슬프고도 기이한 음악은 한층 애잔한 느낌이었다. 난생처음 들어보는 야릇한 음악이었다. 난 소리를 내지 않으려 애쓰며 자리에 앉았다. 천장과 텅 빈 관람석을 한번 바라보고는 지휘자의 팔에서 솟아나오는 듯한 그 소리에 몸을 맡겼다.

그때까지 주변에서 봐온 사람들과는 전혀 다른, 참으로 특별한 직업을 가진 사람들이었다. 지휘자는 음악을 중단시키고 사람들에게 무슨 말을 하더니 다시 팔을 펼쳤다. 음악이 다시 울리다가 돌연 거칠게 멈췄다. 지휘자가 세번째 줄에 앉은 젊은 바이올린 연주자를 바라보며 말했다.

"이봐요, 마르티네스, 연주하다 말고 어디 갔나요? 지휘대로가 아니잖습니까. 박자를 맞춰서 나와야지. 설마 그렇게 넋 놓고 생각해야 할 만큼 중요한 일이 있는 건 아니겠죠?"

나만 바라보던 마르티네스는 대답도 못 했다. 그제서야 그가 뒤로 돌아섰고, 외투 위로 팔짱을 낀 채 극장 첫번째 줄에 앉아 입도 벙긋 못 하고 있던 나와 시선이 부딪쳤다.

"누구 맘대로 여길 들어온 거요?" 그가 거칠게 물었다.

난 어쩔 수 없이 기자가 되어야 했다.

"가세요, 정신 어지럽히지 말고." 그가 말했다. 검고 큰 눈에 피부는 새하얬다. "저기 뒤에서 기다려요. 맨 뒤에서. 신경 쓰이지 않도록 그곳에서 꼼짝도 마요."

난 자리에서 일어나 천천히 통로를 사로질렀다.

"됐습니까?" 무대 위의 그가 물었다.

"네." 대답을 한 난 눈을 내리깔았다. 음악이 다시 연주되기 시작하자 천천히 자리에서 일어나 까치발로 문 쪽으로 걸어갔다. 문을 밀고 나와 계단을 향해 달렸다. 순식간에 길거리로 나왔다. 알라메다 광장

벤치에 앉아 조금 전에 들었던 음악을 흥얼거려보려 했으나 불가능했다. 대신 이유도 없이 우는 건 가능했다. 내가 늙어가고 있으며, 엄마의 그 육감을 대물림했다는 생각이 들었다.

"매력적이야." 나는 혼자 중얼거렸다.

후안과 만났을 때는 이미 늦은 오후였다.

"조금 전부터 장군님이 대통령 궁 문 앞에서 기다리십니다." 그는 날 안드레스에게 데려갔다.

"그래, 어딜 갔다 왔나?" 이렇게 묻는 안드레스는 몹시 태평스러워 보였다.

"산책했어요."

"가게란 가게는 다 돌았겠군. 뭘 샀나?"

"아무것도."

"아무것도 안 샀다고? 그럼 뭘 한 건가?"

"음악 들었어요." 내가 말했다.

"알라메다에서 마림바 연주라도 있었던 모양이군. 왜 그렇게 촌스러워?"

"예술의 전당에 갔었어요. 교향곡을 연습하고 있던데요."

"그럼 카를로스 비베스를 봤겠군. 지휘자 말이다."

"그 사람을 아세요?" 내가 물었다.

"물론 알다마다. 내가 아는 사람 중에 가장 고집불통이지. 아버지는 장군이었는데, 참 별난 아들이 나왔단 말이야. 음악을 택했거든. 런던에서 돌아온 지 얼마 안 됐지, 이 촌구석 나라에도 '국립 심포니 오케스트라'가 필요하다는 생각을 품고 말이야. 그러고는 피토를 설득했어. 하긴 그 뚱보를 설득 못할 사람이 있기나 하겠어?"

"저녁 먹으러 갈까요?" 목소리가 내 것이 아닌 것 같았다. 다른 여자가 내 속에 들어와서 말하고 움직이도록 날 조종하는 것 같았다.

'프렌테스'에 도착했다. 난 옷걸이에 외투를 걸었다. 안드레스는 모자를 걸고 마치 자기 집 식당으로 들어가듯 안으로 들어갔다.

"늘 앉으시는 자리로 모실까요, 장군님?" 지배인이 물었다.

"그래, 같은 자리로 하지, 지배인." 그가 말했다.

안드레스가 왜 그곳을 좋아하는지 도무지 알 수 없을 정도로 끔찍한 곳이었다. 견습 수도사들이 식사하는 곳 같았다. 음식은 괜찮았으나 창문도 없는 장소라 오히려 그 음식이 아까웠다. 특히 그가 하듯 가고 또 갈 만한 곳은 더더욱 아니었다.

내 굴 요리와 그의 토르티야 수프가 동시에 나왔고, 내가 서둘러 먹기 시작한 반면 그는 이야기를 시작했다.

"내가 로돌포한테 써준 연설문 재밌게 됐어. 코르데라 그 작자, 어디 가서 따져야 하는지도 모를걸. 그 자식 허튼짓거리나 하고 다니면서 언제나 그 민주주의란 걸 걸고넘어진단 말이야. 그래서 피토에게 써준 그 글에 민주주의란 자유와 법률 내에서 계급투쟁을 조정하는 깃으로 이해애아 힌다고 집이넣있지. 우티가 곧 밉이니까 그 사식은 완전히 물 먹은 거지. 저기 누가 오는지 좀 보실까."

마지막 굴을 삼키고는 누가 오는지 보려고 시선을 들었다. 그 오케스트라 지휘자가 감청색 상의를 걸치고 멋진 미소를 지으며 우리 쪽으로 걸어오고 있었다. 숨어버리고만 싶었다.

"인터뷰를 기다리고 있었습니다만, 부인." 그가 처음 건네온 인사였다. 그러고는 안드레스와 악수를 나누더니 자리에 앉았다.

"어떻게 지내나?" 안드레스가 말을 건넸다. "오늘 오후에 카탈리나가 자네 음악을 들으러 갔다더군. 웬일로 들어가게 해준 건가?"

"부인께서 몰래 들어오신 겁니다."

"뭐라고 하던가?"

"신문기잔데 인터뷰를 하고 싶다고 하시더군요."

"거짓말쟁이 여편네로군. 근데 왜 음악을 듣고 싶어서 들어왔다고 말하지 않았지?" 아이를 보며 재밌어하는 아빠처럼 물었다.

"겁이 났거든요." 난 솔직히 털어놨다.

"이 친구가 겁난다고? 이 친군 아직 새파란데? 당신보다 겨우 두 살 많을걸. 전쟁 당시에 열두 살이었으니까 말이야. 어머니와 모렐리아에 살았는데, 내 상관이셨던 이 친구 아버지는 잠시 전투가 중단되는 틈에 가끔 날 댁으로 데려가곤 하셨지. 갈 때마다 꼬맹이 하나가 갈대로 만든 풀피리를 불고 있더군."

"기억력이 좋으십니다, 장군님."

"전엔 다르게 불렀던 것 같은데."

"신분이 달라지셨지 않습니까."

"그래, 그때 난 초짜였지, 지금의 자네처럼. 그렇다고 그다지 승승장구한 것도 아니었네. 잘 알겠지만 전쟁이나 정치엔 음악계보다 적이 많거든. 자넨 도대체 왜 음악을 선택한 건가?" 안드레스가 물었다. "훌륭한 정치인이 될 수도 있었는데. 자네 부친처럼 말일세."

"때로는 아버지와 다른 아들도 있는 법이죠."

"자부한단 말인가?"

"정반댑니다, 장군님. 하지만 각자 자기 나름의 전쟁터가 따로 있는 거겠죠."

"자네 일도 전쟁이라고 했나? 참 별난 친구로군. 자네 아버님이 옳았던 거야."

그들은 옛날 이야기를 하기 시작했다. 그 꼬마 지휘자가 안드레스의 탄창에서 총알을 훔쳐내 냄비에다 넣고 흔들며 그 소리를 듣던 일이며, 그의 아버지와 안드레스가 그에게 교수형당한 사람들을 보여주던 날, 그를 교수대 아래에 세우고는 푸르죽죽한 얼굴과 뽑아 문 혀를 보게 했던 일 등을 이야기했다.

"놀라지 않았나요?" 내가 물었다.

"많이요. 하지만 그 잔인한 두 사람에겐 놀란 모습을 보이고 싶지 않았죠. 그 두 사람이 바로 제 아버지와 부인의 남편이셨습니다."

난 더이상 먹을 수가 없었다, 생선도 케이크도. 코냑 한 잔을 시켜 두 모금에 다 마셔버렸다.

"웬일이야?" 안드레스가 말했다. "언제부터 독주를 벌컥벌컥 마셔댔지?"

"감기 들 것 같아서요." 내 대답이었다.

"미누리껭이리고 있는 게 빈쫌 징신이 나긴 깃 같던 밀이야. 그대 보이지 않나?"

"제가 보기엔 아주 아름다우신데요." 비베스가 대답했다.

그러더니 둘은 다시 자기들 이야기로 돌아갔다. 음악과 투우의 차이에 대해서. 카를로스의 아버지가 우리 장군님을 얼마나 좋아했는지, 그리고 군인이 아니라 음악가가 되겠다고 고집을 부리며 자신을 속이기만 하는 아들과 얼마나 다퉜는지에 대해서도.

"자네 아버님 말씀이 언제나 옳았어." 안드레스가 결론을 내렸다.

"건배하시죠, 장군님." 카를로스가 말했다. "건배, 호기심 많은 부인." 윙크를 한 그가 테이블 위에 있던 내 손을 툭 쳤다.

"건배." 코냑 한 잔을 단숨에 또 들이켠 난 그날 저녁 내내 생글거렸다.

바깥으로 나왔을 때, 우리 머리 위에서는 둥근 달이 노랗게 빛나고 있었다. 문 앞 기둥 옆에는 웬 장님이 앉아, 지금이 새벽 세시가 아니라 오후 다섯시쯤 된다는 듯 트럼펫을 연주하고 있었다.

14

난 조용한 삶을 살아가기 위해 단 하나 필요한 게 있다면 그건 매일 매일 안드레스를 내 곁에 붙들어두는 것뿐이라고 항상 생각해왔다. 그러나 그 이튿날, 그가 밖으로 뛰쳐나가는 대신 우리 집 서재를 자기 사무실로 쓸 거라고 통보했을 때, 나는 정말이지 그가 없어져버렸으면 싶었다. 그건 마치 방 한가운데에 낡은 옷장을 두는 것, 그 부근에만 가도 그게 눈에 띄는 것이나 마찬가지였다. 그의 소리가 들리지 않는 공간은 없었다. 게다가 그는 다정해지기까지 했다. 매일 아침 섹스를 원했으며, 자기가 가는 곳이면 어디나 데려가려 들었다. 날 개인 비서로 임명하는 짓까지 꾸며냈고, CTM에서 코르데라를 제거해버리려는 의도로 개최하는 온갖 모임이나 정치인들과의 회합을 쫓아다니게 했으며, 심지어 소변 보러 갈 때조차 날 곁에 두려고 했다.

이틀 전만 됐더라도 그의 그런 태도에 행복해했을지도 모른다. 또다시 그의 돌발적인 출현에 직면한 데다 옛날엔 금지당했던 모든 곳에서 초대를 받았다. 나는 각종 회합이나 협정식에 따라가 항상 문 쪽에 자리해서는 일이 어떻게 진행되는지 조금이라도 알고 싶은 마음에 꼬치꼬치 캐물어가며 안드레스를 피곤하게 만들었다. 그 당시 나는 모든 모임에 참석할 수 있었고, 내 견해를 제시할 수도 있었다. 하지만 예술의 전당 계단을 올랐던 그날 이후, 이미 난 다른 사람을 사랑하고 있었다.

카를로스 비베스를 만날 시간이 되면 난 제정신이 아니었다. 그이 외엔 그 어떤 것도 내 마음을 끌지 못했다. 안드레스도 그토록 사랑해본 적이 없었다. 안드레스의 손 크기를 정확히 떠올려보려고 애쓰거나 얼굴만이라도 보고 싶어 그가 나타나주기를 온몸으로 갈구하며 몇 시간씩이나 보내본 일도 없었다. 한 남자로 인해 그렇게 변해버린 나 자신, 내 쪽에서 할 수 있는 일은 아무것도 없는데도 끝없이 불행해하다가 다시 행복해지는 스스로가 창피하기도 했다. 견딜 수가 없었다. 점점 더 견디기 힘들어지는 와중에 안드레스에게는 점점 인정을 받았다. 내가 하고 싶은 모든 일을 그 시절만큼 자유롭게 할 수 있었던 적도 없었지만, 그때처럼 내가 하는 일들이 온통 다 부질없고 바보 같으며 하기 싫다고 강하게 느껴본 적도 없었다. 내가 가진 모든 것 그리고 내가 원하는 모든 것 중에서 진정 사랑하는 단 하나는 오후에 만나는 카를로스 비베스뿐이었기 때문이다.

어느 날 아침식사중에 안드레스는 내 머리가 상당히 자랐으며, 과거 수년간 봐왔던 그 어느 때보다도 머리에 윤기가 넘친다는 사실을 알아차렸고, 일본 여자들보다도 더 뽀얀 내 피부, 소녀 같은 치아, 배우 같은 입술에 새삼 관심을 보였다. 하지만 난 내 엉덩이와 내 입, 내 속눈썹을 그때만큼 증오해본 적이 없었고, 그때만큼 나 자신이 바보 같다고, 위선적이라고, 추하다고 느낀 적은 없었다.

난 그렇게 짓눌린 듯한 처참한 기분으로, 우리 장군이란 사람이 누군가를 어떻게 골탕 먹일지, 또 누군가는 어떻게 물 먹일지 계획하며 '혁신'이라는 국회의원 모임을 만든다는 말 따위나 들으며 그날 오전을 다 보냈다. 그 와중에 난 오후가 되기만을 간절히 바랐다.

그가 대통령 궁에 갈 일이 생기자 나도 따라나섰다.

"이번엔 정말 쇼핑을 할 건가?" 차에서 내리며 그가 말했다.

"아마도요." 내 대답이었다.

나는 차 시동을 건 후안에게 예술의 전당으로 데려다달라고만 했다. 도착하자마자 차에서 뛰어내렸다.

"몇 시에 모시러 올까요, 사모님?"

"오지 마."

내 말을 못 들었다는 듯 그가 다시 말했다.

"여덟시면 되겠습니까?"

계단을 뛰어올랐다. 음악 소리가 들리지 않았다. 그이가 없는 줄로만 알았다.

문을 밀었다.

"자, 다 같이, 17번부터 다시." 그이의 목소리가 들려왔다.

음악이 울려 퍼지기 시작했다. 나는 한 마리 고양이처럼 안으로 숨어들었다. 뒷줄에 자리를 잡았다. 다리에 팔을 올려놓고는 나도 모르는 사이에 치맛자락을 아래위로 쓸었다. 멀리서 그이를 지켜보았다. 다시 팔이 펼쳐지더니 지시를 하는 그이 목소리가 들려왔다.

"샤프 기호가 있는 곳은 올려줘야죠, 마르티네스. 마르켈로, 겁내지 마요. 이렇게 연주해야죠. 안녕하세요, 부인. 청중으로 모시게 돼서 영광입니다." 그이가 소리쳤다. "치맛자락 스치는 소리는 좀 자제해주셨으면 감사하겠습니다만."

정신이 오락가락하고, 내가 점점 미쳐간다는 생각이 들었지만, 그렇다고 뛰쳐나가지는 않았다. 멀리서나마 그이를 바라보고 싶었다. 그려낼 수는 없겠지만, 그때 그 바다처럼, 푼타 아옌에서의 그 밤처럼 아직도 그의 모습이 눈에 선하다.

2층 발코니로 올라갔다. 그이가 팔을 움직이는 모습, 그이의 지휘가 옳은지 그른지 따지지 않고 주저 없이 그를 따르는 사람들의 모습이 보기 좋았다. 옳든 그르든 상관없었다. 그이에겐 힘이 있었고, 각각의 연주자는 어디까지가 자신이 연주해야 할 부분인지 정확히 알고 있었다. 그 힘은 홀을 가로질러 다른 것들 속으로 파고들었다. 발코니 난간에 기댄 내 육체 속으로, 팔짱 위에 가만히 얹은 내 머리 속으로, 그이의 손을 따라다니는 내 눈 속으로 파고들었다.

여덟시가 되었지만 연주는 좀체 끝날 기미를 보이지 않았다. 후안은 이미 문 밖에서 기다리고 있을 터였고, 안드레스는 화가 났을 테지만, 카를로스가 팔을 힘차게 내리뻗을 때까지 나는 붉은 벨벳 의자에서 꼼짝도 하지 않았다.

"좋아요, 훨씬 좋아졌습니다, 여러분. 내일 다시 만나죠. 오후 내내 수고들 많았습니다."

지휘대에서 내려온 그이는 무대 옆으로 죽 늘어선 문들 중 하나로 사라졌다. 그이가 내 옆으로 다가왔을 때 난 어디로 갈지 생각중이었다.

"아이스크림 먹어요. 그런데 이런 경우엔 누가 누굴 데려간다고 해야 하죠?"

"제가 당신을요." 그이한테 말했다.

"아이스크림을 좋아하시나 봐요, 난 위스키가 더 좋은데."

"제가 아이스크림을 좋아한다는 건 어떻게 아셨나요?"

"짜증날 때 아이스크림을 드시지 않나요?"

"그래요, 하지만 지금은 짜증난 게 아니에요. 그런데 누가 가르쳐 주던가요?"

"제 정보원들이요. 어젠 차에서 내려 제 호텔로 오고 싶어하셨다고 하더군요."

"잘못 전했네요. 제가 어떤 사람이라고 생각하세요?"

"자기보다 스무 살이나 많은, 그래서 자신을 소녀 대하듯 하는 웬 정신 나간 남자랑 결혼한 여자."

우리는 계단을 내려왔다.

입구에 있던 후안은 얼굴이 밀가루 반죽만큼이나 창백했다.

"사모님, 장군님이 우리를 죽이고 말 겁니다." 후안이 차 문을 열어주며 말했다.

"우리는 걸어간다고, 늦진 않을 거라고 전해드리게." 카를로스가 말했다.

"안 됩니다." 후안이 말했다. "사모님을 모시고 가야 합니다."

"우리는 걸을 테니 그럼 자넨 여기서 좀 기다리게나."

그이는 내 팔을 잡았고, 우리는 마데로 거리를 향해 길을 건넜다.

"전 이 건물이 맘에 들어요." 푸른 타일로 덮인 산본 백화점을 나란히 지나며 내가 말했다.

"전 사드릴 능력이 없는데요. 장군님께 부탁해보지 그러세요?"

"관둬요, 빌어먹을." 내가 대꾸했다.

"부인이 원한다면 그건 곧 명령 아니겠습니까." 그이가 백화점 문을 밀고 안으로 들어서며 이렇게 말하는 순간, 후안이 우리에게 다가와 내 옆구리에 권총을 들이댔다.

"사모님, 죄송합니다만 제게도 가족이 있습니다. 저와 함께 장군님이 계신 곳으로 가셔야겠습니다."

"좋아, 그렇담 가요, 후안." 이렇게 말하고는 차가 있는 곳으로 달려갔다. 우리가 도착한 바로 그 시각에 안드레스는 대통령 궁 앞에서 몇 명의 인사와 헤어지고 있었다.

"안녕 공주님, 그래 만족스러웠던가?" 그가 물었다.

난 그의 새로운 어투에 적응할 수 없었고, 나 자신이 맹추같이 여겨졌다.

"비베스를 만나러 갔었어요." 솔직하게 말했다.

"좋았겠군." 그가 대답했다. "그 친구랑 어디서 헤어졌지? 와서 우리랑 저녁식사나 같이할걸 그랬어."

"골탕을 좀 먹여줬죠."

"당신한테 어떻게 했는데?"

"날 얼간이로 취급했거든요. 산본 건물이 맘에 들거든 당신한테 사달라고 졸라보지 그러냐고 하잖아요, 글쎄."

"그 건물이 맘에 들긴 해?"

"탈라베라 타일로 된 건물이거든요." 내가 대답했고, 우리는 팔짱을 낀 채 저녁식사를 하러 갔다.

그다음 날, 바실리오 수아레스 장군이 우리 집에 와서 식사를 했다. 난 일부러 푸에블라 식 몰레 요리를 준비했는데, 그가 몹시 싫어한다는 걸 진작부터 알았기 때문이었다.

수아레스 장군은 순수 밀가루 부침개에 고기 한 점 달랑 곁들인 식사만큼이나 단순하기 짝이 없는 사람이었다. 그 사람에게 중요한 일이란 돈 버는 것뿐이었고, 안드레스와 손을 잡은 것도 그 때문이었다. 두 사람은 고속도로 계약 건을 따내기 위해 뛰어다녔지만, 아기레 파라는 이유로 그들이 몹시 싫어하던 헤수스 가르사인가 하는 사람이 교통부 장관이었기 때문에 마음먹은 대로 되지 않았다. 장관 역시 그들을 좋아할 리가 만무했으니 말이다. 그래서 그들은 장관을 모함할 방안을 모색하기 시작했다. 끝없이 얻으려고만 들 뿐 만족할 줄 모르는 수아레스가 말했다.

"공산주의자로 몰아붙이면 될 것 같습니다. 그 인간, 공산주의사가 맞으니 거짓말은 아닌 셈이지요. 러시아 놈들더러 가로채라고 우리가 혁명을 한 건 아니지 않습니까."

"장군님 말씀이 지당하십니다. 오늘 당장 전국부모연합회 사람들과 이야기를 해서, 현재 전개중인 반(反) 코르데라 운동에다 우리가 빚을 갚아줘야 할 다른 작자들에 대한 반대도 더하도록 조치하겠습니다. 그자들을 거명하기 시작할 때가 된 겁니다. 그렇게 하루아침에 CTM에서 코르데라를 제거해버린 다음, 위험한 짓은 안 할 사람인 알폰소 말도나도를 그 자리에 앉히고, 우리는 아기레의 유복자인 그 두 인사 끝장낼 기반이나 닦읍시다."

내가 그들의 말에 뭔가를 반박하려는 순간 비베스가 들어왔다.

"늦었군." 안드레스가 말했다. "정치 이야기중이네. 자네한텐 별로 중요한 문제가 아니겠지?"

"제게도 중요합니다만, 참기로 하겠습니다. 이 집에선 모든 게 정치라는 걸 알고 식사 초대에 응한 것이지요."

"두시라고 했는데 지금은 세시 반일세." 안드레스가 말했다.

"당신이 초대했어요?" 내가 물었다.

"놀라게 해주려고 아무 말 안 했지."

"놀라긴 했네요." 내가 대답했다. "루시나, 이분께도 식사를 갖다드려." 나는 안주인다운 태도로 말했고, 비베스를 수아레스 장군의 옆자리로 안내했다. 안드레스는 상석에, 난 그의 왼편, 장군은 오른편에 앉아 있었다.

"장군님께 실례가 안 된다면 다른 쪽에 앉았으면 합니다." 비베스가 수아레스를 보며 말했다.

"실례는 무슨, 우리 비베스 장군님의 아드님인데." 수아레스가 말했다. "늙수그레한 전직 주지사 옆자리 대신 아름다운 여인의 옆자릴 택하지만 않는다면 말일세."

"정신없게 하지 말고 어서 앉기나 하게." 안드레스가 말했다.

"죄송합니다, 친티*, 당장 훈령에 따르도록 하겠습니다."

"장군님께 뭐라고 하셨나요?" 미소를 지으며 내가 물었다.

"대답하지 말게, 나중엔 아무도 감당 못 할 테니 말일세."

"물론 말 안 합니다, 장군님. 더구나 사모님과 전 서로 말도 안 해요. 어제 절 거리에 내팽개쳐놓고는 말도 없이 사라져버리셨거든요."

"자네가 짓궂게 굴었다고 하던데." 안드레스가 말했다. "골이 많이 났더군."

"식사는 이쯤에서 마치는 게 어떨까요?" 나는 이렇게 말하고는 수아레스에게 물었다. "콩 요릴 좀더 드릴까요, 아니면 후식으로 넘어갈까요? 비베스 씨를 기다리자면 후식이 좀 늦어지긴 하겠지만 말이에요."

"전 바로 후식으로 넘어가도 상관없습니다." 비베스가 말했다. "몰레 요리는 다음 기회를 위해 저축해두는 게 좋을 것 같네요."

"안드레스 씨한텐 별난 친구들도 많습니다. 이 음악가 친구는 주책바가지에다 애교까지 떠는데요."

"어쩌겠습니까? 내가 유일하게 존경하는 사나이의 아들인걸요. 음식을 거부했다고 죽여버리라고 할 수도 없는 노릇이고 말입니다."

"제가 보기엔 오히려 배가 고파 죽을 것 같은데요." 내가 말했다. "장군님껜 어떤 걸로 드릴까요?"

"전 애플파이하고 양젖 치즈로 하겠습니다." 카를로스가 말했다. "몇 년 동안이나 양젖 치즈는 구경도 못 해봤거든요."

---

* 안드레스의 애칭.

"어이구, 불쌍하기도 하지." 안드레스가 말했다. "자네가 자발적 유배생활에서 돌아온 지 얼마 안 됐다는 사실을 우리가 잊고 있었군."

"더 안 좋은 경우도 많지 않습니까. 유배에서 못 돌아오는 사람들도 많은데 뭘 그러십니까." 수아레스가 말했다.

"히메네스 의장을 말씀하시는 겁니까?"

"그 사람 말고 누가 또 있겠습니까?" 수아레스가 대답했다.

"히메네스도 이제 머지않아 돌아올 겁니다." 안드레스가 말했다. "불알 찬 진짜 사나이가 하나 필요할 것도 같고 말입니다."

"그 사람들을 워낙 잘 관리해두셨기 때문에 돌아오더라도 집에 틀어박혀 입을 봉하고 지낼 겁니다." 카를로스가 빵에다 치즈를 바르며 말했다.

"그렇게 보이나?" 이렇게 묻는 안드레스의 어투에서는 정치 이야기를 나누는 자리, 더군다나 신출내기와 함께하는 자리에서는 볼 수 없었던 이례적인 배려가 느껴졌다.

"확신합니다, 친티." 카를로스가 말했다. "전 제 직감을 믿어요."

카를로스는 치즈와 파이를 씹는 중간중간 〈과이마스의 나룻배〉를 흥얼거렸는데, 그런 행동은 안드레스에게 큰 웃음을 주었다.

"살루드*, 비베스, 자네의 제정신을 위하여." 안드레스가 말했다. "수아레스 장군님도 살루드, 여기가 내 집이다 여기십시오."

그때 문간에 왜소한 체격의 남자가 나타났다. 그는 커다란 장부 한

---

* 원뜻은 '건강'이지만 '건배'라는 의미로도 사용한다. 여기서는 두 가지 의미를 다 염두에 두고 있다.

권과 산더미 같은 서류 뭉치를 들고 오느라 새우등이 되어 있었다.

"실례하겠습니다, 장군님." 안드레스가 그 사람을 향해 들어오라고 손짓을 하며 수아레스에게 말했다.

"기다리고 있었소." 안드레스가 그에게 대꾸했다. "이쪽으로 오시오. 여기쯤 서주시겠소? 아니, 거기 숙녀분과 신사분 사이가 더 좋겠군." 나와 비베스를 가리키며 말했다. "자, 한번 읽어보겠소?"

남자는 우리 둘 사이에 자리를 잡더니 장부를 펴들고 읽기 시작했다. "1941년 3월 1일부로 모 인사의 부동산은……" 간단히 말해 안드레스가 그 푸른 타일로 덮인 산본 백화점을 내게 사준 것이었다.

"사모님, 여기 서명만 하시면 됩니다." 덩치 작은 사람이 내게 펜을 건네며 말했다. 안드레스가 재미있다는 표정으로 우리를 바라보았다.

"그 사람들한테 어떻게 하셨기에 건물을 장군님께 판 건가요?" 카를로스가 물었다.

"우리 집사람한테 판 걸세. 그걸 산 건 저 사람이라네."

"사모님 혼자서는 껌 한 통도 마음대로 못 산다고 알고 있습니다만." 비베스가 말했다.

"내가 가진 것이 다 집사람 것 아닌가." 안드레스가 대답했다.

"그렇다면 사모님은 백만장자이시겠군요."

"아니랄 것도 없지. 카린, 어서 서명해주구려. 그리고 산본 백화점은 당신 하고 싶은 대로 해도 좋아."

"다시는 그곳에서 커피 한 잔도 마시지 말아야겠습니다." 카를로스가 말했다.

"흥분하지 말게나, 비베스. 주인이 누구든 자네하곤 크게 관계없는

212

일 아닌가. 기분 좋은 곳이잖나."

"전엔 그랬죠. 그런데 이젠 어디서 났는지도 모르는 돈에 팔려버렸 군요."

"내 돈에 대해 말하려고 자네가 여기 온 건 아닐 텐데. 영국 놈들이 자네한테 장학금으로 준 돈은 어디서 나왔다고 생각하나? 그 돈은 깨 끗하기만 하다고 말할 셈인가? 돈이란 다 똑같은 걸세. 그저 돈이 보 이기에 붙잡은 거야. 내가 잡지 않으면 다른 녀석이 낚아챘을 테니까 말이야. 그 건물도 내가 카탈리나한테 사주지 않았다면 에스피노사가 올기타한테 사주거나, 아니면 페냐피엘이 로우르데스에게 샀겠지. 다섯 군데나 저당 잡혀 있는 데다 주인이란 여자는 완전 파산 상태여 서 은행에든 나한테든 팔아야 했어. 그래서 내 손에 넣는 것도 괜찮을 것 같았고, 집사람을 기쁘게 해주고도 싶었네. 지금 자네가 남의 밥상 에서 쓸데없이 순가락을 들고 설쳐대기 전까지만 해도, 저 사람은 최 근 10여 년간 봐온 모습 중에 가장 생기 넘치는 얼굴을 하고 있었단 말일세. 그런데 자네가 지금 그 흥을 깨고 있네."

자신의 정당성에 대해 의구심을 제기하는데도, 심지어 자신의 돈이 깨끗하지 못하다는 점까지 인정하면서도 참아가며 설명을 하는 안드 레스의 모습이 내게는 크나큰 놀라움이었다. 왜 카를로스에게 큰 소 리를 내지 않는 것일까? 알 수 없는 일이었다. 그들 사이에서 벌어지 는 일들에 대해서는 제대로 이해한다는 게 불가능했다.

"자, 사모님, 어서 서명하시죠." 비베스가 말했다.

난 펜을 잡고 안드레스와 결혼하던 그때부터 언제나 하던 그대로 이름을 적어 넣었다.

"그토록 열망하던 걸 드디어 손에 넣는 순간이로군요." 카를로스가 말했다. "이젠 어쩔 셈인가요? 그 탈라베라 타일 더미 아래서 주무시기라도 할 건가요? 주인이라고 뻐기고 싶으십니까? 이 도시에서 그 건물에 대해 주인의식이 없는 사람은 많지 않다는 사실만은 명심하셔야 합니다. 서류 뭉치는 사모님 소유겠죠. 하지만 말입니다, 누구든 그곳에 드나들 수 있고 자리에 앉아 커피도 마실 수 있습니다. 결국 그 푸른 건물은 모든 사람들의 소유란 말씀입니다."

"저도 그러길 바라요." 내가 말을 받았다.

"당연하겠죠, 자선사업가 한 분 나셨네요. 사람들이 좋아해주고 선망의 눈길을 보내주길 원하실 테죠. 사람들에게 사랑받길 바라는 그 마음 꽤나 간절하시군요!" 비베스가 말했다.

15

그랬다. 난 분명 남들이 날 좋아해주기를 바랐다. 사람들이 날 사랑해주기를 바라며 지금 이날까지 평생을 보내왔다. 연주회가 있던 그날 밤은 어느 때보다도 그랬다.

우리가 도착했을 때, 예술의 전당은 사람들로 복작거렸다. 로돌포와 초피가 먼저 들어갔는데, 그들이 우리와 동행했다는 신문 기사가 날지도 모를 일이었다. 우리는 대통령 전용 관람석으로 올라갔다. 극장 정중앙이었다. 모든 사람이 그곳을 올려다보았다.

바로 옆 발코니엔 각료진이 가족들과 함께 자리했다. 아래쪽엔 특별 초대 손님들과, 멀리서 본 바로는 왜 행복해하는지 나로서는 통 이해할 수 없는 그런 사람들이 앉아 있었다.

아래쪽에 비베스를 처음 보던 날 앉았던 자리가 있었다. 그곳 아래쪽이라면 그이가 더 가깝게 보일 것이고, 어쩌면 그이가 날 볼 수도 있었다.

오케스트라가 온갖 소리를 내면서 조율을 하고 있었다. 검은 의상과 반짝거리는 구두를 착용하고 머릿기름을 바른 연주자들은, 갖가지 색상의 셔츠 차림에 헝클어진 머리, 낡아빠진 구두, 꼬질꼬질한 바지를 입고 연습을 하던 그날 오후와는 완전히 다른 사람들 같았다. 잔뜩 멋을 부린 그들을 보고 있노라니 속는 듯한 기분마저 들었고, 그들 각자가 가진 악기만큼이나 서로 다른 사람들인데도 모두 같은 사람으로 보였다. 마침내 카를로스가 나타났다. 연미복에 나비넥타이 차림이었고, 갓 빗어 넘긴 머리에 손에는 지휘봉을 들고 있었다. 지휘대로 걸어가는 그이에게 사람들이 환호를 보냈다. 지휘대에 올라선 그는 돌아서서 인사를 했다.

"비베스 저 친구 완전히 딴따라로군." 안드레스가 말했다.

난 들떠갔다. 우리는 자리에 앉았고, 카를로스는 두 팔을 벌려 음악을 지휘하기 시작했다.

1부가 끝나자, 극장에 모인 사람들은 그가 마치 신이라도 되는 듯 환호했다. 난 아래쪽만 내려다보며 잠자코 있었다.

"왜 그래, 카틴? 맘에 안 드나?" 안드레스가 말했다. "왜 애 낳을 때나 짓던 그런 표정인가?"

"아뇨, 좋아요." 다른 사람들처럼 기립하면서 내가 말했다. "저 비베스란 사람, 훌륭해요."

"훌륭하다는 걸 어떻게 알지? 난 뭐가 뭔지 도통 모르겠는데 말이야. 우리가 이런 데 온 건 처음인 걸로 아는데. 내가 보기엔 지나치게 연극적이야. 시골 악대가 훨씬 더 시원스럽고 훨씬 덜 졸릴 것 같은데 말이야, 나 원 참."

우리는 차도 한 잔 하고 이야기도 좀 나눌 겸 해서 관람석을 벗어났다. 초피는 자기 남편이 그를 발굴했다는 사실에 대해 긍지를 느끼고 있었다.

"천재예요." 어미닭 주변의 병아리 떼처럼 자신을 에워싼 각료 마누라들 앞에서 초피가 말했다. 초피는 여우 머리로 마감된 그 끔찍한 모피 목도리를 두르고 있었다. 그런다고 딱 바라진 어깨에 짤막짤막한 팔다리, 툭 불거진 가슴이 달라질 리야 있을까만. 초피가 비베스에 대한 찬사를 늘어놓을 때마다 여우 머리가 그 여자 젖가슴 위에서 솜털처럼 하늘거렸다.

초피의 기쁨은 어느덧 흥분 상태로 치달았다. 그러자 그 여자는 모피를 벗어버리는 대신 부채를 꺼내더니 모피 위로 부채질을 해댔다. 다른 여편네들과도 짝짜꿍이 맞아 찬사는 그칠 줄을 몰랐다.

"정말 잘생겼어요." 내무장관 마누라가 말했다.

"그 점에 대해선 모두 공감하는 것 같은데요." 재무장관의 마누라쟁이가 웃음을 터뜨리며 대답했다. "이제 남은 문제는 음악적 자질뿐이네요."

그 여자를 위시한 모든 여편네가 웃음을 터뜨렸다.

"하지만 대단한 음악가이기도 한걸요." 외무장관 마누라가 허옇게 눈을 까뒤집으며 말했다. 그 여자는 포르피리오 디아스주의자였음에도 권력 손실을 전혀 입지 않은 인사의 딸이었는데, 국제적인 문화라는 주제에는 다들 초보자에 불과하다는 듯한 눈길로 우리를 바라보았

다. 대사 아버지를 둔 덕에 그녀는 '어린 시절 내내 프랑스에서 살았다.'

"맞아요, 대단한 음악가죠." 초피가 여우 목도리를 감싸 안으며 말했다.

이쯤에서 휴식 시간이 끝난 건 천만다행이었다. 난 로돌포의 각료들이 어떻게 저런 순 얼간이 여편네들과 결혼했는지 도무지 이해할 수가 없었다.

2부에서는 시종일관 머지않아 끝날 것만 같은, 그래서 이제 끝인가 싶으면 저주처럼 되살아오는 슬프고도 슬프고 길고도 긴 곡이 연주되었다. 그 곡은 나로 하여금 그 실체를 찾아 계단을 오르게 했던, 언제나 내 귓전을 맴돌던, 하지만 두려움 때문에 중얼거릴 수조차 없었던 바로 그 음악이었다.

보아하니 안드레스는 처음 20분간은 잠들지 않으려고 애를 쓰는 듯했고, 그 후엔 피토와 잡담을 나누기 시작했다.

난 카를로스를 바라보고 있었다. 등을 돌리고 선 그이의 팔이 이리저리 오갔다. 그이의 다리를 보았다. 저녁식사 자리에서 대화를 나누고 나를 비웃고 안드레스와 농담을 주고받던 인사가 아니라 음악의 화신이 된 듯한 그이를 바라보았다. 그이는 딴사람, 우리와 아무런 연관이 없음은 물론 어딘가 다른 세상에서 온 사람, 어디서 왔는지 아무도 알 수 없는 그런 사람 같았다.

"이 말레르라는 인사, 정력이 형편없군." 안드레스가 내 뒷덜미에 대고 말했다. 웅장한 북소리에 드디어 대단원이라고 여긴 사람들이 몇 번이고 박수를 치려 했지만 음악은 새로이 시작되곤 했고, 바람 스치는 듯한 소리만 남아 거의 들리지 않을 정도로 잦아들었다가 이윽고 바이올린이, 그 뒤로는 첼로가 가담해 결국 모든 악기들이 귀가 멍할 정도로 울려댔다. 그래서 막상 대단원이 도래했을 때는, 이전에 그 음악을 몇 번 들은 적이 있어서 마침내 대단원에 이르렀음을 알아차린 나 혼자만 박수를 쳐댔다.

내 박수 소리는 피토와 안드레스의 대화를 중단시켰다. 초피도 합세해 고개까지 끄덕거리며 대화를 듣던 중이었다. 그들이 천천히 박수를 치기 시작하자 그들을 따라 극장의 모든 사람들이 박수를 쳤다.

양팔을 펼친 채 오케스트라 앞에 죽은 듯 멈춰 서 있던 카를로스가 마침내 돌아섰고, 난 머리카락이 눈까지 흘러내려온 그의 얼굴을 볼 수 있었다. 정중하게 인사를 한 그가 지휘대에서 내려와 물러났다.

"아이스크림 먹어요. 그런데 이런 경우엔 누가 누굴 데리고 간다고 해야 하죠?" 박수가 이어지는 동안, 그이가 다가와 이렇게 말해주기를 진정 원했다. 다시 나타난 그이는 지휘대로 가는 대신 두 팔로 오케스트라를 가리키고는 다시 한번 머리를 무릎까지 숙였다.

'그 빌어먹을 여편네들 말이 맞긴 맞아.' 난 생각했다. '대단한 미남이야.' 하지만 그 여편네들은 그이의 음성을 들어본 적도 없고, 그이와 마데로 거리를 거닌 일도 없으며, 거리 한가운데서 그이를 골탕 먹이고픈 마음이 들었던 적도 없었다.

다른 모든 이들처럼, 그날이 마치 9월 15일*이라도 되는 양 고함을

---

* 멕시코 독립기념일인 9월 16일 전날 독립의 구호를 외쳤던 것을 기념해 15일을 '외침의 날'이라고 한다.

질러대는 안드레스처럼 나도 계속 환호했다.

"틀림없이 비베스 장군의 장점을 물려받았단 말이야. 저 애송이 녀석, 정치적 자질이 다분해요. 정치적 자질이 없다면 단 한 번의 연주회로 어떻게 이토록 엄청난 환호를 받아낼 수 있겠습니까? 보세요, 혼신을 다해 연설을 한 것 같네요. 각하 취임식에서도 없던 일이잖습니까." 너털웃음을 터뜨려가며 안드레스가 피토에게 말했다.

"비베스, 비베스, 비베스." 사람들이 외쳐대는 사이 오케스트라 단원들은 환호에 답하기도 하고, 혹은 활을 든 채 보면대 앞에 앉아 꼼짝 않고 있었다.

옆문을 통해 돌아온 비베스는 머리를 단정히 빗어 넘긴 모습이었다.

그이가 나타나자 환호성은 또다시 커졌다. 지휘대로 올라간 그이가 손을 들어 연주자들을 일어서게 하더니 우리를 향해 돌아서서 거의 바닥에 닿을 정도로 또 한 번 고개를 숙였다.

"훌륭한 정치가가 되어야 마땅해." 안드레스가 말했다. "타고난 배우이자 쇼맨이란 말이야. 우리 사이에선 저런 인사법이 통용되지 않는 게 참으로 유감이로군. 효과 만점일 텐데. 뚱보씨, 저 친굴 등용하는 게 어떻습니까?" 그가 피토에게 말했다. "더 볼 것 없이 우리 마누라쟁이들만 해도 그렇잖아요. 다들 까무러치는군그래. 여자들에게도 투표권을 부여한다는 약속만 해주면 나도 저 인사법을 익혀보지요. 아기레 시절엔 절대 승인해주지 않던 그 법안이 의회에 상정되어 있다던데. 장담하건대 여자들도 투표를 하고 내가 저런 예를 표한다면 나도 대통령이 될 수 있을 겁니다. 그럼 당신이 내 콤파드레라고 불쾌하게 여길 사람도 없을 테고. 내가 후보로 지명받는 다음 날로 난 비베스를 당 총재로 임명한 후, 오케스트라 단원을 모두 이끌고 전국 순회를 시작하겠어요. 어떤가, 카틴?"

비베스가 무대를 떠났다가 다시 나오고 오케스트라가 앉았다 일어나기를 벌써 다섯 번이나 반복했지만, 어느 누구도 박수를 멈추지 않았다. 최소한 여자들만은 그랬다. 주변 발코니의 모든 여자들, 즉 초피의 시녀들은 마치 그가 자신들과 그 짓을 해주기라도 한 듯 환호성을 보냈다.

"이제 가죠." 안드레스에게 말했다. "여기선 이만하면 충분하니 만찬장에서 축하해주기로 해요. 꼭 뭐 같군요."

"내가 대신 말해주지, 꼭 투우사 같군. 생명이라도 내걸었던 녀석 같단 말이야." 안드레스가 말했다.

"아직 자릴 뜨지 마세." 로돌포가 부탁해왔는데, 그는 명령할 능력마저 없었다. "무례를 범할 순 없으니 말이야."

"하지만 우리는 당신이 아니에요." 내가 말해주었다.

"하지만 당신들은 이이 쪽 사람이지요." 초피가 자못 진지하게 로돌포가 안드레스의 콤파드레라는 사실을 내세웠다.

그사이 거의 뛰다시피 무대로 되돌아온 비베스가 지휘대 위에 올라섰고, 그의 머리와 팔이 펼쳐짐과 동시에 오케스트라가 연주를 시작해 가까스로 환호성이 누그러졌다. 그가 단원들에게 '자, 다들 다시 한번, 24번부터'라고 말하기라도 한 것만 같았다. 그런데 그 음악은 나도 흥얼거릴 수 있는 곡이었다. 마치 아빠가 그 곡을 청한 것 같았다. 몇 번쯤이나 아빠의 그 나지막한 흥얼거림을 들으며 잠자리에서 일어났었는지 지금은 기억도 안 난다. 아빠는 가끔씩 우리 방문에 기대서서, 우리가 침대 시트 밖으로 머리를 삐쭉 내밀고 우리를 깨우는 새벽잠 없는 아빠와 태양에 대해 투덜거릴 때까지 한참 동안 그 곡으로 휘파람을 불곤 했다.

푸념도 늘어놓고 싶고, 같이 인생의 실수도 한탄하고 내면에서 자꾸만 커가는 비뚤어진 욕망을 어찌해야 할지 여쭤보고도 싶은데 아빠는 왜 안 계신 것인지.

오케스트라 전체가 아침마다 휘파람을 불던 우리 아빠였다. 이미 더이상 계시지 않지만 여전히 계시는 아빠, 그런데 당신의 그 말씀 말씀과 당신의 그 품은 영영 떠나버리고, 이젠 단지 한낱 추억에 지나지 않는 내 집요한 회상거리에 불과하다니. 결국 난 콧물을 훌쩍이면서 찔끔찔끔 울기 시작했고, 급기야 내 울음소리는 오케스트라 소리만큼이나 커졌다.

내 추한 모습을 남들이 볼까 두려워 자리에서 벗어나 극장 바닥에 주저앉았다. 그런 경우에는 어떻게 해야 하는지 알 턱이 없는 안드레스가 내 머리에 손을 얹더니 고양이 만지듯 쓰다듬었다. 마침내 오케스트라가 연주를 마쳤을 때, 내 얼굴은 엉망이 됐고 눈은 부어올랐으며 머리는 헝클어져 있었다.

"이봐, 당신." 안드레스가 말했다. "당신이 아는 음악이라곤 당신 아버지가 늘 부르고 다니던 그 노래뿐이라는 말을 비베스에게 한 적이 있는 거로군."

갑자기 사람들이 기립박수를 치고 환호성을 지르기 시작했는데, 이번에는 진짜 투우장 같았다. 난 여전히 바닥에 앉아 있었다. 특별석의 청동 난간 사이로 마지막 인사를 하고 고개를 드는 카를로스의 미소가 눈에 들어왔다. 아빠도 가끔 그렇게 웃곤 하셨다. 난 울음을 그쳤다.

사람들은 계속 환호했지만, 비베스는 다시 나오지 않았다. 국가가 연주되면서 로돌포가 어떤 장소에 도착하거나 자리를 뜰 때면 행해지는 집단적인 예우가 시작되기 전에, 얼른 매무새를 고치기 위해 화장실로 달려갔다.

파티는 '로스 피노스'*에서 열렸다. 천장에 웅장한 샹들리에가 달리고 온통 목재로 된 방이었다. 국가 연주와 함께 로돌포와 초피를 비롯한 우리 일행이 도착했을 때는 카를로스도 이미 와 있었다.

"대단하더군, 비베스." 피토가 그이의 손을 잡으며 말했다.

"선생님, 전 무슨 말씀을 드려야 할지도 모르겠네요." 초피가 그놈의 여우를 쓸며 찬사를 늘어놓았다.

"비베스, 자넨 탁월한 정치적 재능을 타고났네. 그 재능을 엉뚱한 데다 쓰지 말게나." 안드레스가 말했다.

"고마웠어요." 내가 말했다.

"모든 분들께 감사드립니다." 그이가 미소를 쏟아내며 대답했다.

난 부들부들 떨기 시작했다. 내 안에서 피어나던 감정들 때문에 끔찍한 기분이 들었던 것이다. 세상 모든 사람이 그 사실을 눈치 채고 말았으리라 믿었다.

나는 안드레스의 팔을 붙들고 집에 가자고 했다.

"방금 왔는데. 우리는 아직 저녁식사도 못 했잖아. 난 배가 고파 죽을 지경인데 당신은 안 그래? 이봐, 게다가 폰초 페냐도 왔다. 그 사람

---

* '소나무들'이란 뜻으로 대통령 관저를 가리키는 말이다.

이랑 급한 이야기도 있단 말이다." 안드레스는 이렇게 말하고는 방 가운데, 비베스와 그의 찬양꾼들 틈에다 날 팽개쳤다. 찬양꾼들은 그이를 에워싸고 있었다. 코르데라까지도 그에게 인사를 하러 갔다. 비베스는 그를 포옹한 채 그의 어깨 너머로 물끄러미 자신을 응시하는 나를 바라봤다. 그이는 코르데라의 팔을 잡고 내가 있는 곳까지 다가왔다.

"서로 아는 사이들이신가요?" 이렇게 묻긴 했지만 그이는 대답할 틈을 주지 않았다.

"만나서 반갑습니다." 코르데라와 나는 어디선가 만났었다는 사실을 잊어버린 듯 서로 인사를 건넸다.

"정원으로 나가는 게 어떻겠습니까?" 카를로스가 말했다. "여긴 사람이 너무 많네요."

그이는 내 팔을 잡고 서둘러 문께로 걸어갔다. 코르데라도 함께였다. 안드레스 옆을 지나칠 때, 카를로스가 말했다.

"제가 사모님을 잠시 밖으로 모시고 나갑니다. 여기 있다간 질식할 것 같아서 말입니다."

"글쎄, 그 여자 졸음을 쫓아줄 수 있는지 어디 두고 보세나. 아까부터 집에 가고 싶어했거든." 안드레스가 대답했다. "안녕하신가, 알바토 씨." 그는 우리와 함께 있는 코르데라를 보고 인사를 건네더니 날 자기 쪽으로 이끌었다. "무슨 말들을 하나 잘 들어봐라." 내 귀에다 대고 속삭이고는 내게 키스를 했다. "이따 보겠네." 카를로스에게 윙크를 해 보이며 그가 큰 소리로 말했다.

"대의원회는 어떻게 돼가나?" 우리 셋만 따로 정원수 사이로 산책을 하게 되자 그이가 코르데라에게 물었다.

"잘되고 있네." 코르데라는 이렇게 말하며 날 바라봤다.

"자네가 재선될 것 같은가?" 비베스가 물었다.

"그건 나한테 달린 일이 아니지, 총회 소관이니 말일세." 그가 대답했다.

"하지만 총회를 장악하고 있는 게 누군데 그러나? 총회를 사람들 손에 마냥 맡겨놓고 있다고 말하려는 건 아니겠지, 설마."

"왜 아니라고 생각하는 건가? 그게 옳은 일인데."

"장난치지 말게, 이 친구야."

"내가 무슨 말을 하길 바라나?" 코르데라가 팔을 벌리며 말했다.

우리는 정원 한가운데로 향하고 있었는데, 내 허리께에 팔을 두른 카를로스가 대답을 하기 전에 날 자기 쪽으로 끌어당겼다.

"이 아줌마도 자기 남편을 국가적 불행이라고 생각하고 있지. 그가 끼어들게 하면 안 되네, 아마 자넬 제거하려 들 테니 말이야. 틀림없네, 그 양반한테는 자네가 걸림돌이야. 자네가 재선된다면 지난 6년 처럼 노동자들을 장악할 수 있겠지. 잘하면 대통령도 될 수 있고 말이야."

"아센시오는 이미 끼어들었네. 우리는 그자가 의회에서 의원들과 한바탕 벌이게 만들어줬지. 그런데 오늘 오전에 있었던 대통령 연설의 원고를 누가 작성했다고 생각하나? 앞으로 전개될 제 국면이 과거와 똑같이 반복되어서는 안 된다고 생각하는 사람이 있다면, 그게 누굴 것 같나? 자신의 정치성이 아기레의 정치성과 다른 게 아니라는 점을 분명히 해놓고는, 프롤레타리아가 자아 비판적 태도에 입각해서 방법을 바꾸도록 설득해야 한다는 말을 하고 싶었던 거지. 방법을 바꾸자는 것은 바로 사람과 직책을 바꾸자는 의미인 거고. 우리 수족을 잘라버리겠다는 의도요, 입을 닫게 만들려는 술책이지. 그들은 가장 비참한 정권 교체기에 놓여 있는 셈이네. 사업 때문에 정치에 뛰어든 수아레스와도 손을 잡았지."

"하지만 제동을 걸어야지. 혹시 벌써 지친 건가?"

"아닐세, 그렇진 않네, 동지. 생각보다 문제는 복잡하다네. 내일 이야기하면 어떻겠나?" 코르데라는 또다시 나를 바라보며 걱정스러운 듯 말했다.

"죽는 게 두려운가? 옛날엔 안 그러더니."

"두렵진 않지만 의욕도 없네. 게다가 나한테 달린 문제도 아니고 말일세. 내일 보세나. 안녕히 계십시오, 부인. 비밀을 지켜주셔서 감사합니다."

"왜 제가 비밀을 지켜줄 거라고 생각하나요?" 내가 물었다.

"전 압니다." 대답을 한 그는 반대편을 향해 걸음을 옮겼다.

"대단한 나라야." 카를로스가 말했다. "두려움 없는 자에겐 권태가. 당신은 어떻죠? 두려운가요?"

"한때 권태를 느끼긴 했죠." 내 대답이었다.

"이젠 아닌가요?"

"이젠 아니에요."

"하고 싶은 일이 뭐죠?" 그가 물었다.

"언제?"

"지금."

"당신이 원하는 거요. 당신은 뭘 하고 싶은데요?"

"전, 그 짓."

"나랑 말인가요?" 내가 말했다.

"아뇨, 초피랑." 그의 대답이었다.

잠에서 깨어나보니 내 옆에서 카를로스가 자고 있었고, 그의 입에서는 칭얼거리는 소리가 흘러나왔다.

그 아파트엔 가운데에 피아노가 놓인 방과 마치 벽장 같은 주방, 벽에 사진이 걸린 침실, 그리고 예술의 전당이 내다보이는 커다란 창문이 있었다. 난 그냥 그곳에 머물고 싶었다. 카를로스가 눈을 뜨더니 미소를 지었다.

"이제 우리 어디로 가죠?" 누군가 엿듣기라도 할세라 그이의 귀에 대고 물었다.

"바다." 그때까지도 잠에서 완전히 깨어나지 못한 그이가 말했다.

"그럼 가요."

"몇 시예요?" 하품을 하고 기지개를 켜며 그이가 물었다.

"모르겠어요. 차라리 지금 이대로 죽어버릴까요, 우리?" 내가 말했다.

"전 아직 할 일이 많습니다. 빈에도 못 가봤거든요."

"나도 빈에 데려가줄래요?"

"초청을 받으면요."

"아직 초청을 못 받았나요?"

"우선 전쟁이 끝나야 하고, 내 지휘 실력도 늘어야겠죠."

"그렇게 되면 더이상 날 좋아하지 않을 거예요." 내가 말했다.

"지금 당장은 당신을 사랑해요." 말을 마친 그이는 내게 키스를 퍼붓기 시작했다. 그러고는 내 위로 한쪽 팔을 뻗어 탁자 위에 놓인 시계를 집으려고 했다. "네시라, 오늘 우리가 죽긴 죽을 것 같네요. 후안이 깜빡한 게 틀림없어요."

"뭘 깜빡했다는 거죠?"

"안드레스가 로스 피노스를 떠나려 하면, 즉시 와서 우리를 불렀어야 했잖아요."

"왜요?"

"당신이 먼저 집에 도착해야 하니까요."

"하지만 난 집에 돌아가고 싶지 않은데요."

"가셔야죠. 언제까지나 여기 있을 순 없지 않습니까."

"그러니까 난 한낱 노리개에 불과하단 말이로군요." 온 방 안에 널브러진 옷을 찾아 몸을 일으키며 내가 말했다. 너무나 화가 난 나머지 지퍼가 찢어져라 쫙 벌리고선 고장이 날 정도로 끌어올렸다. 구두를 찾고는 지퍼가 열린 등 쪽은 생각지도 않은 채 외투를 둘렀다.

"당신이나 알바로 둘 다 겁쟁이예요." 내가 말했다.

"푸에블라 여자치곤 상당히 멋진 머리카락이군요." 그가 대답했다.

"푸에블라 사람들에 대해 뭘 안다고 그래요." 나는 소리를 질렀다.

초인종이 울렸다. 후안이었다.

"사모님, 장군님이 로스 피노스를 떠나려 하시질 않습니다. 사모님이 정원에 있겠다고 하셨다면서 그곳에 있을 거라고, 그러니 사모님을 그냥 내버려두고 갈 수는 없다고 하셨습니다."

"누구랑 있는데요? 파티가 아직도 안 끝났나요?" 내가 물었다.

"알론소 페냐 씨랑 계십니다." 후안의 대답이었다.

"아직도?" 다시 물었다.

"그렇게 오랫동안 페냐 씨를 상대하셨으니 틀림없이 고주망태가 되셨을 겁니다."

"가시죠, 내 사랑." 어느새 옷을 입고 문간에 서 있던 카를로스가 말했다.

로스 피노스에 도착했다. 우리는 코르데라와 함께 있던 곳 근처에서 내렸고, 후안은 주차를 하러 갔다.

우리는 걸었다. 팔을 내 허리에 두른 카를로스는 날 끌어안았다. 방으로 들어갔다. 남아 있는 사람은 몇 되지 않았다. 바닥에 앉은 안드레스와 페냐는 각자 옆에 웨이터를 달고 있었고, 그 앞엔 코냑 한 병이 놓였다. 우리는 그들에게 다가갔다.

"바람 다 쐬셨나들?" 안드레스가 혀 꼬부라진 소리로 물었다.

"많이 늦진 않았어요. 얼마나 마셨기에 그래요? 전에 없이 몹시 취했어요, 왜죠?" 놀란 내가 물었다. 그가 몇 시간이고 앉아서 쉼 없이 마셔대는 걸 보는 데 익숙했지만, 취하는 법은 없었다.

"이놈의 나라에 살려면 미치거나 고주망태가 되는 수밖에 없기 때문이지. 내가 말이야, 거의 언제나 제정신이 아닌 채로 돌아다니지만 말이야, 그래도 오늘만큼은 말짱한 정신이고 싶어. 그렇잖나, 친구?" 자신보다 훨씬 더 취한 페냐에게 물었지만, 그 사람은 풀린 눈동자로 바닥만 내려다보고 있었다.

"경고해두건대 말일세, 저자들은 위험하기 짝이 없는 빌어먹을 빨갱이 놈들일세." 어물거리는 말투로 페냐가 말했다. "자네 마누라를 저자들과 어울리게 해선 안 된단 말일세."

"이 친구 벌써 맛이 갔군." 안드레스가 말했다. "이 친군 비베스가 공산주의자라고 믿고 있어. 이러다간 시커먼 코끼리랑 여배우 그레타 가르보가 팬티만 걸치고 오는 게 보인다고 하겠군그래. 자네가 이 친 굴 집에다 좀 데려다주게, 후안. 우리는 여기서 잡담이나 하면서 기다 릴 테니."

"다들 집으로 가는 게 좋을 것 같네요." 내가 말했다. "이제 이 자린 정리하는 게 좋겠어요."

"암 그렇지, 저 여편네 좀 보십시오. 정리, 정리가 걱정된다는군." 안드레스가 몸을 일으키며 말했다. "좋다, 다들 집으로 가지. 하지만 말이야, 후안은 시로스 극장에 가서 가수 몇 명 데려와야겠어."

"시로스는 이미 문 닫았을 거예요." 내가 말했다.

"새벽 세시도 안 됐는데 뭘 그래? 지금 가면 데려올 수 있어. 후안, 〈두려움〉이라는 노래를 아는 트리오를 데려오게."

"그 전에 먼저 우리를 집으로 데려다주세요." 내가 말했다.

"다른 차가 없던가? 비베스 자네 차는 어쨌나?" 안드레스가 물었다.

속이 울렁거렸다. 비베스의 차는 집에다 두고 온 터였다.

"코르데타가 타고 갈 차가 없어서 빌려줬습니다." 비베스는 태연자 약하게 말했다.

"코르데라 이 망할 자식, 이젠 내 친구의 차까지 빼앗으려고 드는 군그래. 자네도 그 불쌍한 알바로의 계략에 빠지고 말 걸세. 그자에게 차를 빌려주다니, 차가 없으면 걸어다녀야지 왜 자네 차를 가져간 거야? 더이상 시간 낭비하지 말자고들. 만약 시간 때문에 노래꾼을 못 데려온다면 그 자식을 죽여버리고 말겠어. 그렇게 되면 물론 정치적 협상도 없는 거고. 우리의 밤을 망친 대가는 죽음이지. 나도 어쩌다 나라를 위해 좋은 일 할 때가 있거든."

다들 집에 도착했다.

"후안, 우리는 여기 울타리 부근에 내려주게. 걸어서 들어가겠네." 안드레스가 말했다. "방으로 들어가 자리에 앉을 때쯤이면 자네도 악사들을 데리고 돌아와 있어야 하네, 후안. 물론 〈두려움〉을 아는 가수여야 하겠지."

난 재빨리 내려 후안이 앉은 운전석 창문으로 다가갔다.

"장군님 시계가 자는 것 같아요." 후안에게 말했다. "시로스엔 이미 아무도 없을 테니 차라리 라라* 선생님 댁으로 가세요. 그곳이라면 아직 파티가 끝나지 않았을 거예요. 가서 토냐한테 급히 좀 와달라고 하세요."

---

* 멕시코의 유명한 작곡가.

16

토냐 페레그리노를 알게 된 것은 안드레스가 주지사를 지내던 시절이었다. 그녀와 라라가 푸에블라에 온 적이 있었다. 게레로 극장에서 노래를 해달라고 그들을 초청했는데, 그 공연은 당시 내가 조직하던 사회복지 모임에서 주관하는 공연 중 하나였다. 공연은 이틀이었지만, 그들은 닷새를 머물렀다. 난 그들을 우리 집 손님 접대실에서 묵도록 해주었고, 아틀릭스코의 목장으로 데리고 가기도 했으며, 이런 지린 관광도 시켜주었다. 그들은 아주 흡족해했는네, 징짝 너 흡족한 건 나였다. 밤이 되면 아구스틴 라라는 피아노를 연주하고 토냐는 음악에 맞춰 즐기듯 노래를 부르곤 했다.

우리는 친구가 되었다. 난 천부적인 재능을 지닌 내 전속 디자이너 루페에게 토냐를 데려갔다. 루페는 단 이틀 만에 세 벌의 의상을 만들어주었는데, 긴 옷자락에 망토가 달려 토냐의 뚱뚱한 몸매를 가릴 수 있는 옷들이었다. 노래를 할 때면 토냐는 여신처럼 보였는데, 무대 중앙으로 나가는 그녀가 니논 세비야도 부럽지 않다는 듯한 태도를 보일 수 있었던 건 바로 그 의상 때문이었다. 오히려 내가 토냐를 부러워했다. 루페가 의상을 만들어준 이후, 토냐는 무대에 설 때면 반드시 루페가 만들어준 옷만 입었다. 멕시코시티로 가자고 루페를 설득했지만 뜻을 이루지 못한 토냐는 대신 푸에블라를 뻔질나게 드나들었고, 그럴 때면 언제나 우리 집에 머물렀다. 그녀는 우리 일을 다 알게 되었는데, 심지어 자기가 자던 방에 웬 괴한이 안드레스 아센시오를 죽여버리겠다고 외치며 칼을 들고 뛰어든 사건까지 목격했다. 하지만 그 당시 안드레스는 절대로 똑같은 방에서 잠을 자지 않았다. 그는 내 방에서 자거나 때로는 체코의 방, 혹은 다른 방에서 지냈다. 토냐가 오기 전날엔 그녀가 와서 차지한 그 접대실에서 밤을 보냈다. 괴한은 칼을 든 채 토냐를 덮쳤는데, 토냐 머리에 떠오른 생각이라곤 고함치듯 목청껏 노래를 부르는 것뿐이었다. "그대 눈동자는 푸른 에메랄드."

괴한은 뛰쳐나갔고, 토냐는 그가 도망가도록 내버려두었다. 토냐가 내게 그 이야기를 한 것은 그로부터 몇 년이 지난 후의 일이었다.

"그런데 어떻게 노래 부를 생각을 했어요?" 그녀에게 물어봤다.

"언니가 오후 내내 절더러 '바다에서 피어난 그 푸른빛' '선홍빛 그대 입엔 산호초' 하는 그 노랠 부르고 또 부르게 했는데 뭐 다른 생각이 났겠어요? 얼마나 불러댔던지 자면서도 그 노랠 중얼거릴 정도였으니, 나중엔 태양에 취한 게 유자인지 야자인지 가사까지 헷갈릴

지경이었다니까요."

우리는 서로 친한 사이였기에 후안이 급하다는 전갈을 전하면 토냐
는 잠옷 차림으로라도 달려와줄 거라 확신했다.

내가 위스키 잔에 얼음을 채우기도 전에 문 앞에서 자동차 소리가
들렸다. 문을 열었다. 마치 더없이 고마운 선물처럼 안으로 들어서는
토냐는 짧은 소매에 반짝이는 푸른 의상을 입고 있었다. 그녀는 내게
키스를 했다.

"안녕하세요, 멋진 밤이네요." 여신 같은 목소리로 토냐가 말했다.
"여기 누군가 여흥을 원하시는 분이 계시다고요?"

"토냐." 안드레스가 말했다. "〈두려움〉 좀 불러주시죠."

"물론이죠, 장군님. 하지만 우선 여기 신사분들 소개부터 해주셔야
겠는데요." 기억을 떠올리려 애쓰는 듯 비베스를 바라보며 토냐가 말
했다. "아, 알겠다." 그이에게 말했다. "당신, 오케스트라 지휘자시군
요, 사진으로 봤어요. 절대 잊을 수 없는 얼굴이었죠. 맞죠, 언니?"
그녀가 내게 물었다.

"그리고 여긴 알폰소 페냐 의원님이시고요. 보시다시피 많이 따분
하셨나봐요." 벨벳 소파 팔걸이에 기대 잠이 든 폰초를 가리키며 내가
말했다.

"만나 뵙게 돼서 반갑습니다." 악수를 한 토냐는 힘없이 늘어지는
손을 그대로 내버려두었다. "〈두려움〉이라고 하셨나요, 장군님? 근데
문제는 피아니스트는 같이 못 왔다는 거예요. 되는대로 가봐야죠."

"목소리만으로도 괜찮겠어요, 토니타?" 안드레스가 말했다.

"피아니스트가 필요하신가요?" 카를로스가 피아노 앞에 앉으며 말했다.

"설마 그런 음악도 안다고 말씀하시려는 건 아니겠죠?" 토냐가 그이에게 말했다.

카를로스는 〈두려움〉 첫 부분의 화음을 연주하는 것으로 대답을 대신했다.

"뜻밖인데요. 보세요, 언니." 토냐가 말했다.

"준비되셨나요?" 카를로스가 물었다.

토냐는 피아노 연주 부분에 맞춘 노래로써 화답했다.

"하지만 처음부터 해야죠, 토냐." 안드레스가 말했다. "그대 곁에서 행복해지는 두려움……" 그가 노래를 불렀다.

"분위기 깨지 마세요." 둥근 소파에 앉아 매료당한 채 듣고 있던 내가 그에게 말했다.

"갑니다, 장군님." 비베스의 말과 함께 두 사람은 다시 시작했다. 마치 둘이 몇 달 전부터 호흡을 맞춰오기라도 한 듯 카를로스가 토냐를 받쳐주었다.

그이는 토냐를 받쳐주었을 뿐만 아니라, 노래 한 곡이 끝나자 끝 부분을 다른 노래의 첫머리와 연결했고, 토냐 역시 아무렇지도 않다는 듯 적절한 템포로 들어가주었다. 그들은 즐기고 있었고 서로 눈빛으로 통하고 있었다.

"이 세상에 하늘 있음도 이유가 있지,

그 깊이 깊디깊은 대양과 같구나,

그댈 위해서라면 내 깊은 사랑,

뛰어넘지 못할 장벽은 없으리."

"그대에게 나 반해 있으니, 세상은 내 열정의 증인이라오." 나는 생
쥐 같은 목소리로 노래를 따라 했다. 마치 끼고 싶어 안달이 난 여자
같았다.

토냐가 고개를 끄덕이더니 한쪽 팔을 뻗어 다가오라는 손짓을 했다.

난 피아노 의자에 카를로스와 나란히 앉았고, 그이는 〈지난밤〉의 화
음을 연주했다. 내 딴에는 바로 날 위해 만들어졌다고 여기던 노래
였다.

"아, 꿈같았던 지난밤이여." 토냐가 노래를 시작했다. "그 짧은 순
간 황홀한 일들이 너무나도 많았네."

"난 정신을 잃었다오. 난, 난 숨죽이고 있었다오, 이젠 지나버린 그
사랑이 남긴 그 평온을 만끽했다오." 난 내가 낼 수 있는 최고의 목소
리로 노래하며, 잠시 피아노에서 손을 떼고는 내 다리를 쓰다듬던 카
를로스에게 몸을 기댔다.

"이젠 카탈리나 당신이 흥을 다 깨는 것 같은데." 안드레스가 말했
다. "당신은 입 닫고 대가들에게나 맡기시지."

난 들은 척도 안 하고 계속했다. "그런데 그댄 내가 어떻게 느껴지
나요? 난, 난생처음 느껴보는 감정인데." 토냐의 목소리에 비하면 내
목소리는 바람 새는 소리 같았지만 난 노래를 계속했다. "맹세해요,
내겐 모든 게 새로워요."

겹쳐오는 토냐의 목소리를 내 목소리로 여기기에 이르렀다.

236

"그댈 기다리며 살아왔음을 알게 해줬어요." 우리는 노래를 불렀고, 난 피아노 위로 머리를 떨어뜨렸다. 팡, 마치 〈지난밤〉의 대단원 같은 소리가 들려왔다.

"카탈리나, 얼간이 같은 짓일랑 그만두지." 안드레스가 말했다. "취한 건 나야. 〈잿더미〉 부탁하네, 카를로스." 그가 청했다.

"좋아요, 〈잿더미〉." 내가 말했다.

"카틴, 당신은 입 좀 닥쳐." 그가 말했다.

"알았네요, 여보." 내가 대답했다.

"그대의 망각에 찢어지는 아픔을 겪고 난 후," 토냐가 노래를 불렀다. "상처 입은 가련한 내 마음 당신에게 모든 걸 바치고 난 후," 뒤쪽에 서서 내 어깨에 손을 올려놓은 토냐를 따라 나도 노래를 불렀다.

"카탈리나, 그 망할 짓 좀 관둬." 안드레스가 다시 말했다.

"불쑥불쑥 끼어드는 당신이 더 망할 짓을 하는 것 같은데요." 그에게 쏘아주고는 '그대가 내게 안겨준 쓰디쓴 사랑' 부분을 부르는 토냐에게 합세했다.

"빠빠빠빠." 난 피아노 건반을 천천히 두드리며 노래했다.

"이제 난 더이상 그댈 용서할 수도 그대가 내게 준 것들을 되돌려줄 수도 없으리."

우리는 계속했다.

"그대는 깨달아야 해요, 식어버린 애정엔 분노마저도 존재하지 않는다는 걸."

안드레스가 의자에 앉은 채로 누군가를 손가락으로 가리키며 비난을 해댔다.

"그대 스스로 만들어버린 이 폐허 아무리 돌이키고 싶어도, 내 사랑이 남기고 간 잿더미만을 그댄 볼 테요."

우리는 노래를 마쳤다.

"맛들이 갔군." 안드레스가 말했다.

"노래해요, 사랑을 잊고 싶으면."

카를로스의 음악에 맞춰 토냐가 노래를 불렀다.

"노래해요, 그대의 고통을 잊고 싶으면."

힘차게 끊어 연주하며 카를로스가 노래를 불렀다.

"노래해요, 오늘 그대의 사랑이 떠나간다 해도

노래해요, 또다른 사랑이 찾아올 거예요."

"빠랄랄라, 빠랄라 빠랄랄라."

난 노래를 부르며 자리에서 일어나 빙글빙글 돌며 춤을 추었다.

비베스는 웃고 있었고, 안드레스는 잠이 들었다.

"〈내 생명 앗아가주오〉." 방 안을 돌며 혼자 계속 춤을 추던 내가 곡을 청했다.

"내 생명 앗아가주오, 내 심장을 꺼내버려요." 카를로스의 피아노 반주에 맞춰 토냐가 노래를 불렀다.

"내 생명 앗아가주오, 고통이 그대에게 상처를 준다 해도"

난 다시 카를로스의 옆에 있으며 그들과 힙세했다. 안드레스가 옳았던 것이 난 그들의 노래를 망치고 있었다. 하지만 그 순간만은 그렇게 생각하고 싶지 않았다.

"그대 다시는 내 모습을 볼 수가 없어요, 드디어 그대의 두 눈을 훔쳐버렸거든요, 난."

난 카를로스의 어깨에 다시 몸을 기대며 노래를 불렀고, 카를로스가 삼화음을 누르며 음악을 마쳤지만, 토냐는 음악이 끝나고 난 후까지 마지막의 '난'을 길게 늘여 불렀다.

"대단해요, 토냐!" 그이가 말했다. "존경스러워요, 정말!"

"근데 두 분은 어떻게 된 거죠?" 토냐가 물었다. "서로 사랑하고 있는 건가요? 아님 지금 서로 사랑에 빠지려는 참이에요?"

우리는 안드레스를 자도록 내버려두고 일출을 보러 밖으로 나갔다.

"사모님, 의원님을 댁으로 모셔다 드릴까요?" 응접실 입구에 서 있던 후안이 물었다.

"그래줘, 후안. 그리고 장군님은 침대로 모셔요. 당신은 성인(聖人) 같아요."

"그다음엔 절 데려다주셔야 되겠네요." 토냐가 말했다. "아침 먹을 때까지 여기 있고 싶진 않거든요."

나무 사이로 오렌지빛 태양이 떠오르고 나서 한 시간이나 지났을까, 맨발에 파자마 차림을 한 체코가 정원으로 나왔다.

"왜 어제하고 같은 옷을 입고 있는 거야, 엄마?" 체코가 물었다. "바지 입어야지. 승마하러 안 갈 거야?"

"우리는 이만 가죠, 지휘자님." 토냐가 카를로스의 어깨를 툭 치며 말했다. 두 눈이 퀭하긴 했어도 그이는 여전히 너무나 멋졌다. "안녕, 언니. 승마 잘하세요. 공기가 아주 상쾌할 거예요."

카를로스가 내 어깨에 손을 얹더니 볼에다 키스를 했다.

"내일?" 그이가 물었다.

"내일." 내 대답과 함께 우리는 헤어졌다.

그이와 토냐는 자동차를 향해, 체코와 난 집을 향해 걸음을 옮겼다.

"이봐요." 울타리 너머에서 카를로스가 소리를 질렀다. "벌써 내일 인데요."

승마를 마치고 돌아오자 속이 메스꺼웠다. 오렌지 주스를 마셨으면 좋겠다고 생각하며 말에서 내렸다. 정원 어귀에 앉아 다리를 주무르며 체코의 질문에 이것저것 대답을 해주는데 루시나가 그곳까지 주스를 내왔다.

"오시면 즉시 올라오라고 하셨습니다, 장군님께서요."

나는 한 번에 세 계단씩 뛰어 올랐다. 장화에 묻은 진흙 때문에 계단이 더러워졌지만 안드레스의 침실에 들어가서야 장화를 벗었다. 널찍한 침대에 걸터앉아 장화를 잡아당기기 시작했다.

"커튼 좀 열어도 돼요? 아무것도 안 보여요."

"숙취에 시달리는 자에게 자비를 좀 베풀어주길." 침대 위에서 몸을 굴려 내 허리께까지 온 안드레스가 대답했다. "어제 코르데라와 비베스가 무슨 애길 했는지 말해보실까?" 그가 내 등을 쓰다듬으며 말했다.

"닌무회 이야기요."

"그 외엔?"

"비베스가 코르데라에게 총회에 대해 물었지만 코르데라는 뭐 특별한 대답은 한 마디도 안 하던데요."

"얼마 동안이나 이야기를 나눴지? 뭐라고 대답했는데?"

"잘될 거라고, 의장 선출은 기초회의에서 결정될 거라고만 했어요."

"둘러대지 마. 뭔가 중요한 이야기가 있었을 텐데."

"아무것도 없었어요, 여보. 겨우 5분이었어요."

"그렇다면 그 나머지 시간 동안 당신과 비베스 둘이서 뭘 했다는 건가? 둘러댈 생각일랑 말지그래. 비베스와 코르데라가 더 오랫동안 이야기를 나눈 게 분명해. 두시가 되어서야 돌아들 왔을 텐데."

"산책했어요." 그에게 말했다. "로스 피노스 정원이 얼마나 멋진데요!"

"어제 처음 안 사실이라는 투로군. 그곳에서 살고 싶기라도 하던가? 비베스와 코르데라가 무슨 이야기를 나눴는지 어서 이실직고하시지."

"장군님, 혹시 그들이 하는 말을 들은 게 있다면 약속드리건대 그 대화를 그대로 읊어드리겠습니다만, 어젠 딱 네 마디 나눈 게 다였습니다."

"말해봐. 무슨 말들을 나눴는지 정확히 생각해보란 말이다. 뭔가 있을 테니."

"숙취예요. 당신 아직도 술이 안 깼단 말이에요. 있기는 뭐가 있다고 자꾸 그래요?"

"그 둘이 만나기로 약속하지 않던가?" 그가 다그쳤다.

"언젠가 만날지도 모르죠."

"목요일인가 보군." 그가 말했다.

"당신 미쳤군요." 언제나 발에 꼭 끼는 승마 부츠를 잡아당기며 대답했다.

"잠은 안 잔 건가?" 그가 물었다.

"잠깐 자긴 했어요."

"그런데 뭣 때문에 그렇게 행복해하나? 당신 언젠가 밤샘 한 번 하고는 사흘씩 자고도 제대로 회복을 못 했어. 그런데 어떻게 승마까지 한 건가?"

"체코가 졸라서요."

"매일 조르는 일일 텐데."

"오늘은 내가 가고 싶기도 했거든요." 발끝을 뻗어 장화를 벗으며 내가 말했다.

"당신, 오늘 좀 수상해."

"어젠 즐거웠으니까요. 당신은 아니었나 보죠?"

"기억이 안 나. 당신이 노래를 불렀던가, 아니면 내가 꿈을 꾼 건가?"

"〈내 생명 앗아가주오〉를 불렀죠."

난 다시 한번 노래를 불렀다.

"조용히 좀 해. 꼭 여자 대여섯은 모인 것 같다."

"주무세요. 뭣 하러 일어났어요? 일요일인데."

"그래서 일어났지. 가르사라는 투우사 때문에."

"네시가 되려면 아직 한참 남았어요. 주무세요. 두시에 깨워줄게요."

"시간 없어. 밥 먹자고 한시에 사람들을 초대했거든. 오후엔 당신도 갈 거지?"

"난 초대받은 적 없는데요."

"지금 초대하고 있잖나."

"난 투우 싫어요."

"더럽게도 말 안 들어먹는군. 당신도 가는 거야."

"좋으실 대로." 그의 머리에 키스를 해주고, 수의라도 입혀버렸으면 좋겠다는 심정으로 그에게 이불을 덮어주며 말했다. 그러고는 그가 자도록 까치발을 하고 문 쪽으로 향했다.

라스로마스의 집에는 침실 크기의 세 배나 되는 목욕탕이 있었다. 벽이 온통 거울로 뒤덮였고, 한낮이면 정원에 쏟아지는 햇살만큼이나 강렬한 햇빛이 들어오도록 만든 채광창이 있었으며, 다섯 명은 족히 들어갈 수 있는 욕조 주변엔 여러 가지 식물이 자랐다. 그 욕실은 내가 가장 좋아하는 장소로, 혼자 있고 싶을 때면 난 그곳으로 숨어버리곤 했다.

그날 아침에도 난 그곳으로 달려갔다. 수도꼭지를 틀고 옷가지를 벗어 아무렇게나 내던졌다. 지금도 그때 그 뜨거운 물속에 잠겨 있던 내 모습이 눈에 선하다. 채광창의 유리를 통해 눈에 들어오는 한 조각 하늘과 그곳을 떠가는 구름을 보듯, 식물 사이로 고개를 젖혀 머리카락은 물에 담그고 얼굴은 위로 향한 자세였다.

"이젠 뭘 하지?" 마치 내 심복이 나와 같이 목욕이라도 하고 있는 듯 중얼거렸다. 당장 달려나가도 상관없었다. 장군 곁을 떠날 수 있다면 뭐든지, 자식도 욕조도 제비꽃도 결코 비는 법이 없는 수표책도 모두 버릴 수 있었다. "카를로스랑 같이 지내고 싶어." 머리에 비누칠을 하며 말했다. "지금 당장 가야지. 뭔 얼어죽을 놈의 로렌소 가르사. 살생 짓 보는 거나 활약상 듣는 건 다음에 해도 돼. 오늘부터 내 집은 여기가 아냐. 잠도 다른 침대에서 자고 이름도 바꿔버려야지. 그이가 날 받아주지 않으면 어쩌지? 아냐, 분명 날 받아줄 거야. '내일?' 하고 물었잖아, 그이가. 벌써 내일이라고 했어. 하지만 나랑 같이 바다에 가는 건 원하지 않았어. 오히려 돌아가야 한다고 했잖아. 그 사람 머릿속엔 나랑 같이 지내고 싶다는 생각이 털끝만큼도 없는 거야. 그이는 날 사랑하지 않아. 난 그이한테 잘 어울리는 여잔데, 즐겁게 해줄 수도 있고. 하지만 그이는 날 사랑하지 않아. 노크를 했는데도 문을 안 열어주면 어쩌지? 영국에서 난데없는 애인이라도 와 있으면 어떡하지? 빌어먹을."

　욕조에서 나왔다. 머리에 수건을 두르고는 거울 앞으로 가서 거울 속의 여자에게 미소를 지어주었다.

17

나는 안드레스가 살인을 저지르는 장면을 한 번도 목격한 적이 없었다. 그가 죽음에 대해 말하는 것은 문 너머로 여러 번 들은 적이 있지만 말이다. 그 인간이 별 힘 들이지 않고 살인을 저지른다는 사실은 익히 알고 있었지만, 그가 그런 일을 직접 자기 총으로 하지는 않았다. 대신 처음부터 그런 일을 전문으로 하는 사람들이 항상 대기하고 있었다.

내가 비베스와 어울려 다닐 때만 해도 그에 대한 두려움 따위는 없었다. 이따금씩 내가 따져대곤 하던 일들도 사태가 심상치 않다 싶으면 언제든지 그만둘 수 있는 일종의 놀이 같은 것에 불과했다. 하지만 카를로스의 경우는 그런 놀이가 아니었다. 때문에 그의 권총이 내게 두려움을 주기 시작했다.

때로는 두려움 때문에 한밤중에 자다 말고 식은땀으로 뒤범벅이 되어 깨어나기도 했다. 한때는 같은 침대에서도 잘 잤건만, 당시엔 도무지 잠을 이룰 수가 없었다. 입을 반쯤 벌리고 코까지 골아가며 자는 안드레스를 보고 있노라면, 그런 인간과 결혼해 그 옆에서 자는 년도 미친년이 틀림없다는 생각이 들었다. 나이는 좀더 들었고 순종적인 면은 좀 줄었지만 변함없이 행복감에 젖기도 하는, 그와 조금도 다를 바 없는 미친년. 비웃음을 사면서도 때로는 그 인간과 공모자가 되기도 하고, 그의 생각을 캐고 싶어하면서도 그가 무슨 일을 벌이는지에 대해서는 전혀 알려고 하지 않는 바로 그 여자, 바로 그 카탈리나. 그 즈음의 어느 날 오후, 우리가 결혼한 그날부터 내가 지켜봐온 모든 일들이 내 몸속에 차곡차곡 쌓인 것인지, 목 아래쪽에서 작은 혹 같은 것을 발견했다. 뒷덜미에서 등이 시작되는 그 부분에 구슬 같은 딱딱한 것이 생겼는데, 마치 고통을 안겨주는 하나의 거대한 신경세포 같았다.

비비에게 그 이야기를 했더니 그녀는 내게 운동을 권하면서 그 참에 엉덩이 살을 빼준다는 마사지도 받아보라고 했다. 당시 비비에게는 전속 방문 마사지사가 있었는데, 고메스 소토가 빈말로라도 그녀가 집 밖으로 나가는 것을 허락하지 않았을 뿐만 아니라, 그 마사지사가 아닌 다른 여자가 그녀를 주무르는 것도 있을 수 없는 일이라고 생각했기 때문이었다. 하지만 난 차라리 콰우테목 지역에 있는 마사지 센터로 가는 편을 택했다. 마사지도 해주고 미용체조 강습도 하는 곳으로, 생글거리는 미소에 언제나 하이힐을 신어 미끈하게 쭉 빠진 각선미를 자랑하는 여자가 운영했다.

246

그곳에서 배우 안드레아 팔마를 사귀게 되었는데, 대단한 수다쟁이에다 빈약한 엉덩이가 언제나 고민인 여자였다. 침대에 나란히 누워마사지를 받을 때면, 우리의 잡담은 아랫배가 너무 나왔다거나 우리둘의 엉덩이를 적당히 섞어놓았더라면 완벽한 여자가 탄생했을 거라는 이야기 따위로 흘러갔다.

"너무 샘내지 마세요. 하느님도 우리에게 호의를 베풀고 싶었을 거예요." 어느 날인가 그 여자가 말했다.

"하느님 호의씩이나 바라세요, 안드레아? 당신한테 그렇게 많은 아이들이 딸렸는데요?"

"부러우신가 봐요. 아이들이야 중압감을 주는 정도죠. 가정에 충실해진다는 건 어떤 기분일까요?"

"더럽겠죠."

"충실하지 못하다는 것도 그런 기분이긴 마찬가지예요."

"그래도 좀 나아요."

"얼굴이 빨개졌어요." 안드레아가 큰 소리로 말했다. "어머나, 배꼽까지 빨개졌네. 도대체 뭔 일을 하고 다니기에 이러실까? 아뇨, 말씀하지 마세요. 부인 남편이란 사람은 지금 우리 수다를 불지 않으면 내혀를 잘라버리겠다고 협박할 수도 있는 사람이니까요."

"부인 가슴이 부럽네요." 그 여자의 말을 못 들은 척하며 내가 말했다.

"얼버무리지 마요, 카탈리나. 이야기해보세요."

"무슨 이야기요? 아무 일도 없어요. 부인 생각엔 우리 안드레스 아센시오 장군을 속일 수 있을 것 같나요?"

"저야 아니지만 부인이라면 그럴 수 있잖아요. 그 사람이랑 잠자리를 하는 사인데. 다른 엉뚱한 짓이라고 왜 못 하시겠어요?"

"그 엉뚱한 짓 때문에 내가 죽을 수도 있거든요."

"모렐로스에서 살해된 그 불쌍한 여자처럼 말이죠." 마사지사 라켈이 자신의 생각을 내비쳤다.

"모렐로스에서 누굴 죽였는데요?" 안드레아가 물었다.

"그 사람이 좋아하던 어떤 여자앤데, 어느 날인가 딱 한 번만이라는 조건으로 그를 받아들였다고 하더군요."

"거짓말이에요. 내 남편은 자기한테 반항한다고 여자를 죽이는 그런 사람이 아니란 말이에요." 내가 말했다.

"그저 들은 말일 뿐입니다." 라켈이 말했다.

"그러니 들려오는 말을 곧이곧대로 다 믿어선 안 되는 법이죠." 날 주무르던 그 여자의 손을 떨쳐버리려고 마사지 침대에서 내려오며 말했다.

"바보같이 굴지 마세요. 카티나." 안드레아가 말했다. "부인에겐 우리가 모르는 세상이 있다고 생각해요, 나도."

"또다른 세상, 또다른 세상이라. 내가 어떻게 굴었으면 좋겠어요? 내가 살인마 '잭 더 리퍼'랑 열두 해나 살았다고 떠들어대는데. 그런 데도 당신은 지금 날더러 그곳에 계속 누워 있으라고 하는군요. 모나리자 같은 미소를 원하세요? 도대체 원하는 게 뭐죠?"

"생각을 좀 해보시라는 거죠."

"생각은 무슨 놈의 생각, 도대체 뭘 생각하란 말이에요?" 난 고함을 질렀다.

우리끼리만 나누던 대화가 사람들 귀에까지 들어갔다. 다른 침대에 있던 여자와 마사지사 들이 일제히 동작을 멈추고는, 벌거벗고 서서 울먹이는 눈에 시뻘게진 얼굴로 안드레아에게 고함치는 날 바라보았다.

"우선 진정부터 좀 해요." 그녀가 나지막이 말했다. "침대로 올라와서 어서 누우세요, 미소도 좀 짓고. 그리고 마사지를 마저 받으신 다음 여기서 나가거든 안드레스 아센시오가 어떤 사람인지 한번 알아보세요."

그 여자 말에 따랐다. 그녀의 단호한 어투와 짙은 눈빛이 날 진정시켰다. 엉덩이를 주무르는 라켈의 손힘이 어느 때보다도 강하다고 느끼며 한동안 잠자코 엎드려 있었다.

"예를 들면 어떤 걸 조사할까요?" 내가 말했다.

"예를 들어 라켈이 한 이야기가 사실인지 아닌지."

"하지만 안드레아, 그게 어떻게 사실일 수가 있겠어요? 하찮은 일이에요. 내 남편이 살인을 한다면 그건 사업 때문이지, 그 짓을 거부한다고 여자들이나 죽이고 다니진 않는단 말이에요."

"관두세요, 그런 식으로 해서 현명한 소리를 잘도 받아들이겠군요. 하지만 왜 후자의 경우에는 살인을 하지 않는다는 거죠?"

"안 하니까 안 하는 거죠."

"그럴듯하군요, 안 하니까 안 한다. 당신이 안 하기를 원하기 때문 아닌가요? 그럼 아닌 걸로 하고 이만 하죠."

"그럼요, 안 하는 건 안 하는 거예요." 그 여자에게 말했다.

"좋으실 대로." 그 여자의 대답은 반쯤 비웃음이었다. "다이어트 계속하세요?"

"말꼬리 돌리지 마세요. 내가 바보 천치라고 생각하나요?"

"그 말에 마침표를 찍은 건 부인 쪽인 것 같은데요. 두려움의 책임을 내게 떠넘기지 마세요." 사우나실로 가자고 부르는 마르타를 따라가려고 몸을 일으키며 그 여자가 말했다.

"사우나실에 들어가실 건가요?" 라켈이 내게 물었다.

"모렐로스에서 있었다는 그 살인 얘긴 어디서 들었죠?" 대답 대신 이렇게 물었다.

"그 동네서 들었습니다. 하지만 사모님 말씀이 옳습니다. 거짓말일 거예요."

라켈은 붉은 기가 약간 도는 노랑 빛깔로 머리를 염색했고, 순박해 보이는 눈엔 생기가 넘쳤으며, 입술이 얄팍했다. 마사지를 하는 손은 조그마했지만 힘이 좋았다. 그 여자는 말수가 적었다. 들은 게 있어도 입을 봉하는 그런 여자 같았다. 그런 여자가 나와 안드레아의 대화에 끼어들었다는 사실이 이상하기 짝이 없었다.

하지만 여자를 죽인 게 사실이라면? 사우나실에서 땀을 빼는 동안 난 끝없이 되씹었다.

"난 죽기 싫어요." 나와 마주 보고 있던 꼴마에게 말했다. 우리 둘은 네모난 일인용 벽돌 방에 들어앉아 어깨를 고무 덮개를 덮은 채 머리만 내놓은 상태였다. 우리는 둘 다 육면체 몸뚱이에 그 위로는 땀에 젖은 조그마한 머리가 달린 괴물 같았다.

"지금 한창 예뻐져가는데 설마 그러시기야 하겠어요?" 그녀가 대답했다.

"안드레아, 난 지금 장난치는 게 아니에요. 난 죽기 싫단 말이에요."

"이봐요, 죽지 않을 거예요, 바보 같기는. 남편에 대해서라면 우리 모두를 합친 것보다 더 잘 아는 사람이 바로 부인 자신이니까요, 어떤 면이건. 우리가 들은 온갖 소문에 대해서도 마찬가지예요. 부인 말씀에 따르면 그 사람은 괴물이 아니잖아요. 그렇다면 뭘 고민하시는 거죠? 설령 부인이 남편을 속이고 다닌다고 할지라도, 부인한테 총 쏘는 일 따윈 없을 텐데요. 근데 무슨 다른 일이 있겠어요?"

"아무 일도 없을 거예요. 그이는 잔인한 살인마가 아니니까요."

"아까부터 저도 부인 말씀 잘 알아듣고 있었어요. 그런데 이젠 거꾸로 저더러 부인을 납득시켜달라는 건가요? 좀 전에 부인이 절 납득시킨 바로 그 점에 대해? 그게 아니라면 왜 저한테 와서 죽기 싫다고 울먹이는 거죠?"

매번 이야기를 나눌 때마다 우리는 한층 가까워졌다. 일단 사우나실에서 나오면 서로의 이마를 닦아주느라 얼마나 가까이 붙어 앉았던지, 때로는 얼굴이나 입이 서로 스칠 지경이었다. 안드레아는 내게 소중한 친구였다. 그렇게 화장하지 않은 맨 얼굴로 땀을 쏟아가며 예술의 전당 계단과 프렌데스 식당에서의 저녁식사 이야기에서부터, 그이의 집을 알게 된 날 이야기, 점점 그 집을 내 집이라고 여기게 된 이야기까지 늘어놓았고, 그 여자는 내 모든 넋두리를 성의껏 들어주었다. 또한 내가 이 모든 이야기를 늘어놓으면서 느끼던 두려움마저 같이해주었다. 모든 이야기를 했다. 광장에서의 산책, 군것질, 극장에서 보낸 그 많은 오후, 음악회가 열렸던 밤, 밤샘한 두려움에 떨면서도 기

뿐 마음을 안고 내 침대로 재빨리 숨어들곤 하던 새벽, 새벽들.

"이제 난 어쩌죠, 안드레아?" 그녀에게 물었다.

"빨리 미용체조나 하죠." 안드레아가 내게 키스를 해주며 말했다.

18

그해 11월 2일*이 마침 수요일이어서 안드레스는 징검다리 휴일을 푸에블라에 있는 집에서 보내기로 결정했다. 친구들을 몇 명 초대하겠다고 했는데, 그 뒤치다꺼리는 모두 내 책임이었다. 당시는 카를로스의 손님이 아닌 안드레스의 손님들 뒤치다꺼리를 하고 있다는 생각만으로도 화가 나던 시절이었다. 최소한 호감 가는 인사들이라도 초대했으면 그나마 나았겠지만, 초대하는 사람들이래야 재무부 차관이나 언제나 〈마루카〉지를 베낀 듯한 옷차림을 하고 다니는 그의 멍청이 마누라, 미련퉁이라 언변이 엉망인 농업부 장관, 그리고 첨단 유행에 민감한 정치인 등이었다. 정치인들이란 유행에 민감했고, 안드레

---

* 이날은 '망자(亡者)의 날'로 산소를 정리하고 각종 음식을 만들어 바친다.

스는 조금만 유명해져도 누구든 가리지 않고 같이 주말이나 보내자며 초대를 하곤 했다. 그러고는 그 사람을 집 안의 왕으로 대접했으며, 대화의 주인공으로 삼았고, 공놀이에선 일부러 져주었으며, 나에게는 그들의 마누라가 요구하는 것이라면 뭐든지 다 들어주라고 지시했다.

그 휴가라는 게 열댓 명의 초대 손님과 하루 세 끼 식사, 그리고 애피타이저나 비스킷, 커피로 하루가 지나리라는 걸 잘 알고 있었다. 난 주방을 들락거리고 마틸데의 불편한 기분이나 다독거리며 그 휴가를 보내게 될 게 뻔했다.

나는 목요일 내내 투덜거리고 다녔다. 안드레스의 통보에 따르면 우리는 10월 28일 금요일 정오에 출발해서 수요일 오후 두시에 돌아올 예정이었다.

"당신이 그렇게 오래 자리를 비우면 나랏일이 전부 피토 손에 맡겨지는 것 아닌가요? 친구이자 고문인 당신 없이 그가 뭘 할 수 있겠어요?" 내게 카를로스 없는 세상은 견딜 수 없는 세상, 따분하기 짝이 없는 세상을 의미한다고 생각하며 그에게 물었다.

수요일 오후에는 그이와 함께 광장으로 후아레스 거리로 쏘다녔다.

우리는 '엘 팔라세'*에서 광장을 내려다보며 식사를 했다. 난 장어 요리를 먹었고 그이는 굴 요리를 먹었으며, 난 케이크와 아이스크림을, 그이는 에스프레소를 들었다.

"여기 아래층에 내 방이 하나 있습니다만." 그이가 말했다.

"한시까진 여기 있을 수 있어요." 내 대답과 함께 우리는 재빨리 레

---

* '왕궁'이라는 뜻.

스토랑을 빠져나와 광장 쪽으로 발코니가 나 있는 방으로 갔다. 찬 바람을 쐬고자 발코니 문을 열고는 대통령 궁과 대성당을 건너다보았다.

"우리는 언제나 숨어서 섹스를 해야 하는군요." 내가 말했다.

"겨우 나이 열여섯에, 그것도 장군이자 대통령의 친구인 사람과 결혼한 이유는 도대체 뭐죠?"

"고작 열여섯이란 나이에 내가 무슨 짓을 하는지 어떻게 알았겠어요? 이제 서른, 이젠 벗어나고 싶어요. 당신이랑 살고 싶고, 당신 지휘하는 모습을 지켜보며 숨이 넘어가던 그 여편네들이 정작 숨 넘어간 사람은 바로 나라는 사실도 알아주었으면 좋겠단 말이에요. 당신이 날 뉴욕으로 데려가고, 그래서 당신 친구들한테 소개도 해주고 정말 그러길 원해요. 날 옷장에서 꺼내만 준다면 아센시오 장군한테 모든 걸 말해버리고 싶어요."

"하지만 당장은 사랑을 나누는 걸 원하는 것 같은데, 아닌가요?"

"물론이죠." 이렇게 말하는 난 골치 아픈 일이고 뭐고 아무 생각도 없었다.

그이와 헤어질 때가 되자 나는 그 골칫거리가 다시 떠올랐지만, 푸에블라에서, 그이 없이 남편과 아이들과 하녀들만 끼고, 복도와 화분 그리고 장식물 나부랭이나 분수로 가득 찬, 반쯤은 동굴 같고 또 반쯤은 수도원 같은 집에서 감옥살이를 그것도 나흘씩이나 하게 될 것 같다는 말을 해야 할 정도의 사이가 됐다는 사실에 거의 기쁘기까지 했다.

"안됐군요." 그이의 대답은 너무나 담담했다.

"당신에겐 전혀 중요한 문제가 아니다, 그거군요. 당신한테 그게 뭐 그리 중요한 일이겠어요." 난 그이에게 고함을 질렀다. "결국 당신 볼일은 끝났으니 이제 날 다른 사람 손에 내동댕이쳐도 상관없단 말이로군요. 기둥서방 같으니라고." 난 차 문을 닫고 후안에게 시동을 걸라고 명령했다.

온통 신경질을 부리며 금요일 오전을 보냈다. 릴리아가 일찌감치 그런 낌새를 알아챘다.

"가기 싫어요? 옛날엔 되돌아가길 원했잖아요." 그애가 말했다. "푸에블라는 멋진 곳이에요."

"네 아빠가 맺어준 그 애인이 눈앞에 어른거린다는 말이겠지." 그 아이에게 물었다.

"좋은 사람이에요." 그애가 대답했다.

릴리아는 열여섯 살이었다. 완벽한 가슴에 길고도 건강미 넘치는 다리, 눈에는 생기가 넘쳤고 미소엔 자신감이 가득했다.

"최상품 바람둥이 녀석이지. 헤오르히나 레토나를 여섯 해나 데리고 놀더니 너랑 약혼하겠다고 지금 와서 그 아이를 버리다니, 네가 아주 예쁘고 상큼한 데다 안드레스 아센시오의 딸이기까지 하니 얼씨구나 하겠지. 넌 지금 네가 흥정거리가 되고 있단 사실도 모르겠니?"

"성발이시 복삽하네요, 엄마. 나흘씩이나 카를로스를 떠나 있어야 한다는 사실이 싫어서 그러는 거죠?"

"카를로스가 나랑 무슨 상관이라고 그래?" 난 이렇게 대답했다.

"하긴 관심 없어 보이긴 하네요. 승마하러 갈래요?" 그애가 미소를 지으며 물었다.

"안 돼. 몇 명 분량이나 되는지도 모르는 그 잘난 식사 대비를 못 했거든."

"어렵다, 어려워." 이렇게 말한 릴리아는 장화 소리도 요란하게 가버렸다.

15년 전에는 나도 릴리아와 꼭 같았다. 언제부터 말을 타고 싶은 욕구보다 타인들 식사 준비가 우선하기 시작한 걸까?

난 푸에블라로 전화를 걸어 요리사 마틸데와 통화를 했다. 저녁까지 파시야 고추에 등심을 절여두라고 했다.

"사모님, 저녁까지라면 너무 촉박하지 않을까요?" 내 잘못을 지적해준다는 사실이 흐뭇하다는 듯한 어조로 마틸데가 대답했다. 늘 하던 대로 하자면 내가 통보하고 마틸데는 문제점을 지적해내는 게 당연했지만, 그날 아침만은 나도 등심을 고집했다.

"향신료로 양념한 닭고기가 더 낫지 않을까요? 장군님은 그걸 더좋아하시는데."

"등심 요리로 해요, 마틸데."

"말씀하신 대로 하겠습니다, 사모님." 마틸데가 대답했다.

마틸데는 안드레스를 반쯤 사랑하는 상태였다. 그 여자는 내 또래로 자식이 하나 있는데, 산페드로에서 친정 엄마가 키워주었다. 마틸데는 늙어 보였다. 치아가 두 개 빠졌으며 다이어트를 하지도 않고, 미용체조를 하러 다니지도 값비싼 크림을 바르지도 않았다. 나보다 스무 살은 족히 더 들어 보였다. 마틸데는 날 온통 못마땅해했고 나름대로 이유도 있었다. 징검다리 휴일 내내 그녀와의 입씨름에 시달릴지도 모르겠다는 생각을 하며 그 상태 그대로 멍하니 앉아 있었다.

모카신* 콧등만 바라보며 전화 테이블에 계속 붙어 앉아 있는데, 한 손에 여행가방을 든 카를로스가 응접실로 들어섰다.

"출발이 열두시라고 했나요?" 그이가 물었다.

난 대답하지 않았다. 머리에 달고 있던 헤어롤을 떼내러 달려가는 게 급선무였다. 바지로 갈아입고 향수를 뿌렸고 입술엔 립스틱도 발랐다. 응접실로 되돌아갔지만 그이는 이미 그 방에 없었다.

"놀이방에 있는 바에 가셨어요." 루시나의 설명이었다.

"준비 다 했니?" 루시나에게 물었다. "참, 아이들은?"

"다들 끝났어요."

놀이방은 정원 막다른 곳에 있었다. 우리 집들은 하나같이 커서 둘러보려면 차를 타고 다녀야 할 판이었다. 정원을 가로질러 방으로 들어갔더니 안드레스와 카를로스가 당구를 치고 있었다.

"시간이 얼마나 걸리는지 두고 보겠어." 안드레스가 말했다. "한시까지 여유를 주지."

"난 이미 준비 끝났어요. 승마하러 간 릴리가 아직 안 와서 그렇지. 또 누굴 더 초대했죠?"

"푸엔테 의원과 그 부인뿐이다. 그 동네 사람들이나 만나서 나도 좀 쉴 참이거든." 안드레스가 공을 겨냥하며 말했다. 공을 쳤지만 맞히지 못했다. "오늘 정말 게임 안 되는군. 거기 그러고 서서 뭐 하는

---

* 북미 원주민들이 신는 신발.

거지? 아이들 단장이나 좀 해주지 않고. 차는 석 대가 필요하겠군. 후안과 베니토를 대기시켜. 또 누가 더 있지?"

"제 차를 가져가면 되겠네요." 카를로스가 말했다.

"좋아." 안드레스가 대답했다. "카탈리나 당신이 이 친구랑 가. 릴리아랑 꼬맹이들, 유모도 데리고 타. 난 집안 잡일 이야기나 나누는 건 딱 질색이니. 카를로스 자네가 빈 차로 온 게 잘된 일이로군. 나머지 딸년들과 옥타비오는 베니토 차에 태우고. 두시 이후에는 아무도 밖에 나가는 일이 없도록. 다들 같이 출발한다. 일렬로 나란히 가는 거야. 릴리아가 수영복과 바지 말고 다른 옷은 못 챙기도록 잘 감시하고. 참, 하룻밤쯤은 알라트리스테 집안에서 그앨 초대할 테니 정장도 한 벌 챙기라고 해."

"벌써 결정했단 말인가요?" 내가 물었다.

"그래, 벌써 결정된 일이다. 근데 질문하는 말투가 왜 그 모양인가? 갠 내 딸이고, 나도 그애 앞날을 내다보고 하는 일인데. 당신은 참견하지 마라."

"편할 때만 당신 딸이죠, 귀찮을 땐 우리 딸이고. 릴리가 열두 살 때 나더러 엄마가 돼주라고 한바탕 사설을 늘어놓으며 내 손에 맡겼어요, 당신. 근데 지금 와선 단지 당신 딸일 뿐이로군요."

"지금은 코 닦아주고 숙제나 돌봐줄 사람이 아니라 그 아이의 미래를 책임져줄 사람이 필요하기 때문이지."

"그 아이를 강제로 결혼시킨다면 나도 가만있진 않을 거예요." 내가 말했다.

"걱정일랑 접어두시지. 그애 결혼은 그애 뜻에 따를 테니."

"그 정혼의 대상이 두 언니 중 하나가 아닌 건 왜죠?"

"우연찮게도 릴리아가 가장 예쁘기 때문이지."

"마치 에밀리토 그 녀석이 상당한 미남이라도 된다는 투로군요. 그 녀석한텐 마르타도 결혼 상대로는 충분할 것 같은데요."

"그건 당신이 그앨 덜 사랑하기 때문이야."

"그래 좋아요, 그앨 덜 좋아해요. 하지만 엄연히 마르타가 언니란 말이에요. 릴리는 불쌍하게도 아직 철부지 소녀예요."

"우리 결혼 때 당신 나이랑 동갑이야."

"하지만 알라트리스테의 아들 녀석은 바람둥이란 말이에요. 당신도 그랬을지 모르지만, 당신 아버지가 당신 인생을 그렇게 만들었기 때문은 아니겠죠."

"내 아버지가 내 삶에 대해 뭘 어쨌다고, 난 그 양반 얼굴도 모르는데. 불쌍한 우리 어머니만 앞날이 깜깜해졌던 거지. 그 이야긴 다시는 꺼내지 마라. 밀리토*의 장래가 보장되어 있다는 게 얼마나 좋은 일인가? 그건 릴리아한테도 득이다. 대체 언제 칠 건가, 비베스?"

"두 분 말씀이 끝나길 기다렸습니다만."

"기다릴 것 없네, 이 친구야, 어서 쳐. 자네가 치길 기다리느라 실랑이하고 있었던 거지 쓸데없는 고집이나 피우는 이 여편네랑 시간 낭비한 게 아니네. 변호사가 되었어야 했어. 저 사람 아버지 날에 따르면 저 사람은 '진국'일세. 자네 믿을 수 있겠나? 자기 딸이 어떤 여잔지 몰랐던 걸세, 불쌍한 마르코스 양반."

---

* 에밀리토의 애칭. 또 에밀리토는 에밀리오의 애칭으로 '작은 에밀리오'라는 뜻이다. 그를 이렇게 부르는 것은 에밀리토와 그 아버지의 이름이 같기 때문이다.

"당신 사위가 어떤 사람인지는 더더욱 모르고 계셨죠." 내가 말했다.

"전 벌써 쳤습니다." 카를로스가 그에게 알렸다.

안드레스가 큐에 초크를 바르느라 정신을 쏟고 있는 사이 난 그이에게 윙크를 해 보였다. 그러고는 자리를 떴다.

우리는 다섯시에 출발했다. 안드레스의 얼굴이 붉으락푸르락해서 혹시 화라도 났나 했지만 브랜디 때문이었다. 푸엔테 의원 집에도 잠시 들렀다. 차들은 일렬로 늘어서서 갔다. 맨 앞차엔 카를로스가 우리를 태우고 있었고, 그 뒤는 베니토가 운전하는 차로 루시나와 큰 딸아이들과 남자친구 두 명이 탔으며, 후안이 운전하는 제일 뒤차에는 안드레스가 탔다.

즐거운 여행이었다. 베라니아와 체코는 처음엔 자기 학교 교가를 불렀고, 그다음엔 단편소설책을 놓고 다투더니 결국엔 잠이 들었다. 릴리아는 그애들과 함께 뒷자리에 앉았다. 우리는 잠시 이야기를 나누었다.

"롤리한테 편지를 썼었어요." 릴리아의 말이었다.

"그 여자가 누군데?"

"모르세요? 〈마루카〉지에서 상담해주는 여자."

"그래서 뭘 물었는데?"

"아시잖아요."

"그래, 뭐라고 하던?"

"읽어드려요? 이름은 푸에블라에 사는 카르미나라고 해뒀어요. 대답은 이래요. '당신이 가진 단순한 호감이 사랑으로 발전해갈 수도 있습니다. 그 사람의 모든 점이 그 사람에게서 당신 꿈속의 백마 탄 왕자님의 면모를 발견하는 요인으로 작용할 수도 있는 것입니다. 하지만 현실과 이상이 일치하지 않는 경우가 일반적이며, 그런 경우 대체로 사랑까지 이르지는 못하게 됩니다. 확신하셔도 좋습니다.'"

"밀리토한테 호감을 가지고 있는 거니?" 카를로스가 물었다.

"조금은요." 릴리아가 대답했다.

"하지만 네가 꿈꾸던 백마 탄 왕자님과는 전혀 거리가 먼데도?" 내가 말했다.

"그렇긴 하죠." 그애가 말했다.

"그렇다면 사랑까지 가진 않을 거다." 내가 단언했다. "네가 할 일은 내일 당장 그 녀석한테 딱지를 놓는 거야. 무례하지 않도록 부드럽게, 하지만 단호하게 딱지를 놓는 거지. 넌 아직 잘 모르겠다고 해라. 대신 엄만 아직 네가 너무 어리다고, 그래서 다른 남자애들, 지금 당장은 단순한 친구 이상이 아닌 그런 남자들도 한번 사귀어보는 게 좋을 것 같다 하더라고 말해줘."

"아빠한텐 뭐라고 하죠?" 아이가 물었다.

"아빠는 내가 책임지마." 내가 말했다.

"약속하실 수 있나요? 아빠는 그게 나한테 가장 이롭다고 했어요. 아마 책임 못 지실 거예요."

"네 아버지가 너한테 가장 이로운 게 뭔지 알긴 뭘 안다고 그러니? 오히려 그건 자신한테 제일 이로운 일이겠지. 그걸 통해 에밀리오 씨랑 유착 관계를 형성하려는 거야."

"아빠께 말씀해주신다는 걸 확실히 해준다면 좋아요, 엄마." 결론을 내린 릴리아도 이내 잠이 들었다.

청명한 오후였기에 화산들이 손에 잡힐 듯 크게 보였다. 프리오 강에 이르자 우리를 앞지른 안드레스가 다들 멈추라고 지시했다. 우리는 마을에 있는 술집 겸 가게 앞에 정차했다. 막 어스름이 내리는 때여서 뒤쪽 나무들이 유령처럼 보였다. 왁자지껄 아이들이 차에서 내렸다.

"뭐 시원한 것 좀 마시고 싶으면 주문하고, 용변 볼 사람들은 볼일들 봐. 푸에블라에 도착할 때까진 더이상 쉬지 않을 테니 이번 휴식을 잘 이용하도록."

도착하니 아홉시였다. 카를로스가 길을 잘 안내해달라고 부탁해왔다. 한쪽으로 숨어 있어 멀리서는 잘 보이지 않는 집이었기 때문인데, 그래도 테라스에 서면 온 시내가 내려다보여 누군가 잠자리에 드는 모습까지 볼 수 있는 집이었다. 푸에블라 사람들은 다들 일찌감치 귀가하는 게 보통이었고, 거대한 대문을 걸어 잠그고 집 안에 틀어박혀버리는 통에 여덟시만 지나면 거리를 배회하는 사람들이 드물었다.

저녁 준비가 어떻게 되었는지 알아보는 사이, 안드레스가 손님들에게 방을 배정했다.

"10인분만 차리면 되겠어." 루시나에게 말을 남긴 나는 등심 요리를 손가락으로 눌러보았다. "식사는 20분쯤 후에 할 거고, 준비되는 대로 내겐 따끈한 토르티야나 가져다줘."

위층으로 올라가 카를로스가 어느 방을 배정받았는지 알아보았다. 후안에게 큰 양치류 화분을 찾아 그 방에 들여놔달라고 부탁했다. 그러고는 옷을 갈아입었다. 푸에블라 집 옷장엔 다른 옷들이 있었다. 이

집 저 집 옮겨 다녔지만 짐을 꾸려 다니는 일은 없었다.

주지사 부인 시절에 입던 옷들 중 하나를 골라 입었다. 가슴께에 밴드가 달리고 그 아래쪽으로는 끝자락까지 주름이 잡힌, 두꺼운 천으로 된 옷이었다.

"그 옷 내가 벗겨드려도 되겠소?" 방으로 들어가자 카를로스가 내 곁으로 다가서며 말했다.

한밤중에 3층으로 숨어들려면 안드레스를 어떻게 처리해야 할지 생각하기 시작했다.

다행히 안드레스가 일을 쉽게 해결해주었는데, 식사가 끝나자 그는 곧장 잠자리에 들었기 때문이다.

푸엔테 의원과 그 부인은 잠이 없었다. 딸들과 그들의 친구들 역시 마찬가지였다. 그래서 우리는 그 잡담 소굴 속에 남아 있어야 했다.

난 카를로스의 방에서 나흘 밤을 보냈는데, 안드레스가 곯아떨어지고 나면 체코가 감기 기운이 있다거나 밤늦게까지 릴리와 이야기를 나눈다는 등의 핑계로 그 자리를 빠져나왔다.

매일 오전은 안드레스가 공놀이를 하며 보내는 시간이었다. 첫번째 게임에서는 카를로스가 그에게 졌다. 경기에 진 카를로스는 나와 아이들과 함께 수영을 했다. 일요일에 우리는 빙수를 먹으러 아틀릭스고 광장으로 갔다. 카를로스는 그곳에서 CTM의 지도자이자 코르데라의 절친한 친구인 메디나를 소개해주었다.

"카를로스 말대로 부인은 믿을 만한 분이라고 해도 부인께는 실례되는 말씀입니다만, 안드레스 아센시오는 악한입니다. 알바로에게 단지 이곳이 아직도 자신의 수중에 있다는 것을 보여주려고 우리를 제거하려 수작을 부리고 있거든요. CROM 쪽 사람들이 주 정부로부터 돈을 받고 있는데, 안드레스의 하수인들이죠. 아주 오래전부터 그랬습니다. 지금부터가 아니고요. 그자들은, 왜 그때 총으로 진압한 파업 있죠? 그 파업이 발생한 직후에 안드레스가 라 과달루페 사(社)에 투입시켰던 그 사람들이에요."

"그 사건이 어땠는데?" 카를로스가 물었다.

"부인 앞에서 그 이야기를 하고 싶진 않네. 이곳에선 다들 잘 아는 이야기이긴 하지만 말이야."

"전 모르는데요." 내가 말했다. "어땠나요?"

그는 천천히 조금씩 이야기를 풀어놓았다. 메디나의 이야기는 이러했다.

"라 과달루페 사는 한 달간이나 파업 상태였죠. 노동자들은 임금 인상과 비정규직의 정규직화를 원했어요. 아기레 장군이 6년째 집권하고 있는 데다 전국 곳곳에서도 파업이 일어나던 참이라 노동자들은 마음을 놓고 있었고, 푸에블라 통치를 책임진 사람이 다름 아닌 안드레스 아센시오라는 사실마저 무시했지요. 그들은 자신들의 깃발 아래 한 달을 보냈습니다. 결국 주지사가 도착했어요."

"기계가 돌아가도록 해주실까." 주지사가 누군가에게 말했고, 그 사람은 거부했다. "그렇다면 네가 가야지." 그가 명령하더니 권총을 꺼내 그 사람을 쏘았다. "너, 기계 돌려." 또다른 사람에게 명령했지만 그 역시 거부했다. "그럼 네가 가는 거야." 이 말과 함께 총알이 또 한 발 발사되었다. "계속 고집들 부릴 건가?" 말문이 막힌 채 바라만 보던 백 명의 노동자들을 향해 물었다. "어디 보자, 너." 그는 한 소년을 보고 말했다. "다들 죽고 싶다 이거지? 내일 당장 너희들 대신 고용할 사람은 얼마든지 있다."

소년은 자신의 기계를 돌렸고, 소년과 함께 다른 사람들도 각자 기계로 다가갔다. 이리하여 단 한 푼의 임금 인상 없이 공장은 다시금 굉음을 울리게 된 것이다.

그는 라 칸델라리아 사 파업에서도 똑같은 짓을 했고, 그곳 사망자는 스무 명이었다. 소식통에 따르면 애꿎은 부상자도 있다고 했다.

메디나는 모든 것을 알고 있었다. 나도 그 이야기들을 듣고 싶었지만, 그와 카를로스가 이야기를 나누는 동안 광장 여기저기를 뛰어다니던 아이들을 찾아 결국 몸을 일으키고 말았다. 빙수나 한 그릇 더 먹을까 하는 마음에 함석을 둘러쳐 뜨거운 열기로 가득한 가판점으로 돌아오니, 메디나가 자리에서 일어나 내게 악수를 청하면서 입을 닫아줄 걸로 믿는다며 미리 감사를 표해왔다. 그가 해준 이야기의 절반도 못 믿겠다고 말하지는 못했지만, 안드레스가 직접 한 사람 한 사람씩 차례로 노동자들을 죽여나갔다는 말은 과장일 거라고 생각했다. 카를로스에게도 내 생각을 말하지 않았다. 대신 난 들판에 대해 이야기했고, 아이들과 로시타 알비레스의 코리도*를 불렀다. 우리는 늦게야 푸에블라로 돌아갔다. 안드레스가 식사 준비를 지시해놓고는 이미 사리에 앉아 저녁식사 사리를 구새하고 있었다.

"어딜 갔다 오기에 그렇게 먼지투성이들인 거지?" 안드레스가 물었다.

---

* 멕시코에서 널리 애송되고 있는 서사적 가사를 가진 민요와 무곡.

"빙수 먹으러 아틀릭스코에 갔었어요." 아빠를 경배하던 베라니아가 말했다.

월요일엔 집에 있었다. 아이들과 놀아준 지가 벌써 몇 년이나 된 탓에 아이들은 기대가 대단했고, 그래서 카를로스가 또다시 메디나를 만나러 간 동안 아이들과 놀아주거나 아이들 생각을 들어주는 것보다 더 좋은 일은 없다고 믿었던 것이다.

우리는 기차놀이와 계단놀이를 하며 오전을 보냈다. 오후 두시까지 마치 소녀처럼 깔깔거리고 투닥거리며 놀았다.

화요일엔 일찌감치 불러 모아 식사를 마쳤고, 열시가 되자 내가 꼭 해야 할 일이 있다면 그건 카를로스와 어디든 가는 것뿐이었다. 대형차인 크라이슬러를 타고 차 밑바닥에 엎드리면 누구의 눈에도 띄지 않고 시선으로 가득 찬 도시의 거리에서 벗어날 수 있었다. 그러고 나면 들판이 나타날 것이고, 그곳에는 신경 쓰이는 사람이 아무도 없을 터였다.

난 그이를 설득했고, 우리는 촐룰라로 난 고속도로를 따라 온통 연미붓꽃으로 뒤덮인 토난친틀라까지 갔다. 들판은 온통 오렌지색과 녹색의 물결이었다. 붓꽃과 알팔파가 자라는 11월이었다. 놀라서 눈을 치켜뜬 모습의 천사상으로 가득 찬 교회에 들어갔다.

"난 당신의 신부." 그이에게 말했다. "지금부터 당신과 나의 결혼식 행진을 하는 거예요. 결혼행진곡을 연주하는 건 당신 오케스트라."

"내가 지휘하면서 내 결혼식을 올린다, 동시에 두 가지 일을 할 능력은 없는데요."

"가능해요." 난 다시 한번 천천히 입장하기 위해 문 앞까지 달려갔다. 한 발 그리고 또 한 발. 딴 딴 따단, 딴 딴 따단, 난 노래를 부르며 제단 앞 낡은 벨벳으로 덮인 기도대 옆에 선 그이를 향해 걸었다.

"카티나, 무슨 정신 나간 짓이오?" 그이는 이렇게 말하면서도 지휘를 하는 척하며 합창단석 쪽을 향해 팔을 올렸다. 난 엄숙하기 그지없는 걸음걸이를 계속했고, 그이 옆에 도착했다. 그런 다음 그이의 팔을 멈추게 했다.

"당신은 신부를 맞아야죠. 이리 와서 여기 나란히 서세요. 사람들이 우리를 보고 있단 말이에요. 이제 건강할 때나 병들었을 때나, 행복할 때나 역경이 찾아올 때나, 당신 인생 끝까지 나만을 사랑하겠다고 맹세할 차례예요. 난 당신을 내 남편으로 맞아들입니다. 행복할 때나 역경이 찾아올 때나, 건강할 때나 병들었을 때나 항상 당신에게 순종할 것을, 또한 내 인생 끝까지 당신을 사랑하고 존경할 것을 맹세합니다."

"정말이지 훤하게 외고 있군요. 연습깨나 했겠는데. 그런데 왜 우는 거죠? 울지 마요, 카탈리나. 나도 당신에게 맹세하겠소. 남편이 있건 없건, 웃음이 찾아올 때나 두려움이 찾아올 때나, 언제나 당신에게 충실할 것을, 그리고 내 인생 끝까지 당신을 사랑하고, 당신의 그 아름다운 영덩이를 존경할 것을 맹세합니다."

기도대를 마주한 우리는 벽감 속에 모셔진 마리아상 앞, 지붕과 화려한 벽 밑에서 한참을 끌어안고 있었다. 웬 노파가 다가와 마주 섰을 때까지도 우리는 포옹을 한 상태 그대로였다. 주름살에 구김살 가득한 얼굴 위로 베일을 쓴 노파는 키가 너무 작아 겨우 우리 눈높이에

미칠 뿐이었다.

"하느님 앞에서 이게 웬 불경스러운 짓이오?" 노파가 말했다. "이런 지저분한 짓을 하고 싶거들랑 돼지우리에나 가시지. 성모님 댁에 와서 무슨 부정한 짓이오?"

"우리는 방금 결혼했어요." 내가 말했다. "하느님도 사랑은 좋아하시겠죠."

"사랑은 무슨 사랑. 욕정, 당신네들이 안고 들어온 건 그것뿐이오. 썩 밖으로 나가시오." 노파는 자신의 성의(聖衣) 한쪽 끝자락을 잡아 얼굴께까지 끌어올렸다. 턱에서부터 얼굴 그리고 눈까지 반쯤 가려졌다. 노파는 기도를 하기 시작했다. 조금 후엔 기도가 아주 빨라졌는데, 그동안 우리는 마치 환영이라도 나타난 듯 멍하니 노파를 지켜보고만 있었다. 노파가 성수 병을 꺼내더니 몹시 불쾌하다는 듯한 목소리로 화살기도를 해가며 우리 위로 성수를 뿌렸다.

"돼지우리는 어디 있는데요?" 몸을 가눈 카를로스가 날 끌어당기며 노파에게 물었다.

"연옥의 영혼들이여! 하느님, 이들의 영혼에 자비를 베푸소서. 육욕을 불태우려는 자들이옵니다." 노파가 말했다.

우리는 밭으로 가 적당한 장소를 골랐다. 그 오렌지빛 꽃 위에 누워 서로의 옷을 벗기며 꽃밭을 뒹굴었다. 난 어느 때보다 크게 신음 소리를 냈다. 한 마리 암캐이고 싶었다. 난 한 마리의 암캐였다. 아빠에 대한 기억도 없고, 아이들도, 집도, 남편도, 바다에 가고 싶은 욕망도 없었다.

우리는 서로 마주 보고 한없이 웃었다. 마치 미래도, 집도, 골칫거리도 없는 두 명의 천치처럼 웃었다.

"당신 온통 노랗게 붓꽃 물이 들었어요." 카를로스가 말했다. "누군가의 무덤이 그런 향기를 피우고, '모든 성자'들을 전부 노랗게 물들이면 멋지겠는데요.* 혹시 내가 죽거든 당신이 책임지고 날 여기다 묻어줘야 해요."

"당신은 뉴욕에서 죽을 거예요. 지난달에 했던 그런 여행에서요. 아니면 파리에서겠죠. 이 동네에서 죽기엔 당신은 너무 국제적인 인사예요. 게다가 당신은 당신 무덤에서 무슨 냄새가 나든 전혀 개의치 않을 정도로 오래오래 살게 될 거예요."

"내가 언제 죽든 내 무덤에선 지금 당신 몸에서 나는 그런 향기가 났으면 좋겠소. 자, 이젠 갑시다, 벌써 두시예요. 당신이 점심 밥상머리에 앉아 있지 않으면 당신 남편이 우리를 죽이고 말 테니."

"남편이라면 이제 지긋지긋해요. 이유가 무엇이든 날이면 날마다 우리를 죽이고 말 거라니. 죽일 테면 죽이라죠. 그럼 여기 묻히는 거예요. 그러면 우리는 아무도 괴롭히지 못하는 이곳 땅밑에서 정사를 나누는 거예요."

"좋은 생각이오. 하지만 죽을 때 죽더라도 일단 갑시다."

우리는 자리에서 일어나 차를 세워둔 곳으로 갔다. 가는 길에 꽃을 꺾어 집에 도착한 후 항아리에 꽂아 식탁 한가운데 놓았다.

---

* 연미붓꽃의 스페인어 명칭을 직역하면 '망자의 꽃'이며, 지금 이들이 보내고 있는 휴가는 망자, 특히 '모든 성자'를 위한 날인데, 카를로스가 이 두 말을 연결해 말장난을 하고 있다.

"누가 이 끔찍한 꽃을 여기다 놓은 건가?" 식사하러 온 안드레스가 물었다.

"제가요." 내가 대답했다.

"나날이 미쳐가는군. 여긴 무덤이 아냐. 재수 없는 저 꽃 나부랭이 좀 치워버려. 냄새까지 역겹군. 집사람의 무례를 너그러이 용서해주시길." 그가 손님들에게 말했다. "가끔씩 오락가락하는 낭만주의자거든요." 그러고는 자리를 배정했다.

"카를랑가스*, 자넨 어디 앉겠나?" 자리가 다 차고 내 옆자리 하나만 남자 그가 카를로스에게 물었다. "우리 집사람 옆?"

"영광입니다." 카를로스가 말했다.

"무슨 그런 말까지." 그가 대답했다. "카탈리나, 오늘 수프는 뭐지?"

"호박꽃을 넣은 버섯 수프예요."

"관둬. 꽃 생각만 하고 있군그래. 하지만 수프는 괜찮군, 먹을 만해. 한번 들어보시죠, 의원님." CROM 파 의원으로 우리 집에서 휴일을 보내고 있던 푸엔테에게 말했다.

"간밤에 늦게까지 못 주무셨나보군요." 카를로스가 물었다.

"그럴 수밖에 없었지." 안드레스가 대답했다. "할 이야기가 많았거든. 그렇죠, 의원님?"

"게다가 지금 우리한테 꼭 필요한 이야기이기도 했지요, 장군님." 의원이 말했다.

"아, 이젠 그만 좀 해요." 그 사람 마누라가 애원했다. "그러고는 늦

---

* 카를로스의 이름을 애칭처럼 바꿔 부르고 있는데, 이 말과 발음이 비슷한 단어 중에 '음흉한 놈'이란 뜻을 가진 단어가 있다.

게야 돌아오셨죠. 어떤 여편네는 싸늘한 밤을 보냈고 말이죠."

그녀는 자그마했고 눈이 크고 눈썹이 아주 짙었다. 가슴이 아주 예뻤으며 허리엔 항상 밴드나 허리띠를 하고 있었다. 그 여자는 남편을 사랑했다. 남편 인물은 형편없었지만, 기회만 생기면 남편을 만지고, 남편이란 인사가 의견이라도 개진할 때면 그 여자는 고개까지 끄덕여가며 마치 남편이 천재라도 된다는 듯 남편의 말을 경청했다. 한마디 아주 유창하게 늘어놓을 때마다 의원이 그녀를 보며 "안 그래요, 수시?" 하고 묻는 것도 다 그 때문인 듯했다. 그러면 그녀는 "당연하죠, 여보" 하고 맞장구를 치며 최종적으로 고개를 끄덕여주었다. 둘은 완전히 세트였다. 난 단 한 번도 그렇게 세트가 되어본 적이 없었다. 내게는 남편에 대한 몰두라는 게 없었던 것이다.

"참, 그런데 게임은 어땠어요?" 내가 물었다.

"좋았어." 안드레스가 대답했다. "당신 둘은 어땠는지 그건 묻지 않기로 하지. 상상이 가니까 말이야. 왜 시골을 더 좋아하는지 난 도대체 이해가 안 되는데. 거기서 일을 한 것 같진 않고. 자네 친구 메디나를 찾아갔었나?" 카를로스에게 물었다.

"시간을 내주지 않던데요. 우리는 토난친틀라에 있었습니다. 교회가 아주 인상적이었습니다. 그곳에서 연주회라도 열고 싶을 정도였어요."

"그러지 그러나. 메디나나 방문하며 시간 낭비를 하는 대신 내일 연주회를 여세나."

"메디나는 제 친구인 데다 지금은 난관에 처해 있습니다만."

"무슨 썩어죽을 난관. 그 작자가 봉착한 문제가 있다면 단 하나, 코르데라의 조종을 받고 있다는 것, 아틀릭스코 CTM 지도자 직을 맡고 있다는 것이겠지. 아틀릭스코 CTM은 이제 끝장이 날 참이거든. 물론 메디나도 함께. 내가 누군가, 안드레스 아센시오 아닌가?"

"왜 간섭하시려는 거죠, 친티? 노동자들이 자신이 좋아하는 사람을 뽑도록 내버려두세요." 카를로스가 마치 맏형 같은 어조로 말했는데, 그게 안드레스의 엄청난 화를 불러일으키고 말았다.

"정작 여기저기 간섭하지 말아야 할 건 자네야. 자넨 그 잘난 음악과 지성에나 신경 쓰게. 복잡해빠진 여편네들한테 신경 쓰고 싶거든 그거나 하든지. 하지만 제발 정치엔 신경 꺼. 정치도 할 줄 아는 사람이나 하는 일이니까. 난 오케스트라 지휘 따윈 관심도 없네만, 장담하건대 마리아치 패거리 앞에서 손을 휘둘러대는 게 빌어먹을 말썽꾼 녀석들을 다스리는 것보단 훨씬 쉬울 걸세."

"코르데라와 메디나는 제 친구입니다."

"그럼 난 뭐지? 난 자네 친구가 아니란 말인가? 보셨죠, 푸엔테 의원님? 빚은 이렇게 갚는 거로군." 그는 나를 한번 흘끔 보더니 말을 이어나갔다. "그렇지 않나, 카탈리나? 이 예술가 양반이 벌써 당신을 설득해버린 건가, '좌익연합은 강철 대오다' 하고 말이야? 여자들이란 완전히 실패작이야. 여자들 가르치느라, 여자들에게 뭔가를 설명해주느라 남자들은 시간을 다 보내야 하니. 앵무새 한 마리만 잠시 스쳐 지나가도 여자들은 그 앵무새 말을 다 믿고 말 거야. 의원님 눈앞에 있는 이 여자, 이 여편네도 한 치 다를 바 없어요. 그 알바로 코르데라란 개자식을 가난한 자들에게 자기 땅을 분배할 용의가 있는 성인군자쯤으로 굳게 믿고 있죠. 그 자식을 딱 세 번 봤는데 벌써 철석 같이 믿고 있단 말입니다. 자기 낭군님한테까지 맞서가면서. 그게 이 여자의 새 유행이랍니다. 다들 열여섯 살 때의 이 여잘 보셨어야 하는데, 그땐 그나마 쓸 만한 물건이었죠. 내 말을 주의 깊게 들어주는 스펀지 같은 여자, 남편을 나쁘게 평할 줄도 모르는 여자, 새벽 세시까지 침대를 비운다는 건 상상도 못 하는 여자였습니다, 그땐. 나 원 참, 여자들이란. 요즘 여자들이 옛날과 다르다는 건 두말할 필요도 없어요. 뭔가가 여자들을 뒤흔들어놓은 겁니다. 부디 의원님 부인은 항상 지금과 같기를 바랍니다. 이런 여자들처럼 변하면 안 됩니다. 예전엔 가장 정숙하게 보이던 여자들까지도 지금에 와선 씩씩거리니, 참. 내 물건만 봐도 뻔하잖습니까."

안드레스는 날 너무나 잘 파악하고 있단 듯한 미소를 짓더니 몰레 요리를 한입 물었다. 그러고는 입에 음식을 담은 채 말을 계속했다.

"제가 내 물건이라고 말한 그건 바로 당신, '아센시오의' 마누라를 말하는 거요. 나머지 이야기는 필요하지만 불가결한 건 아닌 그냥 우스갯소리입니다."

"이 장군님 상당히 직선적이시란 말씀이야." 푸엔테 의원이 말했다.

카를로스가 테이블 아래로 내 다리 위에 손을 올려놓았다.

식사는 끝없이 이어졌다. 산타 클라라가 만든 토르티야와 커피가 들어오자 난 안노의 한숨을 내쉬었다. 소금만 더 있으면 보무 오수를 즐기러 들어갈 시간이었다. 낮잠 시간만큼은 안드레스도 내게 관심이 없었다. 코냑 두세 잔을 마시고는 자리에서 일어나 주방으로 가서 식모들에게 감사를 표한 후 어떤 손님이 와 있든 상관없다는 듯 이렇게 말하곤 했다.

"부디 용서해주시길. 급히 처리해야 할 개인 용무가 있어서 말입니다."

그런 다음 한낮까지도 완전히 어두운 뒤편의 방으로 사라지는 게 순서였다. 그는 그 방에서 꼭 한 시간 반을 자곤 했다. 깨어났을 때는 나도 꽤 좋아하는 도미노 게임을 할 준비가 갖춰져 있어야 했다. 충분한 양의 커피와 브랜디 여러 병, 초콜릿 한 쟁반만 있으면 준비는 끝이었다. 그로써 난 저녁 먹을 때까지 조용히 사라질 수 있을 터였다.

"광장에 갈래요?" 내가 카를로스에게 물었다.

"광장이 어느 방에 있는데요?" 그이의 대답이었다.

둘이 마주 보고 웃고 있는데, 식모 아이들에게 선동조의 감사 인사를 한 안드레스가 돌아와 내 뒤에 멈춰 섰다. 그는 내 양 어깨 위에 손을 올려놓더니 어깨를 눌렀다.

"우리를 좀 용서해주십시오. 급한 용무가 있어서요." 그가 말했다.

"난 아이들이랑 광장에 가서 풍선 사주기로 했어요. 푸에르테스에 데려가 나무 타기도 하기로 했고." 내가 말했다.

"아주 모범적인 어머니로군, 당신. 아이들에겐 도미노 게임이 시작되면 데려간다고 해."

"아이, 엄마." 베라니아가 말했다. "어떻게 된 거예요?"

"안드레스, 애들하고 벌써 약속했단 말이에요." 내가 말했다.

"좋아, 약속은 어기면 안 되지. 근데 방금 내가 한 약속은 약속이 아닌가? 아이들에겐 여섯시에 데려가겠다고 약속해. 지금은 안 돼."

"우린 여기서 기다리고 있겠습니다, 부인." 카를로스가 말했다.

"아저씨네 아빠 이야기 좀 해주실래요?" 체코가 그이에게 물었다.

"너희들이 원한다면." 그이가 아이들에게 말했다.

"늦지 마, 엄마."

"절대 그런 일 없을 거야." 내가 대답했다.

안드레스는 나를 우리 침실로 데려가더니 문을 잠갔다. 그는 침대 끝에 걸터앉아 날더러 옆에 앉으라고 했다.

"어디 갔었지?" 그가 물었다.

"이미 알고 있을 텐데요. 언제나 미행을 붙여놓곤 내게 묻죠." 그에게 대답했다.

"베니토 그 멍청이 녀석한테 시켰지. 근데 교회에서 나온 다음에 놓쳤다고 하더군. 베일을 뒤집어쓴 그 할망구가 무슨 메시지를 전하던가?"

난 웃고 말았다.

"우리 몸속에서 악마를 쫓아낸다고 그러더군요. 성수로 목욕했어요."

"할망구가 메디나의 메시지를 전했을 텐데."

"아뇨, 메디나의 메시지는커녕 아무것도 없었어요."

"베니토가 말하기를 무슨 돼지우리 운운했다던데."

"그런 말은 못 들었어요."

"그럼 연옥의 영혼들이란 말도 못 들었겠군."

"그 말은 들었어요. 그 할머니가 기도하다가 영혼들을 불렀거든요."

"뭐라고 기도하던가?"

"생각이 안 나요, 안드레스. 미친 노파라고 생각했을 뿐이에요. 성
모님 댁에서 우리를 쫓아내려고 왔다는 말 외에 나머지 헛소리들은
나도 잘 모르겠어요."

"그럼 기억을 떠올려봐."

"기억 안 나요. 이젠 가도 되죠? 오늘 오후엔 누가 우리 뒤를 밟을
건가요?"

"오늘 오후엔 당신 낭군님이랑 이 침대에 머무를 예정이다. 당신,
밀정 노릇은 개판인 반면 연인 역할은 좋아하니까."

난 구두를 벗었다. 발을 침대 위로 올려놓고는 양다리 사이로 머리
를 처박으며 몸을 웅크렸다. 한숨을 쉬었다.

"무엇 때문에 내가 집에 있길 바라는 거죠? 은총이라도 베풀려는
건가요? 몇 달 동안이나 당신을 모르고 살았는데."

"무관심한 척했더니 더 예뻐졌군. 당신, 아주 예뻐."

"그럼 콘치타란 여자는요?" 내가 물었다.

"기분 잡치는 질문은 하지 마라, 카탈리나." 그가 대답했다.

"그저 안부 묻는 거예요. 당신이랑 잠자릴 하는 여자들이 건강하게
잘 지내고 있나 궁금해서 말이죠."

"또 천박하게 구는군." 그가 말했다.

"도대체 우리가 언제부터 예의씩이나 갖추고 살았다고 그래요?
아, 당신을 거쳐간 호세 이바라의 조카 솜씨겠네요. 그 집 사람들은
언제나 품위가 넘치는 인간들이었으니. 그애를 마르티네스데라토레
목장에 계속 모셔뒀겠죠? 벨벳 커튼도 달아주고, 루이 15세식 가구를
들여놔줬다는 것도 알고 있어요. 원주민들 틈에 팽개쳐졌다고 느끼지

않도록 말이죠. 당신이 거기 없을 땐 그 아인 뭘 하죠? 따분해하지 않던가요? 뜨개질이나 하겠죠. 불쌍한 것. 베일 달린 모자를 쓴 채 농사꾼과 소 떼 사이로 산책이나 하고 다닐 테지."

"딸이 하나 있어."

"데려올 건가요?"

"그 여자가 원치 않아."

"원치 않는 건 다른 여자들도 마찬가지였겠죠."

"다른 여자들은 좋은 엄마가 아니었어. 하지만 그 여자는 좋은 엄마야. 딸아이를 사랑하는 데다 혼자 있는 것도 싫으니 애는 자기가 기르겠다고 하더군."

"날 위한 것이라면 그런 선심까진 필요 없네요. 내가 있는 곳은 이미 아이들이 바글바글하니까. 다 컸다고는 하지 마세요."

"불평하지 마라. 곧 내 딸 릴리아가 떠날 거잖나."

"당신 딸 릴리아라고 했나요? 이제 와서 그 아이를 내 딸 릴리아라고 참으로 사랑스럽게도 부르는군요. 내가 아이들을 알게 된 그때부터 우리는 서로 아등바등해가며 지내왔어요. 친엄마는 아니지만 날더 좋아해요."

"당신이랑 다투진 않지. 그렇다고 그게 당신을 사랑한다는 뜻은 아나." 그가 밀했다.

"다른 뜻일지도 모르죠. 그 아이를 내게 데려온 건 그애가 열 살 때였어요. 이제 곧 만 열여섯이 될 거고요."

"당신 작품이란 뜻인가?"

"난 누구도 어떻게 만들지 않았어요. 난 그애들을 먹여줬고 이야기를 들어줬어요. 나머진 본인들 몫이죠. 거기서부턴 모두 각자 알아서 자라는 거예요. 당신 자식들 따로, 우리 자식들 따로, 잘하면 체코도 내가 기른 게 아니라고 하겠네요?"

"버릇없이 키워놨지. 하지만 철학을 읊을 생각일랑 마라. 스웨터나 벗어, 그리고 내 옆에 눕기나 해." 그가 날 끌어당겼다. "허리가 가늘어졌군. 비결이 뭐지?"

"사랑이요." 내가 대답했다.

"엉뚱한 소리, 그런다고 내가 화라도 낼 것 같나? 당신이 고분고분한 암말만큼이나 충실한 여자란 건 나도 다 안다. 이쪽으로 와. 당신을 너무 오래 팽개쳐뒀어. 9월부터였던가?"

"기억에도 없네요, 난."

"전엔 날짜까지 헤아리더니."

그는 하품을 하며 다리를 쭉 뻗었다. 그 인간 옆에 누웠다. 난 코듀로이 바지를 입고 있었는데 그가 바지 위를 애무하도록 내버려두었다.

"당신이 여전히 멋지다는 게 믿기지 않아. 카를로스 혼을 빼놓은 게 이해가 가긴 해."

"카를로스는 내 친구예요."

"마찬가지로 콘치타나 필라르, 빅토리나도 내 친구지."

"당신 자식들의 어미들이기도 하고요."

"여자들이란 원래 그런 거니까. 섹스를 하면 애야 생기는 거 아니겠어. 당신은 카를로스의 애를 갖고 싶지 않나?"

"당신 자식들만으로도 지긋지긋해요. 게다가 난 카를로스랑 섹스를 한 적도 없고."

"나쁜 년, 이리와, 다시 한번 말해봐." 얼굴을 내 얼굴 바로 위까지 들이밀고는 내가 자신을 바라보도록 턱을 옥죄며 그가 말했다.

"난 카를로스랑 섹스한 적 없어요." 그의 눈을 똑바로 쳐다보며 말했다.

"알았다, 좋아." 대답과 함께 그는 내게 키스를 하려고 했다. "옷 벗어. 당신 옷 벗기긴 정말이지 고역이야." 내 바지를 벗겨내리며 말했다. 나는 내버려두었다. 난 페파의 말을 떠올렸다. 결혼생활에는 '눈을 감고 아베마리아를 외치는 것 말고는 아무것도 할 수 없는 그런 순간들이 있다.' 눈을 감았다. 그 들판을 떠올리기 시작했다.

"카를로스랑 섹스를 한 적이 없다 이거지? 근데 무슨 짓을 하느라 온몸에 노랑 물을 들였지?" 그가 물었다.

"꽃밭을 뒹굴었죠."

"그것뿐인가?"

"그것뿐이에요." 눈을 뜨지 않은 채 대답했다. 그가 들어왔다. 난 계속 눈을 감고 있었다. 그의 아래에 깔린 채 해변을 상상하기도 하고, 냉장고에 남은 게 무엇 무엇이 있는지 헤아려보면서 이튿날 식사는 무엇으로 준비할까 생각했다.

"당신은 내 마누라다. 잊지 마라." 일을 다 끝낸 그는 이렇게 말하고는 옆에 누워 내 배를 어루만졌다. 난 빈둥히게 누워 축 늘어진 내 몸을 바라보며 그에게 말했다.

"난 이제 무섭지 않아요."

"뭐가?"

"당신이. 때로는 내게 두려움을 주기도 했죠. 당신이 무슨 생각을 하고 있는지 모르겠어요. 입 꾹 닫고 보기만 하죠, 당신은. 그리고 날이 밝으면 채찍과 권총을 들고 나가버리고. 나한텐 같이 가잔 말도 없이 말이에요. 그래서 당신이 나도 다른 사람들처럼 죽이고 말 거란 생각이 들기 시작했었어요."

"당신을 죽인다고? 어떻게 그런 생각을 했지? 난 사랑하는 사람을 죽이진 않는다."

"그럼 권총은 왜 항상 차고 다니는 거죠?"

"날 죽이고 싶어하는 자들더러 잘 봐두라고. 난 살인은 하지 않는다. 이젠 나이도 있고 말이야."

"하지만 죽이라고 청부는 하죠."

"경우에 따라선."

"그 경우란 건?"

"여러 가지지. 이해할 수 없는 건 묻지도 마라. 당신은 안 죽인다. 아무도 당신을 죽이지 않아."

"카를로스는요?"

"누가 됐든 카를로스를 죽여야 할 이유가 뭐가 있겠나? 당신이랑 섹스를 한 것도 아니고, 메디나를 찾아간 것도 아닌데. 그는 내 친구다. 내 막내동생이나 마찬가지지. 만약 누군가 카를로스를 죽인다면 그건 나한테 덤비는 거야. 체코를 두고 맹세하지. 나도 그 친굴 아주 좋아한다고." 그가 말했다.

그리고 그는 잠들었다. 배 위에 손을 올려놓고 입은 반쯤 벌리고, 장화를 한쪽은 신고 한쪽은 벗은 채 바지는 벗고 셔츠 단추는 다 풀어젖힌 상태로. 잠든 그의 모습을 바라보며 한동안 그대로 있었다. 낯선 사람 같았다. 그의 또다른 여자들을 꼽아보았다. 그 여자들은 어떻게 이런 남자를 사랑할 수 있었던 걸까? 유머 때문이었을까? 유머가 있긴 했다. 한때 그를 사랑한 건 사실이다. 그 사람보다 잘생긴 사람, 그보다 빈틈없고 그보다 자상한 사람은 없다고 믿기까지 했다. 그보다 용감한 사람도. 그의 육체가 내 곁에 없으면 잠들지 못하는 날도 많았고, 몇 달씩 그를 그리워하기도 했으며, 그가 어디 있는지 가늠해보느라 수많은 오후를 헛되이 보내기도 했다. 더는 아니었다. 그 당시 나의 바람은 카를로스와 뉴욕이나 후아레스 거리로 가는 것이었고, 그 저 자식 둘에, 그 아이들보다 나 자신보다 그리고 다른 무엇보다도 더 남편을 사랑하는 여자, 광장으로 갈 일을 손꼽아 기다리는 서른 살짜리 천치 여편네가 되는 게 소원이었다.

난 벌떡 일어나 서둘러 옷을 입었다. 바깥에 카를로스가 있는데, 멍청하게도 거기서 난 잠든 곰 한 마리를 바라보고만 있었던 것이다.

"안녕히." 나지막한 말과 함께 허리춤에서 비수를 꺼내 그 인간에게 최후의 일격을 가하는 시늉을 했다. 그러고는 그곳을 나왔다.

난 소리를 지르며 뜰로 달려 나갔다.

"얘들아, 카를로스, 가요. 끝났어요."

어둑어둑해지고 있었다. 안뜰엔 아무도 없었다. 뒤뜰로 갔다. 그들을 불러가며 계단을 올랐다. 그들은 보이지 않았다. 빙엔 불도 꺼져 있었다. 유일하게 불이 켜져 있는 릴리아의 침실을 노크했다.

"무슨 일이에요, 엄마? 하늘이라도 무너졌나요? 왜 그렇게 소릴 질러요?"

정말이지 예뻤다, 그앤. 허리가 잘록한 가운 차림에 아기처럼 깨끗

282

한 얼굴이었다. 그애가 헤어롤을 떼어냈다. 롤을 떼자 귀 아래로 머릿결이 물결치듯 찰랑거렸다.

"어디 가는 거니?" 내가 물었다.

"에밀리토랑 저녁 먹기로 했어요." 그애 아버지가 내게 대답할 때 사용하던 바로 그 어조의 대답…… 사무적인 목소리.

"허튼 짓 말거라, 애야. 열여섯이란 나이 그리고 네 몸, 아직도 더 알아야 할 것이 많은 네 머리, 반짝이는 두 눈, 그리고 나머지 모든 것들이 결국은 밀리토의 침대로 흘러들고 마는 거란다. 바람둥이 밀리토, 기회주의자 밀리토, 그저 그런 아버지의 아들에 지나지 않는 얼간이 밀리토, 네 아버지랑 조금도 다름없는 난봉꾼이면서도 고상한 척 으스대는 남자 말이다. 애야, 정말 안타깝구나. 우리는 결국 두고두고 후회하게 될 거다."

"과장하지 마세요, 엄마. 에밀리토는 테니스를 잘 쳐요. 자상하진 않지만 그렇게 못생긴 편도 아니고요. 다정하고 멋쟁이인 데다 내가 그 사람이랑 결혼하는 게 아빠한테도 이로워요."

"그래, 그건 맞는 말이지, 한 치도 틀림없이." 내가 말했다.

"음악도 좋아해요. 카를로스 연주회에 같이 갈 거예요."

"유행이니까, 그리고 좋은 기회니까. 두 시간이나 앉아 있으면서도 아무 생각이 없다는 걸 들키지 않을 수 있는 좋은 기회." 내가 대답했다.

모든 방은 실외 통로 쪽을 향해 있었고, 그 통로 난간엔 화분들이 걸려 있었다.

"날씨가 차요. 얘긴 안에서 계속할까요?" 날 방으로 밀어넣으며 그애가 말했다. 따라 들어갔다. 머리를 빗으려는지 그 아이는 화장대 앞에 섰다.

"애들 어디 있는지 아니?" 내가 물었다. "왜 나만 빼고 가버린 걸까?"

"이젠 엄마가 필요하지 않으니까요." 이렇게 말하는 그 아이의 미소엔 아직도 소녀티가 역력했다. "메모도 없어요?" 그애가 물었다. 그때 카를로스의 방에 있는 화분이 떠올랐다.

"정말이지 곱구나, 애야. 재봉실에 있으마. 잠시 들르렴." 아이에게 말을 남기고는 양치류 화분을 찾아 서둘러 나갔다. 잎을 헤쳤더니 그 사이에 종이쪽지가 하나 있었다. 그이의 글씨였다.

'사랑하는 이에게. 옷을 입은 채로라도 좋으니 당신이 빨리 오기를 기다렸소만, 여섯시에 산프란시스코 성당 문 앞에서 좀 보자는 메디나의 연락을 받았기에 나가봐야겠소. 아이들과, 당신의 그 동그란 엉덩이에 대한 또렷한 기억을 함께 데려가오. 키스를 남기며. 내가.'

서둘러 계단을 내려갔다. 잠에서 막 깨어난 안드레스가 안뜰을 가로지르는 날 내려다보고 있었다.

"도미노 게임 하려고 대기하는 사람들은 누구누구지?" 그가 내게 물었다.

"몰라요. 카를로스랑 아이들은 산프란시스코 성당으로 갔대요. 가서 찾아봐야겠어요. 놀이방에 가보진 않았지만, 아마 손님들이 그곳에서 기다리고 있을 거예요. 방금 루시나한테 커피와 초콜릿을 내가라고 말해뒀어요." 나는 이 모든 말들을 거침없이 빠르게 쏟아놓았다.

"카를로스가 아이들을 데려갔다고? 누가 허락했는데?" 안드레스가 고함을 질렀다.

"언제나 데리고 다녔잖아요." 차고로 이어지는 계단을 달려 내려가는 나 역시 고함을 질렀다. 출구 쪽에 있는 차는 컨버터블이었다. 차에 올라 미끄러지듯 산프란시스코 성당으로 내려갔다. 공원에 이르러 속력을 늦추었다. 메디나와 성당 문 앞에서 대화를 나누지는 않았을 테니, 카를로스는 자기가 이야기를 나누는 동안 아이들에게 어디 가서 놀고 있으라고 했을 것이다. 아이들은 나무 사이에서도 보이지 않았고, 분수대 턱을 걷고 있지도 않았으며, 탈라베라 도자기로 만든 개구리가 입으로 쏟아내는 물을 마시고 있지도 않았다. 그네에도 미끄럼틀에도, 으레 놀곤 하던 그 어느 곳에도 아이들은 없었다. 어딘가 벤치에 앉아 있거나 풀빵 파는 노점에서 커피를 마시고 있어야 할 카를로스 역시 보이지 않았다. '정치에는 왜 관여하려고 하지? 오케스트라 지휘에 전념하면서 독창적인 음악이나 작곡하고, 시인 친구들과 대화 나누고 나랑 섹스나 즐기면 어때서? 왜 그 쓸데없는 정치에 대한 열정은 보이는 건지, 참. 골치 좀 덜 아픈 사람도 아니고 하필이면 그 알바로란 사람의 친구일 건 또 뭐람? 도대체 다들 어디 있는 거야?' 날씨가 찼다. '다들 스웨터도 걸치지 않은 채 나갔을 텐데.' 온갖 생각이 다 들었다. '애들이랑 그이, 그 셋은 틀림없이 감기가 들 테고, 뚜껑도 없는 이 빌어먹을 차를 타고 다니는 난 폐병에라도 걸리겠다. 도대체 어디들 있지? 광장으로 갔을까?'

성당 뜰로 오르는 계단 발치에 주차를 했다. 차에서 내린 난 혹시 다들 아직도 성당 문간에 서 있는 건 아닌지 살피러 달려갔다. 어쩌면 다들 그곳에서 날 기다릴지도 몰랐다.

성당 뜰은 울타리도 없는 길쭉한 노지였고, 그 맞은편으로 푸르스름한 외관에 첨탑을 갖춘 성당이 있었다. 거기, 이미 굳게 닫혀버린 문간에서 땅바닥에 주저앉아 있는 아이들이 보였다.

"무슨 일이니?" 아이들만, 그것도 이상할 정도로 풀 죽어 있는 걸 보고 내가 물었다.

"카를로스 아저씨가 친구들이랑 가버렸어. 그러면서 여기서 기다리고 하던걸." 체코의 대답이었다.

"얼마나 됐는데? 그리고 그 멍청이 친구들은 누구던, 베라니아?"

"몰라요." 베라니아가 대답했다.

"메디나 씨 아니었니? 잘 생각해봐. 아틀릭스코 광장에서 빙수 먹을 때 우리랑 같이 있었던 그 아저씨 말이다."

"아뇨, 그 아저씨 아니었어요." 이제 겨우 열 살짜리 베라니아의 대답이었다.

"틀림없니?"

"네. 체코가 친구라고 하는 건 아저씨 팔을 붙든 사람이 아저씨한테 '가지, 친구' 하고 말했기 때문이에요. 하지만 아저씬 안 가려고 했어요. 그 사람들이 권총을 갖고 있었거든요. 그래서 아저씨가 우리보고 여기서 기다리고 있으라고 하셨어요. 아저씨가 빨리 돌아오시지 않으면 엄마가 올 거라면서."

"신부님을 부르지 그랬니? 신부님들은 어디 계시지?" 내가 물었다.

"문을 닫아버리던걸요." 베라니아가 대답했다.

"아무짝에도 쓸모없는 신부들 같으니라고. 신부님! 신부님! 신부님!" 성당 문을 두드리며 큰 소리로 불렀다.

한 사제가 문을 열었다.

"자매님, 무얼 도와드릴까요?" 그가 말했다.

"한 시간 전에 여기서 어떤 자들이 우리 아이들이랑 같이 왔던 사람을 데려갔어요. 총을 가진 사람들이 강제로 데려갔대요. 그런데도 당신들은 겨우 오후 여섯시밖에 안 됐는데 문을 닫아걸고 있었고 말이죠. 성당 문 열어두는 게 퍽 힘든 일이었나 보네요. 그래서 문을 걸어 잠갔군요. 누가 문을 닫으라고 하던가요?" 덮칠 듯한 기세로 사제에게 다가서며 물었다.

"자매님, 무슨 말씀이신지 전 통 모르겠습니다. 진정하세요. 해가 짧아져서 문을 닫은 겁니다."

"당신들은 당신들한테 귀찮은 일이라면 절대로 이해 못 하죠. 얘들아 가자, 차로, 어서."

19

소리소리 지르며 집으로 들어섰다. 아이들은 입도 뻥긋 못 하고 내 외투에 매달려 있었다. 놀이방으로 올라가는 계단을 한 번에 다섯 개씩 뛰어 올랐던 것 같다. 위층에 도착했다. 내 공포에 감염이라도 된 듯 아이들은 아직도 내 몸에서 손을 떼지 못했다.

"무슨 일인가?" 안드레스가 문을 열며 물었다. 시가를 문 채 한 손에는 브랜디 잔을, 다른 손에는 도미노 패를 들고 있었다.

"누군가 카를로스를 데려갔어요. 성냥 분간에 아이들만 있더군요." 마치 뭔가 준비된 이야기라도 하듯 소리 지르지 않고 천천히 말했다.

"누가 그 친굴 데려갔단 말인가? 어딘가 내가 가지 말라고 경고한 곳에 끼어든 게 틀림없군. 그건 그렇고 아이들끼리만 남겨졌다고? 무책임한 친구 같으니라고."

"애들 말로는 강제로 데려갔대요." 다시 한번 냉정한 척하며 말했다.

"당신 자식들은 상상력도 풍부하군. 아이들 옷 갈아입혀서 어서 재워. 그게 급선무인 것 같군."

"그럼 당신은 뭘 할 건데요?" 그에게 물었다.

"게임을 시작해야지. 6번 패를 가졌거든." 그의 대답이었다.

"그럼 당신 친구는요?"

"곧 돌아올 거야. 안 돌아오면 조금 있다가 베니토한테 알려서 경찰더러 좀 찾아보라고 하지. 아이들에게 잠옷을 입혀줄 건가?"

"네, 잠옷으로 갈아입힐 거예요." 내 대답으로 봐서는 다른 여자가 내 몸에 들어와 마치 내게 재갈이라도 채우고 조종하는 것 같았다. 난 팔의 긴장을 풀고 아이들 어깨에 손을 올려놓았다. 그러고는 2층으로 내려왔다.

릴리아가 자기 방에서 막 나오는 참이었다. 생기 있는 붉은색이 섞인 검은 옷에 굽이 아주 높은 하이힐과 검은색 스타킹 차림이었다. 머리에는 은제 머리핀 두 개를 꽂았고 립스틱도 발랐다. 옷을 그렇게 입어서인지 내게 엄마라고 하지 않았다.

"카티, 양가죽 외투 좀 빌려주시겠어요? 내 외투는 어제 아이스크림을 흘려서 얼룩이 졌거든요. 카를로스는 찾으셨나요?" 그애가 물었다.

"아니." 아랫입술을 깨물며 대답했다.

"안됐네요, 엄마." 그애가 날 안아주며 말했다.

소리라도 지르고 싶었다. 나가서 찾아보고 싶고, 머리를 쥐어뜯고 싶었으며, 미쳐버리고만 싶었다.

릴리아가 내 머리를 쓸어주었다.

"불쌍하기도 하지." 그애의 말이었다.

향수 냄새가 나는 릴리아의 몸에서 천천히 떨어졌다.

"아주 예쁘구나." 그애한테 말했다. "가는 거니, 지금? 어디 보자, 어디 걸어봐. 스타킹 줄이 바른가 보게. 넌 항상 스타킹을 잘 못 신잖니."

복도를 따라 걸어보게 했다.

"이쪽으로 와봐, 왼쪽을 바로잡아야겠다." 내가 말했다. "내 방에 가서 맘에 드는 외투로 골라 가렴. 에밀리토한테 키스하면 안 된다. 아직 때도 아닌데 헤프게 굴면 못써."

그 아이는 내게 키스를 한 번 더 해주고는 계단을 뛰어 내려갔다.

아이들을 방으로 데려갔다. 아이들이 잠들자 불을 끄고 베라니아 곁에 누웠다. 엎드려 있었다. 팔짱을 낀 자세로 천천히 울음을 터뜨렸다. 닭똥 같은 눈물.

"고문받으면 어떡하지?" 나 자신에게 말했다. "반죽음으로 만들어놓으면 어쩌지? 고통이라도 받고 있다면, 뺨이라도 맞고 있다면 어떡하지? 손을 짓뭉개버리는 건 아닐까? 차라리 누군가 마음씨 좋은 사람이 그이를 총으로 쏴줬으면."

"사모님." 루시나가 방으로 들어서며 불렀다. "나리께서 지금 저녁 식사를 하고 싶어하십니다."

"나 대신 시중들 좀 들어줘." 나는 쉰 목소리로 대답했다.

"사모님도 내려오라고 하시는데요. 주지사님이 와 계시다고 전하라 하셨습니다."

"카를로스 씨는?" 내가 물었다.

"아뇨, 사모님. 그분은 안 계십니다." 그녀가 침대로 다가오며 말했다. 루시나는 침대에 걸터앉았다. "정말이지 송구스럽습니다, 사모님. 제가 사모님을 좋아한다는 사실은 잘 아시리라 믿어요. 사모님이 그렇게 만족스러워하시는 게 저로서도 몹시 기쁜 일이었습니다. 사모님도 아시다시피……"

"그 사람을 죽였대? 후안이 말해줬니?"

"전 모릅니다, 사모님. 메디나 씨한테서 연락이 왔을 때, 후안이 좀 아파서 베니토가 운전했어요. 사모님께 알려드리고 싶었지만, 장군님이랑 방 안에 계신데 어떻게……"

난 또다시 양팔에 얼굴을 묻었다. 이젠 눈물마저 남아 있지 않았다.

"그럼 베니토는?" 내가 물었다.

"아직 안 돌아왔어요."

몸을 일으켰다.

"장군님껜 늦지 않을 거라고 전해드리고 후안더러 좀 올라오라고 해주겠니."

난 검은 옷을 입었다. 카를로스가 사준 귀걸이와 목걸이를 했다. 이탈리아 제였다. 메달엔 푸른 꽃 한 송이가 그려져 있었는데 한쪽 면엔 '맘마', 다른 면엔 2월 13일이라고 씌어 있었다.

"잘 부탁드립니다, 사모님." 베니테스가 말했다.

"그런 말을 들을 자격이 없는 것 같습니다, 지사님. 늦었잖습니까." 안드레스가 말했다.

"죄송합니다. 아이들이랑 깜박 잠이 들었어요." 내가 말했다. 예상

외로 사람이 많았다.

"주 검찰 검사님을 아시던가?" 안드레스가 물었다.

"그럼요, 이렇게 뵙게 돼서 반갑습니다." 말만 하고 손을 내밀진 않았다.

"경찰서장님은?"

"처음 뵙겠습니다." 난 그 사람을 모른다는 것으로 한 방 먹였다.

"우리 친구 카를로스 비베스의 실종을 알리자 지사님께서 이분들을 이끌고 친히 왕림해주셨소." 안드레스가 말했다.

"그분을 직접 찾아 나서는 게 낫지 않을까요?" 내가 물었다.

"사건에 대한 단서가 좀더 있어야겠다고 하십니다들." 푸엔테 의원이 말했다.

"거리 한가운데 아이들만 남아 있었다고 했죠?" 푸엔테의 마누라 수시 디아스가 물었다. "제 생각엔 열성 여성 팬이 카를로스 씨를 납치한 것 같은데요."

"제발 그랬으면." 내가 대답했다.

"부인들, 이건 심각한 문젭니다." 안드레스가 말했다. "카를로스는 메디나의 친구고, 메디나는 오늘 오전에 죽었습니다. 메디나 사건이 어떻게 된 건지는 이미 알고 계시겠죠, 지사님?"

"대충은요. 그를 죽인 긴 자기 쪽 사람들 짓 같습니다. CTM 내부에는 급진파들이 많죠. 근데 메디나가 다들 CROM으로 옮기는 게 좋을 것 같다고 평 노조원들을 설득한 상태였어요. 자기들 딴엔 그런 판단을 배신으로 여기고는 웬 미친 자가 보복을 한 겁니다."

"메디나가 CROM으로 옮기려 했다는 말은 믿을 수가 없네요." 내가 말했다.

"왜 못 믿겠다는 거지?" 안드레스가 물었다.

"메디나를 만났거든요. 카를로스가 그를 픽 좋아하던데요."

"그자를 지켜주려고 끼어들 정도로 좋아한 게 아니었으면 좋으련만." 안드레스가 말했다. "언제나 대책 없는 친구였죠. 오늘 점심 먹을 때만 해도 음악에나 힘을 쏟고 위험한 짓은 하지 말라고 했는데. 하지만 워낙 도전적인 친구라서."

"제가 보기엔 좋은 사람 같던데요." 검사가 말했다. "뛰어난 음악가이기도 하고 말씀이죠."

"아무 일도 없기를 바라야죠." 경찰서장이 말했다. 그는 소름 돋는 인간이었다. 안드레스가 주지사였던 시절에 부서장을 지낸 인물이었다. 모반병이 있었기 때문에 사람들은 그를 '얼룩 돼지'라고 불렀다. 지난 일이긴 해도 익히 알려진 사실이었다.

식사가 나왔다. 안드레스는 내가 쓸 만한 안주인이라고 한바탕 찬사를 늘어놓았고, 그 후로는 줄기 없는 대화들이 이어졌다. 식사 시중은 루시나가 들었다.

"콩 요리 더 드릴까요, 사모님?" 그 아이가 내 곁으로 다가서며 말했다. 그러고는 낮은 목소리로 알려주었다. "후안 말에 의하면 그분은 지금 90번지 집에 잡혀 계시답니다."

"고마워, 그래, 조금만 더 줘." 그 아이에게 대답했다.

"진심으로 드리는 말씀인데, 모두 정말 맛있습니다, 사모님." 베니테스의 평이었다.

"감사합니다, 지사님." 고개를 들어 그를 바라보며 대답했다.

그 사람 옆으로 검사 티르소의 눈이 보였다. 결코 안드레스를 위한 일은 하려고 들지 않던 존경할 만한 공증인이었다.

그런 사람이 베니테스와 손잡았다는 사실이 이상하게 보였다. 보기 드문 사람이었다. 그 사람이 나를 바라보자 그에 대한 흥미 같은 것이 일었다.

"부인, 걱정하고 계시는군요. 그렇죠?" 그가 물었다.

"카를로스를 존경하거든요." 내 대답이었다.

"그 친구를 찾아내도록 최선을 다할 것을 약속드리겠습니다." 그가 말을 받았다.

"고맙습니다." 그에게 답하고는 모두를 향해 말했다. "방으로 가서 커피 드시겠어요?"

"그럼 가시지요들." 남편이 자리에서 일어나며 말했다. 마치 흉내를 내는 원숭이들처럼 그를 따라 다들 몸을 일으켰다. 나는 방으로 들어가서 티르소 산티야나를 찾아 그의 곁으로 다가갔다.

"지사님을 믿으세요? 그런가요?"

"물론이죠, 사모님." 그가 대답했다. 우리 대화의 주제가 날씨쯤에 지나지 않는다는 듯 내가 웃음을 터뜨렸다.

"카를로스는 90번지에 갇혀 있어요. 그분을 구해주세요." 내가 말했다.

"무슨 말씀이신지?"

"90번지에 있는 집은 정적들을 수용하는 감옥이에요. 제 남편이 지사를 지낼 때부터 있었는데 여태 없어지지 않았죠. 카를로스는 그곳에 있습니다."

"그걸 어떻게 아셨습니까?" 그가 물었다.

"그게 뭐 중요해요? 가주실 거죠? 거리에 떠도는 이야기쯤으로 해 두죠. 어서 당신 사무실로 사람을 보내 이 사실을 알려주세요. 제발 빨리요." 내가 또 한 번 웃자 그도 계속 다른 눈들을 속이기 위해 따라 웃었다.

"주지사님, 전 이만 물러나겠습니다. 사무실 직원들이 뭐라도 좀 알아냈을까 해서 말입니다." 그가 말했다.

"산티야나란 이 친구 꽤나 유능합니다. 옛날에 저도 뭐든 저 친구 랑 의논하려고 했죠. 근데 상대도 안 해주더군요. 펠리페 씨, 도대체 저 친굴 어떻게 구워삶은 겁니까?" 안드레스의 말이었다.

"재수가 좋았던 거죠." 베니테스가 대답했다. "가보시게, 검사 영 감."

경찰서장 펠리코는 심사가 편치 않은 것 같았다. 검사장이 가면 자 신도 가야 하는 탓이었다. 하지만 내키지 않는다는 기색이 역력했다. 브랜디와 커피를 마시며 소파에 앉아 있는 기분이 괜찮은 듯했다.

"선생님은 계실 거죠, 그렇죠, 펠리코 씨?" 난 그에게 물었다.

"그렇게 말씀하시면 저로서도 별 도리가 없겠네요, 사모님." 그는 이렇게 말하며 다시 자기 소파에 앉아 편안한 자세로 초콜릿 박하사 탕을 먹기 시작했다.

"산티야나 검사님은 제가 모시죠." 내가 검사의 팔짱을 끼고 아래 로 난 문을 향해 걸으며 말했다. 안드레스가 각종 문장(紋章)과 전쟁 기념물로 장식한 문이었다. 기둥 뒤에 후안이 숨어 있었다.

"무슨 일이에요, 후안?" 내가 물었다.

"베니토가 그 사람들을 90번지에 내려주었다는데 그 이상은 자기도 모른답니다."

"그곳으로 데려다주시오." 티르소가 부탁했다.

"저도 같이 가겠어요." 내가 말했다.

"다 망치고 싶은 겁니까?" 그가 물었다.

나는 둘만 떠나보냈다. 그리고 두려움에 떨며 방으로 돌아왔다.

"뭘 혼자서 구시렁거리나, 카탈리나?" 내가 들어가자 안드레스가 물었다.

"구구단을 외었죠. 체코랑 복습할 때 내가 틀리면 안 되잖아요." 내 대답이었다.

"이 여편네 남자로 났더라면 정치꾼이 되었을 겁니다. 우리 전부를 합쳐도 저 여자 수완은 못 당할 겁니다."

"장군님 부인은 여러 가지 자질을 두루 갖추셨습니다그려." 베니테스가 말했다.

"벽난로에 넣을 장작을 좀 달라고 해야겠어요. 엄청나게 춥네요." 난 중얼거리듯 말했다.

그날 밤, 안드레스가 기타 연주를 부탁했던 사나는 '차토 블랑코'* 라는 예명을 갖고 있었다. 피부가 새하얀 그는 애잔한 목소리로 노래를 했는데, 사람들이 이렇게 청하든 저렇게 청하든, 노래가 흐르는 가

---

* '하얀 기수(騎手)'라는 뜻.

운데 대화를 나눌 수 있도록 불러달라고 청하든 변함없이 한결같은
목소리였다.

가수는 내 옆, 벽난로 언저리에 앉아 노래를 부르기 시작했다. "머
나먼 산길 따라, 누군가 말을 몰아가네요, 이 세상 외로이 혼자서 죽
음을 찾아간다오."

"차로 씨, 〈번갯불〉 좀 연주해주시오. 그따위 궁상맞은 노래는 집어
치우고. 우리가 근심에 빠져 있는 걸 모르겠소?" 안드레스가 말했다.
차로가 새로 시작한 노래에서 달라진 게 있다면 기타 코드뿐이었다.

"모든 건 당신을 진정 사랑하기 위한 것, 그대를 본 순간 난 얼어붙
어버렸소, 더이상 그대를 바라보진 않으리. 하늘에서 내려온 강렬한
번개여, 이 내 열정을 가져가다오⋯⋯"

"정말 끝내주는 노래란 말이야. 처음부터 다시." 안드레스가 신청
했다.

차로가 처음부터 다시 노래를 불렀다. 그곳에 있는 모든 사람이 따
라 불렀는데, 안드레스가 노래를 부르기 시작함으로써 이미 아무도
대화를 나눌 수가 없는 상황이 되어버렸기 때문이다. 자연 차로가 주
인공이 되었다. 안드레스는 그를 동생이라고 부르기 시작하며 줄줄이
노래를 신청했다.

"노래해, 카탈리나." 내게 말했다. "그렇게 불에 바짝 붙어서 한쪽
구석에 숨어 있지만 마라, 데겠다. 〈헤어져 그대와 함께〉나 불러봐."

"다들 카티나 여사와 같이 해볼까요." 차로가 말했다. 하지만 정작
노래하는 사람은 그 사람뿐이었다. 티르소가 방으로 들어선 것은 노
래가 끝날 즈음이었다.

"비베스 씨를 찾았습니다." 그가 말했다. "죽었습니다."

"어디서 찾았소? 지사님, 진상을 밝혀줄 것을 요구하는 바입니다!" 안드레스가 큰 소리로 말했다.

"티르소, 어떻게 됐다고?" 베니테스가 물었다.

"지사님하고 둘이서만 이야기를 좀 나눴으면 합니다. 우선 지금 당장 사직하겠다는 뜻부터 전해 올리겠습니다. 비밀 감옥에서 찾았습니다. 그곳 사람들 이야기로는 펠리코 대령의 명령이었답니다."

한바탕 동요가 일었다. 펠리코가 안드레스를 쳐다보았다.

"저 사람, 서장 자릴 내놓으라고 하시오." 안드레스가 베니테스에게 소릴 질렀다. "그 집은 도대체 뭐요? 카를로스는 어디 있는 거고? 누가 그곳으로 데려간 거요?"

"티르소, 진상을 밝혀주게." 지사가 말했다.

"무슨 말씀을 하시는 건지 전 잘 모르겠습니다." 펠리코의 목소리가 높았다.

푸엔테의 마누라가 졸도했다. 푸엔테는 의회에서 연설을 하겠다며 연설문을 작성하기 시작했다. 난 그 자리를 떴다.

티르소의 차 옆에서 후안이 루시나를 안고 있었다.

"어디 있지?" 내가 물었다.

"여기 안에요. 하지만 제발 안 보시는 게 좋을 것 같습니다, 사모님." 후안의 말은 애원에 가까웠다.

문을 열었다. 그이의 머리가 시야에 들어왔다. 머리칼을 쓰다듬어 보았다. 피가 흥건했다. 그이의 눈을 감겨주었다. 목덜미와 점퍼에도

피가 묻어 있었다. 목에는 구멍이 나 있었다.

"위로 데려가게 도와주세요." 내가 부탁했다.

후안과 티르소의 기사, 루시나 그리고 나, 이렇게 넷이 양치류 화분이 있는 방으로 그이를 데려가 침대에 뉘었다. 다들 나가달라고 부탁했다. 그이 옆에 웅크리고 앉아 그이를 바라보며 얼마 동안이나 있었을까. 안드레스와 베니테스가 들어왔다.

"전에 말했지? 왜 내 말을 신경 써서 듣지 않았나?" 그가 카를로스를 만지며 말했다.

"토난친틀라에 묻어주기로 해요." 침대 끝에서 몸을 일으켜 문 쪽으로 향하며 내가 말했다.

밖으로 나왔다. 복도는 어두웠다. 아래층에서 흘러나온 가느다란 불빛 하나에 의지해 화분을 붙들어가며 겨우 쓰러지지 않고 걸을 수 있었다. 손님들 방은 박공과 물탱크가 이웃한 3층에 있었다. 전등이 있어야 했지만, 사람들 눈에 띄지 않고 위층으로 올라갈 수 있도록 카를로스와 내가 이틀 전 밤에 부숴버렸었다. 아이들은 2층에서 잤고, 안드레스와 나만 1층에 머물렀는데, 우리 방에서 양치류가 있는 그 방까지 가자면 계단과 복도를 따라 5분이나 가야 했다. 난 지난밤들의 감각으로 어둠 속을 걸었다. 정원으로 나갔다가 내 방으로 돌아왔다. 머리를 빗었다. 검은 외투를 걸치고, 주방에 있던 후안을 찾았다. 후안은 날 '가요소'로 데려다주었다.

"부르셨습니까, 부인." 친절이 몸에 밴 남자가 졸린 듯 말했다.

"관 하나 보내주세요. 쇠는 사용하지 않고 순전히 나무로만 된 나무

색 관으로. 장식도 없고, 십자가도 안 그려진 걸로요." 내가 말했다.

관은 아홉시에 왔다. 열한시에 토난친틀라에 도착했다. 날씨는 맑았고, 사람들도 많았다. 베니테스가 차를 보내 음악학교 선생님들과 학생들, 정당 활동가들을 데려왔다. 멕시코시티에서 온 코르데라가 나와 나란히 관을 뒤따랐다.

언덕 발치, 교회 바로 옆에 있는 토난친틀라 공동묘지에는 울타리가 없었다. 망자의 날, 11월 2일이었다. 많은 사람들이 묘지를 참배하며 꽃을 바치고 몰레 요리와 빵, 과자 따위를 바쳤다. 그 전날 우리가 있었던 그곳의 꽃을 모두 따오라고 했다. 5백 송이는 족히 될 듯했다. 난 그 꽃을 베니테스가 데려온 사람들에게, 그리고 코르데라와 같이 온 노동자들에게 나눠주라고 했다. 모든 사람의 손에 카를로스의 무덤에 놓을 꽃이 들렸다.

매장을 하는 인부들이 미리 파둔 구덩이 옆에 카를로스의 나무 관을 내려놓았다. 그때 안드레스가 내 옆으로 다가서며 말했다.

"노동자 동지 여러분, 그리고 여러 친구분들. 카를로스 비베스는 우리 사회가 평화와 화해의 결실을 향한 오솔길로 나아가는 것을 원치 않는 사람들에 의해 희생되었습니다. 도대체 어떤 자들이 그의 생명, 아름다운 그의 인생을 꺾어버렸는지 우리는 모릅니다. 자신들에게 위협으로 느껴졌겠지요. 하지만, 하지만 우리는 그 자들이 응분의 대가를 치르게 될 것이라 확신합니다. 우리가 카를로스 비베스 같은 인물을 잃었다는 것은 저나 제 가족 그리고 그의 친구들처럼 가까이서 그를 사랑했던 사람들의 비통함이기도 하지만, 그에 앞서 돌이킬 수 없는 사회적 손실인 것입니다. 전 이 자리에서 그의 재능과, 조국에 기여했던 그의 활동, 그리고 우리의 혁명을 계승하는 데 기여한 그의 모든 노고를 기리고 싶습니다. 하지만 참을 수 없는 고통에 차마 말을 이을 수가 없습니다, 이만."

다음엔 코르데라가 말을 했다. 난 그저 영화라도 보듯 그 모습들을 바라보았다. 아무런 느낌도 없었다.

"카를로스." 그가 말을 시작했다. "우린 언제나 가슴속에 자네의 정직함과 지성, 그리고 용기를 간직하며 힘을 얻을 것이네. 더이상 정의를 구걸하지 않겠네, 이미 우린 그걸 찾았으니까. 정의를 찾는 우리를 도와주려다 자네는 생명을 잃었네. 우린 누가 자넬 죽였는지 잘 알고 있네. 자넬 죽인 자들은 무기와 감옥을 가진 자들, 바로 권력자들이네. 자넬 죽인 자들은 가난한 사람도, 노동자도, 학생들도, 지식인도 아니네. 자네를 죽인 자들은 토호, 독재자, 압제자, 폭정자, 착취자 들이네…… 잘 가게."

그의 말이 끝나자 인부들이 하관을 위해 관을 들어올렸다. 그때 난 꽃을 구덩이 바닥으로 던졌다.

"드디어 당신의 꽃무덤을 갖게 되었네요, 어리석은 사람." 그러고는 애써 눈물을 억누른 채 재빨리 돌아서서 자동차로 향했다.

그다음 주엔 궐기대회가 이어졌다. 얼마나 얼이 빠졌던지, 내겐 CROM 쪽 이야기나 CTM 쪽 이야기나 지사의 이야기나 로돌포의 이야기나 코르데라의 이야기나 안드레스의 이야기나 모두 다 그게 그것처럼 들렸다. 모두 카를로스가 위대한 인물이었다고 이구동성으로 말했으며, 복수를 해야 한다고, 암살자를 색출해야 한다고, 배신자들과 폭력으로부터 조국을 수호해야 한다고 입을 모았다. 그이의 친구들은 비베스의 덕망을 기림과 동시에 예술계가 입은 돌이킬 수 없는 손실을 천명하며 일간지에 진상 규명을 요구하는 성명서를 실었다. 사람들의 이름을 살펴보았다. 그중엔 그이가 에프라인, 레나토와 대화를 나누며 언급했던 사람들, 그이와 전화 통화를 했던 사람들의 이름이 있었다. 난 그들을 몰랐다. 그이는 그런 사람들과는 어울리지 않는 게 좋다고, 아무도 이해할 수 없는 사람들이라고, 날 믿어주지 않을 거라고 했었다. 하지만 자기 영혼의 쌍둥이인 에프라인과 레나토만은 어울려도 괜찮다고 말했었다. 광기 어린 인생을 사는 두 사람인데, 왜 다른 사람들의 인생을 이해 못 하겠냐는 이유에서였다. 난 모든 출판물을 스크랩했다. 그러고는 은제 상자에 담아 열쇠를 두던 내 옷장 구석 깊숙한 곳으로 밀어넣었다. 상자 속에 그이의 종이쪽지와 포플러 가로수 길에서 우리 둘이 같이 찍은 사진 한 장, 그날 연주회 직후에 나온 그이에 대한 모든 기사 스크랩도 보관했다. 그이에 대한 비난과 혹평을 담은 것까지도. 그이가 지휘하는 모습을 찍은 사진이 한 장 있었다. 머리카락이 이마로 흘러내리고 양손을 쫙 펼친 모습이었다. 난 사진을 쓰다듬고 또 쓰다듬었다.

비르소기 90번지의 그 집에서 벌어진 일의 진상을 밝혀내자, 시사는 펠리코에게 책임을 뒤집어씌우고는 자신은 결백하다며 놀라움을 금할 길이 없다고 해명했다. 펠리코가 안드레스를 찾아 집으로 왔다. 그가 사무실로 들어갈 때, 난 2층 난간에 기대서서 지켜보고 있었다.
　며칠이 지나자 모든 신문이 일제히 호들갑스러운 기사를 실었다.

베니테스는 일체의 부패를 뿌리 뽑겠다고 했고, 안드레스는 정의와 법에 대한 믿음을 천명했으며, 펠리코는 감옥에 갔다고 했다.

몇 달 후, 산 후안 데 디오스 감옥에서 일곱 명이 탈출했다. 그중에는 펠리코도 끼어 있었다. 불과 얼마 전까지도 로스앤젤레스에 있는 그에게서 크리스마스카드가 날아왔다.

20

난 푸에블라에 남았다. 멕시코시티로 되돌아간다는 게 두려웠다. 푸에블라의 언덕배기 그 집엔 담장도 있었고, 날 지켜줄 기억, 곰곰 되씹을 수 있는 기억도 있었다. 더이상은 따지는 것도 놀라는 것도 싫었다. 정원이나 벽난로 옆에 붙어 앉아 저 멀리 지나가는 청춘 남녀들의 모습이나 구경하고, 토난친틀라의 공동묘지 앞에 새로 구입한 작은 집에 틀어박혀 그렇게 나이를 먹어가는 게 훨씬 나았다. 소리를 지르고 싶거나 은둔하고 싶을 때면 새도 산 그 십을 찾아갔다. 한 칸짜리 벽돌집으로, 방 안에 흔들의자와 테이블을 하나씩 들여놓고 사진과 스크랩을 담은 상자를 두었다. 앞뜰에 큰 나무 한 그루가 서 있고, 부겐빌레아 넝쿨이 그 나무를 감고 올라가 지붕을 거쳐 기와를 온통 뒤덮은 채 창문으로 기웃거려서 햇빛이 들지 않는 방이었다. 그곳에서 나 혼자 흐느끼다 방바닥에서 잠이 들었고, 퉁퉁 부은 눈으로 깨어 나면 또다시 한동안 평온한 시간을 보낼 준비가 되어 푸에블라로 돌아가곤 했다.

카를로스가 죽은 후, 릴리아가 제 아버지에게 반항을 하고 나섰다. 아버지를 불신하게 된 그 아이는 항상 나와 함께 지내고 싶어했다. 우리는 나란히 라 빅토리아 시장으로 과일을 사러 가기도 했고, 난 이틀에 한 번꼴로 아이를 '베라크루스 항구'라는 가게로 데리고 가서 옷이나 구두를 함께 고르기도 했다. 그 아이는 당시 유행에 따라 커다란 메달이 달린 금팔찌를 팔에 차고 다녔다. 그 아이가 가까이 다가올 때면 워낭 소리 같은 게 났다.

난 그 '항구'라는 가게에 가는 게 싫었는데, 안드레스의 또다른 여자들도 그곳에서 쇼핑을 하기 때문이었다. 그 인간은 가게의 주인들과 거래하는 계좌를 갖고 있었고, 그 계좌는 당시 그 인간이 한참 달고 다니던 여자나 그의 딸들 모두 서명만 하면 이용 가능했다. 난 아니었다. 내가 돌연 그곳에 가곤 했던 것은 단지 릴리아를 위해서였다. 난 그 아이를 좋아했는데, 호기심이 많은 데다 나처럼 주책기도 있었고, 모든 일에 대처 능력이 있는 아이였다. 안드레스의 다른 딸들은 그렇지 않았다.

그 아이는 알라트리스테 집안에서 청하면 그 사람들과 저녁을 먹기도 하는 등 한동안은 아버지 말에 순종하더니, 그 후엔 우리아르테라는 청년을 사랑하기로 마음을 바꾸었다. 그 청년은 인도제 오토바이를 갖고 있었는데, 릴리아는 그와 베라크루스로 이어지는 도로를 따라 몰래 내닫기도 했다. 릴리아를 두둔하던 난 그 청년과 친구가 되기에 이르렀다. 그 청년은 알라트리스테 가문과 사돈을 맺는 일에서 날 구원해줄 은총이었다.

에밀리토는 8년간이나 연애를 했던 옛 애인 헤오르히나 레토나에게로 되돌아갔고, 그 여자애는 모든 것을 용서해주었다. 아주 예뻤던 그 아이는 바보처럼 그 녀석만을 사랑하고 있었던 것이다. 지금 생각해봐도 다른 사람은 아무도 그 아이 눈에 들지 않았던 것 같다. 속눈썹이 짙고 검었으며, 윗눈썹은 그려놓은 것 같았고, 구슬 같은 두 눈은 어깨까지 찰랑거리는 머릿결 색과 같은 꿀빛이었다. 난 그애의 웃음소리를 한 번도 들어본 기억이 없다. 언제나 배시시 미소만 지었다. 열린 입술 사이로 작고도 가지런한 치아가 살포시 드러나는 모습은 샘이 날 정도로 천진스러웠다.

릴리아와 내가 그들과 마주쳤던 적이 있었는데, 둘은 손을 맞잡고 레포르마 거리를 걷고 있었다. 평소 그 녀석의 멍청한 몸짓은 지금도 내 머리에 남아 있는데, 헤오르히나와 함께 있던 에밀리토에게선 그 멍청함이 보이지 않았다.

"내가 쟤랑 결혼했다면 얼마나 어이없었을지 상상이 되세요? 결혼도 하기 전에 내 이마에 뿔이 돋을 게 뻔하다고 생각되더라니." 그들과 마주친 직후 릴리아가 내게 한 말이었다.

나는 그 아이 어깨에 손을 올려놓고 네 말이 옳다고, 우리아르테가 나타난 그 순간은 널 그 어이없는 상황에서 구원해준 축복의 순간이었다고 말해주었다.

레포르마 거리에서 그들을 만난 지 나흘 후, 에밀리토가 골목길을 다 차지할 정도의 피아노를 동원해 릴리아에게 세레나데를 바쳤다.

그런데 피아노는 아무것도 아니었던 것이, 피아노 연주자는 바로 아구스틴 라라였고, 노래하는 사람은 페드로 바르가스*였던 것이다. 푸에블라에 있는 우리 집 대문간으로 XEW 방송국 전체를 다 옮겨놓은 듯했다.

릴리아가 자기 방에서 우리 방까지 계단을 뛰어 내려왔다. 장밋빛 실내복 차림에 맨발이었다.

"어쩌죠, 엄마?"

아이 아버지가 자리에서 일어나 창문 밖을 살폈다.

"불을 켜야지, 멍청아. 어쩌긴 뭘 어째." 그가 아이에게 대답했다.

"불 켜면, 받아들인 걸로 믿을⋯⋯"

"불 켜." 안드레스가 고함을 질렀다.

"얘가 불을 켜고 싶지 않다면 안 하는 거예요. 괜히 그랬다가 자기를 받아들였다고 믿게 될 저 청년은 누가 책임진다고 그래요?" 내가 말했다.

"저 친구 장인이 될 내가 책임진다."

"하지만 릴리아는 원하지 않잖아요." 내가 말하는 사이 밖에서는 〈작은 등불〉이 연주되었고, 딸아이는 커튼 틈으로 내다보고 있었다.

"얼굴이 엉망이에요." 딸아이가 말했다. "고민스러운 표정인데요."

"고민되는 게 당연하지." 안드레스가 말했다. "네가 자길 버리고 그오토바이 탄 개자식이랑 싸돌아다니고 있으니까."

"그것 때문에 고민하는 게 아니에요. 저 녀석이 헤오르히나 레토나

---

* 둘 다 당대 멕시코에서 유명했던 음악가이다.

한테 푹 빠졌다는 걸 당신도 훤히 알잖아요."

"닥쳐, 카탈리나. 애 머릿속에 엉뚱한 생각을 심어줄 필요가 뭐가 있나? 릴리아, 어서 불을 켜라."

"난 찬성하지 않는다고 분명히 말했어요." 침대에서 벗어나며 내가 말했다.

"이리 오렴, 애야." 안드레스가 말했다. "저 사람 말엔 신경 쓰지 말거라. 지금 고통에 빠져 있으니."

딸아이는 내가 빠져나온 침대 속으로 파고들었다. 두 사람은 불 켜진 그 방에 남아 밖에서 흘러드는 음악을 듣고 있었다. 그사이 난 접대실로 내려가 그곳에서 자고 있던 후안을 깨웠다. 뒷문으로 빠져나가 우리아르테에게 세레나데 이야기를 전해달라고 부탁했다.

내 생각대로라면 그는 15분도 채 지나지 않아 기타와 산탄총을 든 친구 여남은 명을 이끌고 나타날 청년이었다.

한바탕 큰 소리가 들려왔다.

"릴리아! 어서 나와서 여기 이 녀석한테 네가 사랑하는 사람이 누군지 말해줘." 하비에르 우리아르테의 목소리였다. 그의 친구들은 피아노를 덮쳐서 아구스틴 라라를 차 속으로 밀어넣고 페드로 바르가스를 그 옆자리에 앉혔다. 경호원인지 누군가가 에밀리토를 꽁꽁 감싸 안은 채 보호하고 있었고, 하비에르는 그 위도 구멍질을 해냈다. 그의 친구들이 땅에다 산탄총을 발사하며 소리를 질렀다. "페어플레이, 페어플레이! 두 사람한테 맡기자." 경호원과 떨어진 에밀리토가 우리아르테와 맞섰다. 둘은 한참을 엉켜 뒹굴었다.

안드레스는 그중에 자기편이 있다는 사실도 잊고 마치 권투 경기관전하듯 싸움을 지켜보았다. 에밀리오는 나름대로 방어를 했지만 적수가 못 되었다. 아버지 옆에서는 릴리아가 창문에 턱을 괸 채 손톱을 깨물어가며 두 청년을 지켜보고 있었다.

"울긴 왜 우나? 즐거워해야지." 안드레스가 말했다. 하지만 그 아이는 더이상 견디지 못했다. 창가를 떠나 옷을 걸치더니 이윽고 문간에 모습을 드러냈다. 두 청년을 향해 천천히 걸음을 옮기고는 아무 말 없이 두 사람 사이에 섰다.

에밀리토는 코가 넥타이에 닿을 만큼 거칠게 숨을 몰아쉬었고, 우리아르테는 릴리아를 제 쪽으로 끌어당겨 가슴에 안았다. 잠시 후 문간에 나타난 안드레스가 릴리아를 불렀다.

딸아이는 하비에르에게서 떨어져 집으로 들어왔다. 아이와 아버지는 내가 지켜보며 서 있던 복도까지 올라왔다.

"죽여버리고 말 테다." 그의 말은 냉혹했다. "당신의 카를로스처럼 저 녀석도 죽여버리고 말겠어."

릴리아와 난 서로 허리를 안은 채 그애가 자고 있던 방으로 향했다. 다른 형제자매들이 다들 그 방에 모여 창문으로 내다보고 있었다.

아이들은 환호로 그애를 맞았다. 안드레스가 에밀리토의 등을 두드려주는 모습이 보였다. 하비에르와 그의 친구들은 인형 모양의 분수대 쪽으로 걸어가고 있었다. 그리고 잠시 후, 거리는 정적을 되찾았다.

그다음 주에 우리아르테가 전화를 걸어 릴리아를 찾았다. 나는 침실 전화를 통해 릴리아의 말을 들었다.

"안 돼. 아빠가 돌아오셨거든."

잠시 후, 오토바이 소리가 들려왔다. 하비에르는 경적을 울려가며 우리 집 주위를 맴돌았고, 결국 릴리아는 청년에게 쪽지 하나를 던졌다. 쪽지는 그의 셔츠와 가죽점퍼 사이로 떨어졌다. 쪽지에는 '널 사랑해'라고 적혀 있었다.

딸아이는 거의 6개월 동안이나 에밀리오와의 대화를 거부했다. 그 애는 그 6개월 동안 연애에 빠져 활짝 피어난 모습으로 다녔다. 하지만 하비에르가 모든 진실을 안고 오토바이와 함께 벼랑 아래로 굴러떨어져버림으로써 그 연애는 끝장나버렸다. 어찌 된 일인지 아는 사람은 아무도 없었지만, 그는 살아 돌아오지 못했다.

부모가 아들의 시신을 수습해서 프란세스 공동묘지*에 안장했다. 더이상의 풍문은 없었다. 난 공동묘지까지 딸아이와 함께 갔다. 아이를 울게 내버려두고는 누구에게랄 것도 없고 이유도 모르는 용서를 빌었다.

오래지 않아 에밀리토가 아센시오 장군님과 할 이야기가 있다며 집으로 찾아왔다.

안드레스는 그를 사무실로 데려갔다. 별난 사무실이었다. 복도처럼 길쭉하고, 한쪽에는 말안장들이 걸려 있고 또 한쪽에는 투우복에 승마복, 안달루시아 지방의 전통 의상이 걸려 있었다. 맞은편 끝에는 시가와 성냥이 가득 든 커다란 칸막이 책상이 있었다. 온갖 종류의 성냥이 4백 통가량 있었는데, 용건이 있어 찾아온 사람들의 이야기를 듣는 동안 재미 삼아 하나씩 불을 켜곤 했다.

이야기가 끝나자 안드레스가 날 부르더니 말했다.

---

* 프랑스인들의 공동묘지로, 시내에 있다.

"릴리아는 몇 달 내로 에밀리오 알라트리스테와 결혼한다. 애한테 전하고 준비를 서두르도록."

난 미소만 지어 보이고는 에밀리토의 팔을 잡아끌었다. 같이 릴리아에게 갔다가 정원으로 나갔다.

21

그해에 두 사람은 아틀릭스코에 있는 목장에서 결혼식을 올렸다. 온 멕시코 사람이 다 모인 것 같았다. 대부인 대통령과 모든 장관을 비롯해 각 지역 군사령관, 열다섯 명의 주지사와 푸에블라의 모든 부유층 인사, 그리고 루시나와 후안까지. 결혼식이 끝났을 때 루시나와 후안 두 사람은 식장 한가운데에서 서로 꼭 껴안고 있었지만, 아무도 그들에게 신경 쓰지 않았다.

아버지와 춤추던 릴리의 모습은 잊을 수가 없다. 사기 허리에 손을 두른 아버지에게 몸을 내맡긴 채, 아버지의 보호가 흡족하다는 듯 춤을 추며 그 드넓은 정원 가운데를 누비고 다녔다. 정원엔 몇 백 년은 족히 묵었을 키 큰 나무들이 있었고, 그 사이로 강이 흘렀다. 아침나절 마타모로스에서 그 강에 꽃을 던져넣어서, 오후 세시경이면 그 꽃이 아센시오 장군의 딸 가운데 최고의 딸이 결혼식을 올리는 산루카스 목장 앞을 떠 가도록 했다.

릴리아의 드레스는 내 책임이었다. 그 엄청난 사람들 속에 끼어 있는 그애는 정말 예뻤다. 아버지를 쫓아 2박자 리듬에 맞춰 발 빠르게 회전을 하고 고개를 뒤로 젖혀가며 춤을 추었다.

그다음 오케스트라가 〈물결을 넘어〉라는 노래를 연주하자, 안드레스가 그 아이를 에밀리토 손으로 넘겨 둘이 서로를 안은 채 '그들의 노래'를 듣도록 했다. 나로서는 그 노래가 그들의 노래라는 것은 또 언제 꾸며낸 수작인지 몰랐고 그건 릴리아도 마찬가지였다. 하지만 그애는 자신에게 맡겨진 역할을 충실히 연기하는 최고의 배우처럼 에밀리토에게 매달려 있었다.

사람들이 환호하는 사이, 둘은 식장 쪽을 향해 돌아섰다.

"키스! 키스! 키스!" 서로 마주 보기도 하고 땅을 내려다보기도 하며 짧은 순간을 보낸 후 잠시 동안 서로의 입술이 포개졌고, 그러고 나서 둘은 다시 조용히 춤을 추었다.

안드레스가 되돌아와 사돈끼리 앉은 우리 테이블에 자리했다. 코냑을 청한 그가 시가를 꺼내더니 연기를 내뿜기 시작했다.

"친애하는 사돈 양반." 그가 말했다. "우리, 라디오 방송국 사람들 테이블로 가보실까요?"

"그래야지요, 사돈이 가시자는데." 에밀리오 씨가 웃음을 쏟으며 대답했다.

"만사가 다 순조롭게 진행되는 것 같네요, 카탈리나. 잘된 일이죠." 안사돈이 말했다.

"자상도 하시네요, 콘차 부인." 대답을 하는 순간, 비비와 고메스 소토 장군의 테이블에 앉아 있는 웬 미남의 얼굴이 눈에 들어왔다.

"무슨 말씀을." 콘차 부인이 말을 받았다. "부인 친딸도 아닌 여식 때문에 이렇게 수고까지 하시는데. 그런데 릴리의 엄마는 누군가요?"

"소중하기로 치자면 제가 저애 엄마죠, 콘차 부인." 내가 대답했다.

내가 호기심 어린 얼굴로 자기들의 테이블을 보고 있다는 사실을 알아차린 비비가 내 곁으로 다가와, 그 잘난 안사돈으로부터 날 구해주었다. 비비와 난 클라크 게이블만큼이나 기품이 넘치는 그 인사 앞으로 다가갔다. 그가 일어나서 내게 손을 내밀었다.

"뵙게 돼서 영광입니다." 그가 말했다.

"고맙습니다." 내가 대답했다.

"키하노를 모르십니까, 카탈리나?" 고메스 소토 장군이 물었다. "푸에블라 출신인데 영화감독으로 명성을 날리고 있지요."

우리는 영화와 예술가에 대해 대화를 나누기 시작했다. 그는 날 자신의 처녀작 〈춘희〉의 개봉식에 초대했다. 기꺼이 초대에 응한 나는 우리 어머니가 그 작품을 얼마나 좋아하셨는지, 그 소설이 우리 집에서 어떤 존재였는지 이야기했다. 우리는 서로 마주 웃었다.

"정말이에요. 거의 성서였죠. 우리 집에선 누구라도 기침을 하면 그 기침이 도져 지세싱으로 흘러가는 세 숙명이다고 생각해야 했나까요. 어머닌 집에 있는 방이란 방엔 다 요오드가 든 무 시럽을 상비해두셨어요. 누가 됐든 기침만 하면 어머닌 그걸 한 숟가락 퍼서 먹이시며 당사자를 춘희 마르그리트 고티에가 겪은 그 참혹한 죽음에서 구해내곤 하셨죠." 내가 말했다.

우린 춤을 추었다. 뭔가 할 말이 있는 듯한 안드레스의 눈앞에서 알 짱거려가며 그 완벽한 남성의 품에 안겨 춤을 추었다. 그가 언짢아했 을지 어땠을지는 모르겠지만, 언젠가는 카를로스와 그렇게 춤추어보 고 싶었다.

"파트너를 바꿀까요?" 우리가 릴리아와 에밀리토 곁으로 다가가자 릴리아가 말했다.

키하노를 풀어준 난 에밀리토의 어줍은 춤에 맞춰주기 위해 노력해 야만 했다. 하비에르 우리아르테를 떠올렸다. 상상 속의 우리는 아주 즐거워하고 있었다. 난 미소를 지었다. 릴리아가 다시 왔다. "파트너 바꾸실까요?" 키하노의 손을 놓은 그애는 나와 춤을 추었고, 그사이 두 남자는 식장 한가운데 멍하니 서 있었다.

"정말 미남이에요. 어디서 구했어요?"

"미쳤니, 릴리? 난 널 아주, 아주 사랑한단다." 아이에게 말했다.

"말이 그렇다는 거겠죠." 릴리아의 대답이었다.

난 딸에게 키스를 해주었고, 우리는 다시 원래 파트너와 춤을 추었 다. 키하노가 식장을 향해 회전시켜주었는데, 회전이 그렇게 잘될 수 가 없었다. 그 상황을 한껏 즐겼다. 우리 둘은 마치 평생 같이 연습이 라도 한 듯 박자 한 번 놓치는 법이 없었다. 오후가 되어 날이 싸늘해 지기 시작하자 릴리아가 내게 다가와 말했다.

"이제 떠나야겠어요. 에밀리오는 포졸레*가 나오는 밤까지 남아 있 는 건 싫은가봐요. 옷 갈아입는 것 좀 도와주실래요?"

---

* 옥수수로 만든 수프의 일종.

"기다리고 있겠습니다. 부인." 식장 언저리까지 바래다주며 키하노가 말했다.

나는 그에게 감사의 말을 남기고 릴리아와 농장 집으로 들어갔다.

방 안에는 반쯤 꾸리다 만 가방 네 개가 놓여 있었는데, 한결같이 제멋대로 열려 있어서 다시 정리하기가 불가능할 것 같았다. 릴리아의 면사포와 머리 장식을 떼어냈다. 그녀는 머리핀에서 해방된 듯한 기분을 느꼈던지, 머리를 흔들어 꽂고 있던 갈대와 꽃을 날려버렸다. 검은 머리채를 풀어 등 가운데까지 흘러내리게 했으며, 몇 시간이나 숨을 참은 사람처럼 깊은 숨을 내쉬었다. 그야말로 하이힐에서 '내려왔고', 옷에서 몸을 쑥 뽑아내려는지 옷을 마구 잡아당겼다. 방바닥 한가운데 서서 용을 쓰는 모습을 보자 단추라도 풀어주고 싶었다. 릴리아는 옷에서 머리를 빼내려고 몸까지 젖혀가며 잡아당겼다. 밝은색 스타킹을 신은 그 아이의 늘씬한 다리에 건강미가 넘쳤다. 허벅지 가운데쯤에 구식 밴드를 하고 있었는데, 하얀 비단 안감에 레이스가 달린 밴드였다. 언젠가 내가 그애에게 우리 할머니 시절에는 신부가 밴드를 풀어 아래쪽으로 흘러내리게 하면, 밴드가 땅바닥에 떨어지기 전에 다른 여자가 발로 그걸 받는 장난을 치곤 했다고 이야기해준 적이 있었다. 이런 놀이를 하고 나면 신부 재수가 좋고, 다른 여자는 신랑감을 만나 결혼을 하게 된다는 것이었다.

"이쪽으로 와서 밴드를 받으세요." 그애가 팬티에 브래지어 차림으로 뜀뛰기를 하며 말했다.

"난 벌써 신랑이 있어." 내가 말했다.

"다른 신랑을 만나게요."

그 아이는 밴드를 떨어뜨렸고, 난 발끝으로 공중에 떠 있는 그걸 잡았다. 레이스 달린 밴드가 잠깐 동안 우리 둘의 발을 묶고 있었다. 그다음 그 아이는 뜀뛰기를 해서 자기 발을 빼냈다. 난 치마를 걷고 그밴드를 허벅지까지 끌어올렸다.

"항상 느끼는 거지만 난 엄마 다리가 정말 맘에 들어." 양장 치마를 입으며 릴리아가 말했다. 인조견으로 된 옷이었는데 그애와 정말 잘어울렸다. 붉은 비단 블라우스를 입고, 그 위에 치마와 같은 옷감의 감색 재킷을 걸쳤다. 구두 한 짝이 없었다. 찾아보니 가방 밑에 숨어 있었다.

"스타킹 줄이 또 안 맞잖아." 내가 말했다.

"나만 보면 만날 스타킹 줄이 안 맞대." 릴리아는 여느 때처럼 내가 스타킹을 바로잡아주도록 내 쪽으로 등이 보이게 서며 말했다. 난 다리께까지 몸을 숙였다.

"다음은 뭐죠? 이젠 눕는 건가요?" 그애가 물었다.

"눕는다니, 어디에?" 내가 물었다.

"그이 밑에."

"그래, 밑에. 그럼 성자님들이 다 알아서 해주실 거다." 나는 아이에게 키스를 해주었다.

"그럼 축복을 내려주세요. 제 어릴 적 엄마가 여행을 떠날 때처럼." 에밀리오가 부르는 소리에 그애가 말했다.

호기심 많고 자기 아버지만큼이나 으스대기 좋아하는 아이였다. 게다가 자기 아버지와 한 치도 다름없이 완벽하게 제멋대로인 아이였다.

난 팔을 뻗어 손끝을 그애 이마에 댔다가 가슴께까지 내렸다. 웃음과 흥분, 눈시울이 젖어오고, 볼이 붉어져오는 것을 애써 참는 그 아이를 바라보며 한쪽 어깨에서 다른 쪽 어깨로 손을 옮겼다.

성부와 성자와 성신의 이름으로 기도드리오니, 앞길에 축복을 내려주시고 함께해주시옵길, 특히 성신의 축복을.

한 청년이 들어와 가방을 내려가도 되느냐고 물어왔을 때까지 난 방바닥에 퍼질러 앉아 있었다. 그제서야 난 릴리아가 엉망으로 만들어놓고 간 것들을 정리하기 시작했다. 그리고 가방을 들고 방에서 나갔다.

아래쪽 정원에서 신혼여행 떠나는 신랑 신부를 위한 축복의 외침들이 들려왔다. 페라리를 타고 떠날 예정이었는데 안드레스가 딸에게 주는 선물이었다. 스프레이로 '신혼부부'라고 써놓았고, 흙받기에는 바퀴가 구르면 요란한 소리가 나도록 깡통이 달려 있었다. 차에 오른 릴리아가 마치 은막의 스타처럼 손을 흔들며 작별을 고했다. 형제자매들이 다가가 키스를 해주었다. 그 장면에서 딱 하나 불필요해 보이는 사람이 있다면, 뭔가를 기다리는 듯 정원 반대편만 멀뚱거리는 에밀리토 녀석이었다.

"안녕히 계세요." 요란스러운 작별을 마감시킨 아버지에게 키스를 하려고 릴리아가 입술을 내밀며 밀했다. 에밀리토가 뒤쪽에 주차된 검은색 플리머스 자동차를 가리켰다.

"저 차로 가지. 벌써 뒤에 가방까지 실어됐으니."

알라트리스테 부부가 다가가 아들에게 작별 키스를 했고, 콘차 부인은 울음을 터뜨렸다. 릴리는 페라리에 앉아 꼼짝도 안 했다.

"내려, 릴리아." 에밀리오가 말했다.

"이 차 타고 가고 싶어." 릴리아의 대답이었다.

"그래도 다른 차를 타야 해."

"꼭 그래야 한다면 각자 자기 차 타고 가자." 릴리가 말했다. 그러고는 페라리 운전대 앞으로 옮겨 앉아 차를 몰았다. 요란한 깡통 소리와 함께 페라리는 거리를 향해 대문 저 너머로 사라졌다.

"연약한 여자 아닌가. 화내지 말게." 안드레스의 말이 밀리토의 화를 한층 돋우었고, 밀리토는 다른 차를 타고 릴리를 뒤따랐다. 안드레스가 내게 외투를 내밀면서 어디 있었냐고 물었다. 우리는 춤을 추러 갔다. 주빈석으로 돌아갔을 땐 콘차도 그 남편도 이미 자리에 없었다.

"손님들한테 감사 인사나 하지, 우리." 안드레스가 샴페인 병과 잔두 개를 들고 명령했다. 우리는 이 테이블 저 테이블로 옮겨 다니며건배를 했다. 손님 각각에게 별도의 인사말과 함께 참석해줘서 감사하다느니, 선물 고맙다느니 해가며 사의를 표했다. 그 방면에서 안드레스는 천부적이었다.

안드레스가 거드름을 피워가며 자기 콤파드레를 포옹하자, 로돌포는 멕시코시티로 돌아가야겠다고 했다. 로돌포 옆에 마르틴 시엔푸에고스가 있는 걸로 봐서 둘이 같이 갈 모양이었다. 과연 그들의 말도 다르지 않았다. 그러자 안드레스는 한결 정중한 태도를 취하며 재무장관과 건배를 했다. 시엔푸에고스와 안드레스는 서로 싫어하는 사이였다. 두 사람은 자신들의 대권 도전 행로에서 상대방을 최고의 라이벌로 여기고 있었다. 특히 최근에는 안드레스가 시엔푸에고스보다 훨씬 더했다. 우리는 두 사람을 정원 대문까지 배웅했다.

"마르틴 저놈, 뚱보를 설득하려고 똥구멍까지 핥아주며 환심을 사는군. 뚱보 그 친구 배포는 작아가지고. 녀석이 그 잘난 집 한 채 집어준다고 대통령 자리는 물론 똥구멍까지 내밀려고 하다니. 웃다가 죽을 일이로고." 테이블로 되돌아오는 동안 안드레스가 말했다. 굉장히 화를 내며 한 말이었지만, 그가 그렇게 원통해하는 것도 처음 있는 일이었다.

비비의 테이블에서는 고메스 소토가 고주망태가 되어 무슨 말인지도 모를 주정을 늘어놓고 있었다. 우리를 보자 키하노가 자리에서 일어났다.

"따님은 떠났습니까?" 그가 내게 물었다.

"네, 떠났습니다." 내가 대답했다.

"이 두 분, 춤을 굉장히 잘 추던데요." 고메스 소토가 우리를 가리키며 우리 장군한테 말했다. "우리는 이제 너무 늙어서 그렇게 추래도 못 출 겁니다."

"장군은 늙었는지 몰라도," 안드레스가 말했다. "난 그저 먹을 만큼 먹은 것뿐입니다. 그렇지, 카틴?"

난 우아하게 웃으려고 애썼다.

"그렇지, 카탈리나?" 그가 다시 한번 물었다.

"물론이죠." 음료수 마시듯 샴페인 잔을 비우며 대답했다.

"멕시코시티에 가 계실 건가요?" 키하노가 내 손에 키스를 하며 말했다.

"곧 갈 거예요." 안드레스와 고메스가 누가 나이를 덜 먹었느니 자식이 많으니 해가며 승강이를 해대는 사이, 내가 대답했다.

나를 바라보는 비비의 얼굴은 '벌레 씹은 표정'이었고, 난 포졸레가 끓는 것을 보면서 다른 사람들도 모두 비비의 장군처럼 고주망태가 되기 전에 그거나 살피러 가야겠다고 생각했다.

포졸레가 나올 즈음 불꽃놀이를 담당하는 사람들과 또다른 악단이 도착했다. 새벽 다섯시쯤, 요리 강습반에서 본 후로 못 만났던 두 여자, 나탈리나 벨라스코와 마리아 바우티스타가 초대에 대한 감사를 표하기 위해 남편들을 반쯤 끌다시피하며 내 곁으로 다가왔다.

난 미소를 지어 보이며 그 인고의 세월을 통해 배운, 내가 할 수 있는 최대한의 예의, 여왕 같은 예의로 자리를 피해버렸다. 그보다 더한 복수는 없었다. 적어도 그때 그 사건과 같은 경우에 있어서는 그랬다.

아침식사로 먹을 칠라킬레스*, 고기구이, 커피, 빵 따위의 음식 준비가 어떻게 되어가는지 살펴보려고 집 안으로 들어갔다. 부엌에는 40여 명의 여자들이 부침개를 부치고 요리를 하느라 여념이 없었다. 난 냄비에 칠라킬레스 소스를 끓이고 있는 여자에게 다가갔다.

"너무 맵게 하지 마세요." 그 여자를 빤히 바라보며 내가 말했다.

"약간 매콤한 정도예요." 그 여자가 대답했다. "절 모르시겠어요, 사모님?"

난 여자를 바라보았다. 알겠다는 대답과 함께 언젠가 만난 적이 있다는 듯한 표정을 지었지만, 언제 만났는지 모른다는 게 내 안색에 묻어난 것 같았다.

"죽은 피델 벨라스케스의 안사람입니다. 아텐싱고에서 살해된 사

---

* 잘게 썬 토르티야 위에 토마토소스와 칠레고추, 치즈, 크림 등을 얹은 요리.

람 말입니다. 절 댁으로 데리고 갔던 날을 기억하세요? 그곳에서 루시나를 알게 됐고, 지금도 루시나가 불러서 온 겁니다. 전 사모님을 계속 뵙고 있었고 사모님 말씀도 늘 듣고 있었어요."

"애들이 있다고 했죠? 아이들은 어때요?" 기억나는 게 있다는 걸 보여주기 위해 내가 물었다.

"다 자랐죠. 머지않아 그애들 셋 뒷바라지하려고 일하지는 않아도 될 것 같아요. 지금은 여기 아틀릭스코에 있는 공장에서 방직공으로 일하고 있습니다. 할 수 있는 일은 뭐든지 다 한답니다. 오늘은 여기와 있지만, 다음 주엔 무화과 요리를 만들어 푸에블라에 가서 팔 거고요."

"내가 팔아줄게요. 집에 가서 있는 대로 가져와요." 말을 마친 난 토마토를 먹어보았다. 그리고 루시나에게 머리가 아프니 차 한 잔과 아스피린 한 알을 가져다달라고 했다.

방으로 가서 차를 들었다. 바깥이 춥다고 느낀 사람들이 하나둘 들어오기 시작했다. 사람들에게 코냑을 내다주라고 지시하고 나도 한 잔받아 죽 들이켰다. 그러고는 소파에 앉아 깜빡 잠이 들었는데, 누군가와서 사람들이 아침식사를 했으면 한다는 말을 전했다.

"낮잠이라도 좀 자둘까?" 안드레스가 커피에 빵 조각을 적시고는 이렇게 말했다.

"한잠 자두죠." 내가 대답했다. 카를로스가 죽은 후 처음으로 그와 한이불을 덮었다.

22

기억을 떨쳐버리려고 했지만, 릴리의 목소리가 사라지고 나자 훨씬 더 힘들어졌다. 푸에블라와 토난친틀라, 카를로스의 무덤과 우리 집 정원을 오가며 손톱이나 깨물고 친구들의 연민에 감사를 표하면서, 학교에서 돌아온 베라니아나 체코와 오후 시간을 때우는 도리밖에 없었다.

아이들과 있으면 만사가 만족스러운 것처럼 여겨졌다. 기분 좋은 유희도 아니고 쉽게 해결될 숙제도 아닌 그 일을 머릿속에서 떨쳐버리기 위해 아이들과 시골 장에 가기도 하고, 언덕에 오르기도 하고, 마요라스고 근처에 있는 웅덩이에 가서 도롱뇽을 잡기도 했다. 때로는 아이들을 기쁘게 해주려고 애도 써보고, 애들에게 보다 자상해지고 무한한 기쁨을 주려고 노력도 해보았지만, 자식들은 점차 나 없이

도 살아가는 법을 배워갔고, 그렇게 한동안 같이 지내는 시간이 지나고 나자 나중엔 도대체 누가 누구를 위해 인내하고 있는 것인지조차 의심스러워졌다.

머리를 양다리 사이로 거의 처박다시피 하고 정원에 웅크리고 앉아 풀잎 조각이나 질겅거리고 있을 때면, 아이들로서는 내 곁으로 다가온다는 것 자체가 고통이었기에 날 혼자 있게 그대로 내버려두고 날 부를 만한 이런저런 핑곗거리를 찾아 돌아다녔다.

아텐싱고 사건의 그 여자가 핑곗거리로 걸려들었다. 어느 날 오후 아이들이 달려와서 무화과를 파는 여자, 내가 몽땅 팔아주겠다고 약속했던 여자가 와 있다고 했다.

아이들은 그 여자를 내가 있던 정원의 한쪽 구석까지 데려왔다. 짐과 바구니까지 몽땅 든 채였다. 맑고 청명한 날의 오후 다섯시였기에 팔에 바구니를 낀 그 여자가 햇빛 아래에 멈춰 서자, 큼지막한 치아를 내보이며 웃는 여자의 얼굴은 갓 빚어낸 것처럼 보였고, 자신감과 매력적인 분위기가 느껴졌다.

여자가 바구니를 바닥에 내려놓더니 내 곁에 앉아, 우리가 서로 친구 사이며 내가 자기를 기다리던 중이라는 듯 내게 이런저런 이야기를 하기 시작했다. 방해해서 미안하다는 말 한 마디도 없었다. 여자는 내게 귀찮은지 묻기도 하고, 말을 잠시 멈추고 내가 자기 이야기를 듣고 싶어하는 표정인지 살피기도 했다.

그 여자의 이름은 카르멜라였다. 혹시 내가 기억 못 할까봐 자식들이 어지간히 나이가 들었으며, 이미 내게 말했던 대로 남편은 아텐싱고에 있는 제당 공장에서 살해됐다고 했다. 그 여자는 있는 돈을 모두 굵어모아 남편의 무덤에 대리석 십자가를 세워주었고, 남편을 찾아가 하고 있는 일들은 어떻게 되어가는지, 시골은 또 어떤지 이야기를 들려주었다고 했다. 난 잘 모르는 게 당연했지만 그 여자와 피델은 언제나 올바른 것을 좇기를 좋아했으며, 그들이 롤라와 어울렸던 것도, 아틀릭스코에 있는 공장 노조에 가입했던 것도 그 때문이었다고 했다. 메디나와 카를로스가 살해되자 자신의 분노가 되살아났다며, 내가 왜 아센시오 장군과 계속 같이 사는지 이해할 수 없다고 했다. 우리 장군이란 사람이 어떤 사람인지는 그 여자도 알고 있고, 나 또한 분명히 잘 알고 있고, 모든 사람이 다 알고 있지 않느냐는 것이었다. 어쩌면 내가 원할지도 모른다며 혹시 생각이 있을까 해서 두통이나 다른 통증에 좋은 검푸른 레몬 잎도 가져왔다고 했다. 그 잎으로 만든 차는 생기를 돋우어주긴 하지만 중독될 수도 있고, 매일 복용하면 짧게 봐서는 치료가 되지만 길게 보면 죽음으로 몰아가는 결과를 낳는다며 주의하라고 했다. 의사들은 결코 믿으려 들지 않았지만, 자기 마을의 한 아낙네가 한 달간 그 차를 계속 마신 끝에 결국 죽고 말았다는 이야기를 해주었다. 사람들 말에 의하면 이유도 없이 심장 박동이 멈춰버렸다는데, 효능도 있지만 배신자로 돌변하기도 하는 그 잎이 원래 그렇다는 것을 알고 있던 카르멜라만큼은 그 잎이 문제였다고 확신했다. 결혼식장에서 내가 두통을 호소하는 것을 듣고 혹시 다른 증세에라도 도움이 될까 해서 그 잎을 가져다준 것이었다. 그녀는 마음에 드는지 보라며 무화과를 그곳에 남겨두고는 너무 늦었다고, 더 지체했다가는 돌아갈 차를 놓칠지도 모른다며 떠났다.

난 여자의 말에 한 마디 대꾸도 없이 듣기만 했다. 때로는 고개를 끄덕여 동의를 표하기도 했고, 그녀가 마치 카를로스를 잘 안다는 듯한 어투로 그이에 대해 말할 때는 눈시울을 붉히기도 했으며, 마지막으로 약초를 권할 때는 무화과를 하나씩 먹기도 했다. 내가 무슨 말을 하리라고는 애당초 기대하지도 않았던 것 같았다. 이야기가 끝나자 그 여자는 자리에서 일어나 가버렸다.

루시나가 게임을 하며 아이들 기분을 돋우고 있었다. 카르멜라의 말소리 너머로 아이들의 고함 소리가 들려오긴 했지만, 여자가 떠날 때까지 아이들은 멀리 떨어져 있었다. 여자가 가고 나자 아이들이 다가와 무화과 열매를 먹으며 질문을 하기 시작했다. 난 따분해하기는커녕 오히려 이상야릇하고 돌발적인 기쁨에 사로잡힌 채 빠른 속도로 아이들에게 이야기를 전부 들려주었다. 그다음 우리는 풀밭 위를 뒹굴며 놀았고, 침대로 뛰어들어 베개 위로 몸을 누이며 하루를 마감했다. 나 자신이 생소했다.

우리의 소란에 안드레스의 또다른 딸들이 놀라워했다. 줄곧 푸에블라의 집에서 살고 있던 두 딸은 사실 좀 이상했다. 마르타는 스무 살로 애인이 있었는데, 애인을 위해 침대보나 수건, 테이블보, 냅킨 등에 수를 놓기도 했다. 남자애가 직업만 잡아 안드레스에게 손을 벌리지 않고도 그이를 부양할 수 있게 되면 둘은 결혼을 할 참이었다. 둘은 서재에서 오후를 보냈다. 그 청년은 훗날 기술자가 되었지만, 당시까지만 해도 먹물로 설계도를 그려준 사람은 다름 아닌 마르타였다. 마르타와 내가 토닥거릴 일도 없었고, 서로 간섭할 이유도 없었다. 그애가 승마에서 돌아와도 더이상 내가 말 꼬리 채를 붙들어줄 필요도 없었다. 마르타는 소리 없이 가만가만 사는 법을 알고 있었고, 다른 사람이 자신의 존재에 끼어들어 소란을 일으키게 하지도 않았다. 그 애가 오리사바 화산 부근의 목장을 상속받아 그곳으로 떠난 이후, 지금까지도 그 아이를 만난 일이 없다. 그 아이 남편은 기술자에서 농부로 변신했으며, 지금도 두 사람은 그곳에서 벗어나는 일이 거의 없다.

릴리아의 쌍둥이 자매 아드리아나와도 크게 마주칠 일이 없었다. 그 아이는 자기 쌍둥이 자매를 시큰둥하게 여기고 있어서 서로 잘 어울리지도 않았다. 나와는 더더욱 어울리지 않았다. 아버지 몰래 '가톨릭 운동'이란 단체에 가입했는데, 내가 아는 한 딱 한 번 아버지에게 도전한 사건이었다. 어느 날 밤 한창 저녁식사를 하던 도중, 마치 모든 사람들이 미사에 참석하고 있겠거니 하고 생각하는 바로 그 순간에 자신은 사창굴에서 일하고 있었노라고 말하는 사람처럼 아버지에게 사실을 이야기했다. 그 아이의 투쟁은 누구에게도 관심거리가 되지 못했다. 안드레스마저도 필요하다면 주교와 다리를 놓아주는 중개자 역할을 할 생각까지 했다. 우리는 그 아이를 나무라지 않았고, 교회로 가서 수녀 복장을 하건 말건 내버려두었다.

마르타와 아드리아나가 내 동무가 못 되었듯이, 나 또한 더이상 체코나 베라니아와 동무가 아니었다. 그래서 난 멕시코시티로 돌아갔다.

안드레스는 라스로마스에 있는 집에서 옥타비오와 상냥한 마르셀라와 함께 살고 있었다. 적어도 공식적으로는 그랬다. 나의 합류가 그들의 삶에 파문을 일으키지는 않았다. 둘에게 난 결코 올린 적이 없는 자신들의 결혼식 대모 정도에 해당했다.

나는 비비를 찾았다. 고맙게도 고메스 소토의 마누라가 죽어준 지

거의 2년 남짓 지났고, 덕분에 비비는 숨겨진 정부에서 공식적인 부인으로 신분이 변했다. 결혼을 하던 바로 그날, 장군은 모든 집의 명의를 비비 앞으로 해주었다. 또한 비비를 자신의 유일한 상속자로 규정하는 유언장을 작성해둔 상태였다.

둘의 재혼은 꿈결 같았다. 그 신혼부부는 뉴욕으로 여행을 떠났고 그곳을 거쳐 베네치아로 갔다. 그리하여 비비에겐 처음으로 지난날 자기 집 정원에 내리던 그런 햇살이 아닌 진정한 햇살이 내리비쳤다. 신문사들을 둘러보기 위해 장군이 구입한 기차를 타고 둘은 전국을 다녔으며, 비비는 그 기나긴 세월 동안 사방 벽 속에 갇힌 채 연마했던 그 국제적인 센스를 곳곳에서 발산했다.

어느 날 아침, 비비가 일찍부터 우리 집으로 찾아왔다. 난 가운 차림으로 정원에 있었다. 발에 페디큐어를 바르라고 해놓고, 화장도 안 한 맨 얼굴로 대야에 발을 담그고 있었다.

꼭 남자처럼 굽 낮은 구두에 바지, 체크무늬 남방 차림인 비비가 달려 들어왔다. 아름다워 보이긴 했지만 뭔가 이상하기 짝이 없었다. 그날 비비가 내게 인사를 건네기는 했는지도 모르겠다. 비비가 처음으로 보인 행동은 다짜고짜 내게 질문을 한 것이었던 듯하다.

"카탈리나, 다른 남자를 사랑하고 다른 집에서 살려면 어떻게 해야 하죠? 부인은 이떻게 했어요?"

"이젠 기억도 안 나요."

"설마 한 20년쯤 지났다는 말씀은 아니겠죠." 비비가 말했다.

"그보다 훨씬 더 아득해요. 무슨 일이죠? 뭔가 많이 달라 보이네요." 내가 대답했다.

"사랑에 빠졌어요." 비비가 말했다. "사랑에 빠졌어요. 사랑에 빠졌
단 말이에요." 마치 자기 자신에게 말하듯 말투를 바꾸며 그녀가 반복
했다. "전 사랑에 빠졌고, 지금 같이 사는 그 고린내 나는 영감탱이는
더이상 견딜 수 없어요. 역겹고 천박하고 따분하고 지저분해서 미치
겠어요. 한번 생각해보세요, 변기에 앉아서 업무를 보는 그 인간을.
열차 화장실에 사람들을 불러들여 그곳에서 용무를 말하라고 한다니
까요, 글쎄. 이제 난 어쩌죠? 결혼까지 해버렸으니. 그 인간을 죽여버
릴까요? 죽여버릴 거예요, 카티. 이젠 단 하룻밤도 그 인간이랑 자기
싫어요."

그녀는 어떻게 해볼 도리가 없는 상태였다. 신발마저 벗어버렸다.
양 발바닥을 맞댄 상태로 잔디밭에 앉아 세 마디 할 때마다 양 무릎으
로 박수를 쳐댔다.

"상대가 누군데요?"

"콜롬비아 출신 투우사예요. 내일이면 올 거예요. 나도 만날 겸 순
회 경기도 펼칠 겸 해서요. 마드리드에서 알게 됐죠. 어느 날 오후 오
딜롱이 프랑코* 장군의 각료와 이야기를 나누는 사이에요. 한 카페에
앉아 있었는데 그가 다가오더군요. 뻔한 이야기지만 '앉아도 되겠습
니까?' 하고 물어왔죠. 두 번 사랑을 나눴어요."

"아니, 딱 두 번으로 사랑에 빠졌단 말이에요?"

"몸매가 얼마나 황홀하게요. 사춘기 청년 같아요."

"몇 살인데요?"

---

* 스페인의 군인, 정치가(1892~1975). 1936년 반정부 쿠데타를 일으켜 1939년 일당 독
재 정권을 수립한 후 죽을 때까지 집권했다.

"스물다섯."

"10년은 연하겠다."

"7년이에요."

"10년이나 7년이나."

"카티, 자꾸 우리 엄마처럼 그러실 거라면 전 그만 갈래요."

"미안해요. 엉덩이가 멋지겠죠?"

"다 멋지죠."

"됐어요, 그만 말해요. 쭈그렁밤송이 장군을 번지르르한 남자로 바꾸고 싶은 거겠죠? 연못을 꽃으로 가득 채워줄 만큼 돈이 많나요, 그 사람?"

"물론 없죠, 하지만 난 그 연못에 싫증났어요. 게다가 그이는 유명한 투우사가 될 거고요. 실력이 대단하거든요."

"스물다섯이라, 유명해질 거라면 벌써 유명해졌을 겁니다."

"부모를 잘못 만나 시작이 늦은 것뿐이에요. 견습 투우사가 되기 전에 어쩔 수 없이 법을 공부해야만 했거든요. 그다음엔 물론 콜롬비아를 떠났죠. 콜롬비아도 푸에블라랑 비슷한 곳일 거라고 믿어요."

"당신 남편이 누군지나 알고 하는 말이에요, 지금?"

"신문사 경영주라고 알고 있습니다만."

"그런데?" 내가 밀했다. "오딜롱은 이띡힐 기죠?"

"몰라요. 내가 길거리로 나앉지 않으면서 그 인간을 보내버릴 방법을 모르겠어요. 근데 그 인간이 어제 크기 재기 파티에 참석했지 뭐예요. 아시다시피 몸 파는 년들 차고 앉아 다들 까내리고는 누구 것이 제일 훌륭한지, 누구 것이 제일 큰지 알아보는 그런 파티 말이에요.

단골한테서 들은 이야기라며 마사지사가 말해주더군요. 저도 몸 파는 여자로 가장하고 가서 거기서 그 어이없는 짓거리들을 하는 걸 보았죠. 그 짓 빼고 또 무슨 짓들을 하겠어요. 다들 그 인간만큼이나 늙은 작자들이었어요. 청년들이랑 대본다면 이해나 가지. 그래도 한편으론 안됐기도 하더군요."

"어떻게 들어갔는데요?"

"라켈의 고객인 그곳 주인 여자가 들여보내주더군요."

"비비, 이제야 부인을 제대로 이해할 것 같군요. 완전히 잡스러운 여자로 변해버린 줄로만 알았어요. 아깐."

"어쩌죠? 무슨 좋은 생각 없으세요?"

"화를 내세요. 눈물이라도 흘려가며 화를 내세요."

"제가 부인 같은 줄 아시는군요. 전 연극엔 소질 없어요."

"그 사람도 인정할 만한 이유들을 대면서 부인이 받은 모욕을 조목조목 따지며 이젠 끝이라고 편지를 쓰세요."

"대신 써주실래요?"

"트리니가 내 발톱 손질 끝낼 때까지 조금만 기다려주신다면. 트리니는 우악스러운 여자거든요. 부인 엄지발톱에 거스러미가 이는 걸 보고는 발에다 느닷없이 가위부터 갖다 대잖아요."

"그렇게 말씀하신다면, 사모님도 곧 아시게 되겠지만 그래도 최근 초피 여사에게 있었던 얘긴 못 해드리겠네요." 초피에게도 손질을 해주곤 해서 그 여자에게서 신임을 받던 트리니가 말했다.

"픽도 잘 지낸단 이야기겠지. 불쌍한 우리 콤마드레, 세상에서 제일 밋밋한 여자야. 뭔가 그럴싸한 이야기라도 나오나 하고 기대한 지

15년이나 지났지만, 운전기사나 요리사랑 다툰 이야기를 넘어서지 못했거든."

"근데 갑자기 로돌포 님이랑 사사건건 옥신각신이라니까요." 트리니가 말했다.

"세상에서 제일 따분한 사람들이지. 피토는 액자를 여기 걸라고 했는데, 초피가 저기 걸었다고 싸웠거나, 아니면 회의에서 사람들이 그 사람한테 준 독립 100주년 기념품을 한쪽 구석에 팽개쳐뒀다고 싸웠겠지. 아무짝에도 쓸데없는 일로 말이야."

"잘못 짚으셨어요, 사모님. 그 100주년 기념품이 사라진 지 이미 오래됐는데, 운전기사가 그걸 갖고 있는 걸 보고 사람들이 그 연유를 묻자 운전기사가 대답하길 특별 서비스를 해준 대가로 사모님이 줬다고 했다는 이야기를 하려고 했네요, 전. 하지만 운전기사가 워낙에 말수를 헤아리는 사람이라 그 서비스가 뭔지는 말하려고 들지 않았다는 군요."

"난 못 믿겠는데, 트리니타."

"말씀드린 대로예요. 로돌포 님이 엄청나게 화를 냈죠. 윽박지르며 총까지 뽑으려 했다니까요."

"물론 총은 안 뽑았겠지, 결국."

"막 뽑고 있었죠. 근데 운전기사가 이실직고하겠다고 약속했어요."

"그래서 초피는? 불쌍한 뚱보 여편네 같으니라고. 고생 좀 했겠군."

"사모님 눈으로 직접 보셨어야 했는데. 왈패 아줌마 기질이 나오던데요. 두 손을 허리에 떡하니 얹더니 로돌포 님한테로 다가가 총을 빼앗은 다음 이렇게 말했죠. '누군가 당신한테 그 이야기를 꼭 해야 한다면 내가 직접 하죠. 레네가 내게 베푼 서비스는 나랑 당신 전속 이발사를 소디아코로 데려다준 거예요. 가서 그 사람 이발도 시키고 목욕도 시켜주었어요. 그곳은 개 같은 동성애자들 소굴이라고 당신이 아무리 못마땅하게 생각해도 상관없어요.'"

"진짜 드라마는 딴 데 있었네." 내가 말했다. "비비, 당신 얘기는 상대도 안 되겠네요. 투우사랑 염문이라도 뿌리면 엇비슷해질까. 가요, 편지 쓰는 걸 도와줄 테니."

"우선 아무 종이에나 써요." 비비가 말했다. "스위스에서 산 이 종이에 써서 보내고 싶거든요. 이젠 편지지 한 장에 봉투도 한 장밖에 안 남았어요."

"종이가 뭐가 중요해요?"

"내 남편은 내가 잘 알죠. 내 말이 불편한 내용이면 내가 보낸 것과 똑같은 봉투에 넣어서 편질 되돌려주거든요, 마치 편지를 뜯어보지 않은 것처럼 봉해서 말이에요. '쓰고 또 쓰는군, 비비. 하루에도 몇 통씩이나 보는 일에 지쳤어. 하고 싶은 말이 있으면 글로 하지 말고, 자, 여기 내가 있으니 당신 시키는 대로 하리다. 여보, 명령만 내려요.' 그 인간은 그런 식으로 말하죠. 그러고는 내 불만은 못 본 걸로 해버리는 거예요. 내게 단 한 장 남은, 멕시코에선 구할 수 없는 이 편지 봉투를 고집하는 건 그 때문이에요. 만약 개봉을 하게 되면 어쩔 수 없을 거고, 그럼 알기 싫어도 알아야 하니까요."

"그런데 무슨 이야기를 쓰죠?" 내가 물었다.

"아, 그것, 제가 본 그 잔치판을 쓰면 되겠네요."

"그럼 어떻게 된 건지 좀 자세히 말해줄래요? 어떻게 해서 가게 된 거죠?"

"라켈이 도와주었어요. 스페인에서 돌아올 때 살이 좀 쪘거든요. 그래서 제일 먼저 한 일이 라켈이랑 의논하는 것이었어요. 라켈이 오자마자 너무 조급하게 이야기를 나누느라 티르시요 이야기도 해버렸고, 오디랑 헤어지고 싶다는 말을 비롯해서 모든 이야기를 해버렸죠. 그런데 당시 마침 라켈이 한 여자한테 마사지를 해주게 되었는데, 그 여자가 그 크기 재기 업소 주인이었어요. 그런데 지사 베니테스의 남동생 총각 딱지를 떼주려고 내 남편이 자기 업소를 예약했다는 이야기를 그 여자가 라켈에게 한 적이 있었나봐요. 이제 아시겠죠?"

"네, 잘 알겠어요. 부인이 그 남자 것까지도 다 본 거예요?"

"그들 모두, 모든 것을 다 봤죠. 그래요, 브루스카란 그 여자 정말이지 귀신 같았어요. 절 아픈 창녀로 변장시켜줬거든요. 그 인간들은 비싸게 굴면 비싸게 굴수록 더 좋아한다고 해서요. 그 여자는 내가 온몸에 화상을 입은 것처럼 변장시켜줬어요. 다리부터 심지어 얼굴까지 붕대로 가렸죠. 완전히 미라 형상을 하고 집 한가운데 앉아 있었어요. 그 모든 시간을 그러고 앉아서 보냈는데 숨도 제대로 못 쉴 정도였어요."

"이야길 지어내고 있군요."

"맹세힐 수 있어요. 다들 끝이 도착했어요. 그들만의 파티였죠. 여자들도 있긴 했지만, 여자들한텐 신경조차 안 쓰더군요. 여자들은 술잔과 다를 것 없이 그저 앉아만 있었어요. 오히려 그 작자들의 관심을 제일 많이 끈 여자가 바로 저였죠. '불쌍한 갈보년, 앞으론 또 뭘 해먹고 살꼬.' 그 인간들이 날더러 그러더군요. 난 눈만 내리깐 채 잠자코 있었죠. 오딜롱은 내게 별 관심이 없는 눈치였어요. 오히려 날 한가운데 앉혀뒀다고 화를 내더군요.

'이 가련한 년을 어서 데려가, 불쌍한 마음만 들잖아.'

그러고는 웬 젊은 년의 엉덩이를 쓸어가며 '이보게 새신랑, 물건 한번 보여주게.' 하고 말하더군요. '어디 자네 손으로 꺼내보게.' 하며 웬 금발 여자의 손을 끌어당겨 그 여자 손을 거기 앞에다 가져다 대더군요. 금발의 소녀, 그애가 화들짝 놀랐을 거 같죠? 근데 그년이 글쎄 '아저씨, 어디 볼까요?' 하고 말하는 거예요. 그러자 그 신랑이란 작자는 그 자리에서 바지를 내렸죠. 다들 소리를 지르고 난리가 아니었어요, 글쎄. '어디 세워봐, 세워보라니까.' 고함들을 쳐대더군요. 그 금발 년이 그 신랑이란 자의 거시기를 떡 주무르듯 주물렀어요. '아주 좋아. 이보시게, 매제, 연장이 제법 날카로운데.' 신부 오빠인 빅토리아노 벨라스케스가 그러더군요. '훌-륭-해, 훌-륭-해.' 다른 작자들은 합창을 해댔고요. 마치 오락시간을 맞은 아이들 같았다니까요."

"그다음엔 다들 까내렸어요?"

"네, 다들이요. 이젠 요통 증세까지 있는 불쌍한 내 남편까지도."

"그리고 부인은 지켜보고 있었고 말이죠? 세상에!"

"믿기지 않을 거예요. 수많은 거시기들. 한 명이라면 무슨 딴생각이 들었을지도 모르겠어요. 하지만 떼거리로 훌러덩 벗고 있으니 가관이었죠. 바보도 그런 바보가 없었어요. 엉덩이를 나란히 하고 다들 쭉 하니 늘어서서는 누구 것이 가장 멀리까지 미치나 살피는 꼴이라니. 다들 완전히 어디가 모자란 작자들이었죠. 끝이 어떻게 났는지는 못 봤어요. 오딜롱이 내게 고통만 주던 그걸 뻣뻣하게 세우더니 브루스카한테 날 그곳에서 끌어내라고 했거든요."

"부인을 끌어냈다고요? 그럼 그 외에 뭐 더 본 거라도? 다른 사람들을 앞에다 두고 여자들이랑 혹시 그 짓거리까지 하던가요?"

"제가 있을 때까진 아니었어요. 여자들은 단지 발기시키려고 부른 것 같았어요. 순전히 그 작자들만의 판이었어요. 그저 자기들끼리 장난치고 서로 상대방 물건을 살펴보기 위한 판이었죠. 여자들을 옆에다 앉힌 건 자신들이 하는 짓거리가 남색한들 짓거리라고 생각하지 말라는 뜻이라고 했어요. 브루스카가 설명해주더군요. 이젠 편지 써주세요."

"좋아요. 고메스한테 바라는 게 뭐죠?"

"집, 하녀, 운전기사, 그리고 돈, 그것도 많이." 그녀가 말했다. 그러고는 노래를 부르며 춤을 추었다. "당신을 본 순간 난 혼자 중얼거렸죠, 당신은 내 남자."

"그렇다면 편지 쓰는 데 그다지 지식이 필요하지도 않겠는데요. 내 생각엔 부인에게 필요한 건 용기, 명확, 실속뿐인 것 같네요. '오딜롱 보세요. 내가 바로 일전의 그 다친 창녀였어요. 이혼과 고액의 위자료를 원해요. 비비가.'"

"안 돼요. 내가 슬퍼한다는 걸 알려줘서 그 인간의 마음을 움직여야 해요. 하지만 제아무리 궁리한대노 나한테서 뭔가 드라마틱한 게 나올 거란 기대는 포기했어요. 사모님을 뵈러 온 건 그 때문이에요. 부인은 드라마 쓰는 덴 선수잖아요. 사모님이 해주실 수 있는 게 그런 쪽지 같은 편지를 쓰는 일에 불과하다고는 말씀하시지 마세요."

"그게 제일 좋을 것 같아요. 일단 한번 실험해보죠, 비비. 뭣 하러 쓸데없이 말을 낭비해요?"

"언제부터 실험주의자가 되셨나요?"

"마침 그렇게 됐네요."

"카를로스를 되살리려는 실험은 않으시는 게 좋을 것 같네요, 카틴. 절대 불가능한 일이니까. 받아들이세요."

"그건 받아들이고 있어요." 우울한 표정을 지으며 내가 말했다.

"부탁이에요, 통곡으로 넘어가진 말아주셨으면 고맙겠네요. 전 지금 급하단 말이에요."

우리는 오전 내내 초고를 썼다. '오디에게, 제 영혼은 갈기갈기 찢어졌습니다' '오디에게, 제가 본 그 장면은 당신에 대한 지금의 제 느낌이 증오인지 동정인지도 모를 정도로 지극히 실망스러웠어요' '오디에게, 당신, 어떻게 나 아닌 다른 데서 행복을 구할 수가 있나요? 더구나 그렇게 천한 행동으로 제게 마음의 상처까지 주다니' 등등이었다.

마침내 오후 두시경이 되어서야 아주 애절하고도 간략한 내용의 편지 한 장을 써낼 수 있었다. 편지를 깔끔하게 옮겨 적은 비비는 아주 만족스러운 표정으로 돌아갔다.

그리고는 사흘 동안 비비를 만나지 못했다. 나흘째 되던 날, 즐거운 모습으로 우리 집에 찾아온 비비는 다시 고메스 소토의 부인으로 되돌아가 있었다. 얼굴을 살짝 가리는 베일이 달린 모자에 회색 정장, 검은 스타킹에 아주 높은 하이힐 차림이었다.

방에 자리한 우리는 비비의 모습이 눈부시다고 짝짜꿍을 맞췄다.

비비는 베일을 걷은 다음 다리를 꼬더니 담배 한 대를 피워 물고 자못 진지하게 말했다.

"하마터면 화냥년 상판대기 소리 들을 뻔했어요."

난 미소를 지었다. 비비 역시 미소를 지었고, 우리는 이야기를 시작했다.

비비가 남편에게 편지를 보낸 바로 그날 오후, 그 투우사가 도착했다. 공항으로 마중을 나간 비비는 투우사를 델 프라도 호텔에 묵게 했다. 그가 자신의 매니저라며 집시 얼굴을 한 젊은 여자를 데리고 온 것이 마음에 걸리긴 했지만, 얼른 사랑을 나누고 싶은 마음이 너무 강한 나머지 각자 따로 방을 얻어주고는 그 투우사를 방 안으로 밀어넣었다.

그러고는 행복감과 감사하는 마음에 젖어 앞날에 대한 이야기를 하기 시작했다. 마지막 이야기는 되도록 빨리 이혼을 성사시키기 위해 자신이 어떤 행보를 취했는가 하는 것이었다. 투우사는 믿을 수 없어 했다. 세상 한 여인이 하룻밤 달콤한 풋사랑의 연인을 만나려고 남편의 스포츠 신문에 자신에 대한 다양한 기사를 실어주며 호의를 표해오는 것까진 이해할 수 있었지만, 이 여자는 지금 자칫 순교의 길이 될지도 모를 길을 걷겠다고 결혼까지 준비하는 젊은 연인처럼 변해 있었던 것이다.

장군한테 싸움을 걸다니. 순진한 비비, 자기 남편 신문사 연합망의 도움 없이 그가 멕시코 광장에서 투우를 할 수 있다는 생각을 어떻게 했던 것일까? 게다가 그녀는 이혼을 원했지만 투우사는 그 이혼에 반대했는데, 세상에, 그 매니저라는 여자가 그의 마누라였던 것이다.

비비는 가능한 한 최대한의 품위를 유지하려고 노력하며 옷을 챙겨 입고는 그 호텔을 나왔다. 서둘러야 했음에도 불구하고, 호텔 관리자 측에 그 투우사가 지출할 경비에 대한 보증인 역할을 철회하겠다고 통고할 만한 시간은 있었다.

절망하다시피 집으로 돌아간 비비는 자신의 편지를 남편의 방에 가져다두도록 시켰던 하녀부터 찾았다. 불행히도 그 하녀는 자신의 역할을 너무 충실히 수행한 나머지 편지를 장군의 손에 직접 건네주는 돌이킬 수 없는 방법을 택했다고 했다.

비비는 방에 틀어박혀 자신을 그 지경까지 몰고 간 그 무책임하고도 도발적인 충동에 대해 끝없이 탄식만 했다. 그런 상황에 대해 경고해주기는커녕 오히려 자신의 자살 행위에 공범이 되어준 나를 원망하기까지 했다고 했다. 어떻게 해야 할지 막막했다. 울 수조차 없었다. 그녀가 처한 그 비극적인 상황은 신비로운 마력을 지닌 눈물이라는 위안물마저도 허락하지 않았던 것이다.

이튿날, 비비는 남편의 일상적인 식사 시간에 맞춰 아침식사를 하러 아래층으로 내려갔다.

비비는 달걀 프라이나 소시지를 한입 가득 먹고 오렌지 주스 마시는 동작을 반복하며 서둘러 식사를 하는 남편이 자신을 자상하게 대하는 것을 알아챘다. 비비가 나오는 것을 본 장군은 자리에서 일어나 비비가 자리에 앉도록 의자까지 잡아주며, 다이어트한다고 달걀 반숙이나 먹는 짓 따위 일단 잊어버리고 자신과 같은 음식을 먹는 게 어떠냐고까지 했다. 무슨 일이든 다 받아들일 수 있을 것만 같았던 비비는 자신도 아침식사로 소시지를 먹겠다며 장군의 제의를 받아들였다. 비비로서는 그 상황이 사실을 모르는 장군에게 감사해야 하는 상황인지, 아니면 그렇게 시치미 떼면서도 한편으로는 복안을 짜고 있을 그를 상상하며 두려움에 떨어야 하는 상황인지 알 도리가 없었다.

일단 감사하는 쪽을 선택했다. 그렇게 달콤하고 예쁘고 함축적인 감사를 표하기는 그날 아침이 처음이었다. 장군이 자기 사무실에 소집해둔 아주 중요한 회의마저 취소하는 것으로 아침식사가 끝났고, 둘이 다시 침실로 돌아가는 상황으로 이어졌다.

밤에는 미국대사관에서 같이 저녁을 먹었다. 집으로 되돌아간 비비는 화장대에 개봉되지 않은 자신의 편지가 놓여 있는 것을 발견했다. 남편이 보지 않은 것일까? 혹시라도 그게 아니라면, 우리나라에선 구할 수 없는 이 봉투를 어떻게 구했을까? 의문만 가득 품은 채 잠든 비비는 푸른색 우표란 위에 자신의 이니셜이 적혀 있고, 봉해진 상태 그대로인 그 스위스제 종이를 품에 안고 있었다.

비비는 시간 맞춰 일어나 정원 연못 옆에서의 낭만적인 아침식사를 기대하며 음식을 준비했다. 장군이 내려왔을 때, 하얀 오건디 천으로 만든 앞치마를 두른 비비는 아내의 모습과 인생에 그렇게 대단한 행운을 베풀어준 천사의 모습이 어우러진 미소를 띠고 있었고, 그런 자신의 인생 여정에서 결코 빗어나지 않겠냐는 듯한 모습이었다. 그녀는 아침을 준비해서 남편에게 바쳤다. 그다음엔 알몸이 될 때 느끼던 바로 그 부끄러운 마음으로 앞치마를 벗고는 만족한 모습의 장군 옆자리에 가 앉았다.

그들이 커피를 거의 다 마셔갈 즈음, 항상 남편 뒤를 졸졸 쫓아다니며 약속도 일깨워주고 자질구레한 스케줄도 챙겨주는 왜소하고도 예민한 성격의 비서가 나타났다. 비비가 그 사람에게 커피를 권하는 사이 고메스 소토는 출근 준비를 하기 위해 화장실로 들어갔고, 비비는 커피를 내다주었다. 두 사람은 가끔씩 장군의 옹고집에 대해 서로 흉을 볼 정도로 허물없는 친구 같은 사이였다.

"검버섯 같은 게 보이네요." 비비가 그에게 말했다.

"전 제가 아직 늙은이 소리 들을 정도라고 생각하진 않습니다만. 스위스에 다녀왔거든요. 돌아오는 데만도 꼬박 서른 시간이나 걸렸습니다. 잘난 봉투 몇 장 사러 말입니다. 믿기십니까?"

"그러니까 먹을 것을 앞에 두고 재미 삼아 장난치면 안 되죠." 비비의 이야기가 끝나자 내가 놀렸다.

"그래도 맛은 좋았네요." 비비가 응수했다. "재미, 재미를 원하신다면 좋아요, 오는 화요일에 알론소 키하노 씨 영화가 개봉해요. 부인을 초대해달라고 부탁하더군요."

언제나 사리 분별이 뛰어난 여자라고 생각해온 팔마와 그 일을 상의했다. 둘이 같이 가기로 했다. 영화는 엉망이었지만 난 다시 키하노가 좋아지기 시작했다. 그래서 처음에는 칵테일파티에 참석했고 그다음엔 그 사람 집으로 갔다. 그리고 다음엔 그의 침대로. 머뭇거림은커녕 안드레스 생각은 눈곱만큼도 나지 않았다. 동이 트기 시작할 무렵에야 흠칫 놀라 잠에서 깨어났다. 난 쪽지 한 장을 남기고 그곳을 떠났다. '환대 감사했습니다.'

집으로 돌아온 때는 햇살이 정원 나무들을 막 비추기 시작할 무렵이었다. 카를로스와 나란히 해 뜨는 것을 지켜보던 그날 아침과 너무나도 닮은 모습이었다.

그이는 이미 너무나 먼 곳에 있건만 그날 아침이 바로 오늘 아침인 것처럼 또렷하게 떠올랐다. 지금도 안드레스가 두려운 거니? 두렵긴 뭐가 두려워?

내가 왔다는 사실을 알리고 싶은 마음에 일부러 쿵쾅거리며 우리 방으로 들어갔다. 하지만 그 인간 역시 아직이었다.

23

딱히 그러려던 건 아니었는데 난 완전히 다른 여자로 변해갔다.

안드레스에게 릴리 것과 같은 페라리를 사달라고 했다. 그는 사주었다. 내 개인 수표 계좌에 돈도 좀 예치해두고 싶었다. 나 자신만을 위한 일과 아이들을 위한 일, 그리고 가정사를 위한 충분한 돈을. 우리 침실과 옆 침실 사이에 문을 내게 했다. 그리고 내게도 나만의 공간이 필요하다는 핑계를 대고는 그 방으로 옮겨버렸다. 때로는 문을 잠그고 잤다. 안드레스도 그 문을 열어달라고 하는 일이 없었다. 문이 열려 있을 때라야 그도 내 침대에서 잘 수 있었다. 시간이 흐르고, 겉보기에 우리는 다시 다정한 사이로 되돌아간 것처럼 비쳐졌다.

마치 이방인 대하듯 그를 대하는 데 익숙해져갔다. 그의 어투나 그가 하는 일, 그의 일처리 방식에서 묻어나는 습관들을 익혔다. 그러자 예측 불가능하고 제멋대로인 것만 같던 그가 달리 보이기 시작했다. 그가 이 사건에서는 어떤 결정을 내릴지, 누굴 시켜 어떤 일을 하게 할지, 이 비서한테는 어떤 대답을 해줄지, 어떤 날에는 어떤 연설을 할지 알 수 있는 경지에까지 이르렀다.

키하노와 여러 번 잠자리를 했다. 그는 입구가 둘에, 정면이 둘, 정원도 둘인 집으로 이사했다. 한쪽은 거리를, 또 한쪽은 뒤편을 향하는 집이었다. 그가 한쪽으로 들어가면 난 반대쪽으로 들어갔다. 우리 둘은 같은 방에 동시에 도착했다. 햇살이 가득하고 화분이 많은 방이었다. 키하노는 진지한 사람이었다. 소위 '우리 것'이라고 하는 토속적인 것들을 표현해내려 노력했고, 연설이라도 할 때면 자기의 신작 영화 대본을 시연해보는 것 같았다. 그는 내가 시원시원하다고 했고, 다소 충동적이긴 하지만 우아하다고 했다. 난 그의 말을 들으며 잠들었고, 그러면 모든 것에서 벗어나 몇 시간이고 숙면을 취할 수 있었다.

아카풀코에 안드레스가 사둔 집이 한 채 있었는데, 그는 바다가 시간을 집어삼키는 것 같다며 절대로 그 집에 가지 않았다. 내가 그 집을 차지했다. 수많은 주말을 그곳에서 보냈다. 눈속임을 위해 다른 친구들을 초대하기도 하고, 아이들도 데려갔다. 릴리아도 에밀리토에게서 벗어나고 싶을 때면 그곳을 드나들었고, 물론 옥타비오와 마르셀라도 오갔다. 정도 차이는 있었겠지만, 나와 키하노의 관계는 다들 훤히 알고 있었다. 심지어 베라니아마저도 알았는데, 그 아이는 아버지에게 절대 일러바치지는 않았지만 걸핏하면 알론소의 정강이를 걷어찼고 틈만 나면 체코를 불러 귀엣말로 속닥거렸다.

칼레타와 칼레티야* 사이에 위치한 그 집은 바다가 집을 에워싸고 있는 형세였고, 따라서 오후가 되면 그곳은 마치 꿈속의 공간 같았다. 다들 테라스에 앉아, 마치 회상에 잠긴 노파들처럼 한없이 바다만 바라보며 오후를 보내도 좋은 집이었다. 카를로스와 둘이서 코수멜의 인적 없는 바다에서 보냈던 그 사흘간의 도피 이후, 내게 바다는 바로 카를로스 비베스였다. 그때 난 뭔가를 애타게 갈구하며 바다를 바라보고 있었다. "뭘 하면 제일 좋을까요?" 우리는 하고 싶은 일이 너무나도 많았다. "죽어버리는 건 어떨까요?" 카를로스가 물었다. 바다에서 지내던 그날마저도 우리는 죽음이라는 말장난에서 벗어나지 못했던 것이다.

"사랑 때문에 죽을 것만 같아요." 어느 날 오후였던가, 미지근한 바닷물에 발을 적셔가며 그 사람과 나란히 걷던 내가 미소를 지으며 말했다.

내 불안 속에서 죽은 사람은 언제나 나였다. 내가 사라지고 나면 그이는 홀로 남아 가슴속 어딘가에 휑하니 구멍이 뚫린 듯한 느낌으로 내 면면을 떠올리고, 우리가 공유했던 것에서 내 흔적을 찾을 거라는 상상이 낭만적으로 여겨지기까지 했다.

카를로스가 안드레스를 죽여버리고 미친 듯이 날 부르는 듯한 착각에 빠졌던 적이 몇 번이었던가. 카를로스는 결코 죽은 것이 아니었다.

아카풀코 해변에서 난 몇 시간이고 바다만 바라보며 비베스에 대한 회상에 젖곤 했다. 그럴 때면 알론소는 내 다리 위에 손을 올려놓았다.

---

* 지명이지만 원뜻은 둘 다 '연안'이다.

"설령 우리가 간절히 원한다 해도 사랑이 사람을 죽이진 못해요, 카탈리나." 비베스의 대답이었다.

멕시코시티로 돌아가서 그 인간에게서 그 집을 받아내는 수고를 하지 않고도 내가 그곳을 소유할 수 있다면, 그냥 거기에 눌러살고 싶었다. 멕시코시티로 돌아가면 안드레스가 자기 콤파드레를 향해 쏟아내는 그 광기 어린 분노를 듣게 될 게 뻔했고, 허구한 날 궁리를 해내지만 사흘이면 결국 수포로 돌아가고 마는 대통령이 될 계획이란 것과, 푸에블라 사람들이 시도 때도 없이 청해오던 조국의 영웅들에 대한 이야기를 들어줘야 할 게 뻔했기 때문이다.

게다가 피토도 걸핏하면 날 불러들여 이상한 장소에 세우려고 들게 틀림없었다. 어느 날인가는 '어머니 기념비' 건립 초석을 놓는 장소에 따라가준 일도 있었다. 그는 어머니가 된다는 그 잘난 행복에 대해 틀에 박힌 연설을 해댔다. 그러고는 대통령 관저 로스 피노스에서 식사를 하자고 날 초대했다.

편두통 핑계를 대고 햇빛은 물론 식장에 밀려든 인파의 홍수로부터도 피해 있던 초피가 피토의 연설이 어땠냐고 물었다. 아주 적절한 연설이었다고 대답해 입을 막아버리는 대신, 난 그 모성애란 것이 가져다주는 지 떨릴 정도의 귀찮음과 압박감, 책임감에 대해 이야기를 늘어놓고 싶은 방정맞은 생각이 떠올랐다. 난 완전히 나쁜 년이 되어버리고 말았다. 결국 안드레스의 자식들에 대한 내 애정도 가식적이 될 수밖에 없었던 것이, 내가 낳은 자식들의 엄마라는 사실에도 자부심을 못 가진다고 했으니 어떻게 그애들을 사랑한다고 말할 수가 있었겠는가. 난 내가 잘못했다고 생각하지도 않았지만 그렇다고 변명을 늘어놓을 생각도 없었다. 내가 그 인간들에게 마녀로 보이건 말건 상관없었다. 한때는 내가 내 아이들은 물론 남들이 낳은 아이들의 엄마라는 사실을 혐오해본 적도 있었고, 또 난 그런 말을 할 자격도 있었다.

우리는 커피까지 마시고 헤어졌는데, 그 후로 한동안은 날 초대하는 일도 없었고, 나도 그 인간들 일에 관심도 없었다. 그런 초피가 내게 전화를 한 것은 포르피리오 디아스의 미망인 카르멘 로메로 루비오 여사가 죽었을 때였다. 안타깝게도 남편이 자기는 참석 못 하게 했다며 날더러 장례식에 갈 건지 물었다. 그 여자가 줄곧 내세우는 견해에 의하면 그 가련한 여인 카르멜리타는 희생자였던 것이다. 그날은 나도 물론 그 여자 편에 섰다. "맞아요, 불쌍한 카르멜리타." 내가 말했다. "그런데 불의가 그렇게 악랄하게 그 여자를 덮치지 않았더라면 당신과 난 지금쯤 어떻게 되어 있을지 생각해보셨나요?" 그러자 초피는 남편이 자기를 장례식에 참석 못 하게 한 것이 아주 잘한 일이라고 확신하며 전화를 끊었다.

반면에 알론소는 그 고통을 함께했다. 이상한 행동이었다. 그가 평소 머릿속에 무슨 생각을 넣고 다니는지 짐작도 할 수 없었다. 한때 밤새도록 파리로부터의 해방을 축하하기도 했고, 시내 중심부에서 고대 톨테카 시대 조각상을 발굴해낸 인류학자들과 몇 주일을 함께하기도 했던 카르멜리타 로메로 루비오의 장례식에 그가 참석한 일도 마찬가지 경우였다. 그는 그 여자의 일생이 영화 소재로도 전혀 손색이 없다고 강변했다.

당시 안드레스는 엄청난 회오리에 휘말려 있었다. 한 신문기자가 경제 장관으로 있던 그 인간의 친구를 고발하고 나섰던 것이다. 매점 매석을 공모했으며, 민중이 굶주림으로 죽어가는 동안 재산을 불리는 데에만 열을 올렸다는 명목이었다. 그 신문기자가 피토의 친구였던 탓에 내 남편이란 인간은 그 기사가 자기 콤파드레의 아이디어라 믿었고, 따라서 피토에 맞서는 중이었다. 난 그 인간의 논리에 다소 문제가 있다고 설득하려고 했으나, 그는 너무나 굳게 확신하고 있었던지라 내 말은 귓등으로도 듣지 않았다.

며칠 후, 8만 명의 CTM 사람들이 생필품 품귀 현상에 항의하는 행진을 하며 안드레스의 친구라는 사람에 대해서도 비난의 목소리를 높였다. 일이 꼬이려는지 비공식적 의제로까지 채택되어 경제 장관이 가지고 있던 물가 조절권을 박탈할 것을 요구하는 사태가 벌어졌다. 안드레스는 자기 친구를 제거하는 것이 피토의 의도라는 본인의 추론에 더욱 확신을 가졌다. 특히 그 친구가 자신이 천거한 사람이란 점에서 더욱 그렇다는 것이었다. 난 그때는 아무 주장도 하지 않았는데, 피토가 시멘트와 생필품을 비롯해 도대체 어느 품목까지인지도 모를 물품의 생산을 통제하던 경제부의 권한을 박탈하는 행정명령에 서명을 했기 때문이었다. 권력을 상실하자 우리 장군이란 인간이 천거했던 그 사람은 차라리 사임을 원했다.

안드레스는 후레자식이란 말만 뇌까리면서 피토와 좌파 그리고 또 한 사람, 코르데라를 제거하기 위해 자기가 내세웠던 지도자 말도나도에 대해 분통을 터뜨리며 며칠을 보냈다. 얼마나 화가 났던지 9월 1일의 정례 국정보고에도 참석하지 않으려고 했다. 심지어 당일 아침에 나는 그 인간에게 제발 옷을 입으라고, 로돌포와 다툴 일이 있더라도 사적으로 다투고 말라며 애원해야만 했다.

우리는 지루하기 짝이 없을 게 분명한 콤파드레의 국정보고에 참석했는데, 뜻밖에도 재미있는 자리였다. 국정보고에 이어 질문에 나선 한 의원이 조국의 구원이라는 문제에서 하느님보다 더 책임이 무거운 사람이 있다면 그건 바로 통치자라고 주장하면서, 선거를 치르는 방식에도 문제가 있다고 비판했다. 한 걸음 더 나아가 우익에 대해서는 혁명의 권위를 실추시켰다는 점을 들어, 좌익에 대해서는 그 비도덕성과 무정부주의적 성향을 들어 책임을 추궁했다. 그의 비판을 피해 갈 수 있는 사람은 아무도 없었다. 피토가 의회를 떠나고 난 후, 의원들은 연설을 한 그 의원에게 달려들었고 결국 그를 면직해버렸다. 그 장면을 지켜본 안드레스는 죽겠다고 배꼽을 잡고 웃으며 밖으로 나왔다. 그는 자기 콤파드레가 문제에 봉착하게 될지도 모른다고 예상했고, 분쟁을 통해서는 문제 해결의 가능성이 없으니 그가 자신을 찾을 게 틀림없다고 확신하며 유쾌해했다. 피토가 그를 고문으로 위촉했던 것은 바로 이런 분쟁 해결을 위한 것이었다. 하지만 이번에는 피토도 그를 원하지 않았다.

대통령 궁에서의 축사가 끝나고 나자 만찬이 열렸는데, 모든 각료가 함께하는 자리였다. 그런데 안드레스로서는 어이없게도 대통령의 왼편에 놓여 있어야 할 그의 자리가 없었다. 그의 명패는 테이블 한쪽 구석, 각료들이 앉는 줄 맨 끝에 놓여 있었다. 일찍이 유례가 없는 일이었다. 피토의 오른편에는 노장군인 국방장관이, 왼편에는 마르틴 시엔푸에고스가 자리했다.

안드레스는 전에 없이 시엔푸에고스를 증오했고, 한낱 간교한 변호사에 불과했던 그를 도와준 일에 대해 전에 없이 후회했으며, 그를 알게 되자 그에게 혹해 양자로 삼고 사랑해주었던 자기 어머니에 대해 전에 없이 분통을 터뜨렸다.

안드레스는 마르틴 시엔푸에고스가 과연 어느 순간부터 자신의 동맹군이나 하급자이길 거부하고 제 갈 길을 찾기 시작한 것인지조차 알 수 없었다. 벌써 많은 세월이 흐른 일이었지만, 아마도 안드레스가 그를 피토에게 소개해주었던 바로 그날 아침이거나, 어쩌면 선거전 총책이 되기 위해 최초로 캄포스 장군에 대한 지지를 천명했던 그 시절, 즉 그가 타바스코 주의 주지사였던 시절일 수도 있었다. 안드레스가 띄엄띄엄 기억하는 이 모든 일이 안드레스가 그를 기회주의자 개새끼라고 부르게 된 원인으로 작용했다.

로돌포의 왼쪽에 앉은 시엔푸에고스는 만찬 내내 안드레스가 한 번도 본 적이 없는 그런 멋들어진 헤어스타일을 하고 함박웃음을 짓고 있었다. 집으로 돌아오는 안드레스는 자기 콤파드레에 대해, 그 빌어먹을 광대 같은 개새끼 마르틴 시엔푸에고스에게 대통령 자리를 물려주려는 얼간이 자식이라며 악담을 퍼부어댔다. 원래 그런 인간이었다고, 스스로 몰락의 길로 몰아가고 있다고, 예의깨나 차리는 그런 인물들이니 잘 뵈주고, 군인과 관계가 없으면 없을수록 더 좋다시며, 품위가 넘치는 사람일수록 그 얼간이 녀석을 현혹하기 쉽다고 했다.

집에 도착해 술을 마셔대기 시작한 그는 나오는 대로 지껄여댔다. 그래도 여전히 피토가 자신을 불러주길 기대하고 있었다. 하지만 피토는 그를 부르지 않았다. 며칠 후, 피토가 의회 의장으로 하여금 지난 1일 있었던 그 결정을 번복하도록 만들어 국정보고장에서 질문을 했던 그 의원을 복권하기에 이르렀다.

안드레스는 피토를 만나러 가고 싶어 안달을 냈다. 로스 피노스에서 돌아온 안드레스는 푸르죽죽한 물을 토해냈고, 두통이 심해서 소리까지 질러댔다. 불빛마저 견딜 수 없어했다. 어두침침한 방으로 골라 들어앉아서는 그 분쟁 해결에서 시엔푸에고스가 중개자 역할을 얼마나 훌륭하게 해냈는지에 대해 뚱보가 입이 마르도록 찬사를 해댔다는 말을 하고 또 하며 내게 거듭 들려주었다. 안드레스 입장에서 가장 화나는 일은 콤파드레가 본인 입으로 안드레스를 귀찮게 하기 싫어서 그와 의논하지 않았던 것이라고 말했다는 사실이었다. 그는 피토가 자신의 조언이나 도움 없이도 견뎌낼 수 있다는 사실을 믿을 수 없어했다. 그에게 전화하는 사람도 없고 심지어 의견을 물어보는 사람도 없었지만, 그래도 사건은 해결되고 풀림으로써 상황은 하루하루 분명해져갔지만 여전히 믿을 수 없어했다. 로돌포가 자신의 자리를 이을 사람을 결정하려는 시점이었고, 이 문제에서 안드레스를 걸림돌로 생각하고 있다는 사실이 거의 자명해졌다.

갖은 노력에도 불구하고 안드레스는 일전에 로스 피노스에 다녀온 이후 몰려든 그 두통을 떨치지 못했다. 어느 날, 그에게 카르멜라가 가져온 차를 마시게 해보았다. 그는 촌놈들의 민간요법에 대해 못마땅해하면서도 마시긴 마셨다. 하지만 오래지 않아 두통이 거리로 나가 로돌포에게 다시 맞서고 싶은 의욕으로 변하자, 그는 빈 찻잔을 바라보며 말했다.

"우연이겠지, 설마. 하지만 마셔둔다고 어디 해롭진 않겠지."

"전혀요." 나도 한 잔 들면서 말했다.

검푸른 빛깔의 그 차는 박하와 에파소테 차 맛이 났다. 난 차를 마신 다음 알론소와의 저녁식사를 위해 외출했다. 그리고 그 사람과 새벽까지 같이 있었다. 실컷 웃었다. 신기하게 한순간도 졸리지 않았다. 나 역시도 카르멜라가 가져온 그 차가 몸에 받는 것 같았지만, 이튿날 아침에는 마시지 않았다. 물론 안드레스는 또 마시길 원했고, 그날 아침만이 아니라 다른 날도 찾는 일이 많아지더니, 마침내 아침식사 대신 그 차만 마시는 지경에까지 이르게 되었다.

눈만 뜨면 그는 자신이 맺은 그 대부 관계에 대해, 그리고 그 뚱보 캄포스를 기쁘게 해주기 위해 몸을 바쳤던 그 시절에 대해 욕지거리를 해댔고, 내가 그 푸른 잎 차를 끓여 내갈 때까지 침대에 뻗은 채 일전의 그 패배에 절치부심하면서 마르틴 시엔푸에고스에 맞설 새로운 일들을 계획했다.

어느 날, 그 차를 마신 안드레스가 뭔가 예감이 온다며 비서에게 신문들을 몽땅 챙겨오라고 했다. 그로서는 이미 오래전부터 알고 있는 게 당연한 일이었건만, 모든 신문의 1면에 일제히 실린 기사를 내게 보여주면서 자신도 놀랍다는 듯한 태도를 취했다. 공화국 검찰총장이 시엔푸에고스의 충실한 아랫사람인 로차라는 변호사에게 책임을 맡겨, 푸에블라에서 있었던 마이네스 변호사의 실종과 죽음에 관련된 사건의 진상을 파헤쳤던 것이다. 기사에 의하면 진상 확인은 그 사람의 딸 막달레나의 의뢰에 따른 것인데, 그 여자는 그 범죄의 주모자가 다름 아닌 당시의 주지사 안드레스 아센시오 장군이라고 확신한다고 했다.

모든 증인이 극장 근처에서 변호사를 납치했던 차량이 어떤 종류였는지, 차창에 매달려 도움을 요청하는 그의 목소리가 얼마나 다급했는지, 당시 상황이 모든 면에서 주지사의 이해관계와 얼마나 상충되었는지 등등을 증언하고 나섰고, 그들의 증언은 당시 떠돌던 풍문들과 맞아떨어졌다. 막달레나는 쿠에르나바카에서 우리와 마주쳤던 그날 아침 이야기를 하면서, 자신의 아버지와 안드레스 아센시오가 다투는 것을 보았고, 그래서 아버지에게 그 이유를 물어보았었다고 확언했다. 아버지 말에 따르면 주지사가 호텔과 온천장 '아과 클라라' 부지에 대해 상당한 관심을 갖고 있었고, 그 땅을 차압당한 사람들에 대해 아버지가 변호를 맡는 것을 금지했다고 했다. 막달레나의 말에 의하면 변호사는 그 금지를 거부했을 뿐만이 아니라, 소송을 취하하는 대가로 부지 대금의 30퍼센트를 주겠다는 주지사 측의 제의마저 거부했다는 것이었다. 그래서 바로 그날 주지사가 아버지를 협박했던 것이라는 말로 결론을 맺었다.

비서관이 검찰총장 명의의 소환장을 들고 들어오자, 안드레스는 온갖 상소리를 해대며 자리를 박차고 일어났지만, 난 다리 위에 신문을 얹은 채 그대로 있었다.

"망할 자식 정도가 아니라 완전히 개자식들 아냐, 이거." 안드레스가 말했다. "나는 제깟 녀석들이 한 짓거리를 아무것도 모르고 있는 줄 아는 모양이지."

차 한 잔을 더 마신 그는 욕설을 내뱉어가며 샤워를 하러 들어갔다. 샤워실에서 나온 그는 행복해진 모습이었으며, 얼굴이 발그레해졌다. 물론 그가 찾아간 사람은 검찰총장이 아니라 피토였다.

무슨 말들을 주고받았는지는 모를 일이지만, 결과는 그 이튿날 신문에 일제히 실린 검찰총장의 인터뷰 기사로 나타났다. 그 인사는 인터뷰를 통해 안드레스가 모든 면에서 혐의를 벗었다고 말한 것은 물론, 안드레스에 대해 공화국 대통령 각하의 고문으로서 존경할 만한 인물이라고 수차례에 걸쳐 언급했다.

막달레나를 제외한 나머지 모든 증인들도 자신들의 판단에 착오가 있었다고 증언했으며, 더이상 막달레나에게 무언가를 물으려는 사람들도 없었다. 며칠 후, 한 청부 범죄 조직의 조직원들이 범인으로 지목되었고, 체포를 앞두고 벌어진 경찰과의 총격전에서 그들이 사살되었기 때문에 증언을 할 수 없다고 했다.

어쨌든 그 일 이후 안드레스는 처량한 신세로 전락했다. 다시는 뚱보를 만나러 가지도 않았지만 그렇다고 자신의 직위를 내놓을 필요도 없었다. 그는 담배 공장 하나를 인수했고, 그것을 나라 안에서 제일가는 공장으로 만들겠다고 결심했다. 그는 진정한 권력은 재력가로부터 비롯된다는 둥, 알려진 대로 혁명 영웅 사파타도 용상에 앉은 자기 모습은 상상도 하지 말라고 했다면서, 차후 용상에 오를 모든 놈들이 일을 맡기는 그런 금융업자가 될 것이라는 둥 다시 온종일 떠들어대기 시작했다.

나는 그가 기력을 잃어간다는 사실에 일말의 연민도 느끼지 않았다. 둘이 애인 사이라도 되는 양 알론소와 나돌았다. 거의 매일 시로스에서 그 사람과 저녁을 먹었다. 패션쇼에도 같이 참석하고 촬영장에 따라가 몇 시간이고 같이 보냈다. 어느 날 밤, 포도주 한 병을 비운 나는 사람들 앞에서 그와 공공연히 키스를 나누기도 했다.

날이면 날마다 새벽녘에야 집으로 돌아갔으며, 몇 주 동안이나 내 방문도 열어주지 않았다. 아주 가끔씩, 마치 할아버지를 방문하러 온 사람처럼 아침에 안드레스와 차를 마시는 게 고작이었다.

12월 한 달을 온전히 아카풀코에서 보내면서도 아무런 가책도 느끼지 못했다. 아이들이 방학을 맞았지만, 아이들 아버지는 멍청이들을 위해 날조해낸 날이 바로 크리스마스라고 입버릇처럼 떠들어대는 사람이었다. 그러니 크리스마스라고 함께 모여 지낼 필요가 뭐 있었겠는가?

설날을 며칠 앞두고서야 난 그에게 전화를 했다. 설날을 우리와 같이 보내도록 이곳으로 오라고 청하면서 나는 이를 앙다물고 있었다. 31일 아침에 나타난 그의 몰골은 놀랍지 않은 것이 없었다. 몸무게가 10킬로그램은 빠졌고, 10년은 더 늙어 보였다. 하지만 똑바로 서서 걸었고, 그 특유의 냉소만은 그대로 간직하고 있었다. 베라니아가 테라스에 서 있다가 그를 보고 소리를 지르더니 달려 내려가 그에게 키스를 해주었다. 그와 함께 마르타와 아드리아나가 각자 애인을 데리고 도착했다. 릴리아와 따분하기 짝이 없는 그 남편, 그리고 옥타비오와 마르셀라는 그전에 이미 와 있었다. 말하자면 장군의 식솔 모두가 모인 셈이었다.

물론 알론소도 나와 같이 있었다. 모니카와 그녀의 자식들, 팔마와 훌리아 구스만 역시 내 손님이었다. 밤에는 비비와 고메스 소토, 그리고 헬렌 헤이스와 그 아이들이 오기로 되어 있었다. 옥타비오와 마르셀라는 친구 세 쌍을 초대했고, 릴리아는 남편의 옛 애인 헤오르히나 레토나를 초대했는데, 내 동생 마르코스와 결혼시키는 게 어떨지 우리를 떠보려는 심산이었다. 마치 밀리토가 여전히 그 여자와 사랑을 나누고 있다는 걸 모르는 것처럼 말이다. 어쩌면 알고 있으니 더 그랬는지도 모를 일이었다.

결과적으로 그날 저녁식사 자리에 참석한 사람들은 쉰여 명이나 되었다. 나는 그렇게 많은 사람들이 자리한다면 알론소의 존재가 묻히리라 확신하고 안드레스에게도 최대한 부드럽게 대했다. 심지어 가족들만의 모임을 기대했을 텐데 이렇게 사람들로 집이 복작거리게 해서 미안하다는 말까지 했다. 다들 테라스에 모여 레몬수를 섞은 진을 마시며 오후를 보내는 사이, 알론소는 아이들을 데리고 해변을 거닐었다. 베라니아는 신이 났고, 체코는 게를 잡느라 여념이 없었다.

오랫동안 아무 말 없이 입을 봉하고 있던 안드레스가 마침내 입을 열었다.

"아르밀리타라는 친구가 산루이스포토시에서 투우에게 받혔어. 엘토레오에선 브리오네스란 친구가 당했고. 이제 난 어디에 마음을 둬야 하지?"

그의 목소리가 어찌나 우울했던지 하마터면 연민을 느낄 뻔했다. 그의 말에 의하면, 오래전 웬 점쟁이 여자가 어느 해가 됐든 보름 내에 두 명의 투우사가 쓰러지면 자신의 죽음이 멀지 않았다는 징조라고 했다는 것이었다.

"올해도 다 끝났으니 이젠 상관없잖아요." 난 미소를 지으며 말했다. "만일 오늘 밤에 당신이 죽지 않고, 앞으로 혹시 또 보름 사이에 두 명의 투우사가 소에게 받히는 일이 생긴다면, 우리 둘 다 땅속으로 들어가는 걸로 하죠."

"당신은 아직도 내게 한 줄기 빛이로군." 그가 아주 이상야릇한 목소리로 대답했다.

그가 조롱을 하는 것인지, 아니면 진을 마셔대서 술이 평상시보다 빨리 오른 것인지는 알 수 없었다. 어쨌든 난 신경질이 났고 그에게 작별 키스를 남겼다.

24

알론소로서는 그해 신년 벽두가 그다지 유쾌하지 못했다. 안드레스가 아카풀코에 나타났다는 사실 자체가 그에게는 견디기 힘든 일이었다. 당연했다. 완벽한 그의 용모와 잡지에서나 봄 직한 멋진 옷차림, 젊어 보이는 얼굴, 상냥한 태도 등에도 불구하고 사람들의 시선은 알론소보다 안드레스에게 더 쏠렸다. 안드레스가 방에 들어가거나 혹은 대화중인 사람들에게 다가가기만 해도 사람들은 그 주변을 에워쌌다. 안드레스는 사식들에게는 영웅이었고, 내 손님들에게는 매력을 풍기는 사람이었으며, 그 집의 주인이었고, 나아가 내 남편이었던 것이다.

어느 날 오후 내가 일몰을 보러 피에 데 라 쿠에스타로 가자고 청했으나, 키하노는 같이 가고 싶어하지 않았다. 일몰을 보고 오니 그가 급한 촬영 때문에 돌아갔다고 루시나가 전해주며 내게 쪽지 하나를 건네주었는데, 쪽지에는 '떠납니다. 이유는 잘 알고 계시리라 생각합니다. 어쨌든 당신을 사랑합니다. 키하노'라고 씌어 있었다.

저녁식사를 하는 중에 안드레스는 키하노가 마침내 우리를 가족끼리만 남도록 호의를 베풀었다며, 그 '적절함'에 대해 스무 가지의 우스갯소리를 했다. 그의 자식들은 모든 이야기를 재밌어했고, 나도 몇 가지는 재미있었다.

첫날 밤엔 알론소를 원망했고, 둘쨋날에는 안드레스의 방으로 건너갔다. 연인으로서 공공연하고도 다정스러운 키스를 남발하며 화해의 무드를 보여준 그해 연말의 우리 모습만큼 아이들을 놀라게 한 일도 없었다.

우리가 멕시코시티로 돌아온 것은 1월도 한참 지난 때였다. 난 키하노를 찾지 않았다. 안드레스의 부아를 즐겼고, 그가 뚱보를 비판하거나 코앞에 닥친 시엔푸에고스의 입후보를 무시할 때면 한몫 거들기도 했다.

2월 초가 되자 우리는 푸에블라로 갔는데, 안드레스가 옛날부터 주지사감이라고 아껴주던 인사가 주지사 자리를 차지하고 있었다. 푸에블라에선 안드레스가 여전히 실력자였기에 안드레스는 인근 토호들이 표해오는 존경 어린 태도나 예우를 떠올리며 좋아했다. 그곳에서 그는 점점 평화와 안정을 되찾아갔으며, 대통령의 고문직 따위는 잊어버렸다. 나 역시 멕시코시티로 돌아가고 싶은 마음은 추호도 없었고, 루시나가 개학을 맞은 아이들을 데리고 떠나자 덩그렇게 텅 빈 그 집을 그와 둘이서 지켰다.

그는 늙어갔다. 어느 날은 발이 아프다고 하다가도 또 어느 날은 무륜이 쑤신다고 했다. 오후부터 밤까지 쉬지 않고 브랜디를 마셔댔으며, 오전엔 줄곧 검은 레몬차를 마셔댔다. 끊임없이 카를로스를 상기시켜주던 정원과 양치류 화분이 놓인 그 방만 아니었더라도, 그 인간이 안됐다는 느낌을 가졌을지도 모를 일이었다.

릴리아가 날마다 찾아와 최신 유머로 내게 웃음을 주었다. 오후에는 가끔씩 내 친구들도 만났다. 모니카는 일하느라 정신이 없어서 어떤 때는 얼굴만 빼죽 내밀며 우리에게 키스만을 남기고는 다시 사라지기도 했다. 반대로 페파는 오후에는 여전히 정원만 지키고 있었지만, 그 얼굴과 말투에서만큼은 시장 창고 방에서의 밀회가 남겨준 즐거움의 흔적이 역력히 묻어났다. 난 또한 수호천사 같은, 아니 나를 판단하지도 않기 때문에 천사보다 더 좋은 내 동생 바르바라를 다시 불러들였다. 바르바라는 우스워 죽겠다는 듯한 표정을 짓다가도 울음을 터뜨리고, 나처럼 큰 어려움 없이 순식간에 홍소에서 훌쩍거림으로 넘어갈 수 있는 애였다. 집으로 돌아온 안드레스가 몸이 영 안 좋다고 했던 그날 오후에도 바르바라는 나와 같이 있었다. 그는 자신에게 경의를 표하는 행사가 열렸던 테우아칸에서 돌아오는 길이었다. 그를 보스로 대접하는 공식적인 권력자들이 그를 둘러싸고 공공연하게 떠받들어주는 흔한 행사 중 하나였다. 그날 그와 자리를 같이한 사람들 중엔 신임 주지사와 푸에블라 지방자치의장도 있었고, 당연히 테우아칸의 자치의장도 끼어 있었다. 모인 사람들은 안드레스를 그 지역이 낳은 최고의 인물이라고 치켜세웠다.
문간에 차가 도착하는 소리를 들은 것은 오후 다섯시였다.

"지겨워 죽겠어, 바르바라." 내가 말했다. "벌써 돌아왔잖아. 날 불러다 앉혀놓고는 자기 영광을 떠들어대며 억지로 듣게 할 거야. 틀림없어."

아침식사 자리에서도 자기가 주지사로 있을 때 노동자들이 자기들끼리 얼마나 다퉜는지, 자신의 통치기에 도로 건설률이 얼마나 높아졌는지, 학교는 또 얼마나 세웠으며, 불만들은 얼마나 해소되었는지 따위를 내게 들려주느라 시간을 다 보낸 참이었다.

"그 친구들한테 이렇게 말할 거다." 그가 내 앞에서 예행연습을 했다. "'난 주지사 자격으로 여기 온 게 아니다, 내 임기는 이미 끝났다, 따라서 난 푸에블라 주의 아들 자격으로, 주민 자격으로, 마음을 터놓을 수 있는 인간의 자격으로 여기에 온 것이다' 하고 말이야. 당신 생각엔 어떤가? 아니, 당신 생각 따윈 말하지 마라. 카탈리나, 내가 왜 당신을 소유하는지 알고 있겠지?"

그 마지막 몇 달간 그 인간이 보여준 광기는 나를 다시 자신의 개인 비서로 임명하는 짓거리로 이어졌고, 난 시간이나 죽여보자는 심산으로 그가 하는 대로 따라주기로 했다. 난 언젠가 그가 하게 될지도 모를 연설의 원고를 적은 종잇장을 건네기도 하고, 아무 단락이나 가리켜 보이기도 했다. 그는 아주 큰 목소리로 읽어내려갔다. "관리로서든 단순히 시민의 한 사람으로서든 전 언제든지 여러분을 위해 봉사할 것입니다. 지금 이곳에서건 이곳을 떠나서건 말입니다. 여러분들에게 당부드리건대, 실랑이는 멀리 던져버리십시오. 난관을 극복하고 열정적으로 일하십시오. 우리는 모두 형제, 우리는 모두 혁명에 투신했던 사람들, 우리에겐 분명한 사회적 프로그램이 있었습니다. 우리 혁명의 얼을 되살리기 위해서, 필요하다면 저 역시 다시 한번 여러분과 손 맞잡고 투쟁에 나설 것입니다. 이제 제겐 아무런 사적인 정치 야망이 없습니다. 전 이미 주지사까지 지내지 않았습니까. 하지만 사랑하는 우리 주의 안녕과 번영을 위해 최선을 다해보겠다는 신념을 안고, 분명 저 역시 동참할 것입니다."

읽기를 마친 그 인간이 내게 말했다.

"내가 당신을 잘못 보았던 게 아니로군. 당신, 혼자서 모든 걸 처리해내는 게 천생 사내야. 당신 마음대로 나돌아다니게 내버려두는 것도 바로 그 때문이지. 그래, 당신이랑 같이 있으면 나만 애를 먹었으니까. 당신은 내 마누라들 중 최고이기도 하지만 동시에 내 최고의 낭군님이기도 하지, 제길."

그는 자리를 뜨기 전에 요리사 마틸데에게 차 한 잔을 청하고는 내게도 한 잔 가져다주라고 했다. 난 머지않아 찾아올 이상야릇한 쾌감을 기대하며 천천히 차를 마셨다.

마틸데는 테이블 위에 차를 내려놓은 후에도 부엌으로 돌아가지 않았다. 그대로 서서 차를 마시는 우리의 모습을 지켜보더니 안드레스에게 말했다.

"주제넘게 나서는 것 같아 죄송스러운 말씀입니다만, 장군님, 장군님은 그 약초를 너무 자주 드시고 계십니다. 그렇게 지속적으로 드시면 해롭습니다."

"해롭긴 뭐가 해로워. 이 약초가 아니었다면 난 진즉에 죽고 말았을 텐데. 내 피로를 덜어줄 수 있는 건 이것밖에 없어."

"하지만 길게 봐서는 해롭습니다. 제가 보기에 장군님 건강은 이미 나빠지고 있습니다."

"이 약초 때문이 아냐, 마틸데. 설마 계속 그렇게 믿고 있다는 말을 하려는 건 아니겠지?" 이렇게 대답한 안드레스는 마지막 한 모금을 마저 마셨다. "이봐, 이 사람도 생기가 오르잖나. 이 사람도 차를 마셨거든."

25

양치류 화분이 있는 그 방으로 푸에블라 지방자치의장이 뛰어들었다.

"사모님, 장군님 감정이 지나치게 격해지신 것 같습니다." 그가 말했다. "빨리 가보셔야겠습니다. 상태가 안 좋으십니다."

한때는 우리의 침실이었던 아래층으로 내려갔다. 침대에 누운 안드레스가 다른 어느 때보다도 창백한 얼굴로 어렵사리 숨을 몰아쉬고 있있다.

"무슨 일이에요? 몸이 안 좋았어요? 만찬장엔 왜 안 간 거죠?" 내가 물었다.

"피곤했어. 길거리에서 횡사하기도 싫었고. 에스파르사랑 테예스 좀 불러줘."

"엄살 부리지 마요." 내가 말했다. "세상 사람들 누구나 피로를 느끼기 마련인데, 당신이란 사람은 지난 몇 달 너무 떵가땡가 했어요. 지금 바로 아카풀코로 가는 게 좋겠어요."

"아카풀코라. 그 끔찍한 곳을 견딜 수 있는 사람은 당신'뿐'이지. 도망쳐 가는 곳이니까. 바다가 기분을 풀어준다는 핑계로 날 버리고 찾아가는 곳이니까 당신으로선 견딜 만한 곳이겠지. 당신 기분을 풀어주는 건 바로 내 곁에서 벗어난다는 사실일 텐데 말이야."

"그렇지 않아요."

"시치미 떼지 마라. 아카풀코의 그 집이 왜 필요한지는 우리 둘 다 잘 알고 있잖나."

"당신은 모르는 것 같은데요. 당신이 그곳에 가고 싶어한 적은 거의 없었잖아요."

"물장난이나 하고 다닐 시간도 없었지만, 그곳에 간다고 휴식이 되지도 않았으니까. 바다는 괴로워, 조용히 있는 법이 절대로 없지. 꼭 계집년들처럼 말야. 정작 내가 가야 할 곳은 사카틀란이다. 그곳 언덕배기 사이에 가면 마음껏 쉴 수 있지. 게다가 그곳에서는 시간도 더 길고 여유롭게 느껴지거든."

"하지만 할 일이 없잖아요. 뭐 하며 시간을 때우려고요?" 내가 말했다.

"당신은 내 고향에 대해 언제나 시비조였어, 근본도 없는 년 같으니라고." 장화에서 한쪽 발을 뽑아내려 애써가며 그 인간이 말했다.

"툴리오를 불러서 좀 도와달라고 해야겠어요. 너무 힘 빼지 마세요. 당신 진짜 지쳤단 말이에요."

"분명 테예스를 불러달라고 했을 텐데? 도움은 무슨 도움, 빨리 뒈져라 이거지."

"재채기만 해도 테예스를 불렀죠. 이젠 나도 고통스러워요."

"당신이 마지막으로 느껴야 할 것, 그게 바로 고통이지. 테예스를 불러와. 그래, 지금 내가 좋은 일 한번 해주겠다 이거야. 곧 죽어주지. 그런데 그를 불러서 증인으로 삼아야 당신이 나를 독살했다는 말은 안 할 거 아니겠나."

난 침대 끝에 걸터앉아 그 인간의 다리께를 몇 번 쳤다. 그는 한때 언뜻언뜻 내보였던 그 다정스러운 말들을 계속 늘어놓았다. 그 사람이 이상한 건 분명했다.

"내가 당신 인생을 망쳐놓은 건가? 그래?" 그가 말했다. "다른 여자들도 다들 원하는 걸 갖게 될 테니 당신도 원하는 걸 말해봐. 원하는 게 뭐지? 당신이 뭘 원하는지 난 단 한 번도 알 수가 없었지. 물론 그걸 알아내겠다고 시간을 많이 투자했던 것도 아니지만 말이야. 하지만 나만 그렇게 망할 자식이라고 생각하진 마라. 당신 육체 속에 다른 여자들이 무수하게 들어앉아 있다는 것쯤은 나도 익히 알고 있다. 하지만 내가 아는 건 그중 몇에 불과했지."

그는 늙어가고 있었다. 그 몇 주일간 그가 점점 여위어가고 오그라드는 게 눈에 띄긴 했다. 하지만 그날 오후엔 시시각각 늙어가는 게 보였다. 갑자기 그의 몸에 비해 저고리가 너무나 크게 보였다. 어깨는 삐쩍 말랐고, 고개는 갸우뚱했으며, 턱은 군대식 연미복의 딱딱한 옷깃 사이로 파고들었다. 군복에 달린 금줄만은 어느 때보다도 팽팽해 보였다.

"이건 벗어버리죠." 내가 말했다. "도와줄게요."

난 그 뻣뻣한 물건의 단추를 풀기 시작했다. 언제나 단춧구멍보다 훨씬 더 크게 마련인 그 금빛 단추들과 한바탕 씨름을 해야만 했다. 한쪽 팔을 잡아당겼다. 그리고 다른 쪽 팔을 마저 빼내기 위해 등이 위로 오도록 그의 몸을 굴렸다. 난 그의 목덜미에 키스를 했다.

"정말 죽고 싶은 거예요?" 내가 물었다.

"죽고 싶긴 뭐가 죽고 싶어? 난 죽기 싫다. 하지만 난 지금 죽어가고 있단 말이다. 정말 모르겠나?"

그 지역에서 가장 유능한 의사이자 안드레스가 이따금씩 감기나 설사병에 걸렸을 때 봐주던 안드레스의 주치의 에스파르사와 테예스가 들어왔다. 늘 그랬듯 진득한 모습으로, 늘 그랬듯 장군에게 색깔만 다른 아스피린 몇 알만 처방해주면 그 소동에서 쉽사리 벗어날 수 있으리라는 확신에 찬 모습이었는데, 안드레스가 사흘 걸러 한 번씩 새로운 중병을 지어내곤 했기 때문이었다. 그들은 그런 장난 같은 일에 이미 익숙했다. 그 전 달만 해도 남편은 딱히 할 일이 없거나 대화 상대가 없을 때면 그때마다 그들을 불러들이곤 했다. 그만큼 그는 자기 주변에 누군가를 거느려야 직성이 풀리는 사람이었다. 그들은 그의 말을 들어주고 그의 생각에 경의를 표해야만 했다. 우리 식구, 그리고 일상적으로 그의 청중 역할을 해주었던 식솔들 상당수가 멕시코시티로 옮겨 가버린 그 시절부터 그랬던 것 같다. 푸에블라에서 우리는 언제나 에스파르사나 테예스, 혹은 그 두 사람에 카바냐스 판사까지 불러들이곤 했다. 그건 단지 모임의 규모를 키우고, 궁극적으로는 병을 핑계로 포커 판을 벌이기 위한 것이었다.

"오늘은 또 무슨 일로 우리 곁을 떠나 돌아가시려는 겁니까, 장군님?" 테예스의 문진에 이어 에스파르사가 늘 하던 대로 의례적인 질문을 했다. 두 사람은 그의 심장박동을 체크해보기도 하고, 맥박을 짚어보기도 했으며, 숨을 크게 들이마셨다가 천천히 내쉬어보라고도 했다. 단 하나 평상시와 달라진 점이 있다면 그건 안드레스의 대답이었다. 보통 때 같으면 의사들이 검진하는 사이 자신이 느끼는 증상들을 늘어놓곤 했는데, 그 증상들이란 언제나 많기도 많고 앞뒤도 안 맞는 것들이었다. 거기가 아프다. 그리고 거기하고 거기도. 의사가 어딘가에 손을 대면 그 순간 그곳이 아픈 건 당연했다. 하지만 그날 오후엔 통증을 호소하는 말은 단 한 마디도 하지 않았다.

"자네들, 의례적인 예의라도 표해주게." 그가 말했다. "여하튼 난 지금 죽어가고 있으니 말일세. 부탁하니 자네들, 날 위해 그저 잠시만이라도 울어주게. 자네들이 나 때문에 뭔가를 얻었다는 걸 생각해서라도 말일세. 소위 내 마누라라고 하는 이 여편네는 벌써 잔치 분위기니, 제발 자네들만이라도 울어주기를 바라네. 저 여편네 좀 보게들. 벌써 머릿속으로 어떤 녀석이랑 놀아날까 따위나 생각하는 게 틀림없네. 그래도 아직 쓸 만하니 많은 남자들이 저년 손에 자신을 내맡기겠지. 벌써 엄청난 세월이 흘렀지만 내가 저년을 만났을 때보다 지금이 훨씬 더 괜찮아진 것 같기까지 하니 말일세. 얼마나 됐지, 카탈리나? 당신은 꼬맹이 계집애에 불과했지. 엉덩이가 딴딴한 게, 머리는 말도 마, 그놈의 머린 더 딴딴했지. 그런데 그 머리, 그래, 그건 무슨 일이 있어도 부드러워지지 않더군. 엉덩이는 약간 부드러워졌어. 하지만 머리는 절대 아니더군. 다행인 것은 로돌포가 남아 저녁을 감시해줄 거란 사실이지. 내 콤파드레 로돌포, 그 불쌍한 얼간이가."

"좀 쉬셔야겠습니다." 테예스가 말했다. "뭐 각성제 같은 걸 드셨습니까? 아마 그 행사에서 흥분하셨던 게 영향을 준 것 같습니다. 쉬십시오, 장군님. 안정제 몇 알 드리겠습니다. 단지 피곤하신 것뿐입니다. 내일이면 달라질 겁니다."

"그래, 틀림없이 달라져 있겠지. 조금 더 딱딱해지고 조금 더 싸늘해져 있을 거야. 물론 보다 편안하겠지. 다들 내가 죽기만을 바라는 것이로군. 자네들은 내가 가져가는 게 뭔지 몰라. 나 같은 사나이들이 절실할 걸세. 모든 게 피토와 그 빌어먹을 후계자 녀석 수중에 들어가고 나면 알게 될 걸세. 내가 피곤한 인간이라고? 정작 피곤한 인간은 뚱보지. 죽었다 깨어나도 좋은 인간은 못 될걸. 시엔푸에고스를 후계자로 삼다니."

"확실히 시엔푸에고스로 정해졌나요? 누가 그렇게 말하던가요?" 내가 물었다.

"아무도 말해주지 않았어. 하지만 난 다 안다. 난 많은 것들을 알고 있지, 내 콤파드레라는 인간도 잘 알고. 상대가 용의만 있다면 그게 누구든지 똥구멍부터 내밀어주지. 마르틴 녀석, 온갖 희한한 목소리로 알랑방귀를 뀌며 똥구멍을 대달라고 한 거야. 결국 자기가 똑똑하다는 사실까지 믿게 만들었지."

시엔푸에고스는 안드레스에게 최악의 적이었는데, 안드레스로서는 그를 건드릴 수가 없기 때문이었다. 한때 안드레스가 그를 보살펴주어서도, 피토의 안하무인 격인 각료였기 때문도 아니었다. 그가 어느 날 오후 에르미니아 부인에게 호감을 얻어낸, 전문적인 정복자형 인간이었기 때문이다. 에르미니아 부인에겐 아들이 안드레스 하나밖에 없었고, 따라서 안드레스의 형제로 삼을 만한 사람들을 찾는 일에 언제나 광적이었다. 안드레스가 어려서는 피토와 의형제를 맺어주었고, 피토를 집으로 데려와 한동안 같이 살기도 했다. 다 자라서는 해안 지방 출신인 마르틴 시엔푸에고스의 미소와 아첨에 혹했다.

"이 아이는 또하나의 내 아들이 될 거다. 날 위해 죽어줄 수도 있는 아들. 그러니 너하고는 형제가 되는 거지. 내 말 듣고 있니, 안드레스 아센시오?" 에르미니아 부인의 말이었다.

그때부터 안드레스는 시엔푸에고스의 환술을 미심쩍어하기 시작했고, 어느 순간 등을 돌려버릴지 모르는 숙명적인 라이벌이라는 의식을 갖기 시작했다.

"난 네게 또다른 형제를 만들어주고 있는 거란다." 그 노인네가 말했다. "안드레스 아센시오, 얘를 돌봐주면 이로운 일이 생길 거다. 난 이 아이를 보면 꼭 네 아버지를 보고 있는 것 같기까지 하거든. 내 아들이 되어주겠니?" 국회의사당에서보다 한층 더한 주의를 기울이며 그분의 말을 듣던 마르틴에게 물었다.

"영광입니다, 부인." 그는 흔들의자에서 일어나 팔을 펴며 대답했다. 에르미니아 부인의 이마에 키스를 하고 그녀와 포옹했으며, 뺨을 부비더니 무릎을 꿇고 손에 키스까지 했다.

자식으로서 사랑을 보여주는 데 그보다 나은 장면이 있을 수 없었다. 심지어 감사의 눈물까지 흘렸다. 그 노인네를 그렇게 사랑하던 안드레스도 흉내조차 낼 수 없을 정도였다. 사카틀란에서 돌아오는 안드레스는 분노에 차 있었다. 돌아오는 길 내내 그 사람을 딴따라넌 종내기 새끼라고 욕을 해댔다. 꿈에라도 그 말을 부정하는 법이 없었다.

"우리 어머니란 양반." 침대에서 일어나 앉은 안드레스가 말을 하기 시작했다. "형제를 참 많이도 만들어주더군. 우리가 어떤 상황에 처하게 됐는지 조금이라도 이해할 수 있는 사람은 아무도 없을 거야. 처음엔 뚱보 캄포스가 어머니 마음을 사로잡았고, 그다음엔 마르틴이란 그 딴따라넌 종내기 새끼가 그랬지. 어머닌 어리석은 양반이었어. 무지한 탓에 미소를 보내주고 키스를 해준다는 사실에 모성애까지도 내주셨지. 난 그 어리석음을 물려받지 않았는데, 이상하게 캄포스 녀석이 그걸 받아들이고 물려받기까지 했단 말이야. 보기만 해도 알 수 있을걸. 그 바보 천치 녀석은 어머니 성격을 그대로 빼다 박았어. 으스대기 좋아하고 예의니 법이니 뭐 그딴 것들이라면 깜빡 넘어가지. 법이나 예의 나부랭이가 밥이라도 먹여준다는 건지 뭔지. 무슨 일에건 법은 반드시 따라붙는데 말이야. 모든 멕시코인이 읽고 쓰는 법을 알도록 강제로 가르쳐야 한다는 한심한 법까지 만들어내잖아. 그 녀석 말대로라면 그 잘난 법으로 모든 문제는 이미 해결되었지. 그 잘난 대통령의 이름은 물론 본인 이름이나 나라 이름도 쓸 줄 모르는 원주민이 없어지는 건 한순간의 문제에 지나지 않거든. 뚱보, 그야말로 천재 아니겠어? 얼굴만 봐도 그렇잖아. 그리고 소위 그 동생 마르틴, 그래, 그가 내세운 후계자 녀석, 우리나라에 남은 건 모조리 끝장을 내버릴 게 안 봐도 뻔해. 그 자식, 희망까지도 팔아넘길 거야. 3천 명의 실업자가 내쉬는 한숨도 순식간에 깡통에 처넣어서 뭐 좀 우울한 기분을 느끼고 싶어하는 양키 놈들한테 팔아먹을 녀석이야. 독립 천사상도, 에미시클로 아 후아레스*도 팔아치울걸. 관심이 소홀해지면 과달루페 대성당**까지 팔려고 들겠지. 아카풀코의 파도도, 라 케브라다*** 돌 조각은 쌈지에 넣어서, 멋진 여자들의 엉덩이는 셀로판지에 싸서, 그야말로 '멕시코 기념품'이라고 이름 붙일 만한 것들은 죄다 팔아치우려고 들 인간이지. 추잡하고 지저분하고 어리석고 괴상한 것들도 뭐든 모던하고 나이스하게 꾸며 팔아먹을걸. '색다른 멕시코'라고 하면 될 테니. 내가 죽는다는 사실이 비통할 뿐이다. 내가 살아만 있다면 총질을 통하지 않고서야 그 자식이 무슨 수로 용상에 오를 꿈을 꾸겠어? 하지만 총질에는 내가 한 수 위지. 그 자식보다도, 그리고 기생오라비 같은 머리 꼴들을 하고 그 자식을 밀어주는 새끼들보다도 말이야. 사랑하는 우리 어머닌 나중에 날 용서해주셨지만, 그 딴따라년 종내기 그 녀석을 흠씬 두들겨 패서 어머니 곁에 못 가게 했지. 엄마가 둘이라니 세상에, 그 새끼를 낳은 암캐년하고 양자로 받아들인 그 어리석은 양반하고 말이야."

"죽어간다는 생각 따윈 그만 버려요." 내가 말했다. "약도 먹었고, 당신 잠자리에 들기 전에 포커 판도 벌이고 있으니 이젠 테예스 선생님 말씀대로 히는 게 이떼요?"

---

* 19세기 멕시코의 유명 정치가인 후아레스 대통령을 기념하는 기념물.
** 멕시코의 가톨릭 성지.
*** 바닷가 벼랑으로 자살 바위로도 유명하고, 위대한 자연물로써 숭배의 대상이 되기도 한다.

"누워 있긴 하지만 완전히 망가져서 누워 있지. 날 지켜봐주는 사람은 아무도 없이, 천장만 바라보면서 말이다."

"저희는 가겠습니다." 에스파르사가 말했다.

"지금까지 있을 필요도 없었겠지, 이 자식들아." 안드레스가 대답했다.

"쉬십시오, 장군님. 커피나 코냑, 각성제 같은 건 절대 드시면 안 됩니다. 내일 아침 일찍 와서 주삿바늘 뽑는 놀이 시간을 갖도록 하겠습니다."

그들은 안드레스 옆에 나만 남기고 떠나버렸다. 침대 발치에 걸터앉았다.

"차 한 잔 더 할래요?" 차를 건네며 말했다.

차를 마시려고 상체를 일으킨 그 인간이 다시 한번 물었다.

"당신이 원하는 건 뭔가, 카탈리나? 시엔푸에고스한테 교태라도 부릴 건가? 에프라인 우에르타는 또 누구지? 그치가 어떻게 당신 머릿속 어느 구석엔가 그런 다정함에 대한 눈물겨움이 약간이나마 남아 있다고 생각하게 된 거지?"

"그 사람 시는 또 어디서 찾았죠?" 내가 물었다.

"내 집에선 자물쇠 따윈 소용없다."

"소용은 무슨 소용?"

"비베스의 친구였더군, 그렇지? 그 자식 당신을 제대로 모르더군. 당신에겐 머릿속은커녕 어느 구석에도 이미 눈물겨움 같은 건 남아 있지 않은데 말이야. 그런 척해야 소용없다. 게다가 다정함까지, 카탈리나? 천재 났군그래, 그 친구! 왜 공산당 따위에 가입했는지 알 만

해."

난 창문 쪽으로 다가갔다. 그래, 뒈져라. 잠이 들 때까지 그 인간이 지껄이고 또 지껄여대는 사이 나도 모르게 중얼거렸다. 그러고는 나도 옆자리에 누웠다.

얼마 지나지 않아 그가 깨어났다. 내 다리 위에 손을 올려놓더니 내 몸을 더듬기 시작했다. 난 눈을 떴다. 한쪽 눈을 흘기며 양미간을 찡그렸다.

"어서 일어나서 카바냐스 판사 좀 불러주겠나?" 그가 말했다. "한쪽 다리가 아파오는군."

"테예스가 아니고요?"

"카바냐스. 카탈리나, 난 지금 허비할 시간이 없단 말이다."

카바냐스가 도착했을 때, 안드레스의 다리는 양쪽 다 마비 상태였다. 그의 말은 어눌해져 있었다.

"2번 가져왔나, 카바냐스?" 그가 힘겹게 말했다.

"네, 장군님, 다 가져왔습니다."

"2번으로 주게."

"2번이라뇨, 뭐죠?" 내가 물었다.

그는 대답하지 않았고, 녹색 잉크가 든 예의 그 만년필로 서명을 했다.

잠시 후, 그는 죽었다.

26

난 그의 자식들을 불렀다. 누가 알렸는지 밤 열한시에 로돌포가 도착했다. 그 뚱뚱한 배에다 늘어진 옷자락을 이끌고 특유의 느릿느릿한 동작으로 들어온 그는 상주 노릇을 하려고 들었다.

"장지는 사카틀란으로 하죠."

"좋으실 대로." 내가 대답했다.

"옛날에 그 친구가 그렇게 당부했소."

"저도 그랬을 거라고 생각합니다, 대통령 각하. 사카틀란으로 데려가죠."

"협조해주셔서 감사합니다. 전 이미 유언도 알고 있습니다."

"고맙기는요. 잘 처리해야죠."

"문제가 있으면 저랑 의논해주십시오." 그가 말했다.

"의논 드려야죠, 그래야 문제가 없을 테니까." 내가 대답했다.

"부인을 이해할 수가 없네요. 안드레스는 제 형제였어요. 그리고 당신은 그 사람 부인이고요. 제가 어떻게 하길 바라십니까?"

"참견하지 않는 것, 제발이지 안 도와주는 것, 다른 여자들하고 거래하지 않는 거죠. 다른 여자들도 다들 자기 몫을 받게 되겠지만, 받으려면 제게 와야 할 거예요."

"다른 여자들이라뇨?"

"콤파드레님, 콤파드레님은 지금 마나님과 이야기하고 계신 게 아닙니다. 다른 여자들이 누군지는 저도 똑똑히 알고 있다는 말씀입니다. 우리랑 같이 살진 않았지만 자식이 몇인지도 알아요. 어떤 농장이 누구에게 돌아갈 건지, 어떤 집이 어느 여자한테 가야 하는지 저도 알고 있습니다. 무슨 사업체가 있으며, 돈은 얼마나 있는지, 심지어 어떤 시계는 누구한테 갈 거며 누가 어떤 셔츠를 차지하는지도 다 알고 있단 말입니다."

그는 입을 닫고 고개만 끄덕였다. 그러고는 회색 관을 사이에 두고 반대편으로 가서 자리했다. 비통한 표정을 지으려 노력하는 것 같았지만, 언제 어디서나 그랬듯 따분한 듯한 그 특유의 몸짓만은 어쩔 수 없었다.

사람들이 집을 가득 채웠다. 인파는 로돌포에게까지 몰려들었다. 남자들은 그와 포옹을 나누며 등을 토닥거려주었고, 여자들은 그와 악수를 했다.

나는 관 반대편에 서 있었다. 앉고 싶은 마음도 없었다. 그곳에 서서 밤새도록 사람들과 악수를 나누고 포옹을 했다. 울진 않았다. 끝없이 말을 해야 했다. 사람들이 몰려들 때마다 안드레스에 대한 이야기를 나누었고, 그 사람들과 어디서 만났는지를 떠올려야 했으며, 최근에는 어디서 봤는지 기억해내야만 했다.

새벽 두시가 되자 피토는 자러 갔다. 루시나가 내게 차를 내다주었다. 난 잠시 앉았다. 바로 옆 자리엔 체코가 앉아 있었다. 아직도 어리게만 보였다.

"괜찮아요, 엄마?" 아이가 물었다.

"괜찮다. 애야. 넌?"

"나도 괜찮아요." 우리는 더이상 말이 없었다.

베라니아는 일찌감치 자러 가버리고 없었다. 마르타는 의사들 신세를 져야 했다. 현기증을 일으켰던 것이다.

"엄마 애인은 엄마한테 조의를 표하러 오지 않은 것 같네요." 둘이 나란히 서게 되자 아드리아나가 말했다.

"그런 식으로 말하지 마." 난 단호하게 말했다.

"아직도 절 가르치려 드는군요. 이젠 때가 좀 지난 것 같은데요." 그애가 응수했다. "게다가 알론소 씨와의 일은 만인이 다 알고 있잖아요. 제 생각엔 우리가 한창 밤샘하고 있을 때 '난 고인의 친구 되는 사람이오' 하는 얼굴로 불쑥 코빼기만 비치고 간 게 틀림없어요."

아드리아나의 말이 옳았다. 게다가 그 아이는 증오마저 품고 있었다. 증오를 잘도 품는 아이였다. 릴리아와 마르셀라 그리고 옥타비오가 날이 밝을 때까지 내 곁에 있어주었다.

문상객 행렬은 밤새도록 이어졌다. 난 내 자리, 미망인석을 벗어나지 않았다.

"이토록 침착하시니, 감탄스럽기까지 합니다." 베르무데스가 말했다. 안드레스가 주지사를 지내던 시절, 각종 정치 행사에서 사회를 보던 인물이었다.

"좋은 날도 있을 거예요, 카탈리나 부인." 지방자치의장 부인이 말했다.

온갖 인사말이 오갔다. 나는 그날 밤이 즐거웠던 것 같다.

그곳에 들어오면 다들 나를 찾는 눈길을 보냈고, 거의 대부분의 사람들이 나와의 포옹을 원했으며 무슨 말인가를 나누려 했다. 하지만 가장 좋았던 것은 호세피나 로하스가 해준 말이었다. 고개를 빳빳이 든 채 잰걸음으로 들어오는 그 여자의 모습은, 남아도는 힘을 써버려야겠다는 듯 시내를 돌아다니는 평상시의 모습과 다를 바 없었다. 그 여자는 로레토 언덕에 살고 있었는데, 여전히 활기찬 그 발걸음으로 언덕에서 시내 중심부로, 산티아고로, 자기를 불러주는 이곳저곳으로 줄기차게 오르내렸다. 호세피나는 날 꼭 껴안았다. 그러고는 내 어깨를 붙잡더니 눈을 응시했다.

"힘내요." 그 여자의 말이었다. "기쁘겠네요, 부인. 혼자 몸이 된다는 건 여성들로선 가장 이상적인 상태죠. 고인을 제단에 모셔놓고, 필요하면 그때그때 기억이나 해주고, 망자가 살았을 땐 할 수 없었던 모든 일을 해보는 거예요. 경험에서 하는 말입니다. 과부가 된다는 것보다 더 좋은 조건은 없다니까요. 그것도 부인 나이엔 말이죠. 또다른 남자에게 두고두고 붙잡히는 일만 없다면 부인 인생은 아주 멋지게 변할 거예요. 그저 지나가는 말로 듣지 마세요. 고인한테는 미안한 말이지만 사실이니까요."

새벽 여섯시가 되자, 옷도 갈아입고 매무새도 좀 매만지는 게 도리라는 생각이 들었다. 그 시각 그 방에 있는 사람은 거의 없었다. 난 열린 관 쪽으로 다가가 죽어서 누워 있는 안드레스의 얼굴을 바라보았다. 난 그의 얼굴에서 뭔가 온화한 면모, 공모라도 하듯 가끔씩 날 향해 윙크를 해 보이던 그런 면모들을 찾아보고 싶었다. 하지만 내 눈에는 화를 낼 때나 뭔가 걱정거리를 안고 다닐 때의 그 굳은 표정만이 들어왔다. 그럴 때면 며칠씩이나 내게 말 한 마디 건네주지 않았지만, 그렇다고 잘 자라는 말 따위로 그의 복잡한 생각을 방해할 수도 없었다.

"잘 가요, 안드레스." 그에게 말했다. "사람들이 와서 당신을 사카틀란으로 데려다줄 거예요. 그곳에 가서 쉬고 싶다고 했죠? 피토가 당신 원하는 대로 해주겠대요. 지금은 그래요. 하니 원하는 게 있다면 피토한테 모두 요구하세요. 당신 원하는 건 뭐든지 들어줄 준비가 되어 있으니 말이에요. 지금 보니 정말 못생겼네요. 그런 얼굴로 내 몸에 손을 댔었군요. 그래, 맞아요. 당신이 내 몸에 손을 댈 때 항상 그런 얼굴이었죠. 다른 표정 좀 지어볼래요? 그렇게 힐난하는 듯한 당신 표정을 대하는 데는 넌덜머리가 나니 말이에요. 내가 슬픔에 겨워 자살이라도 할 거라고 기대하진 않겠죠? 당신도 호세피나가 하는 말을 들었을 거예요. 이제 당신도 없으니 지금부터 난 어느 때보다 더 멋진 삶을 누릴래요. 당신 장례식에도 안 갔으면 좋겠어요. 틀림없이 로돌포랑 같은 차에 타야 할 텐데 그럼 사카틀란에 도착할 때까지 그 인간을 견뎌야 하잖아요. 내가 그 인간을 참아내는 동안 당신은 세상 고통에서 벗어나 그곳, 당신 관 속에만 누워 있겠죠. 그 인간이 언제나 그렇게 행동할까요? 내 위에 올라탄 그 인간을 밀쳐낼 날이 언제가 될까요? 그 인간으로선 바로 달려들어보는 게 아마 시도 한 번 해보지도 않는 것보다는 백배 낫겠죠. 그래요, 당신은 퍽이나 친절해서 꼬맹이에 불과한 날 옭아맸던 거로군요. 날 웃게 만들어주기도 했지만, 두려움도 많이 안겨줬어요, 당신. 지금 같은 표정을 지으면 두려웠죠. 롤라 씨를 죽인 게 당신이라고 했더니 그런 표정을 지었죠. 그게 나하고 무슨 상관이야, 그랬잖아요, 당신. 그래서 그때처럼 지금도, 당신하고는 상관없다는 듯 이렇게 유산 분배를 내게 몽땅 떠넘겨놓고 가버렸군요. 언제나 그랬듯, 지금 당신이 원하는 것도 날 애먹이는 것이겠죠. 그게 얼마나 골치 아픈 일인지 한번 당해보란 뜻인가요? 당신은 누구한테 뭘 주고 싶었나요? 날더러 한번 맞혀보라는 말이로군요. 각자에게 몫을 챙겨주는 그 고통의 시간 동안 줄곧 당신 생각을 하라는 의미였을 거예요. 내가 몽땅 다 차지하나 어쩌나 궁금하기도 했을 거고요. 당신 생각엔 내가 어떻게 할 것 같나요? 날 평온하게 내버려두기가 싫다는 뜻인가요? 내 인생을 온통 짓눌러버리고 싶다는 거예요? 아님 내가 죽어버리기를 바라기라도 하나요? 결국 날더러 앞으로도 계속 당신이란 남자한테만 목매달길 기대하는 건가요? 영원히 당신의 자식들과 당신 나부랭이를 생각만 하면서요? 그랬을 수도 있겠네요. 당신 뒤를 이어 내가 모든 책임을 떠맡아주기를 원했을 테죠. 내 판단대로 한다면 누구한테 뭘 줘야 할 것 같냐고 물었나요? 왜, 내가 나 혼자 몽땅 다 차지하는 그런 볼거리를 사람들한테 선사할 것 같아서요? 내가 순전히 욕심쟁이 여편네에 지나지 않는다는 걸 진

즉에 알아봤다며 사람들이 입방아나 찧고 다니게 말이에요. 그럴 것
같아요? 아님 내가 길바닥에라도 나앉을 것 같나요. 피토한테 동정이
나 구하면서? 아니에요, 안드레스, 다들 불러 모을 거예요. 그래서 공
중에 날려버릴래요. 그리고 누가 이 끔찍한 집을 차지하는지, 또 산자
락에 있는 그 농장은 누구 몫으로 돌아가는지, 산타 훌리아 목장은 누
구 손에 떨어지는지, 라 만다리나 목장은 누가 가져가고, 헤이스와 동
업한 그 사업체는 누가 챙기며, 비밀리에 운영하던 그 주정 공장은 누
가, 투우장은 또 누가 챙기는지, 누가 극장을 가져가고, 누가 경마장
주식을 가져가는지, 또 누가 멕시코시티의 그 대궐 같은 집을 가져가
는지, 술은 누구 차지가 되는지 어디 한번 두고 보게요. 단지 날리기
만 하는 거예요, 안드레스. 하지만 이미 어느 구석에서 뭔가를 꿰차고
있는 것들은 그걸로 만족하면 되겠네요. 베라크루스의 그 목장에서
올가를 밀어낼 생각은 없어요. 테시우틀란에 있는 그 집에서 칸데를
내몰 생각도 없고요. 설령 내 정신이 아니라고 해도 그 먼 곳에 있는
집에 처박히고 싶진 않으니까요. 난 지금 이 집보다 조금 더 작은 집
한 채면 돼요. 바닷가에 있는 집, 파도가 가까이 있는 집 말이에요. 그
집 안에서는 내가 명령을 내릴 거예요. 아무도 나한테 뭘 하라고 시킬
수도 없고, 아무도 나한테 이래라 저래라 명령할 수도 없어요. 날 헐
뜯는 사람도 없어야겠죠. 좋은 추억만을 떠올릴 수 있는, 그런 즐거움
을 주는 집 말이에요. 어느 날 오후엔가 당신이 지어 보였던 미소, 우
리의 승마, 포드 컨버터블 시승식 한답시고 처음으로 그 차에 올라 멕
시코시티를 향해 전속력으로 내닫던 그날. 그날 밤에 당신이 말했죠,
'가만있어, 내가 옷을 벗겨줄 테니'하고 말이죠. 그리고 당신은 내

옷을 천천히 벗겼고, 난 완전히 알몸이 될 때까지 당신만 바라보고 있었죠. 그땐 정말이지 언제나 고마운 마음으로 당신을 바라보던 시절이었던 것 같네요. 난 떨기 시작했죠. 추웠거든요. 게다가 그때까지만 해도 난 방 한가운데서 알몸이 된다는 사실이 너무나 부끄러웠어요. 당신은 입술을 핥더군요, 그러고는 내 뒤로 걸어오더니 '당신 정말 예뻐'하고 말했어요. 마치 내 몸을 처음 본 사람처럼, 남의 여자를 보는 사람처럼 말이에요. 난 거기 계속 서 있을 수가 없었죠. 그래서 난 '이제 그만, 제발 그런 눈길로 보지 마세요'라고 말했어요. 그러고는 침대 속으로 달려들어가 숨었죠. 당신은 내 곁으로 다가왔고 내 배꼽에 손가락을 가져다 대더니 이렇게 묻더군요. '이 조그만 구멍 속에는 뭐가 들었지?' 그래서 난 '비밀이에요'하고 대답해주었고요. 그날 밤 우리는 밤새도록 그 비밀을 찾았어요. 기억나세요? 이젠 나도 졸리네요. 온전히 내 차지가 된 내 침대로 들고 싶은 마음이 간절해요. 한밤중에 내 몸을 가로질러 걸치고 있을 당신 다리도 없고, 코 고는 소리도 없는 그 침대로 말이에요. 가서 자도 상관없겠죠? 하지만 나도 사카틀란으로 가야겠어요. 걸핏하면 비가 오고 촌스러운 장식투성이인 그 고장은 정말이지 싫지만, 집 문간에 서서 결국 죽어버린 당신을 들고 지나가는 우리의 모습을 지켜볼 그 많은 사람들을 보러 가야겠어요. 당신 고용인들은 슬픈 표정을 지을지도 모르죠. 당신 목장에 씨앗을 뿌리고 당신 가축을 돌보는 사람들 말이에요. 하지만 즐거워할 수도 있겠죠. 밤엔 과일주를 마셔가며 우리 운명을 조롱할지도 모르겠네요. '저기 과부 간다.' 누군가 말하겠죠. '색기가 넘치는데? 반만이라도 되갚아줬으면 좋겠다. 색골, 개자식, 추악한 놈, 살인마.'

'마음씨 좋았지.' 이렇게 말하는 사람도 있을지 모르겠네요. '미친 놈.' 당신 어머니 친구분인 라파 부인은 이렇게 중얼거릴지도 모르고 요. 120살이나 된 그 양반은 나무 흔들의자에 앉아 당신이 지나가는 모습을 지켜보겠죠. '미친 녀석.' 아마 이렇게 말할 거예요. '저 녀석 날 때부터 반쯤 제정신이 아니라고 에르미니아한테 그렇게 두고두고 일렀건만.' 당신 어머닌 '아무리 이러쿵저러쿵해도 난 그앨 좋아해 요' 하고 대답하시겠죠. 하긴 나도 당신을 무턱대고 좋아했죠. 당신 이렇게 못생겼는데 어떻게 좋아할 수가 있었을까요? 우리가 처음 만 났던 그날 오후에도 지금처럼만 생각했더라면, 그래서 그렇게 서로 얽히고설키지만 않았더라도, 당신을 묻으러 가야 한다는 생각에 이렇 게 파김치가 되어 여기 앉아서 혼자 일출을 맞진 않았겠죠. 하지만 이 미 도리 없는 일이에요. 이젠 옷 입으러 가야겠네요. 뭘 입을까요? 미 망인용 베일, 안 돼요. 당신도 가끔은 괜찮은 아이디어를 내놓곤 했 죠. 혹시 뉴욕에 있는 그 조그만 가게에서 붉은 비단옷을 샀을 때 기 억나요? 난 그 옷이 별로 마음에 들지 않았는데 당신이 골라줬잖아 요. 그러고는 내게 그 옷을 입히고 싶어했어요. 미망인이 빨간 옷을 입으면 남들이 욕하겠죠. 그 옷을 입으면 지금부터 내가 해야 할 연극 을 멋지게 잘해낼 수 있을 텐데 말이에요. 로돌포도 나랑 있으면 그럴 듯하게 움직여줄 거고요. 그 옷을 입었던 작년 '외침의 날'이 기억나 네요. 밤이 꽤 깊었을 때였어요. 축배깨나 든 다음이었으니. 대통령 전속 4인조 밴드도 있었고요. 피토가 날 발코니 쪽으로 이끌었어요. 문을 열더니 이미 슬슬 인적이 끊겨가는 광장 쪽으로 나가자고 하더 군요. '그 옷을 입고 계시니 꼭 우리나라 국기의 한 부분처럼 보이십니다.* 부인이 도착하던 그 순간부터, 전 부인을 눈에 담아두고 있었습니다. '멕시코 만세' '독립 만세'만으로 끝내기가 여간 고역이 아니었습니다. 내 조국만큼이나 아름다운 내 콤마드레 만세.' 내게 달려들더군요. 난 당신을 찾아 뛰쳐나갔죠. 그 인간이 내 뒤를 따라오데요. '이보게, 내가 자네 부인더러 아주 예쁘다고 말해주었네. 언짢게 여기지 말게나. 그래주겠지?' 내가 당신한테 고자질이라도 할세라 겁먹은 듯이 말했죠. 난 당신이 어떤 사람인지 잘 모르고 있었어요. 당신역시 그 인간의 편일 수도 있단 사실을 모르고 있었단 말이죠. 내가지금 그 인간의 망측함을 다 이야기한다면 당신 틀림없이 내가 억측부린다고 할 거예요. 벌써 늦었네요. 옷 갈아입을 시간이 모자랄지도모르겠어요. 내가 너무 추한 모습으로 가선 안 되겠죠? 아마 사진사들도 올 거고, 마르틴 시엔푸에고스도 올 테니 말이에요."

난 검은색 블라우스에 가죽 외투를 걸쳤다. 낮은 구두가 보이지 않았다. 내겐 아흔 켤레가량의 구두가 있었지만 편히 신을 수 있는 검은구두는 보이지 않았다. 검은 구두는 언제나 파티에 갈 때만 신었으니까. 난 잠겨 있는 신발장까지 뒤져보았다. 외투까지 걸쳐야 할 차가운날씨에 샌들 신은 여자는 초피 하나로 족했기 때문이다. 화장도 조금했다. 눈썹에 마스카라를 칠하고 입술엔 그림을 발랐다. 하지만 립스틱은 바르지 않았다. 리본으로 머리도 묶었다. 안드레스가 보았다면쓸 만한 미망인이라고 했을 차림이었다.

---

* 멕시코 국기는 3분의 1이 붉은색으로만 되어 있다.

아홉시에 출발했다. 차량 40여 대로 구성된 카라반 같았다. 다들 소위 일가친지였다. 난 체코와 둘이서만 내 운전기사 후안이 모는 차로 가고 싶었다. 피토가 주지사와 마르틴 시엔푸에고스, 그리고 노동계 지도자와 함께 집 안에 있던 관을 들어 운구차로 옮기려고 자세를 취하자, 난 그 순간을 이용했다.

"너하고 난 패커드를 타고 가자." 체코에게 말했다. "후안을 불러오너라."

우리는 패커드에 올랐고, 후안은 우리 차를 운구차 바로 뒤에 붙어선 피토의 차 뒤에 댔다. 줄곧 운구차만 바라보며 가는 고역을 면했다는 사실에 잘됐다는 생각이 들었다.

뒷좌석에 우리 둘만 타고 있었다. 난 다리를 뻗고 아이에게 키스를 해주었다. 우리는 마음이 아주 편안했다. 그런데 로돌포의 개인 비서가 오더니 대통령 각하가 날더러 자기와 같은 차를 타고 가길 원한다고 했다.

"말씀 감사하지만, 난 이 차가 편하다고 전해주세요. 아이 혼자만 달랑 떼어놓고 싶진 않다고 말이에요."

그 사람이 가는가 싶더니 꼼짝 못할 말을 갖고 되돌아왔다.

"아이도 데려오라십니다."

뭔가 다른 핑계를 대려는 순간 피토가 나타났다. 비서가 문을 열어주자 마치 자기 집 들어오듯 우리 차에 올랐다.

"죄송하게 됐습니다, 카탈리나." 그가 말했다. "이미 차에 타고 계신 줄은 몰랐습니다. 혼자 가시게 하고 싶진 않습니다. 운구차를 뒤따라야 합니다. 부인과 나, 우리 둘이 같이 말입니다. 내 차 뒤꽁무니만 따라올 이유가 전혀 없습니다. 지금 이 순간 우린 부인의 가족이니까요. 오늘만큼은 나도 대통령이 아닙니다."

"그 헛소리 빼고 나면 당신한테 남는 게 뭐죠?" 이렇게 말해주고 싶었지만, '신경 써주셔서 대단히 감사합니다만, 슬픔에 겨워 말이 안 나오네요' 하는 그런 비통한 표정으로 미소만 지어 보였다.

혹시라도 우리 옆에 붙어 앉을세라 난 내닫다시피 했다. 뒷좌석에만도 다섯 명은 족히 앉을 수 있는 큰 차였다. 운전석과 뒷좌석 사이로 유리문 하나가 올라왔다. 후안과 잡담을 나누거나 노래 부르기를 좋아했던 탓에, 옛날엔 그 유리문을 닫아본 적이 단 한 번도 없었다. 로돌포가 처음 취한 행동이 바로 그 유리문을 올리려는 것이었다. 사용을 안 했던 탓인지 뻑뻑했다. 비서가 얼마나 세게 밀어붙였던지 손잡이가 달랑거릴 지경이었고, 그제서야 유리문이 올라오기 시작했다. 후안이 마음에 걸렸다. 그는 그런 잡스러운 짓거리에는 익숙하지 않았던 것이다. 체코도 그런 낌새를 챘다. 체코에게는 후안이 좋은 친구였다. 후안은 체코에게 오랜 시간 동안 아빠였고 엄마였다. 체코는 앞이 잘 내다보이는 앞자리로 가길 원했다. 물어보고 말고 할 것도 없이 곧바로 문을 연 체코가 차에서 내려 순식간에 후안 옆자리로 옮겨 탔다. 그곳에서 고개를 돌려 날 쳐다보았다. 망할 녀석, 로돌포와 그의 비서 틈바구니에 날 내팽개치다니.

"레히노한테 우리 차가 들어갈 만큼 차를 빼라고 하게. 그리고 자넨 그 친구랑 오고." 피토의 명령으로 우리 둘만 남게 되었다. 난 머리에 손을 얹고는 한숨을 쉬며 고개를 떨어뜨렸다. 그 대통령 각하란 인간은 정말이지 나와 안 맞았다. 우리가 갈 길이 프란세스 공동묘지쯤

밖에 안 된다는 건지 차들이 느릿느릿 움직이기 시작했다.

"이런 속도로 가다간 이틀이 지나도 도착하지 못하겠네요." 마침내 시내를 벗어나자 로돌포에게 말했다. 그가 뒤를 돌아보았다. 우리 뒤를 따르는 차량 행렬이 끝없이 늘어서 있었다.

"그렇군요." 그가 대답과 함께 유리문을 내리더니 후안에게 운구차 운전기사에게 전화를 하라고 했다. 그 차에는 자신을 위해 준비된 마지막 경축 행사장으로 가는 안드레스가 타고 있었다. 엄청나게 많은 사람들이 모였다고 안드레스가 흐뭇해할지도 모를 일이었다. 로돌포와 통화를 한 운구차 운전기사는 모든 수행 차량을 장례식 분위기에서 다소 벗어날 만한 속도로 이끌었다.

"이젠 어떻소?" 장갑을 낀 내 손을 만지작거리며 피토가 물었다.

지나치는 마을들의 흙은 온통 잿빛이었다. 산동네로 올라서기 전까지 보이는 마을 모두 마찬가지였다. 뭔가 푸름을 피워낸다는 게 불가능한 것 같았다. 단지 흙과 흙투성이 농사꾼들뿐이었다. 주지사가 동원한 일단의 당원이 도로변에서 꽃을 들고 서 있는 마을도 있었다. 그 사람들과 마주치면 우리 일행은 멈춰 섰고, 그러면 주요 인사 몇몇이 우리 차로 다가와 악수를 청했다. 그사이 나머지 다른 사람들은 운구차에 꽃을 바치고는 두 손에 모자를 벗어 들고 차 가까이로 늘어섰다.

끔찍할 정도로 졸음이 몰려왔다. 꾸벅거리지 않으려고 아무리 노력해도 일순간에 눈이 감겨왔다.

"자세를 편히 하고 좀 주무세요." 피토가 말했다.

조그만 소리에도 깨어났다. 흐트러진 자세로 침까지 흘려가며 자고 있는 내 모습을 피토가 바라보고 있을지도 모른다는 생각이 들었다.

그런 수치스러운 장면은 상상도 하기 싫었다. 차라리 이야기를 나누는 편을 택했다. 그 사람 이야기, 안드레스 이야기, 아이들 이야기, 나라 이야기, 전쟁 이야기.

우리 둘이 그렇게 긴 시간 대화를 나눠본 적이 없었다. 생각만큼 바보스럽지는 않았다. 그리고 생각만큼 따분한 사람도 아니었다. 아니면 우리가 나눈 이야기들이 상속 문제나 전임 후보자들 각각에 대한 그의 견해 등이었기에 그렇게 여긴 것일 수도 있었다. 그에게서 시엔푸에고스가 자신의 후계자라는 이야기를 끌어내는 데까지 성공했다. 사카틀란에 도착할 때까지 시엔푸에고스에 대해 이야기를 나누었다. 도착한 시각은 다섯시였다.

거리는 구경꾼들로 가득했다. 한 화물차 운전기사가 도로에서 우리에게 길을 비켜주며 이렇게 말했다. "모든 눈구멍이 절 보고 있으니까요." 그 말은 말뜻 그대로 받아들여야 한다고 생각했다. 하지만 안드레스라면 이렇게 말했으리라. 똥구멍, 모든 똥구멍이 나를 바라보며 비난하고 있으니까.

중앙 광장에 도착한 우리는 에르미니아 부인을 태웠다. 피토가 그 노인네를 안았다.

그곳 거리에서 로돌포에게 매달려 있는 안드레스의 어머니는 어느 때보다도 훨씬 더 늙어 보이고 기력이 없어 보였지만, 일단 차에 오르자 특유의 우직하고 무심한 자태를 되찾았다. 눈물 한 방울 흘리지 않았고 말 한 마디도 없었다. 아흔네 살의 여인.

공동묘지에서는 스무 차례에 가까운 연설이 이어졌다. 다시는 집에 못 돌아가는 줄로만 알았다. 베라니아와 세르히오는 줄곧 내 곁에 붙어 서 있었다. 우리는 마치 고통의 끈으로 연결된 한 가족을 다루는 영화를 찍으려고 연습이라도 하는 것 같았다. 베라니아는 내가 자기를 안아도 가만히 있었고, 체코는 다정한 애인의 손인 양 내 손을 꼭 움켜쥐었다.

매장 인부들이 아이들 아버지 위로 흙을 떠넣을 차례가 되자, 난 아이들에게 흙 한 줌을 집어 관 위로 뿌리라고 했다.

아이들과 동시에 나도 몸을 숙였다. 흙을 집어든 나는 그 어두침침한 흙구덩이에 내려진 관 위로 흙을 뿌렸다. 다른 자식들도 우리와 같은 행동을 취했다. 안드레스의 얼굴을 떠올려보려 했다. 불가능했다. 다시는 그를 만나지 못하리라는 애통함을 애써 느껴보려 했다. 불가능했다. 해방감을 느꼈다. 두렵기도 했다.

땅바닥에 주저앉고 싶었다. 내 위로 쏟아지는 그 수많은 시선이 사라져줬으면 하는 마음이 간절했다. 지저분해진 얼굴로 꺽꺽거리며 소리 내어 울고 있는 릴리아처럼, 옥타비오의 가슴에 파묻힌 마르셀라처럼, 까무라쳐 넋마저 놓은 채 훌쩍거리는 베라니아처럼, 제발 나도 그들처럼 그렇게 아무 생각 없이 통곡이 나와주기를 바랐다.

카를로스를 생각했다. 애써 눈물을 억눌러가며 참석했던 그이의 장례식을 떠올렸다. 그이의 얼굴은 당연히 떠올랐다. 그이의 미소, 갑자기 솟구치던 그이의 두 손, 모두 또렷이 떠올랐다.

그제야 나도 완벽한 미망인이 되었다. 자식들보다 더한 오열이 터져나왔다.

체코는 여전히 내 손을 붙들고 있었고, 베라니아는 날 토닥거려주었으며, 비는 막 내리기 시작했다. 그곳은 사카틀란. 그랬다, 언제나 비가 내리는 곳이었다. 하지만 그 망할놈의 동네에 비가 내리거나 말거나 더이상 나와는 아무런 상관이 없었다. 마지막 방문이었으니까. 계속 울고 있다가 거기에 생각이 미쳤고, 그 사실을 생각하며 울음을 거두었다. 이제 더이상은 할 필요가 없는 그 수많은 일들. 난 혼자였다. 내게 명령을 내릴 사람은 아무도 없었다. 그리고 앞으로 내가 할 수 있는 그 수많은 일들. 생각에 잠긴 나는 빗물 아래로 웃음을 머금었다. 땅바닥에 주저앉은 채, 안드레스의 무덤을 덮은 젖은 흙으로 흙장난을 하면서. 내 미래를 생각하며 흐뭇해했다. 거의 행복하기까지 했다.

통속성의 몸을 입은 사회성과 역사성

'참으로 통속적이다. 참으로 평이하다.' 『내 생명 앗아가주오』에 대한 대체적인 반응이다. 그런데 뜻밖에도 1997년에 앙헬레스 마스트레타가 로물로 가예고스 상을 받았단다. 로물로 가예고스 상이라면 스페인어권 라틴아메리카의 20개 가까운 나라의 작가를 대상으로 하는 상, 그야말로 라틴아메리카의 노벨 문학상에 해당하는 대단한 상이다. 그런데 이 통속적인 소설을 쓴 작가가 그 상을 받았단다. 그것도 여성 작가로는 최초란다. 어떻게 된 일일까? 이는 라틴아메리카 소설사와 밀접한 관계가 있다.

'붐'에서 '포스트붐'으로

300여 년간의 식민 지배 속에서 지적 활동의 제약을 받았던 역사적 특수성으로 인해, 19세기는 물론 20세기 초반까지만 해도 라틴아메리카 소설은 세계문학의 주류에서 벗어나 있었다. 그런데 유럽에서 소설의 죽음이 이야기되고 불황으로 출판시장이 붕괴해가던 20세기 중반에 접어들면서, 라틴아메리카 소설은 세계문학사에 본격적으로 편입되는 전기를 맞게 된다. 당시 유럽에 소개된 소설들이 누구도 예상하지 못했던 놀라운 반향을 얻은 것이다. 유럽 독자들에게 완전히 새로운 문학세계를 접하게 해준 소위 '신대륙'의 소설은 유럽 출판시장을 대 호황으로 반전시켜놓을 정도의 가히 폭발적인 '붐(Boom)'을 불러일으켰다. 이처럼 뒤늦게 세계문학사에 편입된 라틴아메리카 소설은 곧바로 세계문학의 흐름을 주도하게 된다. 당시 활동하던 주요 작가들을 '붐 세대'라고 칭한다.

유럽 독자들을 매료시켰던 '붐 소설'의 참신성은 주로 경이롭고 환상적이며 마술적인 특성에서 비롯된 것이었다. 이런 특성은 국내 독자들에게도 익히 알려진 마르케스나 보르헤스 같은 작가들에게서 쉽게 찾아볼 수 있다. 이들에게서는 현실과 환상의 경계가 파괴되어 현실이 환상적이고 마술적인 것으로, 환상이 현실적인 것으로 그려지기도 하고 철학이나 역사와 같은 형이상학적 개념 혹은 언어 그 자체가 문학의 소재가 되기도 한다. 그런데 이들 '붐 작가'들의 중요한 특징 중 하나는 '실험정신'이라고 할 수 있다. 그들은 실험적인 문체로 언어나 문장을 탈구시키고, 화자와 시점을 다변화함으로써 이야기의 중심

줄거리를 해체하는가 하면, 선적인 시간 구조를 파괴하는 등 전통적인 소설의 코드를 완전히 변모시켰다.

그러나 과도한 실험정신으로 인해 복잡하고 애매한 면모를 띠어가자, 한편에서는 소설이 일반 독자들로부터 점차 멀어져간다는 반성의 목소리가 나오기 시작한다. 이로 인해 1970년대를 거쳐 1980년대가 되면서 그 같은 난해성을 극복하려는 경향이 나타나 상대적으로 평이한 글쓰기 방법을 택하고, 소재나 주제 면에서도 비교적 일상적이고 통속적인 쪽으로 눈을 돌리게 된다. 이런 경향을 '포스트붐(Postboom)'이라고 칭한다.

'포스트붐 소설'과 페미니즘

'붐 소설'에 대한 반성의 기운과 더불어 여성들의 소설이 부상해서, 특히 1970년대 이후 라틴아메리카 문학의 중요한 한자리를 차지하게 된다. 『영혼의 집』의 이사벨 아옌데(칠레)나 『달콤쌉싸름한 초콜릿』의 라우라 에스키벨(멕시코)은 국내 독자들에게도 널리 알려진 작가들이다. 그 외에도 『광인들의 배』의 크리스티나 페리 로시(우루과이), 『저주받은 사랑』의 로사리오 페레(푸에르토리코), 『무기의 교체』를 쓴 루이사 발렌수엘라(아르헨티나) 등을 대표적인 예로 들 수 있다. 여성작가들의 대거 등장과 관련해서 새로이 부각된 흐름이 바로 페미니즘이다. 그 이전에도 그런 경향의 소설이 없었던 것은 아니지만, 페미니즘 소설은 이 시기에 와서 양적, 질적으로 본궤도에 진입하게 된다. 특히 20세기 후반에 들면서부터는 남성중심의 지배담론에 정면으로 도전하며 그 담론을 전복시키려는 소설들이 본격적으로 등장한다.

가부장주의적인 성격의 중세 가톨릭 정신을 유지하던 스페인은 그 경향을 식민지에 그대로 이식했다. 게다가 '신대륙'에 새로이 도래한 인적 구성상의 문제에서도 라틴아메리카의 남성중심주의는 예상되는 결과였다. 앵글로아메리카는 청교도적 삶의 방식을 안고 가족 전체가 이주해가서 형성한 사회인 반면, 라틴아메리카는 남성 단독으로 건너간 비율이 높은 사회였다. 때문에 백인 남성과 원주민 여성 간의 성적 접촉이 비교적 잦았는데, 남성이 우월한 사회적 지위를 이용해 원주민 여성을 인격체로보다는 성적 대상으로 간주한 경우도 적지 않았다. 그 과정에서 혼혈이 발생하는데, 남성들이 아버지로서의 역할을 방기 혹은 회피함으로써 소위 '결손가정'이 생기는 일도 비교적 흔했다. 이처럼 전통적 성향과 역사적 특수성이 맞물리면서 왜곡된 남성상이 생겨나 이후 사회 전반에서 확대 재생산되는 부정적 결과를 일부 낳게 된다. 이와 같은 남성중심주의, 즉 '마치스모(machismo)'는 오늘날까지도 이어지고 있다. 때문에 라틴아메리카 문학에서 여성 작가들의 등장은 필연적으로 페미니즘이라는 흐름을 낳을 수밖에 없었다. 1985년에 처음으로 발표된 『내 생명 앗아가주오』가 평이하면서도 여성적인 시각을 부각시키고 있는 것은 이상과 같은 1980년대 이후의 소설 흐름에 맞닿아 있기 때문이다.

20세기 초 멕시코 여성의 자각

열다섯 나이의 순진한 소녀 카탈리나는 출세를 위해 과거 경력까지 날조하는 비도덕적인 인물, 자신보다 스무 살 가까이나 연상인 안드레스 아센시오와 결혼한다. 그러나 결혼은 여성이라는 한 인격체와 남성이라는 또다른 인격체의 결합이 아니라, 하나가 다른 하나의 부속물이 되는 일이라는 사실을 깨닫는 데는 긴 시간이 걸리지 않는다. 카탈리나에게 장군 안드레스 아센시오는 권위나 억압, 명령을 상징하는 남성상이었던 것이다. 그런 남편의 권위에 짓눌려 살아가며 점차 현실을 자각해가는 카탈리나는 1930~40년대 멕시코 여성 자의식의 한 단면을 보여준다. 카탈리나는 임신과 출산에 대해 모성이라는 허울로 포장하는 남성적 관점의 이데올로기를 뒤집기도 하고, 여러 명의 남성을 거치는 외도를 통해 당대를 지배하던 성적 가치관에 정면으로 도전하기도 한다.

결국 카탈리나는 남편이 약초 차에 중독되어가는 것을 방관함으로써 간접적으로 남편을 살해하기에 이른다. 남편의 죽음에서 아무런 슬픔을 느끼지 못하는 카탈리나는 장례식에 참석해 연극을 하며 정부의 죽음 앞에서 차마 울지 못했던 그 울음을 남편의 무덤 앞에서 터뜨린다. 30대 초반에 과부, 아니 자유로운 몸이 된 카탈리나는 남편의 시신을 덮은 흙으로 흙장난을 하며, 사람들의 시선을 의식한 눈물, 또다른 남자로 인해 솟는 눈물 그 이면에서 행복해하는 것이다. 이렇게 자기 일생의 은밀한 부분들을 회고하며 실타래 풀어놓듯 남들 앞에 고백하는 카탈리나는 때로는 수다스럽고 거친 입담을 보여주는가 하면, 또 때로는 담담하고 차분한 면모를 보여준다. 그러면서도 죽어도 좋으니 죽을 만큼 사랑해달라고 대중가요 가사를 빌려 세상을 향해 크게 반복해서 외치고 있다.

앞서도 말했듯, 선명한 선악의 대립구도를 취하며 평이한 암시와 복선을 깔고 있는 이 소설은 외형상 통속소설의 모습을 하고 있다. 그러나 꼭 그렇게만 볼 일은 아니다. 『내 생명 앗아가주오』는 멕시코 혁명 직후를 배경으로 하는데, 안드레스의 첫 결혼 생활과 혁명에의 투신 계기를 다루는 4장의 내용이 혁명을 정면으로 다루는 또다른 소설 『사랑의 불행』(1996)의 한 장과 얽혀 있다. 두 소설은 일종의 연작 소설인 것이다. 때문에 이 소설을 『사랑의 불행』과 결부시켜 살펴보면 이해의 폭이 한층 넓어진다.

『내 생명 앗아가주오』는 서술자이자 주인공인 카탈리나가 15세인 시점에 시작해서 남편이 죽는 32~33세 무렵까지 겪은 인생사를 자전적인 방식으로 다루고 있다. 카탈리나가 태어난 1915년경은 멕시코 혁명(1910년~1917년)이 한창이던 시기고, 남편이 죽은 시기는 2차대전이 막 끝난 1948년을 전후한 시기다. 어느 사회나 그렇듯, 혁명기와 그 직후의 멕시코 사회는 누구든 하루아침에 많은 것을 잃을 수도 있고 얻을 수도 있는 혼란스런 상황에 놓여 있었다. 또한 아메리카 대륙은 2차대전 당시 그 비극의 현장에서 한 발짝 물러나 있었던 까닭에 전쟁 특수를 누리며 상당한 경제적 이득을 챙기게 된다. 이런 사실은 카탈리나의 남편 안드레스가 혁명 중에는 기회주의적으로 처신하며, 혁명 후에는 살인이나 협박 등 온갖 권모술수를 동원해 권력과 부를 축적하는 점과 연결된다. 또한 『사랑의 불행』에서 혁명에 뛰어든 청년 다니엘은 혁명의 난맥상에 갈피를 못 잡고 우왕좌왕하는 반면, 그 연인 에밀리아는 비공식적인 과정을 통해 익힌 민간 의술로 혁명의 상처를 치유하며 나아가 다니엘보다 사회에 더 크게 기여하는 모습으로 나타난다.

이 두 소설에서 앙헬레스 마스트레타는 현대 멕시코 사회를 변혁하기도 했지만 동시에 온갖 병폐와 부조리를 낳기도 했던 멕시코 혁명기와 그 이후의 격동기에 대해 남성적 시각에 입각한 서술과는 차별된 관점의 서술을 시도하고 있다. 그러므로 앙헬레스 마스트레타의 소설은 혁명이라는 명분 아래 20세기 전반 멕시코를 휩쓸었던 폭력성과 타락상을 여성의 관점으로 재조명하려는 '역사 다시 쓰기'의 일환이라고 할 수 있다. 안드레스의 모델이 실존 인물이라고 밝히는 작가의 에세이는 이를 뒷받침해준다. 억압적인 남편에 대한 카탈리나의 암묵적인 복수가 당시의 남성중심주의에 대한 일종의 응징으로 읽히는 것도 이 때문이다.

이 역사 다시 쓰기를 통해 작가는 당시의 가부장주의적인 민족주의 담론 체계에 문제를 제기하고 있다. 우선 사회의 공공 부문을 정의롭게 통합하려는 정치 선언도 중요하지만, 개인의 자유를 제한하는 사회적 가치에 맞서는 내밀하고 친근한 투쟁, 즉 가정 내의 투쟁 역시 중요하다는 점을 보여주고 있다. 국가의 정치적, 사회적, 경제적 발전이라는 거시적인 목표에 주력하는 동반자의 의지에 카탈리나와 에밀리아가 회의적인 시선을 던지고 있음은 이를 확인시켜준다. 그런데 작가는 여기에만 그치지 않고 국가 정치를 움직이는 가부장주의의 사회적, 이념적 한계에 대한 극복을 추구한다. 소설에서도 드러나듯, 당시는 멕시코를 비롯한 라틴아메리카 국가들에서 여성 참정권 문제가 제기되기 시작하던 시기, 즉 여성의 활동이 사회적, 정치적인 영역으로까지 확장되던 시기였다. 20세기 초반까지는 여성의 주 활동공간이 가정 내부였고, 사회 활동이라고 해야 가부장제 사회라는 큰 틀 속에서 이루어지는 것들이었으며, 그 관심사도 주로 식량부족 문제나 가족과 아동의 보건, 교육 문제 등에 머무르고 있었다. 그런데 20세기 초반을 넘어서면서 여성의 관심이 가정이라는 울타리를 벗어나기 시작한다. 멕시코 혁명 당시의 남성들은 근대적 민족국가 건설을 남성의 배타적인 영역으로 보고 있었는데, 정도 차이는 있지만 카탈리나와 에밀리아는 그 과정에 참여하려는 모습을 보여준다. 카탈리나가 남편이라는 한 개인을 통해 남성적 담론 체계의 문제점을 비판하면서 나름의 입장을 정립해가고 있다면, 에밀리아는 혁명의 소용돌이에 직접 뛰어들어 그 본질을 총체적으로 폭로하면서 자신의 역할을 적극적으로 찾는다. 이 두 여성의 자기 발견 과정이나 사회와의 접촉 과정 자체가 당시 민족주의 담론의 문제점을 명확하게 드러내는 동시에 그 대안이 될 새로운 담론을 찾아가는 과정인 것이다.

또한 이 두 소설은 전통적인 성 규범에도 도전하고 있다. 소설 앞부분의 카탈리나는 여성에게 부과된 기존 가치관에 순응해 살아가던 20세기 초반 멕시코 여성의 모습으로 드러난다. 그런데 소실 중반 이후에는 많은 남성과 외도를 벌인다. 그리고 『사랑의 불행』의 에밀리아 역시 이중 결혼을 선택하고 있다. 이중 혹은 다중 사랑(결혼)은 남성들의 전유물이었고, 여성들이 그 상황에 빠지는 것은 도덕적인 지탄거리였다. 그런데 작가는 이 다중적인 사랑의 상황을 여성에게도 부여함으로써 당대 남성중심의 성적 가치에 대한 일종의 패러디를 하고 있다. 달리 생각해보면 그것은 카탈리나와 에밀리아 두 여성이 자기 결정 능력과 권리를 갖게 되었다는 의미이기도 하다. 즉 강요된 가치관, 이데올로기를 파기하고 자신의 이데올로기를 소유하는 주체가 되었다는 말이다. 이처럼 『내 생명 앗아가주오』는 통속소설의 면모를 가졌지만, 사실 그 이면에 지극히 정치적이고 역사적이며 사회적인 측면을 품고 있는 소설인 것이다.

마지막으로 간단하게 지적하고 싶은 것은 이 소설이 현재 한국의 상황과도 어느 정도 접점을 가지는 소설이라는 점이다. 한국 사회도 변해가는 여성의 지위와 뿌리 깊은 남성중심의 가부장주의적인 가치관이 갈등 양상을 보여주고 있기 때문이다. 그러므로 카탈리나라는 한 여성의 자기 발견 과정을 여성 특유의 필치로 진솔하고도 대담하게 그려내는 『내 생명 앗아가주오』는 타인이라는 거울에 비친 우리의 모습은 어떤지 되새겨볼 수 있게 해주는 소설이라고 하겠다.

강성식

1949년	10월 9일 멕시코 푸에블라에서 태어남.
1971년	이탈리아 출신 이민자이자 한때 언론인으로 활동한 아버지 카를로스 마스트레타 사망 후 멕시코시티로 이주. 멕시코 국립 자치대학(UNAM)에서 언론학을 전공함. 이후 각종 신문, 잡지, 방송 등을 통해 언론인으로 활동.
1974년	멕시코 작가 협회 장학금을 받아서 후안 룰포, 살바도르 엘리손도와 같은 멕시코 대표 작가와 같은 작업실에서 활동.
1975년	시집『울긋불긋한 새 La pájara pinta』출간.
1985년	첫 장편『내 생명 앗아가주오 Arráncame la vida』출간. 올해의 책으로 선정된 이 소설은 세계 여러 언어로 번역되었고, 앙헬레스 마스트레타를 일약 세계적인 베스트셀러 작가로 만들어줌. 멕시코의 주요 문학상인 마사틀란상 수상.
1990년	푸에블라 여성들의 일생을 다룬 단편집『왕방울 눈의 여자들 Mujeres de ojos grandes』출간(국내에는『여우가 늑대를 만났을 때』라는 제목으로 번역, 소개되었음).
1993년	에세이집『자유로운 항구 Puerto libre』출간.
1996년	『내 생명 앗아가주오』와 연작 관계에 있는 장편소설『사랑의 불행 Mal de amores』발표. 이 소설은 멕시코 혁명이라는 혼란기를 살아가는 여성의 삶과 사랑을 통해 남성 중심의 기존 역사관을 비판하면서 역사 속에 여성을 정당하게 자리매김하려는 시도를 하고 있음.
1997년	라틴아메리카의 노벨 문학상이라 할 수 있는 로물로 가예고스상을 여성 작가 최초로 수상.

1998년	에세이집 『찬란한 세상El mundo iluminado』 출간.
1999년	짧은 소설 『비할 데 없는 내 영원성Ninguna eternidad como la mía』 출간.
2003년	유년기의 기억을 다룬 장편 『사자들의 하늘El cielo de los leones』 출간.
2007년	단편집 『남편들Maridos』 출간.
2008년	『내 생명 앗아가주오』가 멕시코에서 동일 제목으로 영화화됨.

문학동네 세계문학전집 발간에 부쳐

세계문학은 국민문학 혹은 지역문학을 떠나 존재하는 문학이 아니지만 그것
들의 총합도 아니다. 세계문학이라는 용어에는 그 나름의 언어와 전통을 갖고
있는 국민문학이나 지역문학의 존재를 인정하면서 그것을 넘어서는 문학의 보
편적 질서에 대한 관념이 새겨져 있다. 그 용어를 처음 고안한 19세기 유럽인들
은 유럽문학을 중심으로 그 질서를 구축했지만 풍부한 국민문학의 전통을 가지
고 있는 현대의 문학 강국들은 나름의 방식으로 세계문학을 이해하면서 정전
(正典)의 목록을 작성하고 또 수정한다.

한국에서도 세계문학 관념은 우리 사회와 문화의 변화 속에서 거듭 수정돼왔
다. 어느 시기에는 제국 일본의 교양주의를 반영한 세계문학 관념이, 어느 시기
에는 제3세계 민족주의에 동조한 세계문학 관념이 출현했고, 그러한 관념을 실
천한 전집물이 출판됐다. 21세기 한국에 새로운 세계문학전집이 필요하다는 것
은 명백하다. 우리의 지성과 감성의 기준에 부합하는 세계문학을 다시 구상할
때가 되었다.

문학동네 세계문학전집은 범세계적으로 통용되는 고전에 대한 상식을 존중하
면서도 지난 반세기 동안 해외 주요 언어권에서 창작과 연구의 진전에 따라 일어
난 정전의 변동을 고려하여 편성되었다. 그래서 불멸의 명작은 물론 동시대 세
계의 중요한 정치·문화적 실천에 영감을 준 새로운 작품들을 두루 포함시켰다.

창립 이후 지금까지 한국문학 및 번역문학 출판에서 가장 전문적이고 생산적
인 그룹을 대표해온 문학동네가 그간 축적한 문학 출판 경험을 바탕으로 새로운
세계문학전집을 펴낸다. 인류가 무지와 몽매의 어둠 속을 방황하면서도 끝내 길
을 잃지 않은 것은 세계문학사의 하늘에 떠 있는 빛나는 별들이 길잡이가 되어
주었기 때문이다. 우리가 자부심과 사명감 속에서 그리게 될 이 새로운 별자리
가 독자들의 관심과 애정에 힘입어 우리 모두의 뿌듯한 자산이 되기를 소망한다.

문학동네 세계문학전집 편집위원
민은경, 박유하, 변현태, 송병선, 이재룡, 홍길표, 남진우, 황종연

지은이 **앙헬레스 마스트레타**
1949년 멕시코 푸에블라에서 태어났다. 멕시코 자치대학에서 언론학을 전공한 후 신문
기자로 활동하다가 1975년 첫 시집 『울긋불긋한 새』를 출간했다. 1985년에 첫 장편소설
『내 생명 앗아가주오』를 발표하며 베스트셀러 작가의 자리에 올랐다. 1996년 발표한
『사랑의 불행』으로 1997년 로물로 가예고스상을 여성 작가 최초로 수상했다.

옮긴이 **강성식**
서울대학교 종교학과를 졸업하고 동 대학 서어서문학과에서 중남미 문학을 전공하여
석사, 박사학위를 받았다. 논문으로 「호르헤 루이스 보르헤스의 문학에 대한 비판적 고
찰」 『미래의 기억』, 엘레나 가로의 멕시코 역사, 「잉카리 신화, 안데스의 염원」 등이 있
고, 공역서로 『선과 악을 다루는 35가지 방법』 『마술적 사실주의』 『라틴아메리카의 근
대를 말하다』 등이 있다. 현재 서울대학교 서어서문학과 강사로 재직중이다.

세계문학전집 026
내 생명 앗아가주오

초판 인쇄 2010년 3월 8일
초판 발행 2010년 3월 15일

지은이 앙헬레스 마스트레타 | 옮긴이 강성식 | 펴낸이 강병선
책임편집 이은현 이승희 임선영 오경철 | 독자모니터 김예진
디자인 윤종윤 송윤형 한충현 김민하 | 마케팅 정민호 이지현 김도윤
온라인 마케팅 이상혁 한민아 | 제작 안정숙 서동관 김애진 | 제작처 영신사

펴낸곳 (주)문학동네
출판등록 1993년 10월 22일 제406-2003-000045호
주소 413-756 경기도 파주시 교하읍 문발리 파주출판도시 513-8
전자우편 editor@munhak.com | 대표전화 031) 955-8888 | 팩스 031) 955-8855
문의전화 031) 955-3576(마케팅), 031) 955-2687(편집)
문학동네카페 http://cafe.naver.com/mhdn

ISBN 978-89-546-1004-9 04870
      978-89-546-0901-2 (세트)

www.munhak.com